Um Lugar para Todos

Thrity Umrigar

Um Lugar para Todos

Romance

Tradução
Regina Lyra

Título original: BOMBAY TIME

EDITORA NOVA FRONTEIRA S.A.
Rua Bambina, 25 – Botafogo – 22251-050
Rio de Janeiro – RJ – Brasil
Tel.: (21) 2131-1111 – Fax: (21) 2286-6755
http://www.novafronteira.com.br
e-mail: sac@novafronteira.com.br

CIP-Brasil. Catalogação-na-fonte
Sindicato Nacional dos Editores de Livros, RJ

U43L Umrigar, Thrity N.
Um lugar para todos / Thrity Umrigar; tradução Regina Lyra. – Rio de Janeiro: Nova Fronteira, 2008.

Tradução de: Bombay Time
ISBN 978-85-209-2192-0

1. Edifícios de apartamentos – Ficção. 2. Bombaim (Índia) – Ficção. 3. Índia – Usos e costumes – Ficção. 4. Romance indiano (Inglês). I. Lyra, Regina. II. Título.

CDD: 828.99353
CDU: 821.111(540)-3

Para Noshir Umrigar,
o homem mais meigo, mais digno que conheço,
que, felizmente para mim,
por acaso também é meu pai.

AGRADECIMENTOS

É PRECISO UMA CIDADE PARA ESCREVER UM LIVRO.

Acredito nisso. Embora escrever seja uma forma infinitamente solitária de passar o tempo, o escritor nunca está tão só quanto imagina. Senta-se diante do computador, envolto no cobertor aconchegante da memória, cercado de parentes e amigos — vivos e mortos — que velam por ele. São eles que o estimulam a seguir em frente nos momentos de desespero, que o animam quando ele luta com seus demônios, que comemoram com ele quando a escrita flui fácil e abundante como leite materno. Quando o livro fica pronto, é o nome do escritor que aparece na capa. Mas ele sabe quanta ajuda recebeu para escrevê-lo daqueles que povoam a sua vida. São estas as pessoas que me ajudaram a tornar possível o meu livro:

Colleen Mohyde, minha agente "miraculosa" e boa amiga; e Carrie McGinnis, minha extraordinária editora.

Bill Kovach, ex-curador da Nieman Foundation na Harvard University, que me concedeu a bolsa que me permitiu escrever este romance.

Brad Watson e Patricia Powell, meus criativos professores de redação literária em Harvard, e a romancista Bapsi Sidhwa, que me fizeram sábias sugestões e foram pródigos em palavras de estímulo.

O *Beacon Journal*, pela licença que me possibilitou aceitar a bolsa da Nieman Foundation.

Hutokshi e Perveen Rustomfram, que entraram na minha vida na hora certa e dela nunca saíram.

Cyndi e Nate Howard, Anne Reid, Ray Chathams, Jenny Wilson, Arvind e Pat D'Souza, Peggy Veasey, Regina Brett, Ruth Schwartz, Barb Guthrie, Cathy Mockus e Wendy Langenderfer — amigos que ampliaram a minha definição de família.

Noshir e Freny Umrigar e a filha deles, Sharon, pela viagem que mudou o rumo da minha vida.

Ronnie, Caps e Blue, com suas lições de amor, dignidade e lealdade.

Eustathea Kavouras, uma torcida inteira numa só pessoa, que me encheu de carinho e apoio a cada passo, e Harriet Kavouras, que rezou por mim.

Acima de tudo agradeço à minha família — meu pai, Noshir, pelo amor incondicional e pelo bom exemplo; minha mãe, Ketty, pelo estímulo constante e o orgulho que sente de mim; minha tia Homai, por me ensinar o significado da bênção; meus primos Gulshan e Rointon, por serem uma parte necessária e bem-vinda da minha vida; e, finalmente, minha tia e meu tio, Jeroo e Jamshed, que, embora falecidos, continuam vivos em mim.

PRÓLOGO

Bombaim acordou. Por toda a cidade soam despertadores. Eles acordam o sol, que se levanta da cama e começa sua lenta e relutante escalada no céu, deixando em seu rastro uma baba vermelha como as listras escarlates de cuspe tingido de *paan*, que colorem os muros e os prédios da cidade. Os homens que se exercitam diariamente no Worli Sea Face mal notam o clarear do céu e a ascensão do sol. Eles grunhem, suam, os corpos musculosos brilhando como galhos escuros à luz da manhã. Logo serão arrancados do ventre sombrio da pré-aurora e dessa tranqüilidade anônima, fugaz. Mas, por enquanto, durante esse breve momento, a cidade é deles, desses homens-sombra, desse exército de silhuetas resmungonas e suarentas executando suas flexões, praticando golpes de luta livre, exercícios de ioga e inspirando o doce ar da manhã. Durante um curto e precioso momento, nenhuma caixa de som emite trilhas sonoras de filmes indianos aos berros, e os táxis não se comunicam em sua árida língua de buzinas. Existe apenas o som da respiração dos homens e os suspiros do oceano, que vira e revira em seu sono. Por isso, é fácil para eles acreditar que são donos dessa cidade escura — do ar cálido, das palmeiras, da lua oca, das águas que espumam.

Mas agora a cidade reclama seu direito de propriedade. Bombaim acordou para mais um dia.

Do outro lado da cidade, o edifício Wadia, na rua Bomanji, desperta para a vida. Chamados sussurrados — "Ande, já é tarde. *Ootho*, levante!" — competem com o barulho dos despertadores. Um eventual "Só mais cinco minutinhos, mãe, por favor" se funde a ameaças de despejar baldes de água fria em cabeças sonolentas se estas não pularem da cama *fatta-faat*, agorinha mesmo. O odor úmido dos bocejos cede lugar ao cheiro forte de pasta de dentes. Ouvem-se depois os primeiros sons surdos de batidas insistentes na porta do banheiro.

— Ande logo, você não é o único morador daqui. Minoo está apertado.

Nos apartamentos do primeiro e do segundo andar, a água corre abundante das torneiras da cozinha, mas no terceiro e no quarto a torneira se engasga e gorgoleja como uma velha asmática, e as mulheres a estapeiam com as mãos espalmadas tentando obter um filete de água.

— Egoístas de uma figa — reclamam, aludindo aos vizinhos sortudos. — Usam a água como se as cataratas do Niágara corressem dentro de casa.

Ainda soltando impropérios, as mulheres mergulham uma xícara de plástico no balde que encheram de água na véspera e assim escovam os dentes.

Logo soam as primeiras campainhas. Bhajan, o açougueiro, entrega carne. As mulheres lhe abrem a porta em seus vestidos de andar em casa, algumas com lenços na cabeça. Em todos os apartamentos onde Bhajan deixa um pedaço de carne de cabra enrolado em papel-manteiga, uma mulher abre o embrulho, examina o conteúdo e pede um pedaço melhor.

— Tudo *haadis*; é isso mesmo, uma embromação! — exclama a moradora. — Para quem você está guardando o que presta? Paguei para ter carne, não ossos. Isto aqui parece velho, tem dez dias no mínimo.

Com todas elas Bhajan protesta, louvando os méritos da carne que vende e jurando imparcialidade absoluta quanto a suas freguesas. Depois, entrega a cada uma outro embrulho contendo mais uma porção ossuda. As mulheres aceitam o segundo pacote, antes de fechar a porta satisfeitas. Esse *badmash* do Bhajan. É preciso estar sempre de olho nesse safado.

O edifício Wadia agora tilinta e reluz como uma mesa telefônica. Primeiro é o *pauwala,* distribuindo pão fresquinho. Depois chega a vez de o *doodhwala* tocar a campainha. Este é outro que tem de ser vigiado atentamente. Só para fazê-lo lembrar que estão alertas, as mulheres o acusam diariamente de misturar água ao leite. Há dias em que as moradoras de um mesmo andar se juntam para acusá-lo de alguma falcatrua. O coro de todas essas vozes abafa os débeis protestos do infeliz. Elas riem dele e reclamam em uníssono do aumento do preço da comida em Bombaim, da última falta de açúcar ou do valor exorbitante da manteiga e do queijo, bem como do absurdo de exportar os maiores e melhores peixes locais para o Golfo. O mesmo acontece com as frutas, os legumes e as verduras. As moradoras mais velhas relembram com nostalgia os bons tempos do domínio inglês. Então, tendo trocado seus bons-dias, tornam todas a entrar, revigoradas, em seus apartamentos.

Enquanto as esposas preparam o café-da-manhã, os homens se aprontam para o banho. Depois de uma chuveirada rápida, surgem cheirando a sabonete Lifebuoy, Lux ou Hamam. Os que têm parentes no exterior recendem a Camay, Dove ou Yardley. Na mesma hora, as mulheres se dão conta de seus corpos suados, malcheirosos.

É hora do café-da-manhã. As mulheres servem as porções mais generosas de ovos mexidos aos maridos. Em seguida, dão atenção aos parentes idosos e aos filhos, ficando, elas mesmas, com o que sobra. Em geral comem direto da panela, usando um pedaço de pão para limpar a gordura. Menos um prato para lavar.

Os homens lêem o *Times of India* ou o *Indian Express* enquanto tomam café. As crianças disputam a página dos quadrinhos. Ali estão os amiguinhos de todo dia: Archie e Jughead, Riquinho, Mandrake, Fantasma e Tarzan, o Rei da Selva. Perdidos nas histórias, mal ouvem as mães desfiarem o rosário habitual: "Tome seu leite." "Fez o dever de casa todo? Olhe só o seu sapato! Não mandei engraxar ontem à noite? A professora vai pensar que estou criando um mendigo." "Este dinheiro é para comprar *batatawadas* no lanche. Não gaste com fotos de artistas, hein? Se aparecer aqui com mais uma de Sanjay Dutt, faço picadinho dela, juro por Deus."

Chegam os ônibus escolares. Deixando para trás copos de leite pela metade e mães em meio a sermões, as poucas crianças que sobraram no Wadia descem correndo as escadas. Apesar do pequeno número, parecem uma manada em disparada pelos degraus de madeira. As mães correm para as janelas a tempo de ver os filhos se virarem para lhes dar um rápido aceno — que eles torcem para passar despercebido dos colegas. Depois somem, engolidos pelo velho e ofegante ônibus escolar. Engolidos por um mundo de melhores amigos e lugares na janela, de concursos de cuspe, chicletes e revistas *Mad*.

Os maridos saem para o trabalho mais ou menos na mesma hora. Os que não têm carro, que dependem do não muito confiável sistema de ônibus BEST, vão mais cedo. Os que recebem ajuda de custo para o táxi partem em seguida. Finalmente, os donos de automóveis também se põem a caminho. Em geral, seus carros são lavados de manhãzinha por um dos sem-teto que adotaram como moradia a rua Bomanji. Esses homens costumam levantar cedo da calçada, onde dormem em longas fileiras de corpos tiritantes — homens, mulheres, crianças e bebês —, espreguiçando-se, espantando o frio e a dormência de pernas e braços. Em seguida, correm para os prédios de apartamentos para pegar com os donos dos carros o esfregão e o balde d'água com sabão. Os mais espertos usam a água para, às escondidas, se lavar, longe dos olhos dos proprietários.

Os moradores mais velhos do edifício Wadia se sentam à janela para assistir à saída dos vizinhos para o trabalho, até todos irem embora. Alguns dos mais débeis voltam para a cama ou ligam a tevê, mudando de canal até que Bill Clinton e Sanjay Dutt, Mel Gibson e Atul Bihari Vajpayee se tornem um único borrão. Clintonduttgibsonvajpayee.

Os outros fazem a própria cama e se preparam para as costumeiras visitas, que logo chegarão trazendo notícias e fofocas.

Em algum momento do dia de hoje, todos os moradores do edifício Wadia interromperão suas rotinas para uma tarefa extra: o preparo do envelope. De acordo com as próprias posses, cada um encherá um envelope branco com notas enrugadas de rupia de diferentes valores. Independentemente da quantia total, acrescentarão uma moeda de uma rupia antes de lacrar o envelope lambendo a cola. Para dar sorte. Com as mãos firmes de quem tem saúde e juventude ou com as mãos trêmulas de quem já não tem nem uma nem outra, nele escreverão a lápis vermelho: "Muitas felicidades, Mehernosh. Que a vida de casado seja longa e feliz." Antes do final do dia, Mehernosh Kanga, um garoto que pegaram no colo, será um homem casado. Este é um dia de muita alegria, uma data auspiciosa.

Agora o sol está bem desperto, mostrando, feroz, suas garras, fazendo o suor escorrer pelas costas de todos. Antes que complete sua jornada no céu e seja recebido de braços abertos pelo mar da Arábia, muita coisa vai acontecer: migrações para a cidade, nascimentos, matrimônios, mortes por dotes, amores proibidos, aumentos de salário, primeiros beijos, processos de falência, acidentes de trânsito, transações comerciais, lucros e prejuízos, fechamentos de fábricas, aberturas de exposições, saraus de poesia, discussões políticas, despejos. Todos os acontecimentos da história humana se repetirão hoje. Tudo que já aconteceu um dia voltará a acontecer hoje. A vida toda vivida em um dia.

Um dia, um dia. Uma urna de prata contendo expectativa e esperança. Outra chance. De reinventar, de ressuscitar, de reencarnar. Um dia. O mínimo e o máximo da vida de todos nós.

UM

Rusi Bilimoria consultou o relógio pela quinta vez. "Droga de mulher", pensou. Já eram sete e quinze da noite e ela ainda não estava pronta. Passados trinta anos, a incapacidade de Coomi para se apronar a tempo ainda o enfurecia. Durante anos ele mentiu sobre a hora de sair para um compromisso, propositadamente antecipando-a em meia ou uma hora. No início dava certo, mas, com o tempo, ou Coomi descobriu o truque, ou ficou ainda mais lerda, de modo que até o artifício deixou de funcionar.

Hoje cedo, por exemplo, ele avisou à esposa que teriam que sair de casa às seis e meia em ponto. Rusi não queria ser o último a chegar ao casamento de Mehernosh Kanga. Ficava enrubescido de vergonha até agora quando se lembrava de um mês atrás, ocasião em que o velho Kaizad os recebera à entrada do Salão Cama trovejando: "Ora, se não é o Casal Atrasadinho! Já estava achando que vocês tinham ido parar no salão de festas errado! *Chalo*, vamos, pelo menos chegaram a tempo de jantar." Para piorar as coisas, Coomi se virara para Kaizad, dizendo:

— Desculpe, Kaizu, mas você sabe como o trânsito anda péssimo. E o coitado do Rusi trabalha tanto... chega em casa tão tarde... e ainda tem que tomar uma chuveirada para se livrar do pó de papel.

E a Rusi não restou senão maravilhar-se diante da audácia da esposa, da forma como ela transferiu tranqüilamente a culpa para ele, ignorando o fato de o marido haver chegado do trabalho às cinco da tarde e ter andado para lá e para cá em seu terno cinza e em sua gravata azul-marinho enquanto ela decidia que jóias usar com o sári rosa-claro de gaze.

A bem da verdade, ele nem queria ir ao casamento. Os mesmos convidados de sempre, as mulheres cravando seus olhos penetrantes nos dois, tentando descobrir se estariam falando um com o outro esta noite, e os homens bafejando em seu cangote aquele hálito quente e cheirando a bebida. Aterrorizava-o caçar um táxi nas movimentadas ruas de Bombaim e enfrentar o inevitável engarrafamento próximo à rua Grant, onde os pivetes cairiam em cima do carro como gafanhotos. Rusi odiava caminhar pela viela escura e comprida que desemboca no salão de recepções, passando por leprosos e pedintes pernetas aboletados em skates. Quanto mais velho ficava, menos lhe agradava sair de casa, a não ser para ir à própria fábrica. A Bombaim da sua juventude — ao menos aquela que ele guarda na lembrança — dera lugar a uma cidade fétida, apinhada e sufocante que lhe insultava os sentidos. Pôr os pés na rua equivalia a enfiar uma meia suja, malcheirosa, suarenta e pútrida.

E, cada vez mais, a cidade — o barulho, a violência, a poluição, a sujeira — invadia sua casa. Diariamente o jornal aterrissava como um míssil na sua porta. PROFESSORA IDOSA MORTA EM ASSALTO, alardeavam as manchetes. MINISTRO ENVOLVIDO EM ESCÂNDALO FINANCEIRO. LADRÕES ARMADOS FOGEM DEPOIS DE ASSALTAR BANCO.

Apoiado à balaustrada da varanda do apartamento no terceiro andar, Rusi contemplava a cena caótica à sua volta. Ciclistas para lá e para cá em meio ao tráfego pesado. O Departamento de Obras havia furado mais uma vez a calçada, deixando-a aberta como uma boca escancarada. Muitas varandas dos prédios vizinhos ostentavam roupas penduradas para secar e, nos varais, jeans e *kurtas* brancas tremulavam como bandeiras ao vento. Involuntariamente, Rusi sorriu consigo mesmo, lembrando como essa visão indecorosa jamais deixara de exasperar a mãe. Khorshed Bilimoria sempre reclamara da incivilidade de pendurar roupas para secar à vista de todos, aos olhos do mundo.

— *Junglees* incivilizados — resmungava ela. — Essa gente não tem a mínima classe.

Esse era um dos vários aborrecimentos de Khorshed. Se pegasse algum garoto insolente urinando na parede de um prédio público ou um transeunte mascando *paan* e cuspindo na calçada um filete do sumo da folha de bétele, aquele sumo grudento e vermelho, Khorshed não se fazia de rogada e corria atrás do infrator munida de um sermão sobre como a limpeza é prima da santidade. Depois voltava para casa se queixando de que o país virara um inferno com a partida dos ingleses.

"Hoje não se pode sequer gritar com alguém que urina ou cospe próximo ao prédio em que se mora", pensou Rusi. "É bem possível que o sujeito se vire e cuspa em *você*. Ou pior, ele pode voltar com seus amigos *goondas* e aprontar só Deus sabe que encrenca. Esses marginais... A *mamma* teve sorte de morrer quando morreu, que descanse em paz."

Pensar na cidade natal deixou Rusi cansado. Ele e Coomi não poderiam ficar em casa e mandar o presente de casamento no dia seguinte? Mas a consciência lhe dói. O pai de Mehernosh, Jimmy, é um velho amigo e um bom vizinho. Além disso, desde pequeno Mehernosh se dá com a filha de Rusi, Binny, e praticamente vivia na casa dos Bilimoria quando os dois eram crianças. Tinha que ir.

Rusi se levantou e foi bater à porta do quarto.

— O primeiro grupo deve estar quase terminando de jantar a esta altura — disse ele, dirigindo-se para a porta fechada. — Neste ritmo, teremos sorte se chegarmos a tempo de nos incluir no terceiro *paath*.

— Eu já estaria pronta se você não ficasse me chamando de dois em dois minutos — foi a resposta estridente. — Parece o noticiário da rádio All India dizendo as horas a cada dois minutos.

"Você deveria sair", pensou Rusi, revoltado, a caminho da sala. "Se fosse homem, não diria mais nada, pegaria um táxi e iria sozinho. Seria bem feito para ela, ficar em casa uma noite, toda produzida. Iria curá-la, de uma vez por todas, da impontualidade."

Mas mesmo enquanto contemplava a idéia, Rusi sabia que não a poria em prática. Para começar, sabia que Coomi jamais o deixaria esquecer o incidente, ficaria insistindo em trazê-lo à tona para jogá-lo em sua cara como um prato sujo toda vez que pudesse. Além disso, todos os vizinhos e amigos estariam na festa, e ele precisaria arrumar uma desculpa para justificar a ausência de Coomi. E se mentisse, se dissesse que ela estava gripada ou algo assim, todos acabariam sabendo a verdade no dia seguinte antes do meio-dia. Porque Coomi levantaria cedo e correria para a casa de Dosamai, a viúva idosa do segundo andar, para contar do choque e do terror que sentira ao descobrir que Rusi a "abandonara", partira sem mais nem menos, sem um aviso sequer. As duas, então, fariam conjecturas sobre o comportamento estranho de Rusi, sem mencionar nem uma vez a questão da impontualidade de Coomi, lendária para qualquer um que um dia tenha marcado algum compromisso com ela. A própria Dosamai já usava a mesma estratégia que Rusi, e toda vez que queria que Coomi a acompanhasse ao médico, antecipava em uma hora a consulta quando combinava o horário com ela.

Dosamai, porém, há anos concluíra que em nada lhe servia estimular a harmonia entre Rusi e Coomi. Afinal, por que Coomi se disporia a passar metade do dia com uma viúva idosa se não precisasse de alguém em quem despejar a amargura do seu coração, como se faz com a água de um jarro? Assim, todos os dias Coomi ia ao apartamento de Dosamai, levando com todo o cuidado seu jarro-coração, que se enchera novamente durante a noite, e a velha aguardava ansiosa aquela torrente de amargura e raiva que anunciava a chegada da amiga.

Se Rusi saísse porta afora, Coomi e Dosamai passariam horas felizes na manhã seguinte colando motivos nele como se fossem selos postais. Dava para imaginar a conversa das duas tão claramente quanto se estivesse presente.

— É o cúmulo — diria Coomi. — Quantos insultos ainda vou ter de agüentar nesta vida? Esse homem vai acabar me impedindo de manter a cabeça erguida em público. Só porque não tem um pingo de *abroo-ijjat*, deve achar que também não ligo para a minha reputação.

— O que se pode fazer, *deekra*? — perguntaria Dosamai, em seu tom mais fatalista. — Quem sabe o que se passa pela cabeça desses homens, querida?

As duas se calariam um instante. Então, Dosamai tiraria da manga seu ás:

— A que horas ele chegou à festa? Você pode ligar para alguém e descobrir? Talvez tenha parado para encontrar uma pessoa antes. Encontrou-se com alguém ou foi a algum lugar que não queria que você soubesse qual era.

Rusi via claramente agora: Coomi sentada na penumbra da sala de visitas de Dosamai, com uma expressão sofrida no rosto.

— Dosamai, mesmo que ele esteja pulando a cerca, o que posso fazer? Não vou seguir meu marido por Bombaim como um vira-lata. Para ser franca, essa idéia também me passou pela cabeça.

Dosamai faria uma pausa e depois falaria tão lenta e solenemente quanto qualquer profeta:

— Se esse *dookh*, esse sofrimento, também faz parte do seu *kismet*, *deekra*, você terá que suportá-lo. Meu conselho é que vá ao Templo de Fogo e acenda uma *diva* durante cinco dias seguidos, pedindo sorte. E fique de olho nas idas e vindas de Rusi. Eu o conheço desde que nasceu. Sempre teve uma queda por mulheres.

— Rusi sempre gostou de mulheres — murmuraria Coomi, sem conseguir evitar a aspereza na voz.

Mas Dosamai não a escutaria.

— Eu me lembro que desde pequeno ele sempre contou vantagem. Dizia que ia ter um carro importado, comprar uma casa em Worli e só Deus sabe quantas bobagens mais. Uma vez, eu o peguei falando com meu Zubin, enchendo a cabeça do meu garoto com essas idéias idiotas. Na mesmíssima hora, fui logo dizendo: "*Ae*, Rusi. Sua mãe deixa você falar essas bobagens em casa, mas meu filho não está interessado em seus Cadillacs ou Buicks. Somos pobres, mas o meu

Zubin é bom aluno e vai à escola todo dia. Não quero ninguém enchendo a cabeça dele com sonhos de mansões e carrões. A casa em que foi criado pela mãe lhe basta."

— E o que Rusi disse?

— O que disse? — gritaria Dosamai. — Ia dizer o quê? Saiu *chup-chaap*, quietinho, sem abrir a boca.

Por um segundo a expressão de Coomi se suavizaria ante a lembrança do jovem inquieto e ambicioso que Rusi foi um dia. Meu Deus, ela se casara com este homem: um rapaz magro, obstinado, em cuja cabeça os sonhos tilintavam como moedas de prata numa lata. Quem era este senhor alquebrado, cauteloso, amargurado com quem estava casada hoje?

Coomi ainda se lembrava de uma noite do primeiro ano de casados, quando estava grávida da filha, Binny. Ela e Rusi tinham ido até a praia de Chowpatty e se sentado na areia escura, grossa, para admirar o sol de Bombaim, vermelho-pimentão, se pôr. Rusi esbanjava animação naquele dia, dizendo que o filho que estava para nascer — jamais lhe ocorrera que o bebê pudesse ser uma menina — iria lhe trazer sorte, que ele trabalharia ainda mais agora que teria uma família completa para sustentar, que queria, no mínimo, mais cinco filhos (Coomi revirara os olhos, fingindo pavor), que levaria o menino para a fábrica assim que começasse a andar, a fim de treiná-lo, de prepará-lo para um dia assumir os negócios da família. *Saala*, tiraria os garotos da escola e os poria para trabalhar com ele assim que aprendessem um pouco de aritmética, acrescentou rindo.

— Olhe, Coomi — disse ele, o rosto brilhando como a lua que começava a espreitar por entre as árvores —, sei que você não acredita em mim e acha que só conto vantagem, mas vou lhe mostrar quanto posso ser bem-sucedido. Não fiz faculdade, é verdade, ainda assim ponho todos esses garotos formados no chinelo.

A chama da sua ambição a fascinava. Era tão irresistível que apagava as palavras e os protestos dela. Por isso, Coomi evitou mencionar que ficaria igualmente contente com uma filha; que, vinda de uma família grande, não fazia questão de ter seis filhos; que não lhe importava o sucesso ou o dinheiro dele, pois preferia tê-lo em casa todo dia para o jantar; que travaria uma batalha ferrenha com ele se algum dia estimulasse um dos filhos a largar a escola. Tudo que disse, porém, foi:

— Eu sei, Rusi, eu sei. Sei que todos os seus sonhos vão se realizar um dia. Só gostaria que você não precisasse trabalhar tanto, meu bem.

Mais tarde naquela noite, os dois foram até os quiosques que vendiam comida na praia, e cada um comeu dois pratos de *panipuri*. Como sempre, Rusi foi extremamente generoso com seu dinheiro, insistindo para que ela comesse mais daqueles pãezinhos recheados de batata e ervilha, sugerindo que fossem até o Cream Center para tomar sorvete. Mas Coomi preferiu um *lassi*, e Rusi fez questão de que o *lassiwalla* lavasse o copo dela duas vezes e limpou a borda com o lenço, "por causa dos germes", antes de permitir que ela tomasse a bebida espumante de iogurte batido com fruta. Enquanto bebia, Coomi observou com o canto do olho, divertida, seu jovem marido atencioso, pensando como ele era diferente dos machões em meio aos quais ela crescera. Mesmo agora, de camisa branca e gravata azul, Rusi mais parecia um estudante atlético do que o homem de negócios que era. Era o pescoço longo e esbelto, concluiu Coomi, que lhe dava esse ar perdido, inocente, o pescoço mais limpo e vulnerável que ela já vira, embora não soubesse explicar como um pescoço pudesse partir assim o coração de alguém. E os olhos! Pareciam carvões queimando naquele rosto encovado. "Ele inteiro está nesses olhos", pensou ela, "toda a mágoa, todas as perdas, a morte do pai, a ambição feroz, o desejo avassalador de ser alguém, de fazer algo grandioso".

A voz grave de Dosamai despertaria Coomi do devaneio.

— Não fique aí sentada que nem uma estátua, Coomi. Escute a velha Dosa. Vigie esse seu marido como uma águia — diria ela. — É justamente nessa idade que eles põem caraminholas na cabeça, quando começam a perder a conta dos cabelos brancos que nascem. E o que não falta por aí são mulheres safadas, que só querem um homem para levá-las a bons restaurantes e lhes dar roupas novas, jóias de ouro e sei lá mais o quê.

Dosamai se animaria com o assunto:

— *Arre*, Coomi, eu vigiava o meu adorado Sorab com tanto cuidado que ele costumava dizer que já estava bem treinado para quando a morte chegasse. Ele dizia: "Dosa, toda essa vigilância está me preparando para a hora final. Quando eu morrer e finalmente me deitarem no poço da Torre do Silêncio, nu como no dia em que vim ao mundo, e eu olhar para todos aqueles abutres me observando, vou gritar para eles: 'Olhem aqui, seus demônios negros, por acaso acham que o olho maligno de vocês me assusta? *Arre*, um olhar da minha Dosa querida é mais potente do que todos esses olhares famintos juntos.'"

As duas mulheres ririam. Passados alguns minutos, Coomi, relutante, se levantaria para ir embora.

— Não se preocupe, Coomi — diria Dosamai. — Eu mesma farei uma sondagem discreta sobre Rusi.

Se Rusi realmente fosse ao casamento sem Coomi, Dosamai cumpriria a palavra dada. Essa sondagem discreta significava que a velha ia pegar o telefone e ligar para o pequeno, porém leal, exército de guerreiras da vizinhança.

— Amy — diria ela —, aqui é a Dosamai. Ouvi dizer que a festa de casamento de Mehernosh foi ótima, embora só Deus saiba por que Jimmy gastou tanto dinheiro nos arranjos de flores para o palco. Jimmy Kanga sempre foi exibido, *na*? Acho que quando alguém tem dinheiro para jogar fora, deve doá-lo para a caridade, para o Fundo Panchayat dos parses, por exemplo. Mas isso é problema deles. Há quem tenha dinheiro para jogar pela janela.

Depois de alguns minutos de especulação quanto aos meios escusos que levaram Jimmy Kanga a fazer fortuna, Dosamai iria direto ao ponto:

— A pobrezinha da Coomi acabou de sair daqui, aos prantos. Aquele marido a largou em casa toda produzida e foi à festa sozinho. Coomi disse que ele chegou do trabalho, se vestiu e saiu. Ela esperou durante uma hora, achando que ele voltaria. Depois, tirou o sári e foi dormir, morta de fome. E você sabe quanto Coomi gosta de um *lagan-nu-bhonu*, principalmente do frango Mughlai e do *pallao-daar* desses banquetes de casamento.

— Mentiroso desgraçado — exclamaria Amy. — Ele me disse que Coomi estava gripada, mas logo vi que estava mentindo, porque virou o rosto enquanto falava.

— A que horas ele chegou? — perguntaria, ansiosa, Dosamai.

— Atrasado. Sei que o primeiro grupo já tinha jantado quando ele chegou.

— Hummm... — suspiraria Dosamai. — Tem algo de podre no reino da Dinamarca. Acho que Rusi tem outra mulher.

— *Bechari* Coomi — lamentaria Amy. — A pobrezinha sabe?

Logo os boatos passariam de casa em casa, como um cabo telefônico. Especulações vazias virariam suspeitas, e as suspeitas se cristalizariam em verdade até que metade do exército guerrilheiro de Dosamai estivesse disposto a jurar ter visto Rusi saltando de um táxi no Salão Cama, não sem antes uma estranha lhe jogar um beijo do carro que a levou embora.

Rusi Bilimoria estava na idade de se importar com o que os vizinhos diziam a seu respeito. Durante muitos anos, sua ambição ostensiva e o fato de ser dono do próprio negócio, por mais instável que fosse a sua situação financeira, atraíram a inveja e a atenção da vizinhança. As fofocas zumbiam à sua volta como moscas num piquenique; rumores dançavam em torno dele como fantasmas. Mas, ao contrário da época em que era um jovem ambicioso, Rusi não desejava mais ser o foco de assombro e admiração. Agora, tudo que lhe interessava era a aprovação dos outros. Na falta desta, queria apenas ser deixado em paz. Por isso, Rusi Bilimoria cerrou os dentes e esperou que Coomi terminasse de se aprontar.

Embora contra a vontade, ele não conseguiu evitar a onda de admiração que sentiu quando Coomi finalmente saiu do quarto, envergando o sári cor-de-rosa. Depois de todos esses anos, Coomi ainda era atraente. Ao contrário da maioria das mulheres que Rusi conhecia, seu corpo não adquiriu aquela flacidez meio esponjosa decorrente da idade. O cabelo que um dia foi negro agora era salpicado de branco, mas os olhos escuros, penetrantes, continuavam tão vivos quanto antes. O nariz longo, mais proeminente agora, se debruçava sobre os lábios carnudos, sensuais. No entanto, enquanto estudava discretamente aquele rosto, Rusi ficou pensando a respeito da perda daquela mulher alegre e expansiva que um dia amou. Os dois riam tanto nos velhos tempos... Parecia que todo o grupo de amigos vivia ébrio de juventude e de espírito jocoso, relembra. Tanto os mais velhos quanto os mais jovens, como Rusi e Jimmy.

Piadas, proezas assustadoras e ousadias chocantes eram o divertimento preferido deles: Zarin Kanga recusando-se a casar com Jimmy a menos que ele caçasse um porco para ela. Soli Contractor tomando uma dúzia de coca-colas num desafio e depois sentindo náuseas, durante anos, à mera visão de uma garrafa do refrigerante. Bomi Mistry caminhando de óculos sem lentes na rua e assustando quem passava ao coçar os olhos sem tirá-los. O próprio Rusi adorava pregar peças em Coomi, gostava de vê-la fingir repreendê-lo e de fingir amargar o castigo. E de se regalar com o inevitável momento em que o sorriso involuntário dela engolia a raiva de mentirinha.

Como no dia em que todos foram até Khandala no carro dele. Eram seis ou sete espremidos no minúsculo Fiat. Ao se aproximarem de uma ladeira especialmente íngreme, o diabo se apossara dele. Com uma piscadela para os amigos, Jimmy e Bomi, Rusi lhes fez um silencioso pedido de cumplicidade. Lá pela metade da ladeira, deu um jeito de o carro engasgar e, em seguida, estancou subitamente o motor. Não se sabe como, conseguiu convencer as garotas de que elas teriam que empurrar o carro ladeira acima. Os rapazes se afastaram, fingindo fazer sinal para que outros carros parassem. Quando, no topo da ladeira, o carro magicamente pegou e finalmente as garotas foram informadas da brincadeira, Rusi achou que fosse morrer de tanto rir. Nossa, elas ficaram furiosas! Coomi principalmente, os olhos escuros faiscando enquanto lhe passava um sermão sobre a falta de educação e o humor negro dele. Mais tarde, porém, ele a olhou pelo retrovisor e ela lhe sorriu antes de desviar rapidamente o olhar para não ser flagrada. O coração lhe saltou no peito então, como um espasmo muscular. Depois disso, ele passou a prestar mais atenção nela, reparou na facilidade com que ela ria e como se impunha diante dele de um jeito que outras mulheres não faziam.

Como moravam perto um do outro, Rusi há anos se habituara a ver Coomi na vizinhança, mas, até os vinte e poucos anos, os dois jamais haviam trocado uma palavra. Coomi nunca fez parte do grupo de rapazes e moças com que Rusi andara a vida toda. Só depois de conhecer Sheroo Mistry na faculdade é que Coomi foi apresentada pela amiga ao grupo. Mas Rusi nunca prestou muita atenção na novata. Naquela época, ele era completamente apaixonado por Tina, uma garota voluptuosa com grossas sobrancelhas negras e lábios macios como almofadas vermelhas. Tina era ótima cozinheira, e todo domingo Rusi ia almoçar em sua casa para saborear a famosa galinha *dhansak* feita por ela, sob o olhar vigilante do pai e a atenção incansável da tia-avó da moça.

— Tome, um belo pedaço carnudo. Coma mais, *na*, Rusi — insistia Tina, pondo mais uma porção daquele arroz delicioso e do *daal* picante de lentilhas no prato do rapaz.

Isso o levou a achar que Tina gostava dele, mas quando tentava se declarar, a garota ria e se afastava.

— Já chega, *na*, Rusi. Tudo que vocês rapazes querem é *kissy-koti*. Sou uma moça de família, *baba*.

Numa tarde de domingo, arrasado por ter perdido uma chance de emprego e impelido pela determinação de tentar com redobrado esforço, Rusi abriu o coração para Tina. No entanto, o fogo da ambição do rapaz a chamuscou.

— Olhe aqui, Rusi, chega desse papo louco, chega de megalomania, *yaar* — disse ela. — Juro que às vezes você me assusta. Por que está sempre querendo o que não pode ter? Todo mundo diz que você é um exibido, e é isso mesmo.

Aquelas palavras o magoaram mais do que deveriam. Um gosto de cinzas de repente lhe encheu a boca, e o almoço de domingo pareceu não acabar mais, enquanto ele fazia os elogios de praxe aos dotes culinários de Tina e conversava amenidades com o pai dela. Quando se despediu naquele dia, saiu com o coração frio. Nunca mais voltou.

Coomi era diferente. Dava a impressão de compreendê-lo, de entender que os sonhos eram tudo que ele tinha. Mesmo quando implicava com ele, havia áreas que ela jamais invadia.

— Engraçado — disse a ela certa vez. — Você é a única pessoa que conheço que não tem medo dos meus devaneios. Até minha mãe, às vezes, me olha como se eu fosse louco.

Ela o fitou diretamente nos olhos e então disse, séria:

— Vou ter medo no dia em que você parar de sonhar.

Naquele instante Rusi soube que um dia se casaria com ela, que havia encontrado uma mulher que levaria seu barco até a praia.

"Tínhamos tantas esperanças", pensou Rusi agora. "Todas elas deram em nada. O que houve? Por que permitimos isso? Teria sido diferente se mamãe não morasse conosco? Quantas brigas tivemos no início por causa dela! Ou talvez a minha expectativa quanto ao casamento não fosse mesmo realista, como diz Soli."

— Você anda vendo muito filme de Hollywood, *bossie* — dizia sempre o seu melhor amigo, Soli Contractor. — Afinal, está querendo o quê? Que toda mulher seja uma Ingrid Bergman?

Depois de todos aqueles anos, não havia como fugir à verdade: eles eram diferentes. Após o casamento, Coomi mostrou um lado que ele nunca vira antes. Podia ser temperamental, cruel, cáustica. E como ele jamais cultivara uma camada essencial de pele protetora, as palavras da esposa furavam-lhe os ossos, instalando-se ali como um câncer. Coomi usava as palavras como lâminas, como armas para rasgar, cortar. Para Rusi, palavras equivaliam às oferendas de sândalo que ele levava ao Templo de Fogo — perfumadas, delicadas, belas. Coomi sempre afirmou que as palavras que proferia com raiva eram tiras de papel que alçavam vôo assim que deixavam seus lábios, mas para Rusi elas se assemelhavam mais a dardos envenenados, potentes o bastante para destruir um homem.

Coomi crescera com vários irmãos mais velhos, todos grandalhões e briguentos, cujo passatempo favorito consistia em agressões mútuas com insultos ou piadas grosseiras. Rusi era filho único, criado por uma mãe viúva e meiga, cujo castigo padrão era um silêncio decepcionado. A mágoa grudava em Rusi como a gordura nas costelas. O seu acúmulo de ressentimentos causava espanto em Coomi. Mas as palavras descuidadas e cruéis da esposa o deixavam arrasado. A mágoa era especialmente grande quando ela falava a respeito de sua mãe. Coomi tentava explicar que falava sem pensar nos momentos de raiva, que sua fúria se acendia e se apagava como um fósforo que é riscado quando está ventando. Rusi tentava lhe mostrar que era um tipo diferente de homem, que se sentia desamparado ante uma explosão de raiva.

Tornou-se um padrão. Coomi entrava em erupção, e Rusi se fechava em copas. Às vezes passavam meses sem se falar. Quando ficou maiorzinha, a filha única dos dois, Binny, corria pela casa como um carteiro, entregando recados de um para o outro. Depois, com sua necessidade desesperada de consolo, sexo, amor e carinho, Rusi voltava para Coomi. Após meses de afastamento, ela o fazia sorrir novamente com um comentário espirituoso, mordaz. Ou então rolava para o lado dele na cama, no meio da noite, e o abraçava forte até que o desejo derretesse o ressentimento. Durante muitos anos, cada reconciliação vinha carregada de esperança. "Talvez ela tenha aprendido a lição desta vez. Afinal de contas, é uma boa mulher." Nos últimos anos, ele a procurava odiando a si próprio por essa fraqueza, por precisar tanto dela.

"Nenhum de nós dois jamais se deu conta de como Binny foi vital para manter o casamento de pé", percebia Rusi agora. Se Binny não tivesse se mudado para a Inglaterra, será que haveria tanta água neste barco? E então, poucos anos depois que Binny se foi, mamãe morreu. Rusi se lembrava bem de que nas primeiras semanas após a morte da sogra, Coomi se esforçou um bocado para se reconciliar com ele. Mas era tarde demais. Àquela altura, Rusi já aprendera como se tornar refratário a Coomi. Ensinara a si mesmo como recompor o rosto, deixá-lo inexpressivo na presença da esposa, como se o cobrisse com uma folha de plástico transparente. Sabia que essa indiferença, esse alheamento, a aterrorizava. A mágoa indisfarçada, a expressão ferida no olhar, a eventual catarse de amargura, a tudo isso Coomi estava habituada no marido, mas essa indiferença era algo novo e perigoso. O próprio Rusi achava que agia como uma virgem toda vez que Coomi o tocava, encolhendo-se ao contato mais casual. Mas não conseguia agir de outra forma. Era educado com ela, atencioso até, mas perdera o brilho nos olhos. Tratava-a como se os dois fossem estranhos partilhando a mesma cabine num trem.

Havia dias em que Rusi não tinha dificuldade alguma em manter essa indiferença. Noutros, precisava se obrigar a desempenhar o papel que escolhera para si mesmo. Vendo a mágoa no olhar de Coomi, assistindo à sua luta para enfrentar a frieza dele, o coração de Rusi doía de remorso e de pena. Ele acreditava que Coomi destruíra a sua vida, mas ainda assim, por mais que quisesse, a idéia de destruir a dela não o atraía. No fundo, acreditava que Coomi fosse a razão pela qual nunca tivera pleno sucesso nos negócios.

— Você me arruinou — disse a ela certa vez. — Eu podia ter tido o mesmo sucesso que os Tata ou os Birla, mas como me concentrar no trabalho se estava sempre preocupado com as brigas entre você e mamãe em casa?

Ela o olhara com desdém.

— A culpa sempre é de todo mundo, menos sua. Você começou sem diploma, sem contatos profissionais, sem dinheiro no bolso, mas foi por *minha* causa que fracassou? Não, Rusi, sou apenas um bode expiatório conveniente. Tudo que você tinha era um punhado de sonhos ridículos. Mas sonhos não alimentam uma família nem por um dia.

Mesmo agora, a lembrança dessa conversa fez seus olhos marejarem. A batida impaciente do pé de Coomi no assoalho obrigou Rusi a voltar ao presente. De nada adiantava estragar a noite com fantasmas do passado. Além disso, dava para ver que Coomi esperava que ele dissesse algo, que fizesse algum comentário sobre a sua aparência. Rusi abriu a boca para elogiá-la, mas decidiu que estava cansado demais para frivolidades.

— Pronta? — indagou ele.

Assim que saíram do Wadia, os dois foram imediatamente abordados por Bhoot, o homem de um braço só, o mendigo-residente favorito de Rusi.

— Rusi *seth* — exclamou Bhoot em seu habitual tom interesseiro. — Que Alá o cubra de bênçãos. Um dinheirinho aí, *sahib*, para o velho Bhoot poder jantar esta noite.

Rusi pescou uma moeda de uma rupia no bolso e cautelosamente a deixou cair no pote trincado de Bhoot, cuidando para não tocar acidentalmente o recipiente. O mendigo se preparou para o inevitável sermão que viria a seguir.

— Trate de gastar o dinheiro com comida, não com qualquer *daru* barata, ouviu? — advertiu Rusi em seu tom mais sério. — *Saala*, ai de você se eu souber que gastou o dinheiro com bebida...

O restante da frase se perdeu nas negativas veementes de Bhoot. Todo dia os dois encenavam a mesma peça sabendo que, tão logo Rusi virasse as costas, cada qual voltaria a ocupar seus mundos tão diversos, sem a menor chance de Rusi ser capaz de monitorar a vida de Bhoot em seu submundo.

Levaram quinze minutos para conseguir um táxi. Foram recusados por três motoristas, até que o quarto os aceitou. Rusi entrou no carro aliviado, mas um segundo depois torceu o nariz. No painel, entre as fotos de deuses hindus ali grudadas, havia dois palitos de incenso exalando um aroma doce. A fumaça fazia cócegas em seu nariz, e ele abriu a janela o mais rápido possível. Sabia que não adiantava pedir ao motorista para apagar o incenso. "Nos Estados Unidos, pede-se licença para acender um cigarro na própria casa", pensou. "Aqui, esses idiotas queimam incenso num veículo público." Conformou-se em olhar pela janela e calar a frustração.

No ano anterior, resolvera vender o carro. Estava ficando velho demais, ranzinza demais para dirigir numa cidade em que milhares de veículos barulhentos, engarrafados, atacam uns aos outros diariamente. O suor, a poeira, a nuvem negra expelida pelos canos de descarga dos ônibus BEST de dois andares, as buzinas insistentes, a constante romaria de transeuntes se atirando na frente dos carros, tudo isso era demais para ele. Sua carreira de motorista se encerrou numa manhã de segunda-feira, no meio de um engarrafamento em Bori Bunder. A cena caótica à sua frente atingiu-o com a potência de uma pedrada na cabeça.

— Isso parece o inferno — pensou em voz alta. — Não, isto *é* o inferno.

Vendeu o carro na semana seguinte.

Ainda assim, de vez em quando, sentia falta da euforia de dirigir — naquelas noites paradisíacas em que os carros se moviam rapidamente pelas pistas largas da Worli Sea Face e dava para sentir os respingos das ondas até na terceira pista da auto-estrada; o primeiro vislumbre do pôr do sol enquanto passava a toda velocidade sobre a ponte em Kemp's Corner; o ziguezaguear experiente no tráfego a caminho de uma reunião importante.

Quando chegaram, finalmente, ao Salão Cama, às oito e meia da noite, após driblarem as ossudas mãos estendidas dos mendigos no beco, ambos já suavam, devido ao calor de Bombaim. Rusi estava enjoado. Para distrair a cabeça, pensou em Binny, casada e feliz em

Londres. Rusi a visitara uma vez e se apaixonara pela cidade — as ruas amplas, limpas, os parques verdejantes, até mesmo o clima frio e úmido que todo mundo detesta. "Posso ter sido um fracasso como marido e um desastre como empresário, mas numa coisa tive sucesso", concluiu. "Tirei Binny desta cidade que está virando um inferno." Pensar na filha causou-lhe o habitual aperto no peito. Sabia que, do jeito dela, Coomi sentia tanta falta de Binny quanto ele. Será que ela também vivia assombrada por aqueles sonhos em que Binny estava de volta, abraçando-a e cobrindo-a de beijos — sonhos doces que invariavelmente acabavam pisoteados pelos passos pesados da realidade? Será que Coomi também sentia a solidão de acordar desses sonhos e ter que encarar, como ele, a longa noite escura que, como um beco ermo, se estendia à sua frente? O coração de Rusi titubeava em sua habitual postura calejada quando ele imaginava Coomi sentindo a mesma saudade feroz que ele sentia de Binny. Sob certos aspectos, a filha era agora seu único caminho de volta para Coomi, a Coomi de antes, não a mulher de cara fechada a seu lado, mas a moça impulsiva e calorosa de cabelos negros com quem se casara. Ele ansiava por dizer algo à esposa, mas relutava em quebrar o silêncio que os engolfou no momento em que saíram de casa.

Além disso, sabia que Coomi o culpava pela partida de Binny. Na volta do aeroporto, anos antes, Coomi se virara para Rusi, dizendo enfurecida:

— Você levou minha filha para longe de mim. Encheu a cabeça dela com todos aqueles sonhos de grandeza. Como se esta cidade não prestasse para ela. Você me privou da minha única filha, não se esqueça.

Pela primeira vez, as palavras de Coomi não o feriram, pois ele pôde sentir a solidão por trás delas. O coração da esposa estava partido, Rusi sabia, exatamente como estava o seu. Era simplesmente o jeito de Coomi lidar com a dor.

NÃO HAVIA NINGUÉM NA ENTRADA DA casa de festas para recebê-los. Rusi sentiu ao mesmo tempo alívio e vergonha. Obviamente, os Kanga não esperavam que algum convidado ainda fosse chegar. Uma mulher de cabelos negros até a cintura estava cantando. *How deep is your love?*, perguntava a cantora. Rusi reconheceu vagamente a música como uma das que Binny ouvia quando morava com eles. Atrás da moça, três músicos gordos, de meia-idade e vestindo ternos escuros apertados a acompanhavam, homens que definitivamente haviam abandonado qualquer tentativa de aparentar juventude. A cantora de voz rouca era sua única concessão a uma certa elegância.

Nenhum sinal de Jimmy ou de Zarin Kanga. Rusi deu uma olhada para Coomi para ver se ela parecia tão envergonhada quanto ele. Mas a expressão do seu rosto era impassível, o olhar fixo à sua frente buscando um rosto familiar no grupo animado na direção do qual o casal caminhava agora. Ao se aproximarem dos homens e das mulheres sentados nas cadeiras de madeira ao ar livre, houve um farfalhar de sáris de seda e gaze e um brilho de ouro e diamantes quando o grupo virou uma cabeça coletiva para olhar os recém-chegados.

— Rusi, Coomi, até que enfim. Venham, venham. Já íamos ligar para vocês. Bomi estava ficando preocupado.

O rosto sorridente de Sheroo Mistry e seus braços receptivos acolheram os Bilimoria naquele ninho.

Os demais afastaram as cadeiras para aumentar o círculo de modo a incluir os recém-chegados. Passados alguns momentos, Rusi viu Jimmy e Zarin Kanga vindo em sua direção. Jimmy beijou Coomi no rosto e segurou a mão de Rusi entre as suas.

— Oi, *bossie*. Estávamos preocupados que não chegassem. Mehernosh acabou de perguntar por você e Coomi.

Rusi notou de imediato o bom humor de Jimmy.

— Ontem mesmo Zarin e eu falamos de como a sua Binny implicava com Mehernosh com aquela cantiga de ninar boba — prosseguiu Jimmy. — Parece que foi ontem, não é mesmo? Dá para acreditar que aquele garotinho agora é um homem casado? Ou que a minha linda mulher já tem idade para ser avó?

Os Kanga trocaram um sorriso rápido, íntimo. Observando-os, Rusi sentiu uma leve pontada de inveja. Era sabido que os Kanga tinham um bom casamento. Formavam um belo casal. Jimmy Kanga, alto e forte, era um dos advogados de maior renome da cidade, e tudo nele, do rosto saudável e corado até as unhas bem cuidadas, comprovava que ele transcendera suas raízes humildes. Zarin, igualmente, possuía uma graça e uma autoridade discretas que a tornavam a companheira perfeita para o marido altamente bem-sucedido. Em todos aqueles anos, Rusi jamais ouvira Zarin alterar a voz. "Ela é o tipo de mulher com quem eu deveria ter me casado", pensou. "Minha vida teria sido diferente."

Zarin sorria para ele agora.

— Rusi — disse ela —, por que você não entra e vai até o bar com Jimmy? Detesto ver convidado meu sem um copo na mão. Coomi e eu vamos pegar refrigerantes.

— Claro, claro — concordou Jimmy. — Desculpe, Rusi. Estou esquecendo os bons modos.

No bar, um sujeito com um bigode semelhante ao guidão de uma bicicleta servia os drinques.

— Fali, um uísque para o meu amigo aqui — ordenou Jimmy. — Cuide para que seja do *asli maal*, do bom — acrescentou, com uma piscadela. — Nada desses fermentados indianos para o Rusi.

O homem lançou um rápido olhar de aprovação para Rusi, enquanto preparava um drinque debaixo da mesa. Rusi entendeu que os Kanga contavam com um sistema de dois pesos e duas medidas — bebida indiana barata para a maioria dos convidados, bebida importada para os figurões. Ainda que lhe agradasse pertencer ao segundo grupo, incomodava-o esse sistema de favoritismo de castas. "Se Binny tivesse se casado na Índia", pensou, "eu teria servido bebida importada a todos os convidados".

Na volta do bar, Rusi reparou que Coomi estava sendo assediada por Shirin, uma solteirona que morava na vizinhança do Wadia. A contragosto, sentiu uma certa pena da esposa. Shirin muito raramente era convidada para eventos sociais, o que a fazia retornar ao convívio humano com toda a sutileza de Hitler ao invadir a Polônia. "Como essa mulher fala", pensou Rusi. "Pena que não se possa encher os tanques dos carros com o falatório de Shirin. A Índia com certeza seria a dona do mundo!"

— Meu Deus, você se lembra dos velhos tempos, quando a gente comprava pãezinhos e creme de verdade por apenas cinco *paisa*? —

perguntou Shirin. — Hoje, só o pão custa o mesmo que custava uma galinha inteira antigamente. É verdade ou é mentira?

Bomi Mistry assentiu.

— Esta inflação parece um cavalo de corrida. Ninguém consegue acompanhá-la. Nossa, eu me lembro da época em que...

— Minha nossa, vocês dois... — cortou Sheroo. — Estão parecendo uns velhos rabugentos. Para que tanta nostalgia? O *banya* me cobra preços de hoje quando vou ao seu armazém, então de que adianta chorar sobre o leite derramado? Daqui a pouco, vocês dois vão assinar uma petição pedindo a volta dos ingleses para a Índia.

— *Arre*, os ingleses não seriam loucos de voltar para este país ferrado — respondeu Bomi. — Você pode implorar de joelhos, derramar pétalas de rosa sobre eles, nem assim eles voltam.

Sheroo franziu o cenho.

— *Besharam*. Desavergonhado! Um pouco de patriotismo não lhe faria mal algum. Acha que as coisas estão caras apenas na Índia? A inflação é uma realidade no mundo todo.

Os olhos de Bomi Mistry já estavam injetados, seu rosto estampava a expressão sentimental, de cachorrinho carente, que os amigos conheciam perfeitamente. "Bomi já bebeu uns quatro ou cinco drinques", concluiu Rusi. Quatro ou cinco drinques fortes, com igual quantidade de uísque e água.

— Nenhum país está indo para o buraco como este aqui — retrucou Bomi. — Vou dizer uma coisa: até Rusi chegar, ainda agora, meu coração dava pinotes. Fiquei pensando se algum *mawali*, algum muçulmano não-árabe, não teria cortado a garganta dele e roubado todas as jóias de Coomi, ou algo do gênero.

Rusi soltou uma gargalhada.

— *Saala*, a sua imaginação continua a mesma. Os *mawalis* não criam problema aqui. Afinal, não estamos em Nova York nem em Los Angeles. Nós só...

— Imaginação uma ova — interrompeu Bomi, furioso. — Meu caro amigo, onde você acha que mora, na Suíça? Conhece a Kashmira, *na*, a sobrinha da cunhada da minha Sheroo? Não? Pois bem, ela é uma gracinha de *chokri*, tem vinte e três ou vinte e cinco anos. Clarinha, mas sem o nariz empinado dessas garotas modernas de hoje. Pois bem, há umas duas ou três semanas, ela foi a uma festa do escritório em Cuffe Parade. Uma zona chique, bacana. O chefe, o sr. Gandhi, estava dando uma festa para todos os funcionários.

"Pois bem, Kashmira e uma colega de trabalho saíram da festa por volta das nove da noite e pegaram um táxi. A amiga entrou primeiro, e Kashmira, depois, e enquanto estava dizendo ao motorista para onde queriam ir, sabe o que aconteceu? Um homem enfiou a mão pela janela, pôs uma faca no pescoço de Kashmira e exigiu seu relógio e seus brincos de ouro. As mãos da pobrezinha tremiam tanto que ela mal conseguiu tirar o relógio, de olho na faca. O *taxiwalla* também tremia. Se tentasse arrancar com o carro, a faca cortaria o pescoço da garota. 'Senhora', pediu o coitado, 'entregue logo o que ele está pedindo'."

Bomi fez uma pausa teatral. Lentamente sorveu o restante do uísque. Sabia que sua platéia, agora, estava eletrizada. Muitos à sua volta haviam parado de falar e escutavam a história. Todos tinham idade e status para ouvir com fascínio e pavor histórias de assaltos a cidadãos da classe média. Essas histórias reforçavam a relação de amor e ódio que mantinham com a cidade natal.

Contemplando a platéia, Bomi retomou o relato:

— Pois bem, Kashmira entregou o relógio, aliás, um presente do pai já falecido que, diga-se de passagem, ela adorava, e começou a tirar os brincos. A amiga ajudou com o da orelha direita, mas quando foi tentar tirar o da esquerda, o *goonda* ficou nervoso. Era um daqueles brincos compridos, ouro de vinte e quatro quilates. O cara agarrou o brinco, quase arrancando a orelha da coitadinha, e saiu correndo com os objetos. Simplesmente se mandou. Sumiu na multidão num piscar de olhos. E, para piorar, antes de dar no pé ainda chamou a garota de piranha gorda, com o perdão da má palavra, minhas senhoras. E quem conhece Kashmira sabe que ela é tudo no mundo, menos gorda. Por que uma mocinha esbelta, bonita...

— Bomi — interveio alguém —, o que aconteceu com a moça?

— O que aconteceu? *Arre*, a orelha dela jorrava sangue como a Fonte Flora na época dos ingleses. Lógico que a competente prefeitura de Bombaim hoje em dia não tem dinheiro nem para manter a fonte funcionando; a defeitura de Bombaim, como eu a chamo — completou Bomi, rindo da própria piada.

— Ela... ela perdeu a orelha? — perguntou baixinho uma mulher.

— Não, felizmente o canalha só fez um corte profundo. Mas precisou de uns seis ou sete pontos. Levaram a pobre da Kashmira de volta para a festa, sangrando e chorando. A mulher de Gandhi chamou o médico da família. No dia seguinte, Kashmira estava mais preocupada em ter estragado a festa do que consigo mesma, provando sua dignidade.

O grupo fez silêncio. A poucos passos de distância, a moça de cabelos compridos continuava cantando:

— Vamos lá, minha gente — comandava ela. — Cantem comigo.

Mas os amigos mal a ouviam, de tão perdidos que estavam em seus próprios pensamentos.

— Como as coisas mudaram — comentou Rusi, afinal, e uma dezena de cabeças assentiu.

Todos tinham idade bastante para se lembrar de uma Bombaim diferente, a Bombaim da sua juventude, onde bandas de fuzileiros tocavam à noite no Jardim Victoria. As ruas, então, pertenciam a eles e não àquelas criaturas espectrais, pervertidas, que agora as povoavam.

Essa doce nostalgia vinha acompanhada de perto por uma outra sensação, a qual não conseguiam nomear. O reconhecimento entorpecido e envergonhado de que, numa cidade onde grassam a fome e a pobreza, o mundo de seda e ouro — o deles — era um castelo de vidro em que outros não conseguiam resistir à tentação de atirar pedras. A verdade é que a própria vida que levavam era um convite à violência. Durante o longo silêncio que se seguiu, todos registraram isso, mas o momento passou e as palavras raivosas alçaram vôo, mais parecendo um enxame de abelhas.

— Por que eles não arranjam um emprego em vez de assaltar mulheres e mocinhas?...

— São preguiçosos, preguiçosos e imundos...

— Uma vez parei o carro na Marine Drive e mandei um pivete de dez anos entrar. "Vamos", disse eu, "estamos precisando de um empregado lá em casa. O salário é bom, tem café, almoço e jantar. É uma vida melhor que essa". Ele se mandou na mesma hora. O que mostra, *yaar*, que eles não querem nada com o trabalho...

— *Arre*, e por que iriam trabalhar quando podem pedir esmola? Ouvi dizer que alguns ganham centenas de rupias assim...

— Algumas mendigas têm mais jóias de ouro do que eu...

— Agora, os que são cegos e aleijados eu entendo...

— *Arre*, você não sabia que eles aleijam os filhos quando nascem para que a gente sinta pena deles? É assim que ganham tanto dinheiro...

— Ao lado do nosso prédio tem um desses. Aleijou o próprio filho...

— Qualquer mãe que mutilasse o próprio filho...

— Ora, eles não são como nós. Fazem filhos como coelhos, como iriam amar os filhos como nós amamos?

Então se ouviu, como num coro grego: "Ai, Bombaim!"

"Ai, Bombaim", pensou Rusi. "Que lugar. Cidade de sonhos e cidade para despertar do sonho. Endereço da Dharavi, a maior favela da Ásia, e endereço do sofisticado e imaculado Clube de Críquete da Índia. Terra natal de Zubin Mehta, maestro de renome mundial, e de Ragu, o menino mendigo que o pai cegou ao nascer, esperando que esse ato de amor fizesse aumentar o fluxo de moedas piedosas no pote de esmolas do filho. Cidade de amor selvagem e de ódio selvagem. Cidade onde os arranha-céus dourados beijam a face de Deus no céu e as favelas negras descobrem o inferno na Terra."

Alguém estendeu para Rusi outro copo de uísque *on the rocks*. Ele pensou em pedir um pouco de soda, mas depois desistiu. O uísque lhe desceu pela garganta como fios dourados de fogo. Pela primeira vez naquele dia, ele relaxou. Pensou na pobre garota com seis ou sete pontos na orelha. Perguntou-se inutilmente que fim teria levado o assaltante e onde teriam ido parar o relógio e os brincos. Tentou imaginar alguém assaltando Coomi com tamanha violência e se surpreendeu com o surto repentino de raiva que acompanhou a imagem. Sentiu um impulso momentâneo de contar isso à esposa, mas não soube ao certo se queria partilhar com ela a reação àquela idéia ou a própria reação a essa reação. Por isso não disse nada.

Rusi Bilimoria sentou-se novamente em sua cadeira. O uísque começava a deixá-lo melancólico e terrivelmente sozinho. Uma brisa fresca soprava agora, vinda do seio do mar da Arábia. Ele deu uma olhada nos convidados à sua volta, muitos dos quais conhecia da vida inteira. Tantos haviam perdido filhos e filhas para os Estados Unidos ou para a Inglaterra! Trabalharam muito a vida toda, pouparam centavos, reclamaram dos aumentos do preço do leite, do frango, do açúcar, adiaram a realização dos próprios sonhos, mas nem assim conseguiram manter os filhos por perto ou lhes dar a vida que eles teriam no Ocidente. Por isso praticaram o supremo ato de amor — arrancaram do colo os filhos e os deixaram partir. Até os poucos entre eles que eram genuinamente ricos, homens como Jimmy Kanga, que podiam se dar ao luxo de conservar os filhos por perto, não tinham como aproveitar a riqueza, vigiados como eram pelos olhares acusadores de crianças nuas e famintas.

Rusi contemplou o céu sem estrelas como se buscasse uma resposta. "Todos estamos sentados em cima de uma bomba-relógio, a Bomba em Bombaim", pensou, "esperando que ela exploda. Jogando a vida fora nessa espera. Espero duas horas enquanto a minha mulher se apronta. Depois, espero por um táxi que aceite me trazer aqui. Os mendigos lá fora esperam que a gente saia para poder se regalar com os restos de comida. Como esperam os abutres, pacientemente, na Torre do Silêncio, para se regalar com as nossas sobras. E todos nós, aqui, esperamos que algo aconteça. Que alguém acenda o primeiro fósforo. Que alguém detone a bomba. Esperamos por alguma coisa que nos salve ou nos destrua."

O uísque o transportava, levando-o para bem longe. Por um instante, ele se sentiu como um observador anônimo, distante, entre aqueles que eram seus amigos de toda a vida. No segundo seguinte, porém, assaltou-o um terrível misto de pena, afeto e medo dirigido a todos eles. Rusi quis acolhê-los num abraço e conservá-los seguros e jovens. Quis pedir perdão a alguém e quis absolver alguém. Só não soube dizer quem. Quis fazer uma prece para todos eles. Levantou os olhos para o céu sem lua e sentiu um enorme desejo de entoar uma canção chorosa, um lamento. Uma elegia que o vento carregasse de volta para o mar, à sua espera. Mas continuou sentado ali, sem dizer nada.

DOIS

Dosa Popat apagou a luz da sala e correu descalça sobre o chão ladrilhado. Cruzando o aposento escuro, entulhado de móveis, dirigiu-se à janela que dava para a rua. Afastando as cortinas com mãos bem treinadas, pôs a cabeça para fora, furtiva como uma toupeira. O nariz tremeu de excitação.

Dosa atravessara a sala correndo no minuto em que ouviu os passos de Rusi e Coomi Bilimoria descendo as escadas de madeira do Wadia. Quando espiou por entre a cortina, viu o casal sair. Instintivamente, aproximou o braço esquerdo do rosto e olhou o relógio. Quase oito horas. Como sempre, Coomi não teve pressa alguma para se aprontar. Como sempre, Rusi devia estar fulo de raiva. Um olhar rápido e experiente para o casal confirmou sua suspeita. Dosa reparou no espaço que separava Rusi e Coomi quando os dois desceram a rua, e a postura retesada, dura, de Rusi ao andar. Coomi caminhava a passos curtos, entrecortados, tentando acompanhar o ritmo do marido, como se quisesse aplacar a raiva dele mostrando que, finalmente, decidira se apressar.

Dosa sabia que os dois estavam a caminho do casamento de Mehernosh Kanga. Pela manhã, receberia um relatório completo da cerimônia dos vários soldados de infantaria do exército da fofoca, que Dosa meticulosamente arregimentara ao longo dos anos. A partir desses relatos, seria capaz de descobrir não só quanto Jimmy e Zarin Kanga gastaram com o casamento do filho, mas também que convidados se embebedaram e fizeram papel de idiota, bem como quem estava brigado com quem. A pulsação de Dosa se acelerou na expectativa dos prazeres que a aguardavam no dia seguinte. A maior parte da manhã seria gasta em telefonemas, sabia ela, e depois viria a fila de vizinhas, em sua maioria donas de casa ansiosas para depositar suas mágoas e indignação aos seus pés, como se fossem pétalas de rosa.

Mas isso ficaria para amanhã. Hoje, Dosa sente no peito o peso da solidão e da fome ao pensar nas comemorações e na comida que logo os Bilimoria estariam consumindo. De três anos para cá, sua artrite piorou o suficiente para lhe permitir sair de casa apenas para um ou outro funeral. Antes disso, fazia questão de comparecer aos casamentos dos amigos e parentes. No entanto, conforme a idade a afastava das mazelas e dos prazeres da vida de casada e a aproximava da sedução da morte, Dosa abriu mão de comemorar casamentos para poder render homenagens à morte. Em mais de uma ocasião, a visão de Dosa na Torre do Silêncio, vestindo seu sári branco espartano, uma figura encurvada com nariz adunco e olhos dardejantes, provocou nos demais presentes a um funeral um estremecimento involuntário, tamanha a semelhança entre ela e os enormes e pacientes abutres que em pouco tempo devorariam o corpo do morto. Até seu sobrenome, Popat — ou papagaio —, sugeria uma associação meio sinistra.

Durante o dia todo, Dosa esperara a campainha tocar anunciando a entrega em domicílio de uma quentinha do jantar de casamento, mas a comida não apareceu e Dosa se conformou em fazer ovos mexidos para jantar. "Se o velho Hosi Kanga, o tio de Jimmy, ainda fosse vivo, sem dúvida teria mandado entregar em sua casa um *lagan-nu-bhonu*", pensou ela. Mas Jimmy Kanga era como os demais — muito dinheiro, pouca educação.

Pensar nos maus modos da geração mais jovem fez Dosa refletir. Havia mais de três semanas não tinha notícias do filho, Zubin. Dez anos antes, ofereceram a Zubin um cargo em Pune, cargo este que, na opinião de Dosa, o rapaz aceitou demasiado rápido. Ela sempre culpou a nora, Bapsi, por isso. Agora, enquanto checava o calendário para confirmar de quando datava a última carta recebida do filho, Dosa pensou, com antipatia, na nora. "Aquela *daakan* fez um *jadoo* para enfeitiçar o pobrezinho do meu Zubin", disse consigo mesma, não pela primeira vez. "Deve ter posto alguma coisa na comida dele para que o garoto esquecesse a pobre mãe viúva."

Toda sexta-feira, escrevia uma longa carta para o filho, recheada com as últimas fofocas da vizinhança. Embora normalmente escrevesse em inglês, escorregava para o gujarati toda vez que alguma coisa a indignava ou sempre que queria implicar com Bapsi. Quando, durante uma de suas visitas, Zubin recordou-lhe que não sabia ler gujarati, Dosa rotulou de falha de caráter essa incapacidade.

— Se quisesse saber o que se passa na vida da pobre da sua mãe, você aprenderia a ler não só gujarati, mas alemão e italiano também.

— Seja razoável, *mamma* — protestou Zubin. — Você me põe num colégio inglês e quer que eu saiba ler gujarati? Acha que eu sou um Einstein? E o que tem a pobre da Bapsi a ver com isso, ora?

— *Bas, bas, deekra*, já chega — entoou Dosa. — Não precisa ficar contra a sua pobre e fraca mãe para defender a sua mulher. Ela é grande e forte como um touro. Longe de mim falar mal da sua alva princesa. O que dizem por aí é cem por cento correto: um filho só é filho até arrumar uma esposa, mas uma filha é filha a vida toda. O bom Deus, porém, não achou por bem me dar uma filha, alguém que amaria a mãe mesmo já velhinha. *Chalo*, é preciso agüentar calada o que a vida apronta para nós.

Zubin encarou a mãe com a mesma expressão perplexa que o pai, Sorab, costumava usar quando lidava com Dosa. Percebendo esse olhar, Dosa virou-lhe as costas, satisfeita.

Quando Dosa teve Zubin, já estava casada havia cerca de oito anos. A demora não se deveu aos caprichos de um Deus pouco generoso nem a algum problema de Sorab, conforme Dosa costumava sugerir sem palavras aos que estavam à sua volta. Para uma mulher que fazia questão de saber tudo o que se passava na vizinhança, ela escondeu durante um bocado de tempo um segredo espantoso — nos primeiros sete anos de casada, teve relações com o marido precisamente três vezes. A decisão fora dela. Era a única maneira que conhecia de manter sob controle a própria vida, de ter de volta seu corpo, que havia sido comercializado como um saco de farinha.

DESDE O DIA EM QUE ENTROU no jardim-de-infância do Colégio St. Anne para Moças até ser tirada da escola no ginásio, Dosa foi a aluna mais brilhante da turma. Sua estatura baixa garantiu que ela jamais fosse uma boa atleta, e sua natureza irascível assegurou sua impopularidade junto às colegas de classe, mas ninguém podia negar que por trás do rosto sem graça havia um cérebro tão potente e letal quanto uma bomba. Quando lhe perguntavam o que queria ser quando crescesse, Dosa respondia que ficaria feliz de ser professora ou dona de casa, mas sempre acreditou, secretamente, estar fadada a ser médica — a primeira médica parse. Bem cedo Dosa descobriu que, numa garota, a ambição é mais repulsiva do que uma cara coberta de espinhas, o que não a impediu de se esforçar bastante para atingir seu objetivo secreto.

Tudo mudou numa única noite, quando tinha doze anos, embora muitos anos tenham se passado antes que as conseqüências do ocorrido a alcançassem. Os pais haviam encarregado Dosa de cuidar dos irmãos menores para que pudessem ir jantar na casa dos Popat. Os Popat eram velhos amigos, e o jantar era para comemorar o aniversário de dezoito anos do filho Sorab. Incitado pelo uísque barato que lhe serviram, o pai de Dosa, Minoo Framrose, foi ficando cada vez mais sentimental e bombástico.

— Você é o meu amigo mais antigo, Darius — exclamou, expansivo, enquanto a esposa, envergonhada, tentava calá-lo. — Já passamos por muita coisa juntos, *bossie*. Considero você meu irmão. Diga o que quer de mim, irmão, que eu lhe dou.

Darius Popat encarou-o fixamente.

— Não devemos falar o que não sentimos, irmão — disse ele.

— Não, não. Falo sério. Tudo o que é meu é seu. Minha palavra vale ouro, Darius, você sabe disso.

A sala de repente mergulhou no silêncio.

— Tudo bem, então, *salaa*. Prometa-me uma coisa: que quando Dosa, sua filha mais velha, fizer dezesseis anos, você dará sua mão em casamento ao meu Sorab. Somos gente honrada, não iríamos pedir um dote ou algo do gênero. Conheço a sua situação financeira. Afinal, você tem quatro filhas para casar. Não pediríamos dote algum por Dosa. Na verdade, sabe aquele apartamento que tenho no edifício Wadia? Será meu presente de casamento para Sorab e Dosa. O que diz disso, *bossie*?

Por um milésimo de segundo Minoo Framrose titubeou. Então disse:

— Darius, você é realmente um homem de bem, um verdadeiro cavalheiro. Minha Dosa ficará feliz de entrar para uma família como a sua. Dou a minha palavra de honra, *bossie*. Agora, seremos irmãos de verdade.

A caminho de casa e durante toda a manhã seguinte, Shenaz Framrose repreendeu o marido. Minoo nunca a vira tão furiosa.

— O que é a minha filha para ser empurrada para lá e para cá por dois idiotas bêbados? Um par de sapatos? Volte lá agorinha mesmo e diga àquele sem-vergonha do Darius que a voz de ontem não era a sua, mas a do álcool. Entregar a filha de doze anos como se ela fosse uma prostituta! Deus jamais irá perdoá-lo se fizer isso, Minoo.

Conforme a ressaca afrouxava o laço em torno do seu pescoço, o próprio Minoo começou a despertar para a enormidade do que havia feito. No fundo do coração sabia que a esposa estava certa, motivo pelo qual permitiu calado que ela despejasse a sua raiva em cima dele. Cometera um erro terrível, e a filha é quem pagaria por ele. No entanto, sabia também que, apesar dos protestos de Shenaz e das próprias dúvidas, jamais voltaria atrás na palavra dada a Darius. Apertara a mão do melhor amigo selando o acordo. O não-pagamento de um dote por Dosa aumentava as chances de casamento para as outras três meninas. Além disso, Sorab era um bom rapaz de boa família. A julgar pela fúria de Shenaz, parecia até que ele tinha vendido Dosa para um bordel ou coisa que o valha!

Quando Shenaz percebeu que o marido não mudaria de idéia, virou-lhe as costas enojada.

— Toda vez que vocês homens fecham um acordo de cavalheiros, somos sempre nós, as mulheres, que acabamos sofrendo — concluiu amargamente.

Mais tarde, fez o marido prometer não mencionar para a filha o acordo com Darius. Shenaz queria que a menina tivesse mais alguns anos de despreocupação antes que sua vida mudasse para sempre.

Dosa foi informada do arranjo no dia seguinte ao seu aniversário de dezesseis anos. A primeira reação que teve foi culpar a mãe. Dosa adorava o pai, a quem via como um herói, e instintivamente pôs a culpa na mãe pelo que imaginava ser uma tentativa malfadada de domesticá-la. Mas Minoo assumiu a responsabilidade:

— Dosa, meu bem. Foi tudo culpa minha. Fiz uma promessa ao meu velho amigo Darius. Sua mãe não teve nada a ver com isso. Mas eu dei ao tio Darius a minha palavra. E Sorab é um ótimo rapaz, inteligente e trabalhador. Além disso, meu bem, não se esqueça de que tenho suas três irmãs para casar.

Ela se virou para ele com um olhar que congelou seu sangue, um olhar que o pai soube que não esqueceria até morrer. Dosa abriu a boca, e ele se preparou para a negra tempestade de fúria e desespero que viria a seguir, mas ela não emitiu um único som. Abriu e fechou a boca, como um peixe, três vezes. Depois deu meia-volta e se trancou no banheiro. Minoo não teve coragem de encarar o olhar da esposa.

Quando soube que Minoo ia tirar do colégio a sua melhor aluna para casá-la, a madre superiora ficou uma fúria. Simplesmente recusou-se a permitir. Ameaçou fazer uma visita ao escritório de Minoo se ele não comparecesse imediatamente à sua sala.

Quando chegou, Minoo reparou que o rosto da diretora, em geral tão satisfeito, estava roxo como um hematoma.

— Sr. Framrose, quero ouvir com meus próprios ouvidos seus motivos para tirar Dosa do nosso colégio no meio do ano — começou ela. — Ouvi alguns boatos e, francamente, são tão absurdos que mal posso acreditar neles.

Diante daquele olhar penetrante, Minoo sentiu o mesmo tremor dos tempos de menino, quando era chamado à sala do diretor. Sua voz, porém, estava calma quando respondeu:

— Bem, madre, os boatos são verdadeiros. Dosa vai se casar. E o marido não quer que ela estude depois de casada.

A compostura da madre superiora foi para o espaço.

— Deus meu, homem. Será que não entende o que está fazendo? Sua filha tem uma inteligência fantástica e uma curiosidade enorme. A sede de conhecimento de Dosa é algo raro, lindo. Acredite, sr. Framrose, já lecionei em muitos colégios, e Dosa pode se equiparar aos melhores alunos de todos eles. Sua filha tem um futuro incrível pela frente.

A culpa pôs Minoo na defensiva.

— Com todo o respeito, madre, minha filha é uma *mulher* — disse ele, cuspindo cada palavra teatralmente. — Ela pode escolher entre ser enfermeira ou professora, ou seja, limpar o vômito de alguém ou ensinar crianças que não querem aprender. Em vez disso, o marido pode lhe dar uma vida de conforto e tranqüilidade. De qualquer maneira, já dei aos seus futuros sogros a minha palavra de honra.

Os dois passaram meia hora duelando. Quando se convenceu de ter perdido Dosa, a madre superiora tentou outra tática:

— Sr. Framrose, sempre o considerei um homem moderno e honrado. Percebo que não há nada que eu possa dizer que o faça mudar de idéia quanto a Dosa. Mas o senhor tem mais três filhas neste colégio. Antes de sair, me faria a promessa de deixar que as três voem tão alto quanto quiserem sem usar o futuro delas como moeda de troca?

Minoo enrubesceu.

— Prometo — respondeu baixinho. — As outras três podem estudar quanto quiserem. Sempre acreditei que as mulheres devem ser instruídas. Eu só... só lamento que Dosa não vá ter a mesma oportunidade.

Minoo cumpriu a promessa. As três irmãs de Dosa foram para a faculdade, fato que corroeu o coração da primogênita a vida toda. No dia do casamento, ela se virou para a mais velha das três irmãs e disse:

— Suponho que papai tenha feito de mim o cordeiro do sacrifício para que vocês três possam construir a própria vida à minha custa. Pensem na pobre irmã de vocês quando estiverem estudando na bela biblioteca de uma universidade.

Enquanto a família preparava o casamento, Dosa prometeu a si mesma que jamais seria pega desprevenida de novo pelas palavras ou atitudes dos que a cercavam. Ser traída pelo pai cristalizou sua curiosidade natural, motivo que a levou, após o casamento, a passar a espionar, cavar e desencavar todos os segredos da vida dos novos vizinhos. Foi surpreendentemente fácil. A maioria anseia por contar a própria vida, descobriu Dosa. Em poucas semanas, ela já sabia quem odiava quem, que morador nutria uma paixão proibida, que marido batia na mulher e quais eram as sogras tirânicas. Maus casamentos, maridos alcoólatras, filhos transviados, problemas com serviçais, doenças crônicas, empresas falidas, rivalidades entre irmãos — os vizinhos de Dosa levaram à recém-chegada sua ladainha de problemas até que ela conhecesse suas vidas tão bem quanto eles próprios.

Ao longo dos anos, Dosa tornou-se a parteira de informações das redondezas — a fofoca nascia em seu apartamento e era carregada como um bebê para a vizinhança pelo batalhão de donas de casa que a visitavam diariamente. Mães a procuravam para se queixar com azedume dos filhos ingratos; esposas a enchiam de oferendas diárias de infidelidades, bebedeiras ou maus-tratos dos maridos. Eventualmente, os próprios maridos zuniam porta adentro, sem se fazer anunciar, para denunciar as esposas, apelando depois a Dosa para incutir algum juízo naquelas cabecinhas tolas. E Dosa em pessoa encurralava os filhos desnaturados quando estes tentavam passar despercebidos pela frente do prédio e lhes fazia sermões sobre como Deus vigiava cada movimento deles.

— Deus amarrou Satã com correntes grossíssimas. Mas Satã passa o dia lixando essas correntes, fazendo com que fiquem cada vez mais finas. Toda vez que você é rude com sua mãe, sabe o que acontece? Está ajudando Satã a afinar suas correntes. Agora, quando Satã se soltar, quem você acha que ele virá pegar, rápido que nem foguete? Você.

Era difícil dizer se as crianças sentiam mais medo da teologia canhestra de Dosa ou da visão daquela mulher baixinha, magra como um palito, com os dedos longos como garras, que os olhava com aqueles olhinhos que pareciam bolas de gude. Fosse como fosse, a maioria voltava para casa depois desses encontros e pedia desculpas, chorando, às maravilhosas mães.

Dessa maneira, Dosa descobriu um meio de realizar sua ambição frustrada de ser médica. Em lugar de consertar corpos defeituosos, tentava consertar vidas defeituosas. Mas ela nunca dava aos pacientes remédio suficiente para efetivamente curá-los, apenas a dose certa para mantê-los confiantes em seus poderes, para obrigá-los a voltar sempre. O credo de Dosa nunca foi a reconciliação familiar, mas o domínio matriarcal, e ela treinou seu exército de donas de casa frustradas com base nessa filosofia. Algumas levaram a sério a mensagem, enquanto outras nem tanto, guardando distância da presença venenosa da viúva durante os períodos de reconciliação com os maridos, voltando depois ao ninho, penitentes, nas horas de discórdia conjugal. Dosa sempre as recebia de volta.

Ela mesma não escapava imune das fofocas da vizinhança — nos primeiros anos, especulou-se um bocado quanto ao motivo por que a jovem esposa de Sorab não lhe dava um filho. Poucos conheciam o acordo incômodo firmado entre Sorab e Dosa na noite de núpcias. Poucos suspeitavam de que coubera a Sorab expiar a traição sofrida por Dosa nas mãos do pai. Nisso, Dosa teve sorte. Sorab era basicamente um jovem fraco, medianamente educado, presa fácil das ameaças da esposa extremamente inteligente e voluntariosa.

Dosa permitiu que Sorab se impusesse a ela na noite de núpcias. Ele era um amante inexperiente, sem inspiração, e Dosa precisou de muita força de vontade para agüentar todo aquele contorcionismo frenético e caótico, para tolerar calada a dor aguda e a sensação de nojo que perpassou seu corpo quando ele a penetrou. Chegou mesmo a deixar que ele a abraçasse e acariciasse seus cabelos enquanto sussurrava desculpas por tê-la machucado. Esperou que a respiração do marido voltasse ao normal, que seu coração retomasse o ritmo regular. Então, foi ao banheiro, trancou a porta e lavou-se vigorosamente. "Você não vai engravidar", avisou a si mesma, veemente. "Não vai."

Quando voltou do banheiro, Sorab dormia enroscado, parecendo um gatinho feliz, aconchegado. Esquivando-se dessa visão, Dosa sentou-se na beira da cama e acordou o marido. Durante um minuto, Sorab olhou-a com uma expressão aturdida, como se não reconhecesse o fato de que a mulher ali na cama era a mesma com quem partilharia sua vida. Então, seu rosto se abriu num sorriso.

Foi quando reparou no olhar da esposa.

— Querida, qual é o problema?

Ela o encarou diretamente, os olhos gelados como a faca que estava prestes a cravar nele.

— Sorab, só vou falar uma vez, por isso escute bem — começou. — De hoje em diante, nunca mais vou ter relações com você. Vou cozinhar para você com satisfação, arrumar a casa para você, engraxar os sapatos para você. Mas se encostar sequer uma unha em mim, irei até o Templo de Fogo e me jogarei no poço. Vou morrer antes que os sapos lá dentro possam desconfiar da minha presença. Isso eu lhe prometo.

Ele a olhou e, por um momento, achou que ainda estava dormindo e sonhando.

— Dosa, não conheço você o suficiente para saber... se isso for uma piada, meu bem...

— Não é piada.

E, para garantir que ele entendesse, repetiu:

— Não é piada. E tem mais. Ninguém vai saber desta conversa. Que todos se perguntem por que não temos filhos, que façam seus *guss-puss*, não dou a mínima para cochichinhos. Se alguém perguntar, diga que é problema nosso.

— Mas eu quero ter filhos — exclamou Sorab. — Eu sempre quis ter filhos.

— Então deveria ter sido suficientemente macho para enfrentar seu *pappa* e dizer que escolheria por conta própria uma mulher para casar — gritou Dosa com fúria. — Em vez de destruir a minha vida, você deveria ter falado com *ele* da sua vontade de ter filhos. Eu não quero filhos, nem agora nem nunca. Tudo que eu queria era me formar no colégio e entrar na faculdade. Mas, no final, o que ganhei foi *isto*.

— Mas... mas... eu não sabia de nada. Milhões de casais têm casamentos arranjados, afinal. E eu sou um homem jovem. O que você está sugerindo é impossível, Dosa. Tenho minhas necessidades, se é que me entende. Todos esses anos esperei você se tornar uma mulher, esperei pacientemente. Tenho vinte e dois anos. O que você quer que eu faça com as minhas necessidades?

— Procure uma prostituta, se precisar, mas estou avisando, Sorab, se me tocar novamente, o que vai ter é o meu corpo morto, gelado.

Não houve o que a demovesse. Durante os primeiros meses, Sorab implorou, rezou pedindo que Deus lhe desse orientação e tolerância, chorou de amargura e frustração, mas nada adiantou. Às vezes, o desejo que sentia pela esposa era tamanho que ele pulava da cama, frustrado, e passava a noite na poltrona da sala. Várias vezes pensou em ir embora, mas sabia que um divórcio partiria o coração da mãe. E uma parte dele se solidarizava com a mulher brilhante e extremamente inteligente cuja vida destruíra sem querer.

Finalmente, no sétimo mês de casamento, Sorab teve uma conversa com Dosa, o tormento habitual em seu olhar substituído por algo que beirava a calma.

— Sente-se, Dosa — disse ele, apontando para uma cadeira na cozinha. — Nem nos meus piores pesadelos pensei que um dia fosse ter uma conversa assim com a minha mulher, mas você não me deu outra alternativa. Sou homem, Dosa. Se você não cumprir suas obrigações conjugais, vou passar a freqüentar bordéis, está entendendo?

Pela primeira vez em meses a expressão dela se suavizou. Estendeu o braço e pegou a mão dele entre as suas, fazendo com que, por um instante, seu coração se animasse.

— Eu entendo — disse Dosa, com meiguice. — Nunca foi minha intenção privá-lo das suas necessidades. Você tem a minha aprovação para visitar tantas prostitutas quantas quiser.

Foi então que ele a esbofeteou com força. Logo ele que jamais se metera em briga, mesmo quando garoto.

— *Saali besharam*. Me casei com um demônio, não com uma mulher. Você é mais baixa que uma prostituta qualquer para falar desse jeito com o próprio marido. Eu deveria ter deixado que você pulasse naquele poço no qual jurou que pularia. Deveria, eu mesmo, ter jogado você lá dentro. Ao menos seriam os pobres dos sapos que iriam agüentar o seu *dookh*, não eu. O que aconteceu em novembro não foi o meu casamento, foi o meu enterro.

Dosa ficou ali, diante dele, imóvel, esforçando-se para que o rosto, já inchado, permanecesse calmo, esforçando-se para não tocar o sangue que brotava em seu lábio superior. Esperou que a tempestade de fúria do marido passasse e que ele voltasse a ser o homem gentil, cortês, de antes. Não precisou esperar muito. Os olhos dele se arregalaram ante a visão do rosto inchado da mulher assim que se dissipou a bruma da raiva, e seu lábio começou a tremer.

— Dosa, meu bem. Oh, Dadaji, o que foi que eu fiz? Dosa, por favor, diga alguma coisa, por favor. Ai, meu Deus! Que as minhas mãos sejam cortadas como castigo. Ai, Dosa, me perdoe, me perdoe, por favor.

Ele jamais voltou a incomodá-la, mas, por volta do segundo aniversário de casamento, Sorab começou a fazer visitas discretas ao bordel, embora não falasse disso com ninguém. Sempre que a mãe indagava sobre a chegada de netos, ele descobria um jeito de se esquivar, levando na brincadeira. Habituou-se a ver a expressão curiosa, levemente penalizada, nos olhos dos vizinhos. Por mais estranho que pareça, o segredo dos dois o ligava a Dosa, lhe dava uma sensação de cumplicidade com a esposa e, paradoxalmente, quanto mais desprezo recebia dela, mais amor lhe devotava. Dosa também descobriu uma maneira de lidar com a pergunta jamais feita que, sabia muito bem, não saía da cabeça dos amigos e dos vizinhos. Sem dizer palavra, aludia vagamente ao "problema" de Sorab e com competência transformava o marido no foco da pena e do escárnio não verbalizados dos ouvintes, enquanto atraía para si a solidariedade e a admiração destes.

— Devemos aceitar o que quer que Deus nos reserve — dizia estoicamente, enquanto a platéia anuía e a cumulava de "tsc-tsc"s solidários.

Sete anos se passaram desse jeito. Diariamente, depois que Sorab saía para o trabalho, Dosa arrumava a casa e preparava o jantar. Depois, cumpridas as funções de esposa, passava algumas horas lendo a respeito dos benefícios medicinais das ervas, assunto que despertara seu interesse alguns anos antes. Com freqüência, aparecia uma vizinha para pegar com Dosa remédios para resfriados, febres, queimaduras, dores nas juntas, alcoolismo e infidelidade. Dosa nunca aceitava dinheiro em pagamento pelos remédios. Em vez disso, a freguesa saldava sua conta com nacos de fofoca e informação. Enquanto tratava as mazelas físicas de suas vizinhas, Dosa também as orientava na escolha de carreiras, na arte de criar os filhos e de manter boas relações conjugais. Apesar da pouca idade, sua reputação cresceu. Todas as mulheres que recebiam sua ajuda elogiavam-lhe o talento para as amigas. Mulheres como Yasmin Shroff, que era cinco anos mais velha que Dosa, respeitavam a força de vontade férrea e a inteligência da jovem.

— Arrume um emprego — aconselhou Dosa a Yasmin, quando esta apareceu em sua casa com hematomas no braço. — Quanto mais você ficar em casa, menos ele vai respeitá-la e mais você vai apanhar. Sua cabeça é boa; use-a. E não se preocupe com esse seu marido *besharam*. Deixe ele comigo.

E cumpriu a palavra. Dosa esteve na casa dos Shroff três dias mais tarde para se encontrar com Gustav Shroff. Após falarem sobre algumas amenidades, ela entrou direto no assunto. Gustav, porém, foi taxativo quanto a proibir a mulher de trabalhar fora. Falou de orgulho e honra masculinos e do peso do próprio sobrenome. Dosa deu um suspiro. Gustav não estava facilitando as coisas. Lançou-lhe um olhar avaliador.

— Gustav, me escute calado um minuto — comandou, finalmente. Fez-se uma longa pausa. — Como você é casado com uma grande amiga minha, vou dizer uma vez só — prosseguiu, calmamente. — É melhor ouvir meu conselho... Você não há de querer se preocupar com tudo que come em casa, Gustav. O lar de um homem é seu castelo. Ele não deve ter que temer que ponham algo em sua comida. Está entendendo? É melhor deixar que Yasmin arrume um emprego para que ela também seja feliz.

Gustav piscou.

— Isso é uma ameaça, Dosa?

— Ameaça? *Baap re*, ah, meu Deus, Gustav, sou apenas uma pobre dona de casa ignorante. Passo o tempo misturando as minhas ervas. Alguns dizem que elas ajudam, outros dizem que não.

Como vou saber? E quem sou eu para ameaçar você? Não, desejo o seu bem, só estou lhe dando um bom conselho. Segui-lo ou não é escolha sua.

Antes que Dosa se fosse naquele dia, um Gustav nervoso concordou em permitir que a mulher arranjasse um emprego e chegou mesmo a se oferecer para acompanhar Dosa até em casa. Só muito mais tarde naquela noite ele se deu conta de que a mulher que o havia forçado a mudar de idéia era doze anos mais nova que ele.

Conforme foi ficando mais segura de que Sorab não precisava dela sexualmente, Dosa passou a gostar dele de outras maneiras. Nos fins de semana, os dois iam até a praia e jantavam a salada *bhelpuri* e *panipuri* nos quiosques à beira-mar. Ou assistiam a um filminho na Sociedade Cinematográfica Bombaim. Ambos adoravam cinema, e na volta para casa conversavam animadamente sobre o filme a que haviam assistido. Esses eram os momentos de que Sorab mais gostava, quando a esposa parecia feliz e vivaz. Nessas horas, ele a via como uma boa amiga, e não como esposa, e se esquecia da mágoa enorme que ela lhe causava. Em seus momentos mais especiais, chegava mesmo a concluir que o seu era um casamento melhor do que o da maioria dos amigos, livre das tiranias de filhos chorões, de ciúmes e de recriminações mesquinhas. Dosa mantinha a casa limpa, esperava por ele com o jantar pronto, adorava acompanhá-lo ao cinema, jamais censurava sua forma de gastar dinheiro ou tempo. Além disso, ele agora tinha relações sexuais regularmente. Duas vezes por semana, Sorab voltava tarde do trabalho. Jamais explicou aonde ia; Dosa jamais perguntou.

Algumas semanas antes do oitavo aniversário de casamento, Minoo Framrose morreu dormindo. Sorab tinha acabado de chegar ao trabalho quando recebeu o telefonema. Imediatamente deu meia-volta e se pôs a caminho de casa. Encontrou Dosa como nunca a tinha visto antes — desnorteada, histérica, alternando entre a fúria contra o pai e o remorso pelos sete anos de amargura e distância. Juntos, os dois compareceram durante quatro dias às cerimônias na Torre do Silêncio. Nesse período, Sorab encontrou sua virilidade. Foi firme com a esposa quando ela se recusava a comer, foi carinhoso quando ela não conseguia dormir e a abraçou forte quando ela estremeceu com soluços ao ver o corpo de Minoo ser baixado ao poço onde o aguardavam os abutres.

Chegou em casa exausta, esgotada, como se a dor a tivesse secado.

— Vá dormir — sugeriu ele com carinho. — Depois eu levo torradas e manteiga para você comer.

Mas quando entrou no quarto, Dosa estava sentada na beira da cama, com uma expressão pensativa no rosto.

— Obrigada por esses últimos dias. Não sei nem o que teria sido de mim sem você.

— Shhhh, Dosa. Nem pense nisso. Afinal, você é minha mulher. Cuidar de você é minha responsabilidade. Quem dera eu pudesse apagar a sua dor, transferi-la para mim.

Os olhos dela se encheram novamente de lágrimas.

— Como ainda consegue me amar, depois do jeito como tem sido tratado por mim? Destruí sua virilidade, transformei você numa minhoca. Qualquer outro homem já teria me abandonado há anos. Todo o meu *khoonas*, meu ódio, contra papai descontei em você. Ai, Sorab, eu deveria ter pulado naquele poço anos atrás.

— Não fale assim, Dosa. Não adianta chorar sobre o leite derramado. De que serve desenterrar velhos fantasmas? Você precisa descansar, meu bem. Feche os olhos e durma.

Mas Dosa estava inconsolável, e Sorab logo se deu conta de que a esposa precisava não de sono, mas de absolvição. Por isso deixou-a falar, e ela lhe contou tudo: que ganhara um livro como primeiro prêmio no concurso de leitura na segunda série. Que ainda guardava a fita azul que viera amarrando o livro. Que havia sido, sempre, a melhor aluna da sala. Que, embora nunca tivesse dito a ninguém, sempre acreditara que seria a primeira médica parse da cidade. Que o pai sempre a estimulara a se sair bem na escola, o que tornara sua traição ainda mais difícil de aceitar. Que adorava e venerava o pai, e que agora lhe cortava o coração pensar como ele vendera o futuro da filha como se fosse um par de sapatos. Que ele entrara em seu quarto na noite da véspera do casamento e lhe pedira desculpas, mas ela ficara calada até ele sair. Que, mesmo no auge da raiva, ela havia entendido por que o pai não podia voltar atrás na palavra dada a Darius, chegava mesmo a admirá-lo por isso, e se odiava por continuar a amá-lo. Como era mortal, ainda hoje, ouvir falar das conquistas das irmãs e como se odiava por guardar ressentimento contra as pessoas que mais amava. Que morria de medo de ter filhos cedo, e que odiara Sorab porque tinha pavor do seu poder de engravidá-la. Que o via como a encarnação da peça que o destino lhe pregara, e havia jurado fazê-lo pagar pelo erro do pai. Que tentara continuar odiando o marido, mas fracassara. Que sua bondade e seu temperamento afável a tinham vencido. Como se sentia sozinha quando ele estava no trabalho e como esperava ansiosa ouvir os passos dele toda noite, chegando em casa. Que o pavor de ter filhos passara, agora que estava mais velha, e que seu coração se aquecia à idéia de ter um bebê para amar. Que estava cansada de resolver os problemas dos outros quando seu casamento não passava de uma mentira. E que queria, sim, ah, como queria amar, precisava amar, ser capaz de dar e receber amor. Quanto era grande o medo de ser tarde demais, de ter espantado o amor do coração do marido do mesmo modo que o afastara fisicamente de si e o jogara nos braços de estranhas. Que errara ao puni-lo pela traição de outra pessoa, cometendo um erro terrível, tenebroso, do qual agora se arrependia.

Sorab olhou incrédulo para Dosa, temendo acreditar no que ouvia. Algum instinto primitivo alertou-o de que aquele não era o momento para palavras, e ele a tomou nos braços. Durante um segundo sentiu-a retesar-se, como que por hábito, até que pôde perceber o lento degelo do seu coração glacial. Depois de dormir anos com mulheres que não se preocupava em abraçar um segundo sequer além do necessário, Sorab Popat agarrou-se à esposa voluntariosa, obstinada e diminuta como um homem se agarra a um salva-vidas.

Zubin nasceu um ano depois. Era um menino alegre, que herdou o temperamento fácil e afável do pai e a inteligência da mãe. Dosa era uma mãe atenta que zelava pelo filho único com uma ferocidade e um instinto superprotetor que surpreendia e exasperava o marido. Zubin não tinha permissão para se juntar aos outros garotos da vizinhança para brincar na calçada, porque Dosa se apavorava com a possibilidade de o seu filhinho ser atropelado por um carro ou, na melhor das hipóteses, levar um tombo e esfolar o joelho. Considerava cada corte, hematoma ou febre do menino um reflexo da sua incompetência materna. Toda vez que Zubin contraía as inevitáveis doenças da infância, Dosa passava a noite acordada ao lado do filho doente, cobrindo-o com cobertores, abrindo e fechando janelas, aplicando compressas de água-de-colônia gelada na testa febril. Era como se o menino de cabelo escuro e sorriso fácil tivesse libertado todo o amor que Dosa mantivera escondido no coração durante sete longos anos. E, curiosamente, havia amor de sobra para incluir Sorab, de tal forma que havia dias em que ele achava difícil lembrar-se dos tempos de seca. Com o passar dos anos, a época em que ele procurava prostitutas enquanto a jovem esposa virginal dormia no leito conjugal assumiu uma aura irreal, à semelhança de um sonho há muito esquecido que alguém precisa fazer força para trazer à memória.

Certa vez, numa das raras ocasiões em que o casal jantou fora sem Zubin, Sorab resolveu pegar um atalho que cortava a zona de prostituição. Quando desceram a rua onde costumava visitar sua prostituta predileta, Sorab diminuiu levemente a velocidade da moto para lançar um olhar ao apartamento do terceiro andar que freqüentara durante tantos anos. Achava que mal havia virado a cabeça para um breve olhar, mas Dosa, vigilante como sempre, percebeu.

— Alguém que você conhece mora aqui?

— Não, ninguém. Quer dizer, só uma pessoa daquela época... você sabe...

— Entendo.

Mais tarde, na cama, Sorab abriu os olhos e viu Dosa olhando bem de perto para ele.

— Então, você sente saudade delas, sente?

Ele precisou de um minuto para entender a quem a mulher se referia.

— Saudade delas? Nem por uma hora, nem por um minuto. Por que sentiria? Todo o meu mundo está bem aqui, debaixo deste teto.

— Tem certeza?

Ele nunca a tinha visto assim, e seu coração inchou de ternura e pena.

— Dosa, minha Dosa. Você é minha mulher e também minha vida. As outras foram... papel. Entende? Papel. Enquanto você é veludo:

nobre, pesado, macio. Algo que faz um homem se sentir realizado quando o tem nas mãos.

Dois dias antes do décimo aniversário de Zubin, Sorab resolveu parar na loja Best Cake para surpreender a mulher e o filho com as bombas de chocolate de que os dois tanto gostavam. Desde o nascimento de Zubin, Sorab desenvolvera um ritual repetido mensalmente no dia do pagamento do salário: chegar em casa com uma pequena surpresa para a família. Antes de sair da loja, fez uma encomenda para a festa de aniversário.

— Que esteja bem fresquinho, hein? — lembrou ao balconista. — Quero que esse bolo desmanche na boca do meu filho. Vejo você depois de amanhã.

Estava escuro quando saiu da loja, e Sorab sentiu uma vontade urgente de chegar rápido em casa para ficar com a mulher e o filho. Resolveu fazer um caminho diferente. Balançando o pequeno embrulho com os doces na parte dianteira da moto, cortou a frente de um carro, cujo motorista entrou em pânico e pisou o acelerador em vez de pisar o freio. Foi um erro fatal. O carro acertou em cheio a moto, com um impacto que fez voar o corpo magro de Sorab como se fosse uma pipa, atirando-o duas pistas adiante. Transeuntes que viram o corpo quebrado e retorcido instintivamente rezaram para que estivesse morto. Dois minutos depois, suas preces foram atendidas. As pálpebras de Sorab estremeceram brevemente, a boca formou um "O" silencioso, e então ele morreu. Outras testemunhas espantaram os pivetes que rastejavam em volta da moto esmagada na esperança de salvar a sedutora caixa de doces.

Dosa recusou-se a acreditar na notícia quando a recebeu. Não podia aceitar que sua vida tivesse sofrido mais um desvio inesperado, sendo que dessa vez não havia um bode expiatório à mão para levar a culpa de mais uma traição, de mais uma promessa quebrada. Toda a amargura drenada do coração de Dosa pelo amor e pela decência constantes de Sorab voltava agora, juntamente com uma sensação de perseguição, de injustiça. Ela chocou a mãe ao recitar os nomes de todas as pessoas que preferia ver mortas no lugar do seu Sorab. A mãe, já idosa e cheia de culpa por conta de um erro do passado, tentou desesperadamente ajudar a filha enlutada a enfrentar essa nova armadilha do destino, mas Dosa permaneceu inconsolável. As três irmãs se alternavam a seu lado, inclusive a mais nova, Banu, que então cursava direito e pouco via a irmã mais velha, que jamais lhe permitira esquecer que o seu futuro fora construído sobre as cinzas dos seus próprios sonhos. Dois anos antes da morte de Sorab, Banu fizera uma catarse para a irmã mais velha, cujo sofrimento a perseguira qual uma sombra ao longo de toda a vida. Dosa e Sorab haviam convidado a família para jantar, e, como de hábito, Dosa fez algum comentário sobre a vida "fácil" que as irmãs mais novas levavam. Dessa vez, porém, Banu não se manteve calada.

— *Bas*, Dosa. Já chega. Papai está morto, você tem um filho lindo e um ótimo marido. Mas não basta. O que aconteceu com você são águas passadas. *Baap re*, neste ritmo, hindus e muçulmanos serão amigos antes que você perdoe e esqueça. O resto da família pode continuar dizendo "pobre Dosa", mas, pessoalmente, já estou de saco cheio das suas observações ferinas e suas *nakhras*; é, pare com esse drama. Não me convide de novo para a sua casa, porque não virei.

Ver Banu no funeral do marido fez a dor subir como bile à garganta de Dosa. Estava prestes a atacar, a culpar de alguma forma Banu pela morte de Sorab, quando sua mãe a deteve.

— *Deekra*, não macule a memória do seu santo marido — murmurou ela. — É hora de a família ficar unida. Você já está enfrentando um *dookh* grande o bastante. Não precisa fazê-lo crescer mais ainda.

Após a morte de Sorab, Dosa desenvolveu uma obsessão pelo filho.

— Agora você é meu filho e meu sol, a única luz na minha vida — dizia para o garoto confuso, que ficava dividido entre o desejo de proteger a mãe e a vontade de fugir da sua onipresença.

Até a morte do marido, Dosa enchera o filho de livros, razão pela qual as primeiras lembranças de Zubin eram de ler na sala de estar enquanto os gritos das crianças da vizinhança, brincando na rua à tardinha, entravam pela janela aberta. Se, na época, uma pontada de solidão costumava cutucá-lo, os romances e livros escolares mais que o compensavam por isso. Zubin se tornara um jovem cauteloso, dado à leitura, mais à vontade numa biblioteca ou sala de aula do que num campo de críquete.

Agora, porém, Dosa queria conversar com o filho à noite, em lugar de deixá-lo em paz com o nariz enfiado num livro. O dia todo, enquanto Zubin estava na escola, Dosa percorria a vizinhança atrás de fofocas, que ela acumulava para ofertar a Zubin no final do dia. Se o garoto demonstrava desinteresse pelas idas e vindas dos adultos à sua volta, Dosa o repreendia:

— Você está ficando igualzinho a eles, Zubin — dizia ela. — Não dá a mínima para a sua pobre mãe viúva.

Por sorte e azar de Dosa, a soma da pensão e dos investimentos de Sorab, mais a generosidade do sogro dispensaram a viúva de trabalhar para se sustentar. Darius Popat anunciou no funeral do filho que preferia morrer a deixar que a nora arrumasse um emprego. Dosa aquiesceu satisfeita. Após anos de relativa quietude, o apartamento voltou a fervilhar de fofoqueiros. Enquanto Zubin estava na escola, Dosa se sentava no sofá como uma rainha e fazia pronunciamentos enquanto as visitas entravam e saíam com as oferendas das informações mais suculentas.

Um ano depois da morte de Sorab, Dosa encontrou Zubin na cozinha, dissecando uma barata morta com uma concentração feroz estampada no rosto.

— Minha nossa, Zubin. O que você está fazendo, com essa cara de assassino? Largue essa coisa imunda e vá lavar as mãos, *fatta-faat*.

— Tudo bem, mãe — retrucou o garoto, solene. — Estou só praticando para a aula de biologia. Para ser um médico brilhante, segundo o meu professor, o sr. Pinto, preciso superar meu *soog* e estar preparado para cortar gente e tudo mais. Para isso, tenho que começar com insetos.

Foi a primeira vez que Dosa ouviu Zubin falar de seu desejo de ser médico. As palavras do filho acordaram a inveja que dormitava logo debaixo da pele de Dosa. E na esteira da inveja surgiu o medo. Medo de que o filho viesse a arder com a mesma ambição que a queimara e depois fosse destruído pelo seu fogo quando este se apagasse, como ela achava (por pura superstição) que inevitavelmente ocorreria. A inveja ela até poderia superar, pois amava genuinamente o menino. Mas a combinação de inveja e medo era tóxica. Convenceu-se de que Zubin estava prestes a cometer o mesmo erro que ela cometera, que seus sonhos eram grandiosos demais para sua vidinha medíocre de classe média. Seu coração sofria pelo filho, como se as decepções que ela acreditava que o aguardavam já tivessem se materializado.

Em pânico, Dosa ligou para Yasmin Shroff no trabalho. Yasmin era agora secretária na fábrica Tata, e sua independência despertava a admiração de Dosa.

— Yasmin, aqui é a Dosamai. Desculpe incomodar você no trabalho, mas estou com um problema. Não, todo mundo vai bem. É só que... Zubin me disse hoje que quer ser médico.

Yasmin pareceu confusa.

— Que ótimo, Dosa. Qual é o problema?

Dosa se impacientou.

— Esse é o problema, idiota! Eu também já quis ser médica, mas meu falecido pai, meu pai querido, fez outros planos. Em vez de ir para a faculdade, me casei com Sorab. Não quero que Zubin sofra a mesma decepção que eu.

— Ora, Dosamai, você não está querendo casar Zubin contra a vontade dele. Além disso, as crianças mudam de idéia com a idade. Mas, se Zubin estiver falando sério, acho que seria maravilhoso ele realizar o sonho que já foi seu um dia. De certa maneira, Zubin poderia mantê-lo vivo. Entende o que eu digo?

Dosa desligou o telefone odiando-se por ter ligado para Yasmin.

— Aquela Yasmin idiota — exclamou em voz alta. — Tem alpiste na cabeça. Acha que porque trabalha na Tata é tão esperta quanto o próprio sr. Tata. Imbecil!

Dosa não queria realizar o próprio sonho abortado por meio das conquistas de Zubin. Considerava, ao contrário, que seu papel era proteger Zubin de uma decepção futura. E, se isso significasse ter de ser ela a pessoa a partir seu coração agora, estava disposta a pagar o preço. Naquela noite, pela primeira vez, empurrou Zubin porta afora dizendo que fosse jogar críquete com os outros garotos da vizinhança.

— Já chega de tanto fazer experiências e estudar. Você está virando uma traça de livros, em casa o dia todo retalhando baratinhas infelizes. Como acha que as mães e os pais das pobrezinhas se sentem vendo isso?

Zubin, que crescera ouvindo a mãe amaldiçoar diariamente as baratas que infestavam a cozinha, olhou aparvalhado para Dosa. Nunca na vida tivera um taco de críquete nem fazia a mínima idéia de como se portar junto aos garotos durões, bronzeados e musculosos com os quais agora era estimulado a se socializar. Creditou o estranho comportamento da mãe ao luto prolongado pela morte do pai.

Desse dia em diante, Dosa embarcou num plano para salvar Zubin da própria inteligência. Numa inversão absoluta do comportamento anterior, agora o encorajava a estudar menos em casa. Falava bem das virtudes da humildade, tecia elogios às pequenas coisas. Ora, trabalhar como auxiliar administrativo com outros parses no Banco Central da Índia era um emprego tão bom quanto qualquer outro. Um contracheque garantido, benefícios atraentes, segurança, um longo horário de almoço. Passou a procurar nos jornais qualquer notícia que falasse de médicos que, por negligência, haviam causado a morte de pacientes ou realizado experiências esquisitas, esfaqueado as esposas ou se envolvido em escândalos. Qualquer descoberta dessas era posta onde Zubin não pudesse deixar de vê-la.

Um dia, ao abrir a porta da frente para chamar o filho para jantar, Dosa o flagrou conversando animadamente com Rusi Bilimoria, que morava no andar de cima. Rusi, que era alguns anos mais velho que a maioria dos garotos da vizinhança, já era uma lenda por ter um trabalho de meio expediente e estar sempre falando em comprar uma moto com seu próprio dinheiro.

— Quando eu comprar uma casa bem grande em Worli ou em Marine Drive, você pode ir me visitar — Dosa ouviu-o dizer a Zubin. — Daqui a poucos anos, *bossie*. O que eu quero dizer é o seguinte: se estiver disposto a dar duro, tudo é possível, *na*? O céu é o limite.

Suas palavras assustaram Dosa. Ela podia perceber a autoconfiança de Rusi desmanchando todos os planos cuidadosos que ela havia feito para garantir que Zubin se tornasse um homem modesto, cauteloso, sem grandes ambições. Já havia seis meses que ela vinha se esforçando para neutralizar a curiosidade natural e a inteligência inata do filho, e agora esse exibidinho de dezessete anos estava prestes a atrapalhar seu esquema, instigando o garoto a sonhar com a possibilidade de escapar do seu mundinho de classe média.

Voou na direção de Rusi como uma leoa protegendo a cria.

— *Besharam*, pare de encher os ouvidos do meu filho com todas essas *dhaaps*, essa mentirada — gritou. — O Wadia é bom o bastante para gente simples como nós. Vá para o seu Worli e more com aqueles *gujus* e *sindhis*, se é o que deseja. Estamos felizes aqui no meio de pessoas como a gente.

— Mãe, pare com isso — disse Zubin baixinho. — Estávamos conversando, só isso.

Rusi pareceu chocado.

— Desculpe, Dosamai. Falei só por falar — justificou, subindo as escadas a toda.

Daquele dia em diante, Dosa fez questão de acompanhar todos os passos de Rusi. Ao longo de anos, vigiou-o, pois tinha medo de que ele contaminasse o filho, que, com o passar do tempo, ia se transformando no homem embotado e medíocre que ela queria que ele fosse. Cansou de dizer a Zubin que ele deveria agradecer pelo fato de a mãe tê-lo salvo dos sonhos sedutores porém tolos de Rusi, principalmente porque os negócios de Rusi jamais decolaram como ele previra.

— Está lembrado do que eu lhe disse anos atrás, *beta*? — recordou ao filho quando este se tornou funcionário do Banco Central aos vinte e nove anos. — Veja como Rusi trabalha, como volta tarde para casa, cansado como um camundongo perseguido por um gato. E olhe para você, chegando às seis e meia em ponto, novo em folha. E para que Rusi trabalha tanto? Continua estagnado no Wadia, exatamente como nós, gente modesta.

A vitória de Dosa foi coroada alguns anos mais tarde, quando Zubin chegou em casa e lhe contou uma conversa que tivera com Rusi durante o dia. Rusi pedira mais um empréstimo ao Banco Central, e o chefe de Zubin simplesmente negara.

Um choroso Rusi a caminho da saída entreabrira a porta da sala de Zubin.

— *Arre, bossie*, qual é o problema? — indagava Zubin, pondo-se de pé. — O que faz aqui? Entre, entre.

Os olhos de Rusi estavam injetados, e o cabelo, em geral bem penteado, parecia revolto, como se ele tivesse passado a mão na cabeça várias vezes.

— Afundei, Zubin — sussurrou ele. — Meu barco naufragou. Estou cheio de credores que me concederam empréstimos para os negócios. Eles me cobram de vinte e oito a trinta e um por cento de juros, cara. Vim pedir ao gerente da sua agência um empréstimo a juros normais para ver se consigo me livrar desses sanguessugas. Estou esperando uma encomenda grande das empresas Sharma. Coisa de peso. Com uma encomenda apenas, saldo todas as minhas dívidas. Mas fazer o quê? O seu chefe se recusa a me emprestar mais um *paisa* que seja. Não me sobrou dinheiro nem para comprar estoque.

— Você enlouqueceu, Rusi? Fazer negócio com esses agiotas? Eles vão lhe tirar tudo. Além disso, você está nos devendo. Como foi entrar nessa roubada, afinal?

O lábio inferior de Rusi tremeu, mas seu olhar permaneceu firme.

— Anos e anos de problemas que acabaram cobrando seu preço. O tempo todo evitando, por um triz, o fracasso. Comecei meu negócio sem capital algum, Zubin. Você entende? Sem ninguém para me dar suporte, ninguém para me ensinar, me orientar. Todos os erros que cometi paguei por conta própria. Tentando e errando. Eu era jovem e impaciente. Aqueles livros americanos que li, do tipo *Como ganhar dinheiro sem fazer esforço*, davam a impressão de que era fácil. Não foi. Depois, tentar ser honesto neste país corrupto... Deixe para lá. Eu mesmo não sei o que deu errado. Seja o que for, aqui estou. Com uma filha pequena, uma esposa e uma mãe para sustentar. Vou lhe dizer, Zubin, se eu não conseguir este empréstimo, terei de fechar o meu negócio. Aí, sei lá o que vou fazer... provavelmente virar taxista ou algo assim.

— E o que você disse? — perguntou, ansiosa, Dosamai ao filho.

— O que eu disse? Nada — respondeu Zubin, dando de ombros. — Ele voltou para falar com o sr. D'Souza, o gerente da filial.

Zubin não contou à mãe que ele próprio implorara ao chefe para liberar outro empréstimo para Rusi. Nem que D'Souza relutantemente concordara.

E Zubin também não contou a Dosamai o que disse D'Souza, seis meses depois, ao entrar em sua sala sorrindo de orelha a orelha.

— Aquele Bilimoria, que sujeito curioso! Chegou aqui hoje de manhã trazendo a última prestação do empréstimo. Tínhamos quase certeza de que ele estava retendo algum dinheiro, sabe, pegando a parte dele antes de nos pagar o que devia. Por isso, mandamos fazer uma auditoria, e adivinhe? Não encontramos nada de errado. Descobrimos que ele vinha nos pagando cada centavo que devia. Um cara super-honesto. Talvez eu não ficasse tão eufórico se fosse casado com ele, mas, como sou seu banqueiro, acho ótimo.

O coração de Zubin inchou de orgulho.

— É, o Rusi é um cara legal. Eu o conheço desde que me entendo por gente.

Uma parte dele, porém, também achava que Rusi era idiota. "Muito bem, ele evitou uma crise", pensou Zubin, "mas, sem poupança alguma, logo vai se ver no mesmo barco. Continua a depender das encomendas que recebe".

Dosamai não partilhava a afeição do filho por Rusi. Quando, após anos de vigilância, convenceu-se de que Rusi jamais seria o sucesso que ele havia previsto, que sua estrela não brilhava tanto quanto um dia pareceu brilhar, continuou a espioná-lo por hábito. E quando a mulher de Rusi, Coomi, começou a visitá-la com sua ladainha de reclamações sobre o marido, Dosamai a elegeu como a pérola de sua coroa. Contava agora com um atalho para as câmaras mais recônditas do rubro coração de Rusi.

DOSA ENTROU NA COZINHA SUJA arrastando os pés e tirou do armário uma frigideira velha e amassada para nela preparar seus ovos mexidos. Torceu para que Zubin telefonasse essa noite lá de Pune. Com tantos vizinhos no casamento dos Kanga, o prédio parecia atipicamente vazio e silencioso. Mesmo aquela anti-social, a Tehmi, resolvera comparecer à festa. "Será que o bêbado do Adi está em casa?", pensou ela. "Ou Jimmy também o convidou? Como eu queria que Bapsi tivesse se casado com ele e deixado meu Zubin em paz."

A decisão de Zubin de casar-se aos trinta e cinco anos chocou Dosa, que fora mal habituada pelos longos anos em que morou sozinha com o filho único. Imediatamente argumentou que ele estava velho e careca demais para casar, mas dessa vez Zubin não lhe deu ouvidos. Estava louco de paixão pela moça jovial e trabalhadora que acabara de ser transferida, como caixa, para a agência dele. Quando foi apresentada à mulher vibrante, viçosa, que o filho levou para conhecê-la, Dosa se arrependeu das várias vezes em que dissuadira o filho de casar-se com as mulheres insípidas, pálidas e inofensivas pelas quais anteriormente expressara algum interesse. Noras assim Dosa teria sido capaz de controlar. Um olhar para Bapsi bastou para que a futura sogra soubesse que havia encontrado um adversário à sua altura. Bapsi investiu contra a astúcia e a malícia de Dosa com a honestidade e a inocência ostensiva de um touro jovem. Todas as manobras sub-reptícias da sogra, o jeito sonso e a propensão para criar problemas estavam visíveis agora, sob o olhar impassível de Bapsi. A nova nora arrancava a máscara de Dosa com uma regularidade alarmante.

— *Mamma*, saia da janela — dizia alto quando Dosa discretamente afastava as cortinas para espionar alguém. — A vida dos outros não é da nossa conta.

Para Dosa, cuja vida *era* a vida dos outros, as palavras de Bapsi soavam como blasfêmias. Para piorar a situação, a nora também se recusava a embalar a sensação perene de injustiça da sogra quanto à peça cruel que o destino lhe pregara.

— *Na, mamma* — trovejava Bapsi com seu jeito sincero. — Quem garante que a senhora teria mesmo sido uma médica? De todo modo, ganhou um bom marido, o Zubin é um doce, e agora, ainda por cima, conta com uma nora que cuida de todas as suas necessidades. A senhora quer mais o quê? Águas passadas não movem moinhos.

Era como se dois continentes se chocassem. E Zubin logo se transformou no território que ambas desejavam colonizar, e passou a se sentir cada vez mais dividido entre as duas fortes mulheres da sua vida. Durante anos tentou construir pontes entre as duas, lutando para que elas descobrissem uma linguagem comum, mas foi tudo em vão. Bapsi se ressentia do fato de que, enquanto estava com o marido no trabalho o dia todo, Dosa convidava um enxame de vizinhas para horas e horas de fofocas e conversas.

— Uma mente ociosa é tudo que o diabo quer — dizia. — Por que não fazem algum trabalho social em vez de espionarem umas às outras e meterem o bedelho onde não são chamadas? Tem gente que fica tempo demais à toa.

Dosa encarava isso tudo como um desafio ao esforço de uma vida inteira e reagia com a ferocidade de um empresário que acabou de perder um negócio.

— Parece até que ela é a presidente do banco em vez de uma simples funcionária — reclamava para suas muitas fãs. — Meu filho se casou com a rainha de Sabá.

A situação doméstica chegou a tal ponto que, quando o gerente da filial ofereceu a Zubin uma transferência para Pune, Zubin precisou se controlar para não dar dois beijos no rosto do sujeito, agradecido.

— Aceito sim, senhor — respondeu. — Não, não preciso pensar; desde que Bapsi também seja transferida, eu aceito.

Ainda assim, deixar o Wadia não foi fácil. A caminho da estação ferroviária, Zubin encontrou-se com Rusi Bilimoria, que subia a escadaria do prédio, e lembrou-se de uma conversa entre os dois, décadas antes. "Que estranho", pensou, "apesar de todo aquele papo, Rusi jamais se mudou do Wadia. E agora quem está se mudando sou eu".

— Tudo de bom no seu negócio, Rusi — desejou, surpreso com o tremor na própria voz.

— Obrigado por toda a ajuda que você me deu — disse Rusi, tomando a mão de Zubin entre as suas. — Você é um bom sujeito, e o pessoal do prédio vai sentir a sua falta. Boa sorte em sua nova vida.

Quando saiu do prédio, Zubin sentiu uma pontada de medo e de culpa por deixar para trás a mulher que amava e odiava mais do que qualquer outra. Mas quando olhou para a esposa e viu seus cabelos entremeados por fios brancos e a boca que desaprendera a sorrir, soube que era preciso lhe dar uma chance. Ela agüentara muita coisa por causa dele. Ela aturara tanta coisa por causa dele. Agora havia chegado a hora de fazê-la feliz. A mãe ficaria bem, mimada pelas amigas, pelos vizinhos e até pelos inimigos que cultivara ao longo dos anos. Por medo, gratidão, admiração, tédio e até mesmo por amor, eles continuariam a encher a casa de Dosa, buscando seus conselhos, aceitando as ervas medicinais que ela preparava, levando uma eventual caixa de doces ou um prato de costeletas de carneiro ou ainda *biryani*, arroz com carne e batatas.

Mas hoje havia apenas ovos mexidos e uma fatia de pão Modern para jantar. Dosa comeu lentamente a refeição diretamente da panela onde preparara os ovos. Depois mancou de volta para a sala e ligou a tevê, sem se preocupar em mudar de canal. Ajudaria a passar a noite, a matar o tempo. Sua intenção era permanecer acordada até que todos os vizinhos voltassem do casamento, registrar o horário em que cada casal ou família entrasse em casa.

Em poucos minutos, porém, um estranho assovio encheu a sala. Em sua poltrona surrada, com os pés sob as coxas magrelas e a cabeça reclinada no encosto, com um fio de baba se acumulando no queixo, Dosa adormeceu profundamente.

TRÊS

A RECEPÇÃO DO CASAMENTO ESTAVA correndo maravilhosamente bem. Jimmy Kanga contemplou os convidados cobertos de jóias à sua volta, o peito estufado de orgulho involuntário. Como um *jadoogar*, um mágico, ele, Jimmy, transformara a esqualidez de Bombaim em algo belo e refinado. Um refúgio reluzente e bem-vindo do mundo lá fora. Como é mesmo a letra daquela música *Camelot*? Falava alguma coisa sobre um curto e ótimo momento. Inconscientemente, Jimmy cantarolou a melodia. Desde as mulheres vestidas com elegância em seus sáris de seda adornados de jóias até as luzes piscantes num palco atapetado de pétalas de rosa, passando pela comida e pela bebida que corriam abundantes como o Ganges, tudo estava perfeito. Perfeito. Nem sinal da cidade ameaçadora, sombria, a espreitar do lado de fora dos altos portões de ferro. Jimmy Kanga, com um toque da sua varinha mágica, havia feito o mundo desaparecer.

Jimmy sentia os olhos dos convidados seguirem cada movimento seu. Alguns desses olhares transbordavam admiração, outros dardejavam inveja, outros ainda derramavam afeto. Em geral, a inveja dos amigos e vizinhos do edifício Wadia o levava a adotar uma postura humilde e discreta na presença deles. Nem sinal do advogado empresarial feroz e competitivo, andando para lá e para cá nos corredores do Supremo Tribunal como um leão. Jimmy sabia que muitos de seus vizinhos menos afortunados mascaravam o amargor das próprias vidas medíocres ridicularizando os bem-sucedidos e os poderosos. Esse era o jeito que encontravam para agüentar as desilusões da vida, e Jimmy respeitava isso. Havia aprendido a lição da humildade apanhando um bocado. Mas naquela noite era diferente. O filho se casara, e Jimmy saboreava os múltiplos papéis que lhe cabia desempenhar — o pai orgulhoso, amoroso; o anfitrião gentil, atencioso; o marido afetuoso, devotado; o parceiro sagaz e charmoso nos negócios; o implicante e malcriado garoto do edifício Wadia.

Cercado pela família imediata, Jimmy sentiu-se abençoado. Olhando-os agora, experimentou a mesma admiração e alegria que o invadia quando contemplava uma obra de arte no museu Prince of Wales. Deleitava-se ao vê-los — a esposa, Zarin, esbelta e arrumada; o belo perfil de Mehernosh, que podia muito bem ornamentar uma moeda; a nova nora, Sharon, com seu rosto jovem e radioso arrematado por um queixo voluntarioso. O próprio Jimmy Kanga se via como um sujeito extraordinariamente em forma e jovem. Todas as manhãs antes de ir para o escritório, caminhava uma hora num parque em Breach Candy. O resultado era um corpo que não rangia nem gemia com a meia-idade como acontecia com vários de seus contemporâneos. Jimmy sabia que estava com uma ótima aparência naquela noite. Abrira mão do tradicional *dagli* parse em prol de um elegante terno marrom-escuro comprado por Zarin em sua última viagem aos Estados Unidos.

— *Saala boodha* — disse Soli Contractor, cumprimentando-o logo no início da festa. — Você mais parece o irmão mais velho de Mehernosh do que o pai. A advocacia está indo mal ultimamente e você resolveu procurar emprego no cinema? Ouvi dizer que Dev Anand vai finalmente se aposentar.

Dev Anand era o astro eternamente jovem dos filmes híndi, que, graças à combinação abençoada da genética com a cirurgia plástica, desafiava o tempo e a gravidade.

Jimmy riu.

— *Saala*, Soli — respondeu ele num sussurro zombeteiro. — Não deixe que meu filho ouça você dizer isso. Principalmente na frente da noivinha.

Havia gasto trezentas mil rupias no casamento. A certa altura, Zarin tentou frear tanta extravagância, mas o olhar pidão de Jimmy a fez ceder. Agora, ele se congratulava por não ter ouvido a mulher. "Mehernosh merece esta festa", pensou. Afinal, o filho educado em Harvard recusara várias ofertas de emprego nos Estados Unidos para fazer parte do escritório de advocacia do pai. Não eram muitos os filhos de parses que ignoravam o canto da sereia americana hoje em dia. Assim como Jimmy tinha voltado de Oxford para abrir seu próprio escritório em Bombaim, Mehernosh também voltou, tantos anos depois. Tanto o pai quanto o filho contrariaram a tendência vigente.

Para dizer a verdade, porém, ele teria ficado de bom grado na Inglaterra, não fosse o racismo que imperava por lá. Adorara Oxford, suas ruas arborizadas, seus prédios antiquados e aquelas tradições ridiculamente esnobes. Nos poucos anos passados na cidade, desenvolvera uma lealdade — não, um *patriotismo* — em relação à universidade que nenhum país lhe despertara antes. Às vezes, caminhando por suas ruas de paralelepípedos, inspirando o ar cristalino, Jimmy sentia ser capaz de ir à guerra por Oxford, de dar a vida por ela. Afinal, Oxford lhe oferecia uma bolsa integral, e os reitores e professores sempre o acolheram sem reservas, nunca o trataram de forma diferente de como eram tratados os filhos dos lordes e barões.

O problema estava nas ruas. Ali, ele não conseguia fugir da cor da própria pele. Em Bombaim, a pele clara de Jimmy sempre fora sinal de privilégio, um símbolo de status. Na Inglaterra do final da década de 1960, porém, sua cor não era boa o bastante. Não era clara o bastante. Embora a maioria não fosse capaz de identificá-lo como indiano, ser confundido com um nativo do Oriente Médio não melhorava muito a situação. Nunca ocorreu nada de mais grave —

Jimmy jamais foi insultado verbalmente ou agredido fisicamente. Apenas uma leve corrente de ar gelado parecia se instalar quando estava presente, acompanhada de olhares avaliadores que duravam um segundinho mais que o devido. Mas já era o bastante para deixar Jimmy irritado. Ele simplesmente não estava habituado a ser visto como inferior. Por essa razão, rompeu com Karen, a moça impetuosa de faces coradas que despertou sua atenção na biblioteca durante o segundo semestre que passou em Oxford. Os dois se sentiram atraídos de imediato, e Karen milagrosamente nada tinha da superioridade inconsciente que Jimmy detectava em quase todos os brancos que conhecia. Mas mesmo a devoção de Karen não bastou. Infelizmente, ele tinha plena consciência da maneira como os dois eram observados toda vez que entravam num *pub* ou andavam juntos na rua. Embora Karen nunca tivesse dito uma palavra, Jimmy sabia que a moça também notava, e a idéia o fazia sentir-se pequeno e frágil. E Jimmy nunca desejou voltar a se sentir pequeno e frágil. Levara muitos anos para se livrar dessa sensação. Durante todo o tempo que passou na Inglaterra, temeu que, se algum dia alguém lhe dirigisse uma palavra arrevesada o malandro de rua que havia sido emergiria novamente e deixaria seus punhos falarem mais alto.

Além disso, havia as histórias de horror que corriam à boca pequena sobre as experiências profissionais de estudantes indianos logo que deixavam o abrigo da torre de marfim e entravam na feroz arena do mundo corporativo: salários inferiores, promoções adiadas, discriminação e assédio.

Jimmy decidiu bem cedo que preferia ser um peixão num lago pequeno a ser um peixinho num lago grande. Voltou para Bombaim assim que se formou. Seus antigos colegas de faculdade se mostraram incrédulos com esse retorno.

— *Arre*, *yaar*, todo dia ouvimos falar de quanto o governo britânico precisa de mão-de-obra, de como recebe de braços abertos gente instruída — disse Nasir Hussein. — O pessoal por aqui está vendendo casa, móveis, gatos, cachorros, os pais, tudo, e emigrando. E você voltou? Não lhe ensinaram geografia básica, não lhe mostraram a diferença entre o Oriente e o Ocidente em Oxford? Por que está indo na contramão?

Mas Jimmy sabia de algo que o amigo desconhecia. Na Inglaterra, ele seria um em uma dúzia, um entre centenas de ex-alunos de Oxford. Em Bombaim, os contatos do tio, sua origem parse, a pele clara, o inglês fluente e o diploma de Oxford fariam dele um astro. Único. Um peixão.

E também havia o outro motivo, aquele sobre o qual ele relutava ainda mais em abordar. Era simples: Jimmy sentia falta do edifício Wadia, uma saudade que aumentava na proporção do tempo do afastamento. Passando em frente aos lindos prédios cobertos de hera, jantando nos chiques salões de Oxford, saindo do teatro numa noite gelada, Jimmy se via, de repente, assaltado por uma saudade danada de casa. Nessas ocasiões, Oxford parecia demasiado digna, demasiado esnobe, demasiado sem vida. Ele tinha saudade da turma do Wadia, daquela impetuosidade, da irresponsabilidade, das piadas e da impertinência geral. Percebeu que passaria a vida tentando achar um jeito de voltar para casa. Era um efeito colateral da orfandade. Mais que a maioria dos amigos, Jimmy precisava de um lugar para chamar de lar. Jamais se esqueceu dos três meses em que pulou da casa de um parente para a de outro, depois que um acidente de trem matou seus pais quando tinha nove anos. Sua necessidade de segurança, de permanência, de estabilidade, era infinita. Achava, ainda, que voltar para casa era uma dívida com o tio Hormazd. Afinal, o velho solteirão foi o parente que se apresentou e declarou que tomaria conta do filho da irmã falecida. Foi Hormazd quem pegou o trem para Hyderabad e trouxe de volta com ele para o edifício Wadia um garoto de nove anos zangado, amargo e confuso.

Contemplando as centenas de convidados reunidos no casamento do filho, Jimmy Kanga repetiu consigo mesmo aquelas palavras tão conhecidas: nada mau para um órfão. Essas palavras eram seu rosário, as contas com as quais media as próprias conquistas. Jimmy as proferiu enquanto admirava a platéia festiva e animada em sua formatura em Oxford; depois de defender oralmente seu primeiro caso diante do Supremo Tribunal indiano; quando seu ex-colega de quarto, Peter Silk, lhe telefonou de Londres pedindo orientação num caso especialmente difícil. "Nada mau para um órfão", pensava, sentado em seu espaçoso escritório refrigerado em Breach Candy.

E depois se casou com Zarin. Jimmy dizia a todos os amigos que sua sorte havia mudado depois que se casara com Zarin, que a esposa era a sua recompensa por ter voltado da Inglaterra.

Para decepção de Jimmy, sua carreira de advogado não decolou após o seu retorno. Ele descobriu que o diploma de Oxford não o preparara para o sistema jurídico indiano, lento e burocrático. Seus clientes ficavam intimidados pelo jeito curto e grosso do jovem advogado; os juízes se ofendiam com o que tachavam de arrogância *phoren*, de estrangeiros. Espantado, Jimmy se viu perdendo um bom número de casos. Apesar de todo o esforço de Hormazd, a clientela de Jimmy encolhia à medida que corriam notícias sobre o pavio curto e a impaciência com que o jovem advogado tratava os clientes malpreparados. Jimmy, outrora um jovem apressado, agora não tinha para onde correr.

O único foco de luz da sua vida durante o primeiro ano após a sua volta foi Zarin, a filha do clínico geral Hormazd. O interesse de Jimmy por Zarin datava de antes da partida para a Inglaterra, mas ele nunca havia tido coragem de convidá-la para sair. Embora fizessem parte da mesma turma de rapazes e moças parses, Zarin Chadiwala era inatingível, vinda de uma família de médicos tradicional na comunidade parse. Apesar de morar a apenas duas quadras de Jimmy, era como se residisse na lua.

Foi Rusi Bilimoria quem encorajou Jimmy a convidar Zarin para sair. Havia várias semanas, Rusi vinha notando os olhares sub-reptícios que Jimmy lançava para a moça, bem como o fio de suor que escorria pelo rosto do amigo toda vez que Zarin se aproximava. Finalmente, chamou Jimmy num canto durante a festa de aniversário de Soli:

— *Saala*, como é que você, um advogado recém-chegado do exterior, morre de medo quando fica perto de uma mulher? — provocou Rusi. — Se não falar com Zarin hoje, eu mesmo vou lá e digo quanto ela faz seu coração se derreter.

— Não se atreva. Vou falar com ela no meu tempo. Abordar uma mulher é como abordar um juiz. É preciso preparar o terreno direitinho.

— Duas horas — declarou Rusi, rindo ao se afastar. — Se não preparar o terreno em duas horas, Sr. Manda-Chuva, eu mesmo falo com Zarin.

Quando Jimmy finalmente superou o nervosismo e se aproximou de Zarin, a reação da moça o espantou.

— Nossa, Jimmy — respondeu ela. — Que demora! Tive que esperar três... não, quatro anos até você me convidar para sair.

No quinto encontro, Jimmy soube que Zarin era a mulher da vida dele. Nesse encontro, Jimmy partilhou com ela o desconcertante dilema de sua carreira não estar vingando e da aparente impressão de que ele espantava os clientes. A essa altura, Jimmy já havia contado a Zarin como tinha ido parar no edifício Wadia, já falara do garoto infeliz e assustado que era então. Zarin ouviu suas queixas sem dizer uma palavra. E perguntou, quando ele terminou:

— Você se lembra de que me contou como estava se sentindo magoado, perdido e confuso quando veio morar em Bombaim? Da próxima vez que aparecer um cliente novo, tente se lembrar dessa sensação de quando era menino. Seu cliente provavelmente sente o mesmo quanto ao sistema judicial, acho eu. Como se estivesse se afogando em águas desconhecidas. Sua função é ser o guia, a âncora firme que tio Hormazd foi para você.

Jimmy olhou-a nos olhos instintivamente sabendo que aquele era o conselho perfeito. Daí em diante, jamais perdeu um cliente por causa do seu temperamento.

AGORA, ZARIN ESTAVA vindo em sua direção.

— Oi, amor — disse ela com um sorriso que mostrava as covinhas de seu rosto. — Que festança, hein?

Ele passou os braços em volta da esposa e a apertou contra o peito um instante.

— É. Acho que todo mundo está se divertindo. Até a Tehmi.

— Falando nos convidados, por que você está aí sozinho, com cara de senhor do castelo supervisionando os seus súditos? Vá se juntar aos seus amigos, *janu*.

— Claro, claro. Eu estava divagando, só isso.

De braços dados, os dois caminharam até onde o filho estava sentado, cercado pelos velhos amigos do pai. Rusi Bilimoria ergueu os olhos para Jimmy.

— Ei, Jimmy — disse ele, abrindo um sorriso. — Estávamos contando ao seu filho como você foi um jovem indomável.

Jimmy fez uma careta.

— Muito bem, Mehernosh. Como seu advogado, peço que se afaste desse grupo de malucos imediatamente.

— Ora, Mehernosh — interveio Sheroo Mistry. — Você tinha que ter visto como seu pai era *lattoo-fattoo*, completamente apaixonado pela sua mãe antes de se casarem.

O comentário despertou uma lembrança coletiva.

— *Ae*, Zarin, você se lembra de quando Jimmy pediu a sua mão? — perguntou Soli Contractor. Com exceção de Mehernosh, os demais caíram na gargalhada.

A turma toda havia se apertado no carro de Rusi para viajar até Khandala para o fim de semana. Zarin e as outras moças contaram aos pais que o programa era um piquenique só de garotas. No primeiro dia, inspirado pelas belas colinas vermelhas de Khandala, Jimmy pediu a mão de Zarin. Certo de que ela aceitaria, esperou até que todos terminassem de almoçar na varanda do hotel e então, dramaticamente, ficou de joelhos.

— *Ae*, Jimmy, o que houve? Quebrou o joelho? Levante-se logo desse chão sujo — exclamou alguém.

Uma expressão de desdém se instalou no rosto de Jimmy.

— Seu idiota — respondeu ao ofensor. — *Gadhera*. Não vê o que estou fazendo? Pedindo a moça em casamento.

A palavra *casamento* interrompeu a conversa na mesa. Alguém deu um risinho nervoso, mas foi imediatamente instado a se calar pelos demais. Zarin parecia mortificada.

Jimmy virou-se para ela e disse:

— Zarin, minha querida. Amor da minha vida, menina dos meus olhos. Humildemente lhe peço para fazer de mim o homem mais feliz do mundo casando-se comigo. Se aceitar, prometo amá-la e respeitá-la até... até... que as vacas voltem para casa — encerrou Jimmy, tolamente. Para um advogado, seu discurso foi um bocado fraco.

Houve risos contidos à mesa. Jimmy não ousou enfrentar o olhar de ninguém. Zarin sentiu, mais do que viu, os sorrisos amarelos e os movimentos impacientes do pessoal à sua volta. Não podia imaginar o que poderia ter levado Jimmy a pedir sua mão em público daquela forma. Por um momento, achou que ele estivesse brincando com ela, mas o rosto erguido e brilhante de Jimmy, suas narinas ofegantes e o tremor do seu corpo demonstravam que não era uma piada.

Atônita, Zarin se deu conta de que todos esperavam que ela dissesse alguma coisa. Mais que tudo, seu desejo era acabar com a tensão que se instalava no ambiente.

— Certo, Jimmy, eu me caso com você. Com uma condição — acrescentou rapidamente. — Está vendo aquele porco ali no gramado? Pegue aquele danadinho e o traga para mim. Se conseguir, eu me caso com você.

Lentamente, Jimmy se pôs de pé. Olhou para Zarin, horrorizado, enquanto os outros explodiam em gargalhadas. "Zarin, é óbvio, escondia muito bem um lado cruel dentro de si", pensou Jimmy. Cá estava ela, tratando um sujeito que esperava um dia se sentar no Supremo Tribunal como um pé-de-chinelo qualquer.

Bomi Mistry inclinou-se sobre a mesa e cumprimentou Zarin.

— Boa, Zarin, boa — gritou ele.

— Por que ainda está parado aí, Jimmy? — perguntou outro rapaz, rindo. — Seu porco gordinho está lá esperando por você.

— *Ae*, se a Zarin não aceitar se casar com você, quem sabe o porco aceita! — acrescentou Sheroo.

Jimmy percebeu a expressão solidária de Rusi, mas este desviou o olhar, envergonhado. Virando-se para Zarin, enrubescido, ele disse com uma voz tensa e esganiçada:

— Seu pedido é uma ordem.

Desceu da varanda e foi para o gramado. Lançou um olhar avaliador para o porco em descanso e resolveu que uma ofensiva rápida seria a melhor estratégia. Quando viu o jovem alto e decidido correndo diretamente em sua direção, o porco soltou um guincho de surpresa e se afastou depressa, mexendo o traseiro enquanto corria. Jimmy cerrou os dentes. O maldito animal até que era rápido para algo que parecia uma mesinha sobre rodas. Mais uma tentativa. E outro fracasso. Numa nova investida, Jimmy se lançou sobre o bicho, mas tropeçou, e o porco escapou de novo, dessa vez, porém, com um grunhido aborrecido em vez de um guincho de surpresa. Zangado por ter sido perturbado durante a sesta, o porco avançou sobre Jimmy como um touro em miniatura.

O suor escorria pelo rosto do rapaz. Teria que se casar com Zarin numa cama de hospital, se aquele monstro o pegasse. Deixando de lado todo o orgulho, levantou as calças pregueadas até a cintura e correu para a segurança da varanda. O porco foi atrás dele, parando a alguns passos dali, assustado com o barulho.

— Vamos, Jimmy, corra — gritavam os amigos. — Cuidado. O safadinho parece mau de verdade.

Na varanda, Jimmy teve alguns minutos para ponderar se realmente queria se casar com Zarin, afinal. Qualquer mulher com um senso de humor tão cruel era perigosa. Foi então que viu o jeito divertido com que ela o olhava, e o seu orgulho falou mais alto. Se durante séculos os homens haviam caçado animais selvagens para alimentar suas famílias, decerto ele podia capturar um porco idiota para Zarin.

— Aonde você vai, Jimmy? — perguntou o pessoal da varanda, espantado.

— Vocês podem entrar. Eu não desisto enquanto não pegar esse porco *madaarchot*.

Jimmy correu atrás do porco a tarde toda. Quando se cansava e dava um tempo, o porco corria atrás dele. A certa altura, o rapaz chegou mesmo a agarrar o traseiro do bicho, mas ele era tão gordo e escorregadio que Jimmy acabou soltando-o, em um gesto involuntário de repulsa.

Durante cerca de uma hora, os outros assistiram de camarote ao espetáculo, até que, um por um, todos se retiraram para cochilar. Toda vez que alguém se recolhia, dizia:

— *Chal ne*, e aí, Jimmy. Já chega. Vamos entrar, *yaar*.

Mas de nada adiantava. Jimmy estava decidido a não desistir. Além disso, reparou que Zarin não pedira uma única vez que ele o fizesse. Pelo contrário: o olhar que lhe lançava, intenso e penetrante, fazia os joelhos de Jimmy fraquejarem. Era um olhar de puro desejo sexual. Ele se perguntou se alguém teria percebido. Logo, porém, não restou mais ninguém na varanda para apreciar a estranha maneira com que Jimmy cortejava Zarin.

Mais tarde, Rusi se ofereceu para levar os outros para uma volta de carro. Todos insistiram para Jimmy ir junto, mas ele, com uma expressão selvagem e primitiva estampada no rosto, só tinha olhos para Zarin. Ela retribuía com um olhar impassível. Rusi teve a nítida impressão de que se Zarin, naquele momento, lhe pedisse para parar, Jimmy pararia, mas ela ficou calada, e ele prosseguiu em sua missão.

Quando finalmente o grupo voltou, às sete e meia da noite, uma cena estranha os aguardava. Jimmy estava estendido no comprido banco de madeira da varanda, o rosto sujo e pálido de cansaço. A camisa branca estava amassada e marrom como terra, pendendo para fora das calças rasgadas. Ele dormia tão profundamente e tinha a respiração tão forte que mesmo os gritos de surpresa dos amigos não o despertaram.

O motivo da surpresa foi o porco, que jazia no primeiro degrau da varanda, a uns poucos passos do seu pretenso caçador. Como Jimmy, tinha a cara coberta de terra. Como Jimmy, também ele dormia a sono solto.

Zarin se aproximou do homem adormecido e beijou-lhe a testa.

— Acorde, meu bobinho, meu *bevakoof* recém-chegado de Oxford. Você é um louco, mas, com ou sem porco, vou me casar com você.

Mehernosh Kanga ria tanto quanto os homens e mulheres mais velhos que o cercavam.

— Nossa, escapei por pouco — disse ele. — Se mamãe não tivesse tido pena do papai, eu não estaria aqui hoje.

— Tiramos o chapéu para sua mãe — atalhou Coomi Bilimoria. — Ela soube lidar com seu pai desde o início.

Todos os presentes perceberam a referência implícita a Rusi.

Olhando para o rosto enrubescido de Rusi, Jimmy sentiu uma pontada de pena. E de espanto com a própria sorte. Nos velhos tempos, todos apostavam que Rusi um dia seria o morador mais bem-sucedido do edifício Wadia. Enquanto Jimmy e os outros garotos da vizinhança passavam horas a fio de bobeira nas esquinas, Rusi já lia manuais que ensinavam como abrir um pequeno negócio. Enquanto Jimmy não se lembrava sequer se havia tomado banho ou não naquele dia, Rusi implorava à mãe que lhe comprasse um terno social. Enquanto Jimmy vivia perdido, amargurado, e tentava decidir o que fazer quanto ao próprio gênio brigão, Rusi era obstinado, centrado e decidido a obter sucesso por esforço próprio. Quando eram mais moços, Jimmy achava que ele e Rusi competiam numa espécie de corrida invisível. Agora se perguntava se Rusi também pensava o mesmo. Claro que Jimmy parara de pensar assim anos antes, depois de deixar o concorrente para trás, comendo poeira. Lembrava-se de uma conversa com Rusi poucos dias antes de sua partida para Oxford.

— Vá lá e estude tudo o que puder, *bossie*. Quando você voltar, quem sabe? Se meu negócio estiver indo bem, *Inshallah*, se Deus quiser, talvez você não precise de muitos outros clientes além de mim. Podemos até montar uma espécie de parceria.

Jimmy teve vontade de rir só de pensar num advogado formado em Oxford ter como cliente exclusivo um pequeno empresário, mas a expressão no rosto de Rusi o impediu. Percebeu que não era brincadeira.

Ainda assim, mesmo depois do seu retorno de Oxford, nada garantia que Jimmy seria o mais bem-sucedido dos dois. Rusi, afinal, já tinha sua fábrica de papel àquela altura. As vidas de ambos haviam sofrido guinadas acentuadas, divergentes. Jimmy cursara uma das mais renomadas universidades do mundo. Rusi, por outro lado, se recusara a entrar na faculdade por estar ansioso demais para dar início ao próprio destino.

Agora Jimmy se perguntava se a vida de Rusi teria sido diferente se ele houvesse tido um mentor, alguém que o ajudasse a discernir o que era e o que não era possível para um garoto parse de classe média. "Em vez de se inspirar em multimilionários como os Tata e os Birla, talvez Rusi devesse ter baixado um pouco as próprias expectativas", pensou Jimmy, que sempre acreditou que o amigo cometera um erro abrindo mão de cursar uma faculdade ou de trabalhar para um patrão antes de partir para o próprio negócio. Tudo que o restante do grupo havia aprendido na faculdade ou à custa de terceiros, Rusi precisou aprender do jeito mais difícil. Jimmy recordou-se da primeira vez que desconfiou que a empresa de Rusi estivesse enfrentando problemas. O amigo o procurara para fazer uma simples consulta sobre contabilidade.

— *Saala*, esse é o tipo de coisa que um profissional deve conhecer como a palma da mão — disse Jimmy. — Por que você não contrata alguém para fazer a contabilidade? Posso lhe recomendar alguns nomes.

Jimmy não estava preparado para o olhar encabulado que viu no rosto do amigo.

— Para ser sincero, não sei nem o que um homem na minha posição supostamente precisa e não precisa saber. Tenho muito medo de que um contador me passe a perna se descobrir como sou ignorante em questões financeiras. Além disso, quem tem dinheiro hoje em dia para contratar um profissional desse tipo? Não, vou ter que aprender isso sozinho, como aprendi todo o resto.

"Talvez se o pai de Rusi não tivesse morrido, as coisas fossem diferentes", pensou Jimmy agora. "Ele teria insistido para que Rusi fizesse faculdade e, com sua experiência bancária, poderia ter orientado o filho nos negócios. Afinal, não se podia esperar que tia Khorshed desempenhasse esses papéis. Ela gostava demais do filho único para negar-lhe o que quer que fosse." Sentiu uma onda de compaixão pelo vizinho. Sabia, no entanto, que Rusi acreditava que ele havia roubado seu destino e que, de alguma maneira, estava vivendo a vida que lhe caberia. Não pergunte como Jimmy sabia disso. Ele apenas captou uma certa dissonância, uma certa inveja, com o radar de sintonia fina próprio dos homens muito bem-sucedidos. Ainda assim, Jimmy possuía um arsenal de bons sentimentos por Rusi. Afinal, fora a mãe do amigo quem primeiro acolhera o pequeno órfão. Rusi ganhou uma festa de aniversário um mês após a mudança de Jimmy para o edifício Wadia, e Khorshed Bilimoria foi em pessoa ao apartamento de Hormazd para convidar o mais novo residente do prédio. Jimmy mostrou-se extremamente tímido na ocasião, falando por monossílabos, mas Khorshed o subornara com bolinhas de gude e um pião. Antes de sair, ela o fez prometer que iria à festa. E ele adorou ter ido. Foi na festa de aniversário de Rusi que Jimmy começou a construir as amizades que manteria por toda a vida.

Recordando-se do comentário mordaz de Coomi um instante atrás, Jimmy sentiu uma gratidão renovada por Zarin. "Contei com duas pessoas maravilhosas na vida", pensou, "Zarin e Cyrus Engineer". Lembrar de Cyrus levou Jimmy a percorrer com os olhos o grupo de convidados, à procura de sua viúva. Ficou surpreso, mas feliz, ao ver que a reclusa Tehmi aceitara o convite para o casamento de Mehernosh. Talvez aquele evento viesse a tirá-la da casca, como um dia Cyrus o tirara da sua. Cyrus quebrara a casca que recobria um garoto emburrado e temperamental. Jimmy podia contar nos dedos o número de conversas que efetivamente tivera com Cyrus, mas, como adolescente, o garoto observava como era contagiante o seu entusiasmo e gosto pela vida. Reparava como todo mundo se animava na presença de Cyrus, e isso o fez querer ser como aquele menino mais velho. "Que advogado Cyrus teria sido", pensou Jimmy agora. Cyrus foi quem convenceu Jimmy a não largar o colégio, e ele havia ficado impotente diante do poder de persuasão do rapaz. E quando Jimmy decidiu continuar estudando, uma coisa engraçada aconteceu. Ele se deu conta de que gostava de aprender. E que gostava de ter sucesso, de encabeçar todas as listas.

Mas, meu Deus, não foi fácil. Perder os pais daquele jeito... Mais de trezentos passageiros morreram naquele desastre de trem, mas tudo que Jimmy conseguia sentir era a enormidade da própria perda. Ainda se lembrava dos gritos da sua *ayah*, a babá, quando o policial bateu à porta com a notícia. E da primeira vez que ouviu alguém usar a palavra *órfão* e notou, chocado, que era *dele* que falavam. E daqueles meses terríveis que passou sendo jogado da casa de um parente para outra, como um embrulho.

— *Dhobi ka kutta na ghar ka na ghaat ka* — disse um dos primos mais velhos, referindo-se a ele. "Cão vadio não se encaixa em lugar nenhum."

Era exatamente como se via. Arrancado com as raízes. Mesmo depois que o tio Hormazd o levou para o edifício Wadia, não foi fácil. A dor já havia cristalizado, tornando-se ódio. Hormazd era um solteirão e não tinha experiência alguma com crianças, menos ainda com um sobrinho zangado e introvertido de nove anos que mal conhecia. É preciso que se dê crédito a Hormazd por tentar, mas, coitado, o pobre sujeito parecia um peixe fora d'água. Enquanto o tio estava no trabalho, Jimmy passava o dia pelas ruas. Quando os garotos mais velhos do Wadia se recusavam a matar aula, o novato zombava deles e passava o tempo com os garotos de rua. O menino que crescera num distinto lar de classe média educada em Hyderabad agora chegava em casa ensangüentado depois de brigar mais uma vez na rua. Hormazd ficava enlouquecido, ameaçava surrar o sobrinho, ameaçava expulsá-lo de casa. Refreava-se, porém, diante da enormidade da tragédia que se abatera sobre a criança. E, apesar de todas as falhas, Hormazd deu a Jimmy a estabilidade de que este tanto precisava. Não importava quanto se desviasse do bom caminho, Jimmy tinha sempre um lar para onde voltar.

Quando visitava os Estados Unidos, Jimmy sempre se impressionava com a proliferação de terapeutas.

— Nos Estados Unidos, uma criança leva um tombo num parquinho e os pais correm primeiro para o terapeuta, depois para o advogado e, por último, para o médico — dizia sempre, brincando.

Mas também sentia inveja. Não lhe ofereceram nenhuma terapia ou qualquer outra ajuda enquanto crescia. Desperdiçara anos valiosos pondo para fora a raiva nas ruas, punindo os outros pela morte dos pais. Nenhum adulto jamais se sentara com ele e lhe pedira que dissesse como estava. Em vez disso, passavam-lhe sermões sobre como deveria se sentir e se comportar.

— Vamos, Jimmy, seja bonzinho — diziam. — O coitado do Hormazd tem sido muito generoso com você. Não faça com que ele se arrependa de tanta bondade.

Nessas horas, Jimmy sentia uma raiva assassina, tinha vontade de cuspir nesses rostos bem barbeados, donos da verdade, queria aniquilá-los. Em vez disso, voltava correndo para a rua e tentava aniquilar a si mesmo. Cyrus entrara em sua vida na horinha certa e o salvara da auto-aniquilação. Cyrus tampouco perguntou a Jimmy como ele se sentia, mas dava para ver que sabia. Enquanto os adultos aparentemente ignoravam o fato de que a raiva pode ser tão reconfortante quanto um cobertor, Cyrus entendia. Nunca tentou convencer Jimmy a abrir mão da raiva. Só insistia para que ele a recanalizasse, para que a usasse em proveito próprio.

De certa forma, Zarin fez o mesmo por ele. Alertou-o para não descontar a raiva nos clientes e sim nos oponentes. No tribunal, a oratória trovejante de Jimmy, o jeito deliberado com que andava para lá e para cá e seus maneirismos exagerados tornaram-se lendários. Os juízes mais velhos sorriam sabiamente diante das frases e dos gestos que eram sua marca registrada — os dentes trincados, as longas pausas pensativas, a enumeração dos vários pontos nos cinco dedos da mão —, mas os advogados que o enfrentavam pela primeira vez ficavam petrificados. Zarin, porém, lhe ensinara a ser compreensivo com os clientes. Embora a maioria deles fosse grandes empresas, nas raras ocasiões em que representava uma pessoa física Jimmy fazia questão de não intimidá-la.

"Que diferença faz um bom casamento", pensou Jimmy. Zarin só lhe trouxera sorte. E agora, com Mehernosh trabalhando com ele, a felicidade estava completa. Era difícil acreditar que o filho único abrira mão dos atrativos dos Estados Unidos para voltar para casa e advogar com o pai. Era difícil acreditar que o filho único era agora um homem casado. Ainda ontem, Mehernosh corria de um lado para o outro na pracinha próxima ao Wadia, de short cáqui e a camiseta amarela do Pernalonga. Embora tenham se tornado ótimos amigos alguns anos mais tarde, Binny Bilimoria e Mehernosh se odiavam naquela época. Toda tardinha, Binny, que era onze meses mais velha, se aproximava de Mehernosh e o cumprimentava com um inocente "Oi, Georgie Porgie, tudo bem?". Quando Mehernosh batia o pé, Binny recitava, solene:

Georgie Porgie torta e pudim
Beijou as meninas e as fez chorar,
Quando elas enfim vieram brincar
Georgie Porgie deu no pé sem hesitar.

Mehernosh detestava essa cantiga infantil, detestava aquele apelido. Toda tardinha voltava para casa, com lágrimas lhe escorrendo pelo rosto, enquanto Binny continuava brincando lá fora, com cara de sonsa. Os Bilimoria e os Kanga se esforçavam para conter o riso, enquanto Coomi repreendia Binny e Zarin consolava Mehernosh.

Jimmy se lembrava de tudo com enorme clareza — de assistir ao teatrinho do jardim-de-infância e rir ao ver o filho vestido de pirulito vermelho; de comparecer à formatura do filho no sexto ano, e vê-lo ganhar mais prêmios do que qualquer outro aluno na história do colégio; de passar a noite acordado junto ao filho quando ele quebrou o braço jogando hóquei; de viajar pela Alemanha com Mehernosh e constatar que as garotas se deslumbravam com seu belo filho adolescente.

Relembrar a infância e a adolescência de Mehernosh fez com que Jimmy pensasse com carinho na velha turma do Wadia. Ele chegara ao edifício como um estranho; o filho corria pelo prédio como se este fosse seu reino particular. Mehernosh tinha o comando do edifício, entrando e saindo da casa da maioria dos vizinhos. Naquela época, muitos mantinham a porta dos apartamentos aberta o dia todo. Comparecer às muitas festas de negócios nunca foi problema para Jimmy e Zarin — ambos sabiam que Mehernosh podia dormir na casa de qualquer vizinho. Sempre que fazia o pudim de pão que Mehernosh adorava, Sheroo Mistry ia atrás do garoto e insistia para que jantasse com eles. Careca de saber que Mehernosh ganharia dele, Soli Contractor ainda se dispunha a jogar basquete mano a mano com o jovem. E depois que Binny e Mehernosh deixaram de ser inimigos mortais e se tornaram amigos, ele praticamente passou a morar no apartamento dos Bilimoria, recusando-se até a voltar para casa na hora do jantar.

— Pode deixar — dizia Rusi. — Ele janta conosco.

Nas férias de verão, Rusi às vezes levava Mehernosh e Binny até a fábrica de papel Bilimoria durante o expediente. Um Mehernosh entusiasmado voltava desses programas louvando as virtudes das máquinas "super-super" que Rusi possuía.

— Pai, o tio Rusi me prometeu um emprego na fábrica dele quando eu crescer — contava, com ares de importância. — Ele disse que posso começar como vigia noturno.

— E eu serei a chefe, para poder demitir você se não trabalhar direito — acrescentava Binny.

Jimmy ainda se arrependia da mudança para Cuffe Parade quando Mehernosh tinha onze anos. Olhando em retrospecto, perguntava a si mesmo onde diabos estava com a cabeça quando fez aquilo. A verdade é que andava com o orgulho inflado na época. Estava no auge do poder. Sua carreira ia a mil por hora. Acabava de defender e ganhar seu primeiro caso no Supremo Tribunal, caso este que gerou uma decisão histórica sobre responsabilidade corporativa. O caso fez dele o queridinho da comunidade empresarial. A *The Illustrated Weekly of India* publicou uma pequena matéria a seu respeito. Jimmy passou a recusar mais e mais clientes. Entrava tanto dinheiro em seu bolso quanto chovia na estação das monções. Parte desse dinheiro ele doava. Duas vezes por ano, ia com Zarin até Udwada e serviam um abundante jantar para as famílias parses empobrecidas que ali viviam. Ele criou uma bolsa Panchayat parse, que anualmente pagava os estudos de direito ou engenharia nos Estados Unidos para um aluno parse merecedor. Com a família, Jimmy gastava uma montanha de dinheiro. Reformou o apartamento, comprou um carro novo e um título de sócio da Academia Taj para Zarin. E ainda sobrou um bocado.

Daí a compra de um apartamento em Cuffe Parade, num arranha-céu cujo dono era um de seus clientes. Disse a Zarin que era um bom investimento, que o cliente estava cobrando um preço que só um tolo recusaria pagar. E a vista do mar do décimo sexto andar era imbatível. Estariam bem distante da poluição desagradável e do barulho do tráfego de Bombaim. A mudança seria boa para a saúde física e mental da família.

Mas a verdade é que Jimmy havia ficado um tantinho grande demais para o Wadia. Sentia-se muito mais à vontade entre os colegas de Breach Candy, Marine Drive e Cuffe Parade, porque entre eles sua riqueza e seu sucesso não o faziam destacar-se. Principalmente depois da matéria da *Illustrated Weekly*, os antigos vizinhos pareciam meio inseguros quanto à maneira de agir na sua presença. Alguns o bajulavam, e essa subserviência o aborrecia. Outros se mostravam indiferentes, e essa recusa em reconhecer-lhe o sucesso o irritava. Jimmy também se tornou sensível à picada da inveja. Antes, era capaz de desviar seus dardos venenosos com um abano, com um despreocupado gesto de quem espanta moscas, mas agora eles o faziam arder dias a fio. Mais uma vez, Jimmy voltou a se sentir um estranho no edifício Wadia. A gota d'água foi quando ouviu Dosamai passar um sermão no seu filho certo dia.

— Agora que seu pai virou um figurão, não fique desfilando essa cara de metido por aí — disse ela ao garoto choroso. — Nunca se esqueça de onde você veio, entendeu? Não se esqueça de que o que Ahura Mazda dá, Ahura Mazda também pode tirar.

Jimmy subiu correndo os degraus que faltavam e arrancou o filho das garras daquela mulher venenosa.

— Por favor, Dosamai — avisou, engasgado de raiva. — Ninguém virou figurão. O pouco que tenho ganhei com o suor do meu rosto. Se quiserem, todos aqui são livres para trabalhar tanto quanto eu. Além disso, não gosto de envolver meu filho em assunto de adultos. Gostaria que você também não fizesse isso, nunca mais.

Como uma barata sob o foco de uma lanterna, Dosamai se apressou a entrar em seu sombrio apartamento, sem dizer nada.

— Quero me mudar — disse Jimmy a Zarin uma noite. — Não quero que meu filho cresça achando que não pode aproveitar os frutos do trabalho do pai. Em dois meses posso aprontar o apartamento de Cuffe Parade para nos receber.

Zarin tentou demovê-lo da idéia, mas Jimmy já estava decidido.

— Ao menos me prometa o seguinte — pediu Zarin, quando viu a batalha perdida. — Vamos manter este apartamento também. Afinal, está pago e não precisamos do dinheiro. Assim, podemos voltar de vez em quando para visitar os amigos sem precisar ir para um hotel.

Jimmy ficou tão aliviado com a concordância da mulher que prontamente aceitou a condição imposta.

"Ainda bem", pensou Jimmy agora. O ano que passaram em Cuffe Parade foi a pior época do casamento deles. Mehernosh comeu o pão que o diabo amassou. Sentia falta dos velhos amigos e odiava a escola nova.

— São todos uns esnobes — reclamava, zangado, com Jimmy. — Eu disse a eles onde morava antes, e aquele tal de Ramesh perguntou: "Onde fica? Fora de Bombaim?" Quase dei um murro nas costas dele.

Também Zarin se mantinha calada na presença das vizinhas e relutava em se envolver nos projetos comunitários. Jimmy ruminava a raiva, convencido de que Zarin o estava punindo por tê-la obrigado a se mudar. Mas quando censurou a esposa por não se esforçar para conhecer melhor os vizinhos, ela o olhou com tristeza e respondeu:

— Estou tentando, Jimmy, de verdade, mas é difícil. As pessoas daqui são muito diferentes. Não acolhem Mehernosh em suas casas, e todo mundo tranca a porta. O condomínio sequer permite que o *pauwala* e o *doodhwala* entreguem as mercadorias em casa. Sinto falta do Wadia. Nem acredito, mas sinto falta até das brigas de Perin e Villo com o leiteiro toda manhã. Até da campainha que não parava de tocar. Aqui, passam-se dias sem que apareça uma visita.

Ele se afastou, zangado, da esposa. A verdade é que Jimmy sentia o mesmo, mas não conseguia admitir. Voltar para o edifício Wadia seria vergonhoso demais. Ele torcera para que a saudade de Zarin do antigo grupo não fosse tão grande quanto a sua.

— Talvez seja apenas um período de adaptação — disse à esposa. — Afinal, também não fizemos amizade com o pessoal do Wadia da noite para o dia. Como recém-chegados, cabe a nós sermos mais amistosos. Quem sabe não damos uma festa?

E deram — a primeira de várias festas. Os vizinhos compareceram, admiraram o apartamento, comeram, cumprimentaram o casal na próxima vez em que o encontraram no elevador e o convidaram para suas próprias festas. No entanto, apesar de tudo, a amizade não vingou. Jimmy se deu conta, um dia, de que o problema era o seguinte: as pessoas que moravam à sua volta eram parecidas demais com aquelas com quem ele trabalhava. Nutriam os mesmos interesses, as mesmas ambições. Em comparação com a comicidade excêntrica, as paixões melodramáticas e a ampla diversidade dos moradores do Wadia, o foco desse pessoal se limitava a objetivos específicos demais; faltava vida a essa gente. Todos se preocupavam demais em assegurar o que já tinham. "Foi precisamente isso que senti em Oxford perto do final", concluiu Jimmy, surpreso.

No entanto, só quando Zarin sofreu um colapso Jimmy se convenceu de que a felicidade da família estava acima do seu orgulho ferido. Chegando em casa tarde do trabalho, um dia, uma visão espantosa o aguardava: Zarin sentada no sofá chorando sozinha, o cabelo despenteado e o vestido molhado de lágrimas. Jimmy ficou estupefato.

— Cadê Mehernosh? — perguntou automaticamente. — Ele está bem?

— Saiu. Paguei à *ayah* para levá-lo ao cinema. Eu precisava ficar sozinha. Não agüentaria que ele me visse assim.

— Mas, meu bem, o que houve? — perguntou ele, dando um passo na direção da esposa. — Foi alguma notícia ruim sobre seus pais? Por que não ligou para o escritório?

— Não, não é nada disso. Todo mundo está bem. Menos eu. Estou enlouquecendo aos pouquinhos. Pirando.

— Mas... O quê? — perguntou, atropelando as palavras. Ficou sem ar, como se tivesse levado um soco na boca do estômago.

— Jimmy, não agüento mais. Vou embora. Vou pegar Mehernosh e voltar para o Wadia. Você pode ir nos visitar nos fins de semana, se quiser. Sinto muito, *janu*. Tentei, realmente tentei, mas não consigo mais morar aqui. Você não imagina como é durante o dia. O silêncio. Quando o vento sopra no mar, ele geme, como uma velha chorando. Sinto falta da bagunça do nosso antigo prédio. Sinto falta dos nossos amigos, das brincadeiras. Sinto falta do cheiro da comida parse que cozinhavam no apartamento ao lado. Não, eles não são perfeitos, mas ao menos se importam com outras coisas além do preço do ouro e das ações na bolsa.

— Como assim, Zarin? Quer abandonar o nosso casamento, me abandonar, tudo por causa de uma droga de apartamento? É evidente que você está sob uma pressão danada. Sinto muito, meu bem. Acho que deixei você sozinha em casa tempo demais. Venha se sentar ao meu lado. Vamos dar um jeito nesse problema, prometo.

Os dois foram dormir sem que o problema fosse resolvido, mas, naquela noite, deitado na cama, Jimmy teve uma revelação. Percebeu que mesmo o mais sólido dos casamentos não envolve apenas duas pessoas. Tolamente havia achado que Zarin e ele eram casados apenas um com o outro. Na verdade, ambos eram casados com um grupo inteiro de pessoas, uma vizinhança, um estilo de vida. Apesar de seu amor pela esposa, ele não seria, sozinho, capaz de salvá-la. Ela precisava de todos os outros, dos amigos e dos parentes, para ser completa e feliz. As lágrimas correram pelo rosto de Jimmy e molharam o travesseiro. De repente, ele se sentiu incrivelmente sortudo. Passara todos aqueles anos cercado de um monte de pessoas e sequer se dera conta disso. Nunca achou que fosse perdê-las. Claro que às vezes essa gente o irritava — Dosamai com sua tendência fofoqueira; Bomi e Sheroo com suas piadas *koila*; Rusi e sua mal disfarçada competição. Mas eles eram a sua comunidade. A sua gente. Haviam se tornado seus amigos quando não tinha um centavo, tomado conta do seu filho único, apoiado sua esposa, ajudado a manter seu casamento. E Jimmy os descartara como se faz com o jornal da véspera. Tirara o filho da escola que o garoto adorava e arrancara a esposa de uma comunidade que lhe era importante, tudo para poder ir morar no meio de gente que não queria saber se eles estavam vivos ou mortos, desde que pagassem o condomínio em dia. Tinha sacrificado um ano da vida da família no altar de suas ambições pessoais. Jimmy virou-se na cama para encarar Zarin.

— Amor, acorde — sussurrou. — Tenho uma coisa para lhe dizer.

Quando, de passagem, mencionou para um cliente na manhã seguinte a decisão de voltar para a velha vizinhança, o sujeito entendeu na mesma hora.

— Claro, Jimmy, claro. Você é um parse, nasceu e cresceu entre parses. Aqui, em Cuffe Parade, é obrigado a viver cercado de *gujus*, punjabis e siques. Não duvido de que seja uma adaptação muito difícil.

Jimmy ficou chocado. Como muitos nativos da Bombaim pós-independência, imbuíra-se da idéia de uma cidade laica, não-sectária. Ressentiu-se da conclusão banal do cliente de que seu desconforto em Cuffe Parade tivesse a ver com religião. Afinal, vivia aconselhando os amigos parses a pensarem em si mesmos como indianos em primeiro lugar, a se livrarem da superioridade e da presunção. Voltando para casa naquela noite, porém, forçou-se a enfrentar os próprios preconceitos. Concluiu que não tinha certeza se a diferença de religião não havia contribuído para o seu desencanto com Cuffe Parade. Muitas vezes chegara em casa do trabalho e involuntariamente torcera o nariz para o cheiro de comida estranha que emanava das outras casas. Seria limitação religiosa ou simplesmente uma diferença cultural? Estaria se preocupando com besteiras? O que distinguia um sentimento do outro? E, já que começara a pensar na questão, dissecou o princípio norteador da sua filantropia: a caridade começa em casa. Essa sempre fora a sua justificativa para doar dinheiro exclusivamente para causas parses. Seria chauvinismo? Ou apenas uma forma de cuidar de uma fraca minoria étnica? Afinal, ele era um só, dono de uma quantidade finita de dinheiro. E não havia nada de errado em ajudar os seus. Era isso que faziam os *marwadis* e os *gujus*, e dava para ver como as suas comunidades prosperavam. Bombaim vinha descendo rapidamente a ladeira, e, sozinho, ele não seria capaz de deter aquela queda. O que havia de errado em tentar salvar um pedacinho que fosse da cidade? E, podendo escolher, por que não salvar aqueles que amava? Ainda assim... Se todos pensassem dessa forma, quem cuidaria dos mais carentes? Quando chegou em casa, Jimmy estava com uma baita dor de cabeça.

Mas, se não sabia ao certo quais as razões que o levavam a não gostar de Cuffe Parade, Jimmy não tinha a menor dificuldade para identificar os motivos que o faziam adorar o edifício Wadia. A volta da família à vizinhança foi o contrário da partida, um ano antes. Os vizinhos haviam ficado meio constrangidos e hesitantes na hora da despedida. A mudança dos Kanga mexera com o orgulho deles, mas ninguém se dispôs a dar o braço a torcer. Os adeuses variaram de calorosos a chorosos.

— Ora essa, sobrevivemos à sua estada na Inglaterra, vamos conseguir superar isso — disse Soli. — Vocês vão estar, agora, logo ali, do outro lado da cidade. Fique sabendo que a turma inteira vai invadir seu apartamento se ficarmos com a boca cheia d'água com a lembrança das *pakodas* de queijo da Zarin.

— Não se esqueçam de nós — choramingou Coomi. — Como vamos viver sem o nosso Mehernosh? A pobrezinha da minha Binny vai morrer de saudade dele. Vocês têm que prometer sempre trazer o garoto aqui de visita.

— Façam novos amigos, mas não abram mão dos antigos. Um é prata, e o outro, ouro — sentenciou Dosamai naquele tom sabe-tudo que tanto irritava Jimmy.

A volta foi uma outra história. O retorno foi universalmente cantado como um triunfo, como se o Wadia tivesse vencido uma guerra contra a rival Cuffe Parade.

— Os russos estão chegando, os russos estão chegando — gritava Binny, zombando das atenções que os adultos davam ao filho pródigo; mas esse sarcasmo não mascarou seu prazer de ter Mehernosh de volta. — Oi, Georgie Porgie — saudou baixinho, repetindo a implicância dos tempos de infância. O rosto de Mehernosh se iluminou de felicidade.

Fazendo pouco da decisão de Jimmy de contratar uma transportadora, Soli insistiu para, juntamente com os outros homens da vizinhança, tratar da mudança da família Kanga para o antigo apartamento. Nem Jimmy nem Zarin tiveram coragem de estragar o evidente prazer de Soli, mas Zarin precisou desviar o olhar quando Soli empacotou suas porcelanas. Três dias depois de instalados, Zarin contemplou o apartamento e disse o que já havia passado pela cabeça de Jimmy mais cedo naquele dia:

— Nossa, parece que nunca saímos daqui.

COM FREQÜÊNCIA, JIMMY AGRADECIA ao destino pelo minicolapso da esposa. Precisara disso para retomar o juízo. O tecido social de Bombaim se esgarçara muito desde a volta da família para o edifício Wadia. Agora, em intervalos de poucos dias, Jimmy ouvia falar de algum milionário ou empresário seqüestrado à mão armada ou lia a respeito de um ou outro executivo aposentado morto por um empregado doméstico. Aparentemente, eram muito numerosos esses incidentes nos bairros ricos da cidade. A despeito do dinheiro e do renome, Jimmy Kanga se sentia anônimo e seguro em seu velho bairro, uma vizinhança demasiado classe média para atrair a atenção dos gângsteres, que andavam sempre à procura de alvos em potencial. Nos últimos dez anos, Jimmy havia parado de dar entrevistas aos jornais justamente por isso. Não queria se tornar o foco de atenção de um deles. Chegara mesmo a abrir mão do antigo hábito de trocar de carro a cada três anos. Carros zero chamavam muita atenção. E, a bem da verdade, dirigir em Bombaim não dava mais prazer. Cada viagem se assemelhava a um teste de sobrevivência. Mehernosh ainda mantinha o gosto pelos carros, mas Jimmy não parava de lhe passar sermões sobre as virtudes de viver sem ostentação.

— Os tempos agora são outros — dizia ao filho. — É melhor voar baixo no momento. Tem muito mafioso por aí.

Contemplando Mehernosh confortavelmente sentado entre os mais velhos, admirando quanto eles adoravam seu filho com os olhos, Jimmy Kanga se convenceu de que tomara a decisão certa. Mehernosh havia crescido sabendo a diferença entre o preço e o valor das coisas. Apesar da educação americana, apesar dos ambientes sofisticados em que circulava, o filho aprendera a valorizar seu legado, percebeu Jimmy. Podia passar o dia em meio a advogados combativos e empresários lacônicos e belicosos, mas à noitinha voltava a pôr os pés no chão da realidade do edifício Wadia. Claro que isso estava prestes a mudar. Jimmy dera o apartamento de Cuffe Parade ao filho e à nora como presente de casamento. Sabia perfeitamente que a saída de Mehernosh do Wadia vinha criando polêmicas entre os vizinhos. Dosamai, por exemplo, espalhou o boato de que Zarin era a mentora da mudança porque ela e Sharon teriam tido uma desavença. Jimmy fez ouvido de mercador. Após a volta para o Wadia, resolvera que os eventuais surtos de mesquinharia e inveja eram o preço a pagar pela segurança e a acolhida que o prédio proporcionava à sua família. Não, o que preocupava Jimmy era a segurança de Mehernosh longe do Wadia. Ainda assim, Jimmy era um sujeito de bom senso. O filho vivia argumentando que, estatisticamente falando, Bombaim era uma cidade bastante segura e que ninguém podia parar de viver por causa do medo. Afinal, não se podia dizer que ninguém jamais fora morto nas cercanias do edifício Wadia. Só que essas histórias atraíam menos atenção. Mehernosh garantiu ao pai que ele e Sharon não tinham interesse numa vida de ostentação e glamour. E que tomariam todas as precauções quanto à segurança. Olhando para o filho responsável e ajuizado, Jimmy viu que agira bem. Morar em Cuffe Parade facilitaria muito o deslocamento da nora para o trabalho. E os recém-casados precisavam de privacidade. Jimmy esperava que eles se dessem bem no novo lar. Caso contrário, sempre poderiam vender o apartamento alguns anos mais tarde e comprar outro mais perto do Wadia. O imóvel de Cuffe Parade, que Jimmy comprara por uma ninharia anos antes, valia agora mais de dez milhões de rupias.

Como se tivesse sido invocada pelo sogro, a exuberante nora de Jimmy aproximou-se por trás dele e começou a lhe massagear os ombros. Com o coração transbordando de amor, Jimmy pegou a mão da moça e a beijou.

— Venha sentar ao meu lado, meu bem — disse ele.

Quando Sharon se juntou ao círculo, Jimmy pensou nos anos que Mehernosh passara em Harvard, em como ele e Zarin se preocupavam com a possibilidade de o filho encontrar uma garota americana e romper o noivado com Sharon. Aconteciam muitos casos assim. "Curiosamente, nunca temeram que Sharon se cansasse de esperar por Mehernosh, como se fosse impensável que alguém pudesse dar um fora no rapaz", pensou ele agora, meio culpado. Mas os dois jovens enfrentaram galhardamente a situação. Continuaram em contato por telefone e por carta, e Sharon e a irmã visitaram Mehernosh em Cambridge no final do primeiro ano. As duas adoraram Cambridge — os músicos de rua e as lojas ecléticas da Harvard Square, o corredor de restaurantes exóticos na Inman Square, as pontes pitorescas que ligavam as margens do rio Charles —, mas Mehernosh as assustou com descrições de Boston no inverno, de como as árvores ossudas perdiam sua carne verde e se erguiam nuas e trêmulas, e de como a terra congelada sob os pés era dura e inflexível, à semelhança de alguns professores seus da faculdade de direito. Antes de partir, Sharon fez Mehernosh prometer não dormir com as muitas mulheres que o seguiam com olhares lânguidos. O rapaz prometeu sem hesitar. E, pelo que Jimmy sabia, Mehernosh se manteve fiel à noiva. Por experiência própria, Jimmy não desconhecia quanto era tentador para os homens indianos perder a cabeça ao trocar a Índia pelo Ocidente sexualmente permissivo. Vira coisas inacreditáveis em Oxford. Homens que voltavam para a Índia com diploma de doutorado em foda. E, em termos de sexo, aquilo havia sido na era glacial. Mal podia imaginar as oportunidades disponíveis para um sujeito bonito como Mehernosh nos Estados Unidos da década de 1990. Torcia, para o bem dele, que o filho tivesse tido algumas experiências com mulheres americanas. Jimmy acreditava piamente que se deve ampliar os próprios horizontes. Sabia também, contudo, que admiraria mais o filho se ele tivesse resistido à tentação.

Como se adivinhasse que ocupava os pensamentos do pai, Mehernosh levantou-se do círculo de amigos e caminhou até Jimmy.

— Pai, só um lembrete. É melhor você falar da surpresa antes que os convidados comecem a ir embora. Daqui a pouco vão servir o jantar ao terceiro *paath*.

Jimmy assentiu com a cabeça.

— É. Já dei umas dicas a alguns deles. Preciso falar com os outros.

Remexeu no bolso do terno e tirou uma curta lista de nomes.

Recostado em sua cadeira, Jimmy sorriu sozinho. Estava satisfeito por ter planejado essa pequena surpresa para um punhado seleto de amigos. Nada de mais, apenas uma cereja para coroar o bolo. Apenas uma forma de prolongar um pouquinho a noite. Jimmy suspirou. Aquele era o dia mais feliz da sua vida. Gostaria que jamais acabasse.

QUATRO

Coomi Bilimoria admirou a cena diante de seus olhos e piscou. *Clique. Rebobinar.* Virou um pouquinho a cabeça e piscou de novo. *Clique.* Outra foto, outra cena, essa de Mehernosh Kanga aproximando um copo de uísque do rosto da noiva enquanto ela torce o nariz de nojo. Esse piscar de olhos era um jogo que Coomi jogava sozinha toda vez que queria guardar alguma memória, como se, por um instante, não fosse Coomi Bilimoria, mulher de Rusi, mãe de Binny, mas, em vez disso, um objeto inanimado, uma máquina fotográfica, alguém ligeiramente afastado do círculo, assistindo, observando tudo, na esperança de repetir fielmente o que vira quando se sentasse, no dia seguinte, no velho sofá manchado de Dosamai. Forragem para o pasto da fofoca. Combustível para o fogo. "Sou uma máquina fotográfica. Vejam-me explodir, num flash de fumaça e luz."

Havia começado de um jeito inocente esse hábito, essa obsessão por fotos mentais. Depois que Binny foi para a Inglaterra, Coomi passou a aguardar, ansiosa, os telefonemas semanais da filha. Nos primeiros meses, escrevia diariamente para Binny em pensamento, cartas que, não sabia por quê, se esquecia de passar para o papel e enviar para a filha. Em pouco tempo, se viu anexando fotos a essas cartas. "Ah, preciso me lembrar de contar a Binny essa história quando ela ligar", dizia consigo mesma. E para reforçar a lembrança, tirava uma foto. *Clique*. Fotos felizes. Fotos tristes. Da pedra do rim de Nillo Vakil flutuando num copo d'água na mesinha ao lado da cama no hospital. De Dosamai, na primeira vez em que Coomi a viu sem dentadura. De Sheroo Mistry desfilando o novo colar de ouro, presente do marido. De Rusi rezando em voz alta junto com os *dastoors* no velório da mãe, a voz melodiosa se sobrepondo ao canto fanhoso daqueles profissionais.

Mas Binny estranhamente não parecia interessada nas fotos da mãe. Coomi percebia impaciência na voz da filha quando contava da cirurgia de apêndice de um, da cerimônia Navjote de outro, da fratura de fêmur de um terceiro. Binny só queria falar de Rusi, de Coomi e de Khorshed, quando a avó ainda era viva.

— Mãe — dizia ela, entre dentes —, já chega de notícias dos vizinhos. Quero saber como *vocês* estão.

Num telefonema a 2,19 libras por minuto, Binny simplesmente não estava interessada na vida alheia. Isso sempre deixara Coomi intrigada. Sua curiosidade sobre os que a circundavam era insaciável, e ela não entendia como a filha podia sobreviver sem esse sopro vital.

— Eu vou bem, estou ótima. *Chalta hai*, vamos levando. Mas já chega de falar de mim. Você soube que...

Havia outras coisas que faziam Coomi piscar. Clicava ao fato de que, por mais apressada e entediada que se mostrasse com a mãe, Binny sempre tinha tempo e dinheiro para falar com o pai. Ela se impacientava quando Coomi falava sobre o trivial, mas babava ao ouvir qualquer palavra de Rusi, como se ele fosse o rei Salomão. Quando reclamou desse favoritismo com Dosamai, a velha puxou um suspiro do fundo do peito.

— Fazer o quê, *deekra*? O mundo é assim. Nós, mulheres, amamentamos os filhos, passamos a vida toda dizendo "tome o seu leite", "faça o dever de casa", "não molhe o chão do banheiro quando fizer *soo-soo*", e tudo o mais, e quando os homens aparecem, *bas*, os filhos correm como cordeirinhos para perto deles. As meninas sempre gostam mais do pai. É da natureza delas.

Conforme crescia o silêncio entre a mãe e a filha única, Coomi parou de tirar fotos para Binny e passou a colecioná-las para Dosamai. Ao longo dos anos, montou um álbum de fotografias raivosas e amargas. Do marido de Binny, Jack, olhando de sobrancelhas erguidas para o sogro depois de Coomi gritar com Rusi num restaurante durante a viagem à Inglaterra. De Rusi olhando-a fixamente enquanto sua mãe reclamava de alguma coisa que Coomi teria feito nesse dia. Da expressão chocada de Soli Contractor quando se deu conta de que Coomi o ouvira queixar-se com Rusi da esposa. Toda manhã, depois que Rusi saía para trabalhar, Coomi levava o álbum para o apartamento de Dosamai, onde as duas viam as fotos, revisitando as antigas e apreciando as novas com uma sensação fresquinha de indignação.

Quando Binny era mais nova, Coomi achava graça da devoção da menina por Rusi. O amor intenso de Binny pelo pai a fazia lembrar-se de quanto amara o próprio pai, e o fato de Rusi gostar tanto da filha a enchia de orgulho. Ela e o marido deram boas gargalhadas no dia em que a menina de seis anos olhou solenemente para o pai e declarou que se casaria com ele tão logo tivesse idade para isso.

— Mas seu pai é casado *comigo* — observou Coomi, rindo.

Binny olhou para a mãe com seus olhos grandes cheios de mágoa.

— Ah, não — respondeu, como se a idéia jamais lhe tivesse ocorrido. — Ah, não!

Depois acrescentou com veemência:

— Mas o papai me ama mais que tudo. Certo, *na*, papai?

Quando Rusi concordou, Coomi sentiu apenas alegria e satisfação, nem um pingo do ciúme que sentia agora.

Bons tempos aqueles. Nos primeiros anos de casados, ela e Rusi haviam brigado, mas, de alguma forma, a elasticidade do casamento era suficiente para que ele voltasse ao prumo. A atração sexual, o otimismo da juventude, as esperanças e ambições do casal, o desejo de cumplicidade — tudo isso encobria as diferenças básicas entre os dois. Como boxeadores, eles se afastavam o máximo possível um do outro para cuidar das feridas, mas sempre voltavam para o ringue. Sim, bons tempos aqueles. Embora, na época, tanto ela quanto Rusi se dessem conta de quanto eram diferentes. Embora Coomi acreditasse que Khorshed Bilimoria esperava o fracasso do casamento, que suas dúvidas anteriores sobre a conveniência da nora tivessem se transformado em hostilidade e desdém ostensivos.

— *Mamma* Khorshed mal pode esperar para me ver pelas costas para poder casar você com aquela tal de Mani que mora no edifício Paradise — gritara Coomi com o marido certa vez, a caminho de uma festa do trabalho. Estavam casados havia três anos na época. — Não pense que não conheço todo o arsenal de *tingal-tangal* dela.

Rusi demonstrou espanto.

— Mani? Quem... do que você está falando? Por acaso acha que a minha mãe quer ver o filho único divorciado? O que foi que deu em você para achar que ela faz trapaças, Coomi?

— É, você toma o partido da sua mãe cegamente. O que eu poderia esperar, afinal? Deus nos livre de ver meu marido um dia me defender. Como é que sabe o que acontece naquela casa quando você está trabalhando? Talvez eu devesse vestir um par de calças e sair para trabalhar, enquanto você fica em casa com sua mãezinha sonsa.

— Não ouse falar da minha mãe nesse tom. Quero que peça desculpas a ela, quando chegarmos em casa hoje. Não acha que a coitada da minha mãe viúva já sofreu o bastante na vida?

Mas Coomi não era do tipo de pedir desculpas. Em raras ocasiões, sentia uma pontada de arrependimento e se censurava por suas palavras descuidadas, por sua terrível capacidade de magoar tanto Khorshed quanto Rusi com sua língua afiada. Mas essa noite não era uma dessas ocasiões.

— Nem morta peço desculpas àquela mulher — disse ela. — Seria como entregar o ouro ao bandido.

— "Aquela mulher"? Essa é a mulher que jamais levantou a voz comigo, que me criou com amor e respeito, e a minha esposa se refere a ela como *aquela mulher*? Como se ela fosse uma *ganga* qualquer ou uma varredora de ruas?

Sem aviso, o corpo de Rusi começou a estremecer com soluços.

— Eu me casei com você na esperança de trazer sorte e alegria para dentro de casa. Em vez disso, tenho uma mulher que age como se minha mãe fosse sua inimiga mortal.

As lágrimas do marido estilhaçaram em mil pedaços a raiva de Coomi, e ela procurou a mão dele.

— Nossa, Rusi, pare com isso. Você conhece o meu gênio. Sabe que não tenho nada contra a sua mãe. Ela é uma boa pessoa, sei disso. Quantas vezes preciso dizer a você que não falo sério quando digo essas coisas? É perigoso dirigir assim, chorando e nervoso. Chega, *na*.

Rusi enxugou os olhos com seu lenço engomado e depois deixou que Coomi lhe passasse o braço em volta do pescoço e o massageasse.

— Às vezes parece que me casei com uma mulher, juro por Deus — murmurou ela. — Quem já ouviu falar de um homem tão sensível? Você é delicado como porcelana. Um olhar torto já basta para acabar com você. Mas não falei sério, juro.

Não raro, Coomi sentia falta da rudeza e das bravatas dos três irmãos. Justo as coisas que no início ela valorizava em Rusi — aquele pescoço ridiculamente longo e vulnerável, a maciez do seu tom de voz, as palavras amorosas e ponderadas — agora a irritavam. Ou melhor, ela levava tudo para o lado pessoal, como se a dignidade sóbria do marido, as palavras atenciosas e aquela natureza sensível fossem o jeito dele de denunciá-la, uma afronta à família barulhenta e espalhafatosa da esposa.

Como uma vez, antes do casamento, em que Rusi jantou na sua casa. Ele estava no meio de uma frase quando Sorab, o caçula, deixou escapar um ruidoso pum.

— O que foi isso? — perguntou Fali, enquanto os outros explodiram em gargalhadas. — Parecia até um terremoto.

Coomi reparou a expressão de choque e repulsa no rosto do noivo. Naquele momento, sentiu vergonha dos irmãos, odiou-os por sua falta de educação e criancice.

— Minha nossa, Sorab — repreendeu ela. — Que falta de educação, até mesmo para você!

Antes que o irmão pudesse responder, Fali virou-se para Coomi, o olhar cheio de malícia.

— Ainda nem se casou e já está agindo como uma madame? — observou, calmamente. — *Arre*, Coomi, para a sua festa de casamento não vamos contratar uma orquestra: Sorab vai tocar trompete com o traseiro.

Só Coomi e Rusi não caíram na gargalhada.

Agora, a lembrança daquele jantar fez Coomi querer defender e proteger os irmãos. "Quem Rusi acha que é?", reclamou consigo mesma. "Portando-se como um *bara sahib*, como se tivesse um rei na barriga. Sorab e os outros só estavam agindo como garotos, se divertindo, ponto final."

Ainda assim, era difícil saber quem culpar pelo esfriamento da relação conjugal. Haviam começado com tantas expectativas! Coomi já gostava de Rusi muitos meses antes que ele reparasse nela, muito antes que seus olhares se encontrassem no espelho retrovisor do carro dele. Rusi estava apaixonado por uma fulana — aquela gorducha — quando Coomi o conheceu. Tina, era esse o nome dela. Uma garota cujas sobrancelhas pareciam lagartas, o que não impedia que Rusi só tivesse olhos para ela. Quando, porém, ele reparou em Coomi, depois que seus olhos se encontraram e ela sorriu para ele antes de desviar o olhar, Rusi não parou mais de persegui-la. Não que ela o tivesse repelido de verdade. Naquela época, Rusi era como um raio aprisionado numa garrafa: fascinante. Ardendo de ambição, coragem e ímpeto. Nem sombra desse lado fracote, dessa obsessão pelo fracasso que agora dominava sua vida. Quando ficou claro que eram namorados, os dois passaram a ser invejados por todos os amigos. "Que coisa estranha, que equívoco tamanho, os outros terem feito casamentos tão bons", pensou Coomi. Afinal, quem apostaria em Bomi e Sheroo? Duas pessoas legais, mas insignificantes. Pesos-pena. Ela e Rusi eram diferentes — inteligentes, dinâmicos, ambiciosos. Esse havia sido o grande segredo: ela também tinha ambição. Ninguém percebia porque Coomi não a alardeava como Rusi fazia, contando os próprios sonhos para qualquer estranho que se sentasse ao seu lado no ônibus, acreditava ela, com carinho no início e depois com desprezo. Qualquer um que passasse cinco minutos com Rusi saberia que ele almejava ter sucesso nos negócios; ser dono de uma fábrica com um gramado enorme e bem cuidado na entrada, igualzinha à que vira numa revista alemã; criar um monte de filhos; e, um dia, entregar os negócios da família aos herdeiros.

Mas Coomi não falava dos próprios sonhos, nem mesmo para as amigas mais íntimas. Na infância, queria ser uma heroína. Achava então que o heroísmo era uma profissão, de modo que qualquer um podia escolher ser herói, do mesmo jeito que escolhia ser médico, motorista ou banqueiro. Passava horas a fio devaneando no banheiro, ignorando as insistentes batidas da mãe à porta.

— Garota egoísta, vou contar até três para você sair daí — gritava a mãe. — Quem você pensa que é, a mulher de um marajá? A *Maharani* de Jaipur? Vai gastar toda a água quente, menina sem-vergonha.

Coomi, porém, mal escutava, perdida em sonhos nos quais resgatava bebês de prédios em chamas, impedia idosos de serem despejados, liderava o exército indiano em batalhas gloriosas. Era uma criança naturalmente curiosa, e todos os seus sonhos giravam em torno de descobertas e aventuras. Queria descobrir todo tipo de coisas: de tribos perdidas em continentes obscuros aos pensamentos guardados na cabeça das pessoas. Ao chegar em casa certo dia, o pai encontrou a filha de seis anos sentada no chão com as duas bonecas que tinha. Coomi havia quebrado o topo da cabeça de madeira de ambas e estava retirando o recheio com uma tesoura.

— Meu Deus, filha — exclamou ele ao topar com aquela cena. — Você enlouqueceu? O que está fazendo?

— Nada, papai — respondeu Coomi. — Só quero ver como é o cérebro delas.

Cercada pelos irmãos implicantes e impetuosos, Coomi cresceu sabendo que é preciso guardar com cuidado e manter em segredo os próprios sonhos. Um dia, quando tinha oito anos e Sorab seis, pediu ao irmão para inverter a ordem habitual da brincadeira. Para variar, ela seria a policial e Sorab o ladrão.

Sorab cravou-lhe um olhar confuso.

— Não dá — disse ele.

— Por quê? Por que tenho que ser sempre o coitado do ladrão? Sou até mais velha que você.

— Porque você é *menina*. Todo mundo sabe que uma menina não pode ser policial — disse Sorab, caindo na gargalhada com a tolice da idéia. — Eu é que tenho que prender você.

À medida que crescia e seus sonhos se tornavam mais subversivos, Coomi os escondia com um cuidado ainda maior. Quando chegou a hora de entrar na faculdade, ela já estava consciente do pouco valor que tinha como mulher. Reparava como a mãe automaticamente servia as maiores porções aos irmãos, dava a eles os pedaços de carne mais suculentos. Observava como todos os professores partiam do princípio de que ela entrara na faculdade para encontrar um bom marido.

— Srta. Katpitia — disse seu amado professor Krishnamurti, quando, aos prantos, ela o procurou em sua sala por causa de uma nota mais baixa que o habitual. — Eu daria tudo para que os meus alunos homens fossem tão esforçados quanto você. É tão bom ver um aluno aplicado assim... Pena que qualquer hora dessas você vá se acomodar e constituir família. Que desperdício tamanha inteligência numa mulher.

Coomi saiu da sala tremendo de frustração, mas Krishnamurti lhe fizera um favor, fazendo-a encarar seus antigos sonhos de heroísmo e aventura como aquilo que na verdade eram: uma fantasia infantil. Depois disso, passou a almejar algo ainda mais fantástico — casar-se com um homem que acalentasse projetos para o futuro e tivesse a boa educação e a cultura que, decididamente, faltavam à sua família. Trocando em miúdos, Coomi decidiu se casar com alguém para elevar seu padrão de vida, pois era dolorosamente claro que não havia como fazer isso apenas com o suor do próprio rosto. Não, seria preciso pegar carona nos ombros de um homem que não temesse dar duro. Embora esse não fosse o caminho da sua predileção — era inteligente e orgulhosa demais para isso —, só ele a transportaria da sua casa pequena, barulhenta e abafada para o mundo lá fora.

Rusi convinha perfeitamente às necessidades de Coomi. Era bom demais para ser verdade o fato de, ainda por cima, ter sido fácil para ela apaixonar-se por ele, de quem gostou à primeira vista. Há anos ouvia falar dos Bilimoria, mas ela e Rusi nunca haviam tido uma conversa até a noite da festa de Ano-Novo no clube Gymkhana

Parse. Coomi viu Rusi do outro lado do salão e pediu a Sheroo para apresentá-los. Dois segundos depois Sheroo sumiu, deixando os dois conversarem durante uns dez minutos. Apesar de Rusi parecer distraído e de boa parte da conversa girar em torno de Tina, a mulher por quem ele estava apaixonado, Coomi experimentou uma sensação de perda quando o rapaz finalmente se desculpou e saiu de perto dela.

— Foi bom conversar com você — disse ela, quando ele se levantou. — Foi bom finalmente conhecer você.

Ele assentiu, um pouco alheio, com os olhos já estavam fixos em Tina, que acabara de entrar. Embora tenham se esbarrado com freqüência após aquele primeiro encontro, foram precisos seis meses para que Rusi voltasse a notá-la, na viagem de carro até Khandala. Mas Coomi fora fisgada. Tudo em Rusi — a sensibilidade torturante, a delicadeza, a melancolia, o desejo incansável de se aperfeiçoar — era novo e estranho para ela.

— Aquele Rusi Bilimoria — comentou com Sheroo — é diferente dos outros caras, não? Como se fosse de açúcar, ou algo assim. É tão delicado.

— E os outros homens são feitos de quê? Cimento e tijolos? — indagou Sheroo, rindo.

Mas era verdade: Rusi era tão diferente dos homens que Coomi conhecia que ela mal podia acreditar que haviam crescido na mesma cidade e ainda por cima no mesmo bairro. Rusi parecia, de alguma forma, intocado pelas realidades da vida normal. Sob certos aspectos, ele a fazia lembrar-se de si mesma quando pequena. Também ela havia vivido num mundo de fantasia cheio de sonhos e ambição. Existiam, contudo, duas diferenças cruciais: ao contrário de Coomi, Rusi planejava transformar seus sonhos em realidade. E, ao contrário dela, Rusi era homem.

O irmão mais velho de Coomi, Fali, ficou pasmo quando descobriu que os dois estavam namorando.

— Claro que a minha única irmã tinha que descobrir o bundão do clube Gymkhana. *Arre*, *yaar*, seu namorado não sabe nem levantar peso de tão engomadinho que é. Tem um monte de amigos meus interessados em você, todos caras legais, machos, e você arruma um veado. Já viu as pernas dele? *Saala*, parecem dois gravetos. E o jeito como ele fala? Como se tivesse estudado naquela porra de Oxford ou Cambridge e não nas mesmas escolas fracas e *ghaati* onde todos nós estudamos. Tudo porque o pai ocupava um alto posto no Banco Central. Não, esse Rusi não faz nosso gênero. É melhor você pensar duas vezes antes de ficar *paagal* por ele.

"Um bom conselho", pensou Coomi alguns anos depois, "mas que chegou tarde demais". Àquela altura ela já estava louca por Rusi.

Foi Dosamai quem esbarrou acidentalmente em Khorshed Bilimoria uma tarde na rua e lhe contou sobre Coomi e Rusi. Khorshed, que se orgulhava de ser uma mãe participativa, se espantou ao ouvir a notícia. Ficou magoada por Rusi ter mantido a namorada em segredo. Ao mesmo tempo, também a perturbou o tom agourento com que Dosamai descreveu a família de Coomi.

— Eles são meio diferentes do pessoal que mora no edifício Wadia — esclareceu Dosamai. — Os irmãos, ouvi dizer, são meio incontroláveis. Se metem em todo tipo de encrenca. Mas, afinal, são rapazes. Nada a ver com a *chokri* em quem o seu Rusi está de olho. Aliás, o que uma pobre mãe pode fazer? Dizem que o marido era um bêbado. Simplesmente se mandou um dia, e, *bas*, nunca mais a família o viu novamente. Como essas crianças sem pai seriam outra coisa além de *junglees*? Longe de mim julgar a coitada.

Khorshed voltou para casa naquele dia com um peso no coração. No entanto, escondeu de Rusi o que ouvira, dizendo-lhe apenas que gostaria de conhecer a moça com quem ele vinha saindo agora que o prédio todo já sabia do namoro. Só preferia ter sabido da notícia por Rusi, em vez de ouvi-la de uma estranha, acrescentou Khorshed. E não, não diria ao filho quem fora o fofoqueiro.

No sábado seguinte, Coomi visitou o futuro lar pela primeira vez. Ficou meio desapontada ao ver como era espartana a decoração, como eram simples os móveis. Por algum motivo, esperava que a casa de Rusi refletisse a pujança da imaginação dele. Não havia quadros nas paredes — salvo um grande retrato do falecido marido de Khorshed —, nem bibelôs na sala de estar. O silêncio era um organismo vivo naquele apartamento, sentiu Coomi, e a idéia a fez estremecer. Mas a moça também reparou como os cômodos eram espaçosos, comparados ao apartamento atulhado em que morava; como o pé-direito era alto e como tudo era limpo e arrumado, bem diferente da bagunça caótica que reinava em sua casa. Gostou da ordem que imperava no lar dos Bilimoria, mas também teve a sensação de que as coisas eram um tantinho asseadas e anti-sépticas demais, e por isso sentiu uma pontada de afeição pela gloriosa bagunça do quarto dos irmãos. "Ao menos se sabe que gente de carne e osso mora ali", pensou, um pouco na defensiva. "Gente que sangra quando sofre um corte." Depois, porém, se envergonhou dessa crítica involuntária a Rusi. Ele era um homem um bocado passional, como comprovavam as marcas que ela ostentava no pescoço.

Dava para Coomi sentir os olhos de Khorshed Bilimoria pregados nela, e a moça precisou refrear a necessidade urgente de se remexer na cadeira. Khorshed tinha um ar imperial, pele branca como alho e intensos olhos castanhos. Perto dela, Coomi se sentiu diferente, constrangida e morena demais. Alguma coisa no porte de rainha da mulher a fez sentir-se inadequada e nervosa. Pulou sobressaltada ao perceber que Khorshed falava com ela.

— Sim? — gaguejou.

Khorshed riu e olhou para o filho.

— Eu só perguntei se você quer um *chai* — repetiu. — Comprei um pouco de *daar-ni-pori* no Instituto Ratan Tata para acompanhar o chá.

Coomi gaguejou um sim e depois pensou, insegura, se deveria ou não se oferecer para fazer o chá. Pediu ajuda a Rusi com o olhar, mas ele permaneceu impassível.

— A senhora quer ajuda? — perguntou timidamente.

Khorshed abanou a cabeça.

— Não, não é preciso. A chaleira já está no fogo. Não demora nem um minuto.

Torcendo para que as mãos não tremessem, Coomi bebericou o chá. Espiando por sobre a borda da xícara, viu Khorshed lhe lançar um olhar avaliador. "Ela está tentando descobrir se sirvo para o seu filho", pensou. A idéia a irritou e, sem querer, Coomi sentou-se mais ereta. "Se perguntar alguma coisa sobre o papai, viro as costas e vou embora", resolveu.

Mas Khorshed não lhe dirigiu qualquer pergunta pessoal naquele dia. Ao contrário, falou do preço do peixe, da última greve dos ônibus, do marido falecido e do filho obstinado.

— Ponha um pouco de juízo na cabeça teimosa do meu filho, se conseguir, *deekra* — disse ela. — Diga a ele para esquecer essas idéias malucas de ser empresário e deixar que a mãe lhe arranje um emprego decente no Banco Central. Meu marido, que Deus o tenha, era muito estimado no ambiente de trabalho, e eu ainda tenho bons contatos ali. Muito em breve, com esses políticos hindus querendo controlar tudo, não vou ser capaz de ajudá-lo.

Rusi retesou-se na cadeira ao lado de Coomi, e o coração dela doeu por ele, mas a moça teve medo de interferir no que aparentava ser uma antiga querela entre mãe e filho.

— Rusi faz o que quer, tia — acabou por dizer. — Ele tem idéias próprias. Tenho certeza de que, se mudar de idéia daqui a alguns anos, a senhora ainda será capaz de ajudá-lo.

Khorshed deu um sorriso amarelo.

— É difícil saber. Se esses políticos não derem um nó em tudo, talvez haja uma possibilidade. Vou dizer uma coisa: ainda lamento o dia em que os ingleses saíram da Índia. Levaram com eles os últimos resquícios de decência e cultura. O pior erro dos parses foi apoiar o movimento de independência. Cuspimos no prato em que comemos. A nossa comunidade prosperou e cresceu durante o domínio inglês. E foi assim que os recompensamos, fazendo passeatas nas ruas e gritando "fora, ingleses". O cúmulo da ingratidão. E o resultado está aí. Todos esses anos de governo hindu, e tudo desmoronando. Nehru é um homem bom, sofisticado, mas o que pode fazer um homem sozinho? Vou dizer uma coisa: a Índia ao menos teve sorte por Nehru sobreviver em lugar de Gandhiji. Veja bem, Gandhiji era um ótimo homem, mas teria destruído até uma cidade moderna como Bombaim e a transformado numa aldeia. Vocês sabem o que ele dizia sobre *khadi* (essas roupas feitas manualmente), as pequenas fábricas artesanais de algodão e tudo o mais, não sabem? Se Gandhi estivesse vivo, eu provavelmente teria que aprender a usar um sári *khadi* e a manejar um tear.

Rusi revirou os olhos, como se já tivesse ouvido essa ladainha várias vezes. Sabia que parte da oposição da mãe ao governo hindu era puramente estética — nos primeiros anos da independência, Khorshed temera ter que abrir mão de seus preciosos sáris de seda por outros, de *khadi*. Rusi considerava a obsessão da mãe pelos ingleses apenas uma excentricidade, não uma posição política. Mas Coomi levou um choque e, por um momento, esqueceu o nervosismo e a finalidade da visita.

— Mas tia Khorshed, como a senhora pode sentir falta dos ingleses? Afinal, a Índia pertence a nós. Durante anos aqueles *goras* nos disseram que eram o próprio Deus, e nós acreditamos nesses brancos. Deixamos que entrassem em nosso país como convidados, e eles agiram como ladrões de rua. Não me importa quantas besteiras os nossos líderes façam, ao menos a Índia agora é nossa. Se eu fosse um pouco mais velha, com certeza teria lutado pela independência.

Rusi ficou tenso, pois sabia o que viria a seguir. Enfureceu-se consigo mesmo por não ter preparado Coomi melhor para aquele primeiro encontro com a mãe e por não desviar a conversa para outros tópicos menos controversos. Afinal, a namorada e a mãe eram as duas pessoas mais teimosas que conhecia.

Khorshed falou numa voz macia, engasgada:

— Minha menina, com o devido respeito, você não sabe do que está falando. Quando dizemos *sir* para um inglês, é mais que a sua pele branca que respeitamos. Respeitamos a nação mais civilizada do mundo; a terra natal de Shakespeare e Dickens. O que seria da Índia sem os britânicos? Responda. Seria ainda uma nação atrasada com carros de boi, isso sim. Sem trens, sem automóveis, sem eletricidade. Dá para imaginar? Eles nos deram todas essas dádivas. Agora que se foram, pode anotar o que digo, a vida será cada vez pior para nós, parses. Logo estaremos amaldiçoando o dia em que viemos para este país. Posso até ver a hora em que hindus e muçulmanos se unirão para nos mandar de volta para a Pérsia.

Rusi e Coomi trocaram olhares constrangidos. Khorshed percebeu e disse:

— Vocês, jovens, acham que isso tudo é *fekhem-fekh* da minha parte. Pensem o que quiserem, mas eu lhes digo uma coisa: não estou divagando, esta é a voz da experiência.

E, virando-se para Rusi, indagou:

— Você já contou a Coomi o que aconteceu com o marido da minha Hilla?

— Não, mãe, não contei. Tivemos... tivemos coisas mais importantes para falar — respondeu Rusi, num tom provocador mas afetuoso.

Khorshed sorriu.

— É claro. Vocês, jovens, não precisam se aborrecer com o passado. Desculpe os desabafos de uma mulher de meia-idade, Coomi.

Fez-se um silêncio breve, incômodo. Num esforço para encerrá-lo, Coomi interveio:

— Não, tia Khorshed, continue, por favor. Claro que estou interessada em ouvir. Quem é Hilla? E o que aconteceu com o marido dela?

Rusi gemeu, mas as duas mulheres o ignoraram. Khorshed aproximou-se, sentando-se na beirada da cadeira.

— Hilla é a minha irmã mais velha. O marido dela se chamava Pervez. Os dois levavam uma boa vida. Não tinham filhos, e Pervez ganhava bem vendendo apólices de seguros. Era um bom marido; a minha Hilla só precisava olhar para uma pulseira de ouro ou um sári de seda e, *bas*, Pervez o comprava para ela. Tratava a esposa como uma rainha.

"Mas então Pervez começou a freqüentar um grupo de amigos que viraram a cabeça dele com idéias tolas sobre Gandhiji, sobre a Índia ser governada por indianos e todo esse blablablá. Isso foi por volta de 1945. Deram para ele ler todo tipo de livros e panfletos radicais a fim de influenciá-lo. O vírus da liberdade o atacou para valer. Pervez parou de usar camisa, gravata e calças e começou a vestir aquelas incômodas *kurtas* de *khadi*. Dá para imaginar um parse vestido assim? Ficava ridículo com aquelas batas. Ele e Hilla vinham me visitar, e Pervez se sentava no sofá bem aí onde você está. Ele e meu marido discutiam horas a fio. Meu marido o obrigava a lembrar-se de que era um homem casado, responsável pela esposa. Mas Pervez parecia possuído. Queria largar o emprego e trabalhar em tempo integral em prol da independência. 'Pervez', disse eu a ele uma vez, 'você perdeu completamente o *akkal*? Acha que vai virar primeiro-ministro ou algo assim se ficarmos independentes? Não vê que estão fazendo você de bobo?'. Bem, ele bufou, bateu pé e foi embora da minha casa. Me chamou de traidora do meu país. Dá para imaginar? Traidora, eu? Que segredo de Estado será que algum dia vendi? Mas fiz as pazes com ele no dia seguinte por causa da minha irmã, coitada. Minha Hilla estava desesperada. Pouco a pouco, vinha sendo obrigada por ele a vender o *daagina* de ouro que havia sido seu dote. Todo o dinheiro da venda das jóias ia para o partido do congresso. Finalmente, Pervez fez o que ela temia havia muito tempo: largou o emprego. Um belo dia, saiu do trabalho ao meio-dia e nunca mais voltou. Hilla implorou a ele para voltar, mas Pervez tinha perdido o juízo. Enquanto se divertia em greves políticas, greves de fome e sei lá mais o quê, Hilla é quem ficava em casa lidando com os credores. Sempre que podia, emprestava a ela um dinheirinho do meu orçamento doméstico."

Khorshed fez uma pausa breve, mas nem Coomi nem Rusi tiveram coragem de interrompê-la.

— Bem, isso durou vários meses. Então, um dia, organizaram outra manifestação pró-independência na fonte Flora. Hilla implorou a Pervez que não fosse. Apesar do pouco dinheiro que tinham, ela chegou a sugerir que fossem ao cinema, pois, antes de aderir àquela maluquice, Pervez adorava assistir a filmes. "Vamos ao cinema hoje, Pervez", disse ela. "Vamos passar o dia juntos, só nós dois."

"Mas ele a olhou como se o convite fosse uma ofensa a Deus. Haveria tempo para ir ao cinema depois da independência, respondeu. E lá se foi ele, envergando sua fantasia, a *kurta* branca. As coisas correram conforme Hilla temia. A multidão se descontrolou, e a polícia começou a distribuir golpes de cassetete. Dizem que um policial começou a bater num dos manifestantes, e Pervez, é claro, resolveu intervir. Pelo que soubemos, ele partiu para cima do *hawaldar* dizendo palavrões e enchendo o sujeito de socos. Ora, o guarda levantou o cassetete e acertou a cabeça de Pervez. Um único golpe, mas que o derrubou."

— *Baap re* — exclamou Coomi. — Coitado. O que... ele morreu? — perguntou, lançando um olhar para Rusi, cuja expressão continuou impassível. Ele já ouvira a história um monte de vezes antes.

— "Coitado"? Se é para sentir pena, meu bem, que seja da minha inocente irmã. Não, Pervez não morreu. Ao menos não naquele momento. Mas o golpe na cabeça o deixou louco. Ele simplesmente pirou, digamos assim. Hilla tentou cuidar dele em casa, mas ficou perigoso demais. Certa vez, Pervez partiu para cima dela com uma faca de cozinha. Nesse mesmo dia, meu marido o internou num hospital. A coitada da Hilla ia visitá-lo diariamente, embora precisasse pegar dois ônibus para chegar lá. Foi quando Pervez começou a rasgar as próprias roupas. Ficava ainda mais violento quando via Hilla. Precisavam amarrá-lo à cama toda vez que a mulher ia vê-lo. Parecia um cachorro louco. Até hoje me lembro do *khoonas* com que ele olhava para Hilla, como se quisesse matá-la. Uma coisa horrível. "Pervez me odeia", dizia ela, aos prantos. "*Mera khodai*, não sei que *paap* cometi para meu marido me odiar tanto." Uma vez, entrei no quarto do hospital e peguei Pervez cuspindo na minha Hilla. Cuspindo! Perdi a paciência. "Pervez, pare com isso imediatamente", exclamei, brigando com ele. E sabe que ele parou na mesma hora? Parou e me deu um sorriso angelical. Foi suficiente para derreter até o meu coração. Virei para Hilla e disse: "Viu? Ele não está tão louco quanto imaginamos. Acho que é mais teatro do que qualquer coisa." Mas, então, ele começou a chorar baixinho. Até hoje me arrepio só de lembrar. Chorou como se seu coração tivesse se partido como uma vidraça. De alguma forma, percebi na hora que ele não viveria muito mais tempo. E realmente, menos de duas semanas depois, recebemos um telefonema dizendo que Pervez tinha morrido. Enforcou-se com um arame qualquer que encontrou.

Fez-se um longo silêncio. Coomi se esforçou para achar a reação perfeita para o relato macabro, mas não encontrou palavras. Felizmente, Rusi pigarreou e assumiu a conversa.

— Falando nos ingleses, meu pai foi um grande colecionador de objetos da época deles — disse. — *Ae*, mãe, você não quer mostrar a Coomi a coleção de notas antigas do papai?

Mãe e filho se levantaram para buscar os álbuns de fotos onde Khorshed guardava as notas. Sentada sozinha na sala, Coomi passeou os olhos pelo aposento austero, pensando vagamente em como iria redecorá-lo. Ouviu um murmúrio de vozes vindo do cômodo vizinho e se esforçou para entender o que diziam.

— Ela parece uma boa moça — observou Khorshed. — Meio *saamli*, não muito clarinha, mas simpática mesmo assim.

Nesse dia, Coomi ficou aliviada por passar no teste, mas anos depois, conforme foram piorando as relações entre nora e sogra, ela se lembraria da leve crítica de Khorshed como algo mais enfático e sombrio.

— Sua mãe me rejeitou desde o primeiro dia — disse uma vez, acusadoramente, a Rusi. — Me culpou por não ter a pele clara dos Bilimoria. Logo no primeiro encontro achou que eu não era boa o bastante para o seu menino de ouro.

— Isso não é justo, Coomi. Mamãe fez de tudo para acolher você na família. Além disso, não pode reclamar, eu avisei.

Ambos sabiam o que ele queria dizer. Antes do casamento, Rusi deixara claro que esperava que a esposa respeitasse a mãe tanto quanto a ele.

— Minha mãe me criou com amor e carinho — dissera ele. — Em troca, tenho amor e respeito por ela. Sabe, Coomi, nesses anos todos, fomos só nós dois. Claro que quando chega um terceiro há um período de adaptação. Mas mamãe é basicamente uma pessoa boa. Você não vai ter problemas com ela. Nem sei se deveria lhe dizer ou não, mas acredito na honestidade, por isso vou dizer: não quero ter nenhum dos problemas que outras pessoas enfrentam morando com a família. Se você se desentender com a minha mãe, vou ficar do lado dela. Incondicionalmente. Digo isso agora porque não quero problemas depois. Mesmo se eu achar que você tem razão, vou ficar do lado dela. Por respeito à sua idade. Adoro você, meu amor, mas, por favor, nunca me obrigue a escolher entre vocês duas.

Banhada pela luz dourada do pôr do sol na praia de Chowpatty, aquecida pela brisa do oceano, zonza de amor por aquele jovem obstinado e magrelo a seu lado, Coomi concordou. Entendeu. Afinal, depois que o pai saiu de casa, ela também havia sido criada apenas pela mãe. No seu caso, havia mais três pessoas na casa. Ela mal conseguia imaginar a proximidade entre Rusi e a mãe, sozinhos naquele apartamento enorme todos aqueles anos.

— Amo você porque você ama tanto a sua mãe — dissera a Rusi. — Prometo. Prometo que nunca farei você escolher. Você vai ver, vamos todos viver como uma grande família. Já tenho a minha mãe, agora terei mais uma.

MAS NÃO FUNCIONOU ASSIM. Khorshed sempre assumia um ar desconfortável e distante na presença de Coomi e parecia satisfeita em ser mãe apenas de Rusi. Embora raras vezes criticasse Coomi diretamente, a nora jamais conseguiu evitar a sensação de que Khorshed vigiava todos os seus movimentos, esperando um tropeço, pronta para julgar e criticar. Se Coomi deixava a luz acesa na cozinha ou na sala de jantar, Khorshed silenciosamente vinha atrás e a apagava. Ou refazia as tarefas domésticas depois de Coomi já ter limpado a casa. Ela também controlava as finanças domésticas e sempre parecia reprovar os gastos de Coomi no armazém.

— Esse foi todo o dinheiro que sobrou? — perguntava a sogra num tom brando. E Coomi se enfurecia, percebendo uma crítica implícita no comentário.

A nora podia ter lidado com a ira ou a hostilidade provocantes de Khorshed, pois sabia usar as palavras como adagas. Mas diante do olhar imperial e da expressão de desdém silencioso que sempre achava estarem presentes quando a sogra a olhava, Coomi ficava impotente.

— Juro que a minha sogra fala com as sobrancelhas — reclamava com a amiga Sheroo. — Qualquer coisa que eu faça... dormir um dia até tarde, gritar com Binny ou, Deus me perdoe, esquecer de passar a camisa do meu marido... qualquer coisa basta para ela erguer as sobrancelhas. Queria que ela dissesse na minha cara o que pensa. Em vez disso, ela espera Rusi chegar e aí reclama com ele. Então, *ele* tem que falar comigo. Imagine se a rainha Vitória de Bombaim vai me dizer alguma coisa diretamente. *Mamma* Khorshed acha que essa é uma maneira civilizada de lidar com a vida, mas para mim não passa de um jeito dissimulado e sonso. Envenenando o meu marido contra mim, ora essa!

O comportamento de Khorshed irritava a nora sobretudo quando esta recebia a visita dos irmãos.

— *Saala*, parece que cheguei num necrotério ou numa fábrica de gelo quando entro na sua casa — comentava Fali, brincando.

Mas havia um razoável fundo de verdade no comentário para que Coomi se sentisse atingida pelas palavras do irmão. Ela ressentia a maneira gelada como Khorshed recebia seus irmãos nessas visitas, como falava com eles com um ar superior até deixá-los constrangidos, ali sentados no sofá, conscientes de repente das manchas do café-da-manhã em suas camisas, dos sapatos baratos e sem graxa e do tom alto e ríspido de suas vozes. Coomi, então, ficava com raiva dos irmãos. "Não deixem que ela intimide vocês", era o que tinha vontade de gritar. "Ela não é melhor do que nós; não se deixem convencer do contrário." Mas não lhe cabia envergonhá-los demonstrando que reparara que estavam constrangidos. Em vez disso, conversava amenidades, ria e brincava com eles como se não notasse a tensão na sala, o tempo todo agudamente consciente do olhar vigilante de Khorshed.

— Por que a senhora sempre fica na sala quando meus irmãos vêm me visitar? — perguntou à sogra depois de dois anos de casada. — Afinal, a visita é para *mim*.

Os olhos de Khorshed se encheram de lágrimas.

— Não sabia que estava lhe criando um problema. Afinal, eles são visitas na casa do meu falecido marido. É meu dever cuidar para que não se comportem mal.

— "Não se comportem mal"? Meus irmãos são o quê, vira-latas? O que a senhora acha que eles fariam, *mamma* Khorshed? Acha por acaso que roubariam os retratos do seu querido marido?

— Não ouse. Não ouse invocar o nome do meu marido em vão. Você jamais seria capaz de compreender o valor dele.

Quando chegou do trabalho naquela noite, Rusi foi direto ao quarto da mãe, como era seu hábito. Coomi detestava esse costume. Khorshed em geral lhe relatava os acontecimentos do dia, e Coomi se sentia lesada por não ser a primeira a ter a atenção e os ouvidos do marido. Em seguida, Rusi entrou no quarto do casal, com uma expressão preocupada no rosto.

— Mamãe me disse que há um problema — principiou ele.

Coomi deixou escapar um grito.

— *Bas*, basta, já chega. *Mamma* Khorshed sempre lhe diz que existe um problema. E geralmente o problema sou eu. Por que ela não me fala *khoollam-khoolla* o que a incomoda? Isso mesmo, que fale abertamente!

Antes que Rusi pudesse impedir, Coomi entrou correndo no quarto de Khorshed, para espanto da sogra.

— Achei que a nossa briguinha de hoje já estava resolvida, mas claro que não. Por que a senhora nunca diz nada na minha cara, apesar de ficarmos sozinhas em casa o dia todo? — indagou, com os olhos faiscando. — Por que esse *guss-puss* com seu filho toda noite, envenenando meu marido contra mim? Se não queria que ele se casasse comigo, devia ter dito antes. Montes de outros homens ficariam felizes de me terem como esposa. Não suporto esse complô pelas minhas costas. De hoje em diante, tudo que a senhora quiser dizer, diga diretamente a mim, entendeu?

Khorshed olhou para o filho e depois para a nora e, então, explodiu em lágrimas. Rusi ficou petrificado com o choro da mãe, horrorizado com a dor e a mágoa que viu em seu rosto. As lágrimas de Khorshed o fizeram lembrar-se dos dias terríveis que se seguiram à morte do pai, e sua fúria voltou-se contra Coomi por trazê-los à tona. Colocando-se entre as duas mulheres, virou-se para a esposa.

— Coomi, já chega — disse, num tom baixo e feroz que assustou a esposa. — Não ouse insultar a mamãe. É melhor controlar já essa sua língua ferina.

Coomi jamais vira Rusi tão enfurecido, e isso a chocou. Essa foi também a primeira noite que Rusi passou longe dela, indo dormir no sofá da sala.

Na manhã seguinte, Coomi se levantou cedo e preparou *rava* para o café-da-manhã. Khorshed adorava o prato de trigo açucarado, e Coomi fritou uma quantidade generosa de passas brancas e castanhas-de-caju para polvilhar por cima. Esperou até que mãe e filho se sentassem com ela à mesa e disse:

— *Mamma* Khorshed, sinto muito. Não sei o que deu em mim. Acho que ando nervosa ultimamente. Por favor, me perdoe.

Khorshed pareceu constrangida.

— Por favor, somos uma família. Às vezes trocamos palavras duras. Essa adaptação tem sido difícil para todos nós. Vamos em frente, está tudo bem.

Uma semana depois, porém, houve uma nova briga. Durante o almoço, Khorshed comentou como tinha sido alta a conta de água no mês anterior, e Coomi logo presumiu que o alvo do comentário fosse ela.

— Se quiser, posso passar a tomar banho na casa da minha mãe — disse à sogra. — Assim, a senhora vai economizar alguns *paisa* todo mês.

— Coomi, pare com essa bobagem. Eu só estava comentando como tudo encareceu em Bombaim.

— Ah, conte outra, por favor. A senhora não me engana mais. Conheço muito bem as suas manhas agora.

Dessa vez, Coomi esperou três dias para fazer as pazes com a sogra. Outras explosões de raiva se sucederam, juntamente com rodadas de recriminação e desculpas. Com o tempo, as brigas se tornaram mais freqüentes e não mais seguidas de desculpas.

— Não sei mais o que fazer, *bossie* — queixou-se Rusi a Soli Contractor. — Coomi está cada vez mais convencida de que mamãe a odeia. E a mamãe, que Deus a abençoe, diz que isso a chateia, mas, francamente, *yaar*, não faz nada para que Coomi mude de idéia. Tem dias que me sinto como um osso disputado por dois cachorros.

— Mulheres — comentou Soli. — Mulheres.

Ocupados com as próprias vidas, os irmãos de Coomi começaram a visitá-la com uma freqüência cada vez menor. Ela, porém, se convenceu de que isso se devia à presença intimidadora de Khorshed. Quanto mais protetora se tornava em relação à própria família, mais Coomi levava para o novo lar velhos hábitos e comportamentos que adquirira em casa.

— E daí que a gente grite e berre uns com os outros como selvagens? — disse a Rusi. — Somos gente *bhola-bhala*, não guardamos ressentimentos, ao contrário de uns e outros que conheço. *Bas*, dizemos o que passa pela nossa cabeça e encerramos o assunto. Ao menos os nossos corações são limpos, ainda que nossas unhas nem sempre estejam imaculadas.

— O assunto pode estar encerrado para você — respondeu Rusi, inflamado. — E para o outro? Você dispara a flecha e tudo bem, não precisa mais carregar o arco. E a outra pessoa, que ficou com a flecha cravada no peito?

Por mais que ambos tentassem, contudo, não conseguiam comunicar um ao outro o próprio ponto de vista. Certa vez, frustrados e inflamados por causa de uma das muitas discussões torturantes, fizeram amor furiosamente, com desespero, lutando em silêncio como animais selvagens nos braços um do outro. Depois, enquanto Rusi a abraçava, Coomi desmoronou de vez.

— Não sei por que não conseguimos passar uma semana sem brigar. Somos tão diferentes... é como se falássemos línguas diferentes. Mas não houve um tempo em que a nossa língua era a mesma?

Quando nasceu, três anos depois do casamento, Binny tornou-se a cola que impedia que os dois se separassem. Ambos adoravam a menina, e Binny, por puro instinto, era uma agente da paz, uma criança com tamanha e tão evidente necessidade de amor que acabava fazendo com que os pais se reconciliassem. Certa vez, após uma discussão especialmente acirrada com Rusi, Coomi estava ocupada na cozinha quando sentiu um puxão no vestido.

— Venha cá, *na*, mamãe — pediu Binny, arrastando a mãe para fora da cozinha. — Papai está com dor de cabeça. Vamos dar uns *kissy-koti* nele para ajudar a melhorar.

Meio a contragosto, Coomi se deixou arrastar da cozinha. Quando chegaram ao quarto, Coomi estava sorrindo sem vontade. Na hora em que Rusi olhou para as duas, ela deu de ombros.

— Fazer o quê? O cupido aqui não vai me deixar em paz enquanto eu não der um beijo em você.

Os dois sorriram por sobre a cabeça de Binny, esquecidos da discussão. Quando foram dormir, deixaram Binny se aninhar entre eles. Coomi adormeceu encantada, mais uma vez, com a habilidade da filha para reconciliá-los. Antes que a menina mergulhasse num sono profundo, Coomi sussurrou em seu ouvido a canção que inventara quando a filha tinha seis meses:

Boa noite, querida, durma bem
Que Deus te abençoe e os anjos digam amém
Eu te amo, te amo, te amo
Pom, pom, pom, pom, pom, pom, POM.

Quando já não sentiam nada um pelo outro como marido e mulher, Coomi e Rusi ainda assim se orgulhavam de se mostrar para o mundo como os pais de Binny, cada um segurando uma das mãozinhas da filha. Binny era inteligente. Aos três anos, desviou o olhar da banana que estava comendo no café-da-manhã e perguntou, com uma expressão séria:

— Mamãe, quem botou a banana dentro da casca?

Coomi sentiu tamanha ternura pela filha naquele momento que achou que seu seio se encheria novamente de leite. A filha era engraçada, fazia os pais rirem. Também os deixava zangados, assustados, preocupados, tristes, orgulhosos, felizes e sorridentes. Juntos, os dois compareciam às reuniões de pais e mestres e ao teatrinho da escola. Juntos, eles a repreendiam quando, às vezes, trazia para casa um boletim com notas baixas. Juntos, ficaram agoniados, andando para lá e para cá no apartamento na noite em que Rusi finalmente permitiu que Binny fosse a uma festa, ao completar dezessete anos.

— Você se lembra daquele filme em que alguém diz "sempre teremos Paris"? — perguntou Rusi à esposa naquela noite, enquanto esperavam a volta da filha. — É assim que me sinto em relação a Binny. Haja o que houver, sempre teremos a Binny. Eu sempre amarei você por ter me dado a Binny.

— *Bas*, só por isso? Esse é o único motivo que tem para me amar? — perguntou Coomi, de brincadeira.

Rusi suspirou.

— Não, Coomi. Tenho vários outros motivos para amar você. Mas, meu bem, esse seu gênio... você tem que me prometer controlálo melhor.

— Prometo, Rusi. Vou me esforçar mais.

— Às vezes, olho para a nossa filha e, apesar de ela já ser praticamente uma adulta, ainda sinto a mesma coisa que senti quando ela nasceu. Como se não fosse capaz de acreditar que ela existe. Que nós a geramos. Meu único e irrefutável sucesso.

Mas então Binny cresceu e se foi. E a tríade voltou a ser o que era: Coomi, Rusi e Khorshed, agora mais velha e ainda mais dependente do filho. Khorshed havia tentado impedir que a adorada neta deixasse Bombaim para estudar na Inglaterra, mas Rusi percebeu que os motivos que moviam a mãe eram o medo e a carência.

— Deixe que ela vá, *mamma* — disse. — Dê a ela a sua bênção. Não existem oportunidades para Binny nesta cidade. Deixe que ela explore as opções que tem.

Precisou conter as próprias lágrimas e lutar contra os próprios medos e carências para proferir essas palavras.

— Muitos anos atrás, todo mundo queria os ingleses fora da Índia. Agora, de boa vontade, mandamos os nossos filhos para a Inglaterra e para os Estados Unidos. Que mundo estranho este — murmurou Khorshed.

Diante da insistência do filho, porém, Khorshed cedeu. Já Coomi foi uma outra história. A idéia de perder Binny e de morar no edifício Wadia sozinha com Rusi e Khorshed lhe era insuportável.

— Por que a Binny tem que ir para o exterior? — perguntou a Rusi. — A Binny é como uma planta que molhamos e alimentamos diariamente todos esses anos e agora, quando está prestes a florescer, tem que ser transplantada para o jardim de outra pessoa? Ela é nossa filha única, Rusi, nossa carne e nosso sangue. Não temos outros dez filhos. Talvez seu coração seja muito duro, *baba*, mas não agüento me separar da minha única filha.

Ela e Binny já não eram muito próximas desde que a menina fizera treze anos, mas esse fato inconveniente foi esquecido enquanto Coomi fazia de tudo para convencer Binny de que Bombaim era boa o bastante para ela.

— Milhões de pessoas moram aqui, estudam, fazem doutorado, se tornam advogadas e médicas. Nossas universidades não ficam atrás de nenhuma outra. Por que você precisa ir para o exterior para ter sucesso? O seu pai encheu os seus ouvidos de besteiras.

Binny ouvia. Não contradizia a mãe. Jamais disse: "Estou cansada de ser a cola que mantém você e papai juntos. Dei aos dois toda a minha infância. Vocês não têm o direito de esperar mais que isso de mim. Tenho medo de que, enquanto eu morar aqui, vocês continuem me usando para remendar o seu casamento. Está na hora de descobrirem se têm um futuro sem mim. Não quero mais ser a terceira perna que sustenta esse casamento. Além disso, também tenho meus sonhos e minhas ambições. Eu adoro física, sabe? Depois que parei de acreditar em Deus, na adolescência, eu ia para a janela à noite e ficava conversando com as estrelas. Lembra? Quero aprender tudo a respeito do Universo. E se morar aqui, nesta casa, onde a sua frustração e a tristeza do papai infiltram as paredes, jamais conhecerei outro universo. O edifício Wadia vai me consumir, não conhecerei nenhuma outra realidade. E preciso conhecer mais, você entende? Preciso, para o bem da minha alma, para o bem da minha vida. A minha vida, entende?"

Binny escutava em silêncio a mãe falar. Então, quando chegou a hora, ela se foi.

Dois anos depois, Khorshed Bilimoria pegou uma virose. Morreu uma semana depois no Hospital Geral Parse. De repente, era preciso organizar um funeral. Binny quis voltar para casa, embora estivesse em período de provas. Coomi concordou, feliz com a chance de ver a filha, por piores que fossem as circunstâncias. Rusi, porém, fincou o pé:

— Seus estudos são a coisa mais importante agora, Binny. Você amou sua avó enquanto ela viveu, e ela sabia disso. Agradeça essa bênção. Não há nada que você possa fazer por ela agora. Sei que sua avó gostaria que você se concentrasse nos estudos. Tire boas notas nas provas, por ela.

O funeral de Khorshed: os homens encurvados, envergando suas *daglis* brancas; as mulheres, de sári branco, entoando seus lamentos; os *dastoors* arrastando os pés e murmurando preces numa voz nasalada; os encovados carregadores de defuntos cheirando a naftalina; o cachorro cor de areia obrigado a andar em volta do morto num ritual macabro... De cortar o coração.

O adeus de Rusi à mãe falecida, porém, foi mais doloroso do que tudo naquele dia.

UMA HORA ANTES DA CERIMÔNIA propriamente dita, Coomi seguiu Rusi enquanto ele vagava pela Torre do Silêncio, aguardando o início do funeral. Entendia que Rusi precisasse se afastar do lamento das mulheres que alardeavam a própria dor e falavam incessantemente sobre a pobre Khorshed e sobre a vida infeliz que ela levara, tendo enviuvado tão cedo. Coomi seguiu o marido pelos caminhos do gramado. Situado no coração de Bombaim, o verdejante terreno da

Torre do Silêncio era um oásis de tranqüilidade, um contraste quase surreal com o barulho e o caos que reinavam lá fora. Árvores e flores silvestres cresciam por todo lado e abafavam os ruídos distantes do tráfego. Enquanto caminhavam, os dois viram vários dos pavões que habitavam o local. Coomi sorveu a serenidade reinante com uma sede feroz e intensa de um morador urbano acostumado a uma paisagem de cimento e gesso. Percebeu a rubra nuvem de pó que seus pés levantavam do chão, reparou no azul profundo do céu sem nuvens de Bombaim. Apesar da leve inclinação do terreno, ela sentiu a respiração mais fácil, notou que o coração batia mais lento.

— Quanta paz tem aqui — murmurou, e Rusi concordou, fazendo que sim com a cabeça.

Ao mesmo tempo, porém, em que as palavras saíam de sua boca, Coomi ouviu um bater de asas e ergueu os olhos a tempo de ver as asas sinistras de um grande abutre que voava em círculos no céu. Virou-se parcialmente para o marido, sabendo instintivamente que Rusi estaria partilhando o mesmo pensamento que lhe passara, qual um lampejo, pela cabeça — aquele pássaro e seus companheiros logo se banqueteariam com a carne murcha de Khorshed. Como só os padioleiros profissionais tinham autorização para se aproximar do enorme poço ao qual baixavam os defuntos, nem Coomi nem Rusi jamais haviam estado no local. Tinham ouvido, contudo, um número suficiente de histórias que lhes possibilitava imaginar os abutres voando famintos acima do poço. Após ver um desses pássaros, Coomi não teve dúvidas de que Rusi também se horrorizara e de que, como ela, sentira o estômago se contrair. Recordou-se de que, poucos anos antes, alguns residentes não-parses do bairro rico onde ficava a Torre do Silêncio haviam se queixado do que consideravam um costume bárbaro. Numa reunião aberta convocada pelo Conselho Municipal parse, esses moradores contaram histórias de terror sobre pássaros que deixavam cair sobre os parapeitos das janelas de seus caríssimos apartamentos coisas bastante semelhantes a dedos. Alguns parses mais jovens, partilhando tal repulsa, argumentaram que essa forma antiga de livrar-se dos mortos podia ter funcionado nas planícies da Pérsia, mas era insalubre e perigosa quando praticada no centro de uma cidade movimentada. No entanto, como sempre, prevaleceu a vontade dos velhos senis. Como sempre, o costume e a tradição triunfaram sobre o bom senso.

Mas agora não era hora de pensar nessas coisas, pois, ao ver o abutre, Rusi parou abruptamente, deixando o olhar se perder na paisagem distante. Enquanto Coomi o observava, seu rosto se contorceu de dor e ele começou a chorar, os soluços lhe estremecendo o corpo. A sua angústia era tão intensa que Coomi percebeu que ele não estava apenas se despedindo da mãe. Rusi também chorava por causa do pai que perdera de forma tão inesperada, pela felicidade conjugal que mal experimentara, pela filha que havia sacrificado, pelos negócios que jamais deslancharam, por uma vida que era um rosário de dores e decepções. O som dos seus soluços misturou-se ao gorjeio dos pássaros. Coomi tentou dizer algo carinhoso e confortador, mas as palavras murcharam sob o peso da gigantesca dor do marido. Em vez disso, deu os dois passos que a separavam dele e simplesmente o abraçou, abraçou forte, como se pretendesse protegê-lo do mundo intruso. Isso, porém, só fez aumentar aquele pranto.

— Meu Deus! — exclamou Rusi. — Meu Deus, que dor horrível!

Há muito tempo Rusi não chorava diante de Coomi, e o som dos seus soluços a chocou. Enquanto ele estremecia em seus braços, Coomi sentiu que abraçava um animal orgulhoso, mas ferido. Apesar da tristeza de ver o marido, em geral distante, tão impotente em seus braços, um lado de Coomi exultou. "Não é tarde demais", disse consigo mesma. "Tudo que preciso é estender a mão que ele vem. Ainda." E uma outra idéia, mais profunda, a surpreendeu: "Posso ajudá-lo. Posso salvá-lo."

Mas o momento passou. Segundos depois, Coomi sentiu o coração de Rusi endurecer como cimento ao se dar conta de estar nos braços do inimigo. Tentou se livrar do abraço que apenas um minuto antes o havia confortado tanto e, quando se desvencilhou, seu rosto estampava o olhar distante que Coomi agora conhecia tão bem.

— Desculpe, sinto muito. Hum... acho que devemos voltar — disse ele, formalmente. — Os outros estão esperando. A essa altura, os *dastoors* já devem ter aparecido.

No caminho, Coomi começou a sentir frio e medo ante a idéia de assistir ao funeral da sogra. Deu-se conta de repente, muito claramente, da história longa e terrível que partilhava com Khorshed. Pensou nas inúmeras vezes em que desejou a morte da velha, nas várias vezes que disse a Rusi que a mãe dele era uma pedra em seu sapato. Perguntou-se se o marido estaria se lembrando de tudo isso agora. Se estivesse, não seria o único. Coomi partilhara sua amargura com muitos vizinhos, amigos e parentes ali reunidos para o funeral. Instintivamente seus olhos procuraram Dosamai, antes que se lembrasse de que a vizinha idosa ficara em casa, gripada. Mas muitos dos presentes conheciam as queixas de Coomi. Apenas uma semana antes de Khorshed ficar doente, Coomi se queixara da velha com Amy.

— Ela está velha como os profetas, mas ainda mete o bedelho na minha vida — resmungou.

Durante quase vinte e cinco anos, as pessoas que estavam no funeral haviam se dividido em dois lados: o dela e o de Khorshed. Há mais de duas décadas ouviam suas histórias chorosas sobre a maneira como a sogra lhe roubara o marido, bem como o desabafo de que ela, Coomi, só teria alguma paz quando uma das duas morresse. E agora Khorshed estava morta. E os olhos de todos os parentes e vizinhos se fixavam na nora. Para ver quanto ela sofria. E Rusi, distante dela, remoto como uma estrela, agia como se a mulher ao seu lado fosse uma mera conhecida. Dele não viria ajuda alguma.

Sabe-se lá como, ela conseguiu assistir ao funeral até o fim. Sentou-se numa das fileiras do meio, cercada por membros da própria família, tentando parecer invisível e minúscula. O fato de todos estarem de olhos fixos em Rusi também ajudou.

Porque durante toda a cerimônia ele se manteve não muito longe da mãe morta e rezou em voz alta por sua alma, recitou as orações do Avesta, o livro sagrado dos parses, em sua voz profunda, bela e melodiosa. Houve um momento, entre um cântico e um lamento, em que esse ritmo hipnótico se sobrepôs às preces murmuradas com indiferença pelos sacerdotes contratados, enfeitiçando os presentes e calando até mesmo o lamento das velhas em seus sáris brancos. Foi lindo. Foi profundo. Ninguém jamais vira algo parecido. Lá estava Rusi, os cabelos grisalhos, de pé, ereto, orgulhoso e digno como os leões de pedra na entrada do edifício Wadia. Um velho guerreiro rezando em voz alta pela alma da mãe morta. Cantando seu amor, sua dor antiga, sem medo de partilhar com o mundo esse amor intenso. Até Zenobia, a vizinha atéia do bairro, se emocionou. "Esse é o poder do verdadeiro crente", pensou ela. "Esse é o poder do amor." E, por um instante, sentiu inveja.

O cântico cadenciado de Rusi chegou até mesmo aos ouvidos dos convidados não-parses sentados em bancos de madeira do lado de fora da tenda onde acontecia a cerimônia. A tradição parse não lhes permitia ter acesso à cerimônia. Rusi desculpou-se com todos antes que o rito começasse, mas eles lhe garantiram, afagando seu ombro, que entendiam. Quando o elogio fúnebre de Rusi à mãe os alcançou, também eles sentiram o poder daquelas antigas palavras misteriosas cujo significado poucos conheciam.

— Quando eu morrer, também quero que alguém reze por mim desse jeito — sussurrou Maniben para o marido. — A alma de Khorshedben vai direto para o céu depois disto.

Coomi agradeceu, aliviada, pelo fato de o desempenho de Rusi desviar a atenção antes dirigida a ela. Agora, porém, finda a cerimônia, podia sentir o olhar vigilante de todos pousar novamente sobre ela. Sentiu uma falta terrível de Binny naquele momento. Os outros aguardaram enquanto ela e Rusi se aproximaram do corpo de Khorshed, diante do qual se ajoelharam para as últimas homenagens, depositando *lobaan*, incenso e sândalo na pequena pira que ardia defronte ao corpo.

— Ela parece em paz — murmurou para o marido, e ele concordou com a cabeça, os olhos marejados.

Quando os dois se levantaram num único movimento, Coomi sentiu, agradecida, todos os olhares penetrantes dos presentes se cravarem em Rusi.

Ao mesmo tempo, porém, Coomi também experimentou constrangimento pela nudez do amor do marido pela mãe. Aquela era a demonstração derradeira desse amor e havia sido dada para o mundo inteiro ver. Apesar de morta, Khorshed mais uma vez conseguira roubá-lo da esposa, e dessa vez da maneira mais pública possível. Mesmo na morte, Khorshed triunfava. Ria por último. Quando inclinou a cabeça respeitosamente diante do corpo adormecido, Coomi não foi capaz de se livrar da sensação de que também baixava a cabeça em sinal de submissão e derrota.

Reinou um silêncio sinistro no apartamento nos dias que se seguiram ao funeral. Rusi, sentado na cadeira de balanço, deixava o olhar se perder no outro lado da janela durante horas, sem falar nada. Ou se ocupava examinando os papéis da mãe e organizando seus pertences. Coomi não fazia a mínima idéia de como ajudá-lo a superar essa dor.

— Tem alguma coisa que eu possa fazer? — perguntou, parada à porta do quarto de Khorshed.

Sem que Rusi proferisse uma única palavra, Coomi teve a nítida impressão de que ele não queria que a esposa entrasse e maculasse o cômodo com sua presença. Fitando-a com um olhar de incompreensão, ele respondeu após uma longa pausa:

— Não, nada.

Coomi desconfiou de que Rusi a culpava silenciosamente por não ter estado presente quando a mãe morreu. A injustiça dessa acusação não verbalizada a aborreceu. "Não sou responsável pelo que houve naquela última noite no hospital", disse consigo mesma.

— Foi uma pena o que aconteceu no hospital — aventurou-se a comentar, ainda de pé na entrada do quarto.

Durou tanto tempo o silêncio de Rusi que Coomi achou que ele não a escutara, mas quando já estava prestes a repetir o que havia dito, o marido falou:

— Não era para ter sido assim. Mas foi meu *naseeb*, fazer o quê?

Em vez de tranqüilizá-la, as palavras a fizeram assumir uma posição ainda mais defensiva.

Sua necessidade de conversar com alguém sobre o ocorrido naquela noite disputava com a decisão de tentar uma reconciliação com Rusi. No final, o hábito se impôs sobre as boas intenções e a levou até a casa de Dosamai uma semana após o funeral. Essa era a primeira visita de Coomi depois da morte de Khorshed, e Dosamai estava ansiosa para criticar o desempenho de Rusi na cerimônia. A velha fofoqueira se aborreceu com Rusi porque os elogios que ele dirigiu à mãe haviam emocionado e calado até seus críticos habituais, privando Dosamai de seu alvo favorito. Apenas alguns dias antes, Jiloo investira contra Dosamai, dizendo:

— Você pode falar o que quiser, Dosamai, mas esse Rusi é um homem bom. Quantos homens você conhece que amam a mãe de um jeito tão aberto e com tanto orgulho? Tudo bem, o casamento dele talvez seja um fracasso, mas não acredito que ele seja o *badmash* que você pinta.

Por isso, Dosamai recebeu Coomi ansiosamente em sua casa, esperando por notícias com as quais contra-atacar essa nova onda de boa vontade com Rusi.

— Como vão as coisas em casa? — perguntou a velha.

— Bem. A casa parece meio vazia. Rusi anda muito calado, então mesmo quando está em casa me sinto sozinha o dia todo.

Coomi era esperta o bastante para não comentar com Dosamai suas esperanças de reconciliação com o marido.

— Por falar em Rusi, andei pensando. É ótimo que ele goste tanto da mãe, mas foi um pouquinho exagerado o que aconteceu no funeral, não? — observou Dosamai. — Quer dizer, por que contratar *dastoors* para rezar e depois abafar as vozes deles com a própria oração? Seu marido é um bocado exibido.

Coomi era esperta o bastante para não contradizer Dosamai. Assim, embora seu coração se rebelasse contra a interpretação equivocada dos motivos de Rusi, ficou calada. Além disso, precisava livrar-se do ressentimento em ebulição que carregara até o apartamento da vizinha.

— Não consigo parar de pensar naquela última noite de vida da *mamma* Khorshed — começou ela. — Eu estava no hospital com ela, vendo o respirador subir e descer, subir e descer. Nossa, o barulho daquela máquina... não vou me esquecer nunca. E, Dosamai, ainda não lhe contei uma coisa. *Mamma* Khorshed abriu os olhos uma vez, por volta das três da madrugada, e gemeu o nome de Rusi. Menos de uma hora antes eu tinha dito a Rusi que não havia necessidade de ficarmos os dois acordados a noite toda, sentados naquelas cadeiras duras. Você sabe como são os quartos no Hospital Geral Parse. Mandei que ele fosse tirar um cochilo na banco do corredor. E veja só o meu *kismet*: uma hora depois, *mamma* Khorshed chamou Rusi e corri até o corredor para acordá-lo. Mas quando voltamos para o quarto, ela estava de olhos fechados e dormia tranqüila como um bebê. Rusi chamou-a várias vezes: "*Mammaji*, mamãe", mas ela não abriu os olhos. Então ele me lançou um olhar de tamanho *khoonas* e desconfiança que desejei ser eu a moribunda e não ela. Como se eu tivesse agido de propósito para mantê-lo afastado da mãe. Ficou lá sentado naquela cadeira a noite toda, sem querer arredar o pé de perto dela. Mas *mamma* Khorshed não abriu mais os olhos. Escreva o que eu digo: qualquer dia desses vou levar a culpa por isso também.

— Fazer o quê, *deekra*? — indagou Dosamai. — Alguns de nós têm a sina de levar a culpa pelos erros dos outros. Acontece o mesmo com aquela vaca que se casou com o meu filho. Sempre sou culpada por tudo que acontece com ela. Mas olhe, acabei de fazer umas misturas de ervas. Leve um vidro, elas vão ajudar você a dormir melhor.

Coomi saiu do apartamento de Dosamai naquele dia levando um vidro de ervas medicinais para ansiedade e estresse, no entanto sem a satisfação costumeira que a invadia depois de destilar o veneno e a raiva que trazia no coração. Encarou aquilo como um sinal de progresso. Sabia muito bem que, se pretendia fazer as pazes com Rusi, fofocar sobre o marido com Dosamai era um hábito do qual precisava se livrar. O fato de se sentir insatisfeita após a visita a Dosamai era um bom sinal. Estava na hora de parar de cultivar a indignação, de parar de poli-la como se fosse uma pedra bruta, sob a cuidadosa tutela de Dosamai. Decidiu suspender as visitas à velha fofoqueira durante algumas semanas.

Apesar do desinteresse e distância de Rusi, uma tênue esperança pairava no coração de Coomi, como um pedaço de papel levado pelo vento nas areias da praia de Chowpatty. À meia-idade, talvez ela e Rusi pudessem, finalmente, aprender a ser marido e mulher. Já não havia ninguém entre os dois agora. Ela não precisava mais sentir um par de olhos vigiando cada movimento seu, esperando por um tropeço. Ela podia — e conseguiria — resgatar Rusi do redemoinho de luto em que ele vinha se afogando desde a morte da mãe. Coomi sabia muito bem que não conseguiria consolar o marido com a ladainha fácil dos profissionais do luto: "Ela era idosa. Pelo menos não sofreu. Teve uma morte serena. Todos vamos morrer um dia." Percebera como Rusi trincava os dentes quando os vizinhos bem-intencionados recitavam esses clichês ensaiados. Não, ela não diria essas palavras, porque entendia que a morte em qualquer idade é sempre um insulto à vida, uma afronta àqueles que precisam continuar vivendo. Em lugar disso, resgataria Rusi um dia de cada vez, até chegar a hora em que ocorreria a ele uma idéia insidiosa: precisava mesmo ter sido assim? Será que o casamento podia ter sido uma maravilha, uma viagem tranqüila e agradável, se mamãe não existisse?

Com o tempo, quando Rusi conseguisse aceitar a morte da mãe, talvez eles pudessem se acertar. Começar de novo, apenas os dois, de uma forma que até agora não havia sido possível. Talvez pudessem passar alguns dias em Khandala ou em algum outro lugar próximo, para se afastarem da mágoa e da dor que pendiam como lanternas das paredes do apartamento. Algo parecido com uma lua-de-mel. Afinal, apesar de todos os seus defeitos, Rusi era um homem bom. Por mais que se ressentisse da dedicação dele à mãe, Coomi também o admirava por isso. Não eram muitos os homens que ela conhecia que teriam cuidado de um pai ou de uma mãe idosos do jeito como Rusi fizera. Seus próprios irmãos, por exemplo, amavam a mãe, mas nem por isso se furtavam a mandar aos berros que ela calasse a boca quando os irritava. E agora, com Khorshed fora de cena, talvez Rusi aprendesse a transferir todo aquele amor e carinho para a esposa. Deus sabe há quanto tempo ela rezava por isso.

Assim, Coomi arregaçou as mangas. À noite, embalava Rusi em seus braços, tentando ignorar o fato de que o marido se afastava do carinho na primeira oportunidade que surgia. Usando as velhas receitas de Khorshed, preparava os pratos favoritos de Rusi, apesar do pouco que ele comia. Quando sabia que ele podia escutá-la, Coomi descrevia a sogra falecida num tom afetuoso, nostálgico, tentando ignorar a expressão de espanto no rosto de quem estivesse ouvindo. No aniversário de um mês da morte de Khorshed, Coomi acordou cedo e em silêncio acompanhou Rusi aoTemplo de Fogo. Obrigou seus olhos a não baterem a foto de Rusi sentado no banco de madeira, o mais longe possível dela. Ao contrário, fechou-os e procurou rezar para que o marido a domasse. “Por favor, meu Deus”, pensou. “Por favor, por favor, por favor.” Chegou mesmo a lutar contra sua impontualidade crônica a fim de que Rusi tivesse que esperar apenas meia hora para ela se aprontar, em lugar das costumeiras hora e meia ou duas, toda vez que saíam. Essa última mudança foi tão drástica que suscitou comentários de vários amigos.

Mas havia um fato grave a ser encarado: os dois haviam esquecido como é ser um casal. Já não existia intimidade alguma entre eles. Por mais que Coomi tentasse, Rusi ficava impassível como uma estátua de mármore quando estava com ela. Todas as suas reações eram forçadas; as palavras, artificiais e abruptas.

— Rusi — disse Coomi uma tarde. — Comprei peixe fresco. O preço estava ótimo. Que prato você quer para o jantar?

Ele a olhou desinteressado.

— Tanto faz — respondeu, dando de ombros. — Faça o que tiver vontade de comer. Para mim, qualquer coisa serve.

Durante semanas após o funeral de Khorshed, Coomi vasculhou as areias do tempo para redescobrir o jovem impetuoso que amara e com quem se casara, mas a maré o tinha levado embora. Em seu lugar havia agora um homem grisalho com olhos insuportavelmente tristes. Ela precisava desviar o olhar desses olhos, pois sabia muito bem que, ao menos em parte, a responsabilidade por tanta tristeza era dela.

"YAHOO!"

Rusi e Coomi se viraram ao mesmo tempo para o palco para ver a cantora. Ao fazerem isso, seus olhares se encontraram e, por um momento irreconhecível, marido e mulher sorriram um para o outro. Coomi percebeu que a mesma lembrança feliz os uniu: Binny. "*Yahoo! Chaye koye muje jungalee kahe.*" "Pouco me importa que me chamem de louca." A cantora de meia-idade e cabelo ralo interpretava a conhecida canção do filme de sucesso dos anos 1960 com uma exuberância que normalmente faria Coomi corar de vergonha. Esse era o problema dos casamentos parses, ela não se cansava de dizer. Todo mundo ficava tão fixado na comida que ninguém prestava atenção nos músicos que contratava. Mesmo um sujeito sofisticado como Jimmy Kanga optara por um conjunto fuleiro para o casamento do filho único.

No momento, porém, a escolha da música contava com a aprovação de Coomi. Embora Rusi estivesse de pé a alguns passos de distância e conversasse com uma mulher alta e bonita que ela não conhecia, Coomi sabia que aquela interpretação exuberante o transportara para uma época mais feliz, além de conectá-lo à esposa, ainda que brevemente. Os dois haviam trocado um olhar, um sorriso de cumplicidade, haviam pensado em Binny ao mesmo tempo. Isso a deixou feliz, tão feliz que até se esqueceu de piscar e tirar uma foto de Rusi conversando com uma mulher desconhecida e atraente.

Era uma canção bacana, meio maluca, esbanjando energia. Um pouco como Rusi na juventude. Coomi se lembrou de que Binny, bem garota, havia implorado para que os pais a levassem para assistir a uma reprise de *Junglee*, o filme de cuja trilha sonora a canção fazia parte. Binny adorava esse velho sucesso, dançava diante do espelho balançando os quadris e cantando a letra em seu híndi macarrônico. Quando Rusi chegava do trabalho, Binny se atirava em seu pescoço, emitindo um grito de gelar o sangue — "*Yahoo*". Independentemente de quantas vezes Rusi fingisse susto e medo, a alegria de assustar o pai desprevenido jamais diminuía para Binny.

No cinema, Coomi e Rusi se deleitaram observando a filha sacudir a cabeça e cantarolar a trilha sonora. Ao longo de todo o filme, a que os dois haviam assistido anos antes, Rusi manteve a mão no joelho da filha para imobilizá-lo. Era sua função, no cinema, garantir que Binny permanecesse sentada. A menina estava naquela idade em que os filmes são levados ao pé da letra, em que se acredita que os atores são de carne e osso e a tela é um palco. Bastava um personagem dizer "Vamos dançar" para Binny se sentir devidamente convidada. Virava-se, então, para o pai, puxava sua gravata e dizia em voz alta:

— Vamos, papai. Estão nos chamando para dançar.

Pior foram as cenas de luta no bar. Binny tentou valentemente ajudar os mocinhos. Remexendo-se na cadeira, parecia querer arrancá-la do chão e atirá-la nos bandidos, como faziam na tela todos os fregueses do bar. A menina não entendeu por que os pais não a imitavam.

A tarefa de Coomi era ainda mais difícil. Binny não conseguia diferenciar um ator de outro. Entendia, porém, que na maioria dos filmes havia um mocinho e um bandido, e, como Rusi em geral preferia assistir a bangue-bangues ou a filmes sobre a Segunda Guerra Mundial, essa percepção ajudava bastante. O problema é que mocinhos e bandidos pareciam iguais para Binny. Se o bandido tivesse um bigode ou uma cicatriz enorme já facilitava, mas os filmes de guerra eram confusos. Para os olhos nada perspicazes da menina, os alemães em nada se diferiam dos americanos. Os adultos entendiam que os alemães eram aqueles que, quase sempre, diziam uma única palavra: "*Ja*", e, às vezes, quando realmente provocados, "*Ja, ja*". Mas para os ouvidos sem sofisticação de Binny, todos os sotaques estrangeiros soavam estranhos.

Para Coomi, essa falta de perspicácia criava uma situação difícil. Minutos após o início de um filme, Binny encarava a mãe com um olhar sério. Então, a temida pergunta lhe saltava dos lábios:

— Mamãe, esse aí é mocinho ou bandido?

— Mocinho — respondia Coomi, esperando cortar o mal pela raiz. — Não está vendo, *beta*, que ele é o herói?

Passava um ou dois segundos.

— E esse, mamãe, quem é? O mocinho ou o bandido?

— É o mesmo, Binny, o herói. Eu já disse a você. Fique quieta agora e assista ao filme.

Um minuto de bem-aventurado silêncio. Então, lá vinha aquela vozinha de novo, insistente como um martelo de manhãzinha.

— E esse, mamãe, é mocinho ou bandido?

Rusi, então, se inclinava para a mulher e falava baixinho:

— Desculpe. Vamos fazer o seguinte, Coomi. Você responde às perguntas dela hoje, e eu prometo que voltamos na semana que vem para assistir ao filme de novo. Falo com a mamãe para tomar conta dela durante algumas horas.

Assim, Coomi passava o filme inteiro alternando as respostas: "Mocinho... Bandido... Bandido — não — mocinho... Mocinho."

Com o tempo, o casal descobriu uma solução. Coomi concluiu que, se tivesse um infindável estoque de batatas fritas à mão, era capaz de contra-atacar as impiedosas perguntas de Binny. Com a bolsa recheada de sacos de batatas fritas, Coomi esperava o início do filme para entregar a Binny o primeiro. Quanto mais a menina enchia a boca de batatas, menos enchia a mãe de perguntas. Quando um saco acabava, Coomi rapidamente se livrava dele e entregava outro à filha. Passadas algumas semanas, Coomi leu numa revista um artigo sobre camponesas chinesas que drogavam os filhos com ópio enquanto trabalhavam na lavoura. Sentiu uma pontada de culpa antes mesmo de saber por quê.

"O QUE EU DARIA PARA TER DE VOLTA aqueles anos", pensou Coomi agora. Independentemente de como se portava como marido, Rusi era um bom pai. E Binny havia sido uma criança adorável, nem de longe a adolescente emburrada de alguns anos depois. Como se sentira próxima do marido no dia em que Binny nasceu! Como foi doce e fugazmente frágil aquele momento em que Rusi se deitou ao seu lado na cama de hospital e ambos contemplaram com assombro a filha linda e ainda desconhecida.

Careca. Essa foi a primeira coisa que Coomi notou em Binny. Careca como uma bola de bilhar. Pulmões possantes, também. Impressionante o estardalhaço que uma coisinha tão pequena era capaz de fazer. Com a ajuda da enfermeira, Coomi pôs o bebê no peito pela primeira vez e sentiu um tremor percorrer seu corpo. Depois de alimentá-la, insistiu para ficar mais um pouco com a filha. Que gostoso tê-la nos braços enquanto ela dormia! E era deles! Dera à luz esse bebê saudável, bonito e faminto que dormia em seu colo. Essa era a melhor parte. Ia ficar com ela. Ia levá-la para casa.

Rusi esperava ansiosamente pelas duas no quarto do hospital quando Coomi, finalmente, chegou de maca e sorriu para o marido ao entrar. Os olhos de Rusi estavam injetados, e ele parecia tão cansado quanto ela.

— Bom trabalho, Coomi — disse, tolamente, inclinando-se para beijá-la.

Apesar do cansaço, Coomi mal conseguiu conter o riso. Por um segundo, os dois sorriram um para o outro como conspiradores. Mas Coomi percebeu que Rusi estava louco para segurar o bebê e, então, entregou-lhe a filha.

No começo, Rusi pareceu perdido, como se não soubesse o que fazer. Depois o instinto falou mais alto. Ninou o bebê com sussurros enquanto andava para lá e para cá no quarto do hospital. Em seguida, examinou os dez dedos daquelas mãozinhas, esticando um por um. Feito isso, examinou as orelhas, estalando os dedos de um lado e depois do outro.

— Ela é um bebê muito bem-feitinho — declarou, feliz. — Se tiver a beleza da mãe e a inteligência do pai, vai se dar bem na vida.

Mais tarde naquele dia, com as duas avós de Binny no quarto, Rusi se inclinou sobre o berço da filha. Tateou no bolso e pescou um molho de chaves. Balançou-o perto do ouvido direito da criança e depois o pousou dentro do berço.

— São suas, meu amorzinho — sussurrou para a menina. — As chaves de casa e da fábrica. Tudo que tenho agora é seu. Você já tem a chave do meu coração.

Coomi sorria agora, pensando nesses tempos felizes. Faziam tão pouca idéia então do que o futuro lhes reservava! Ignoravam o fato de que Coomi não poderia ter outros filhos; que Rusi tentaria bravamente superar a decepção de ver desmoronar mais um sonho, mas fracassaria por completo em escondê-la. Ninguém desconfiava que Khorshed, não satisfeita de contar com a devoção do filho, também reivindicaria o coração da neta. Nem uma pista sequer indicava que a tríade Khorshed-Rusi-Binny viria a fazer Coomi se sentir uma estranha, uma intrusa em sua própria casa.

Foi Khorshed quem escolheu o nome da primeira neta. Na viagem do hospital para casa, foi ela quem se sentou no banco do carona com Binny, enquanto Coomi alternadamente cochilava e apreciava a paisagem no banco de trás. Antes que Coomi e Rusi entrassem no apartamento com sua carga preciosa, foi Khorshed quem encenou a cerimônia parse de boas-vindas ao mais novo morador do edifício Wadia. Khorshed passou um pó vermelho, *tikka*, na testa da neta e depois pegou um ovo cru e circundou com ele a cabecinha de Binny antes de quebrá-lo na soleira da porta. Em seguida, pegou um coco seco e partiu-o na soleira. Finalmente, a casa estava pronta para receber Binny.

— Entre com o pé direito — disse Khorshed a Coomi.

Na euforia daqueles primeiros dias, Coomi se mostrou expansiva, generosa, disposta a partilhar a filha com a sogra viúva. Agradecia o fato de Khorshed cuidar de Binny quando ela e Rusi saíam à noite, aquecia a si mesma na chama do orgulho despudorado de Khorshed pela neta. No entanto, conforme Binny crescia, Coomi começou a ver a tríade Khorshed-Rusi-Binny como uma ameaça, uma conspiração contra ela. Se Coomi ameaçava dar uma palmada em Binny por trazer da escola um boletim com notas baixas, a velha intervinha. Mostrava-se emotiva e exaltava-se na frente da menina. Binny se acostumou a pedir à avó qualquer dinheirinho extra de que precisasse para o lanche. Khorshed reclamava do orçamento doméstico extravagante de Coomi, mas sempre tinha uma ou duas rupias para dar a Binny. No entanto, o que realmente desanimava Coomi era ver que, como o pai, Binny também ia se revelando suscetível, temperamental e facilmente sujeita a se magoar com qualquer comentário desagradável. Tentou tornar a filha mais forte, mas se viu lutando contra o poder da genética. Não conseguiu minimizar a tendência de Binny para se magoar à toa, assim como não foi capaz de mudar sua própria capacidade de, sem querer, magoar a filha com suas palavras. Coomi se ressentia profundamente do crescente afastamento da adolescente, mas a admissão do próprio papel nesse afastamento a teria deixado arrasada. Era menos doloroso culpar Khorshed por esse distanciamento. Coomi se queixava com quem estivesse disposto a ouvi-la que parira Binny e que Khorshed a adotara poucas horas depois. Ponto final. Sem pedir permissão, sem que trocassem uma única palavra. Sem contrato nem assinatura. Apenas com a autoridade do sangue.

— Roubaram a minha filha única — dizia, enfurecida, a Dosamai. — Mãe e filho roubaram a minha filha, e agora ela age feito uma estátua de pedra na minha presença. Até o marido de Binny foi frio comigo quando os dois vieram nos visitar alguns anos atrás. Educado, mas frio. Jamais espontâneo como é com Rusi. Eles acham que não noto, mas noto tudo.

Coomi observou Bomi Mistry se aproximar do lugar onde Rusi conversava com a desconhecida. Antes que se desse conta, ficou satisfeita por Bomi ter interrompido a conversa. Para o gosto de Coomi, Rusi estava um pouco perto demais da mulher. Esse ciúme repentino não a surpreendeu. Ela adoraria sentir por Rusi a mesma indiferença glacial que o marido demonstrava por ela, mas não conseguia.

Tanto quando o acusava como quando o elogiava, quando o amava ou o odiava, Coomi ainda tinha plena consciência da presença do marido em sua vida. Com freqüência rezava para ser abençoada com o tipo de apatia que Rusi aparentava diante dela, mas suas preces não eram atendidas. Coomi precisava sentir *alguma coisa* — mesmo que apenas autopiedade e amargura, bem como a sensação de estar sendo passada para trás — a fim de se manter viva. Anos antes, esbarrara na expressão "um amor estranho e complicado" e de imediato se dera conta de ser essa a descrição perfeita dos seus sentimentos por Rusi. Havia sorrido com amargura, sabendo quanto Rusi se espantaria ao ouvir que a esposa nutria algum tipo de amor por ele. Por outro lado, ele nunca a entendera, nunca dera valor ao sangue vermelho e fervente que bombeava seu coração. Essa idéia a fazia sentir-se superior.

Rusi também desconhecia outra coisa a seu respeito: que ela observava tudo, fotografava com os olhos. O marido não sabia, por exemplo, que ela monitorara seu rosto durante todo o tempo que durou aquela história horrível contada por Bomi do assalto à coitada da Kashmira. Que lera cada expressão no rosto dele — a repulsa diante da selvageria do assalto, o desprezo por uma cidade onde esse tipo de coisa ocorria diariamente, sua repentina e abominável satisfação por Binny ter escapado de Bombaim. Coomi podia lê-lo como se Rusi fosse um livro. Durante toda a conversa que manteve com Tehmi "Bafo Assassino", tentando prender a respiração quando Tehmi falava, Coomi não parou de seguir Rusi com os olhos. Havia visto quando ele olhou para o céu impiedoso como se pedisse ajuda, percebera pelo olhar reluzente, úmido e expansivo que ele estava meio bêbado. Rusi sempre ficava emotivo quando bebia além da conta. Coomi tinha certeza de que ele mesmo desconhecia esse fato.

Khorshed estava morta havia seis anos. Binny partira havia oito. Agora, restavam apenas Rusi e Coomi na casa. As preces que fizera para ficar sozinha com o marido haviam sido atendidas, mas por um Deus com um estranho senso de humor. Coomi jamais sentiu tanta raiva do marido quanto nas semanas que se seguiram à morte de Khorshed. Ela realmente tentou conquistá-lo, mas Rusi rechaçou todas as investidas. Uma oportunidade perdida. E agora um abismo os separava, grande como o mar da Arábia. No meio dele pairava um ponto de interrogação: Por que as coisas deram tão errado? Se gente medíocre como Bomi e Sheroo podia ter um bom casamento, por que não eles? Apesar de todos os seus defeitos, Khorshed não tinha sido má ou tirana como tantas sogras parses que Coomi conhecia. Binny foi uma criança linda — curiosa, transpirando vitalidade e alegria. Rusi, basicamente, era um homem atencioso e íntegro. E ela, Coomi, entrara no casamento com um bocado de esperança e expectativa. Tinha recebido muito. Por que acabara com tão pouco?

Algumas semanas antes, havia visitado o Templo de Fogo durante a tarde. O lugar estava vazio. Alguma coisa nas velhas paredes grossas, enegrecidas por anos e anos de fumaça, no silêncio tranqüilo envolvendo o local e na chama inquebrantável do fogo eterno ardendo na enorme urna a deixou agudamente consciente de quanto estava sozinha. Antes que se desse conta, Coomi se viu soluçando forte. "Por favor, *Dadaji*", rezou, "me ajude. Perdoe-me por todas as vezes que desejei a morte de Khorshed. Daria tudo para ter de volta a companhia dela. Morar com Rusi é quase como morar sozinha". Era verdade. Os negócios ainda ocupavam boa parte do tempo do marido, que passava uma média de dez horas por dia na fábrica. Coomi sabia que um dos motivos para Rusi trabalhar tanto era simplesmente manter distância de casa. Sem Khorshed, Coomi agora culpava a fábrica pela ruptura do casamento. Acreditava que Rusi trazia para casa as frustrações do trabalho. Ele, por sua vez, acreditava no extremo oposto — que levava as frustrações do casamento para o trabalho. "Se eu tivesse só um pouquinho de estímulo em casa, quem sabe onde estaria hoje?", ela ouvira certa vez o marido comentar com Soli Contractor. "Na Inglaterra, eles dizem que noventa por cento do sucesso de alguém depende do cônjuge. Como estão certos!" Como sempre, Coomi sentiu desprezo. Odiava quando Rusi admitia a própria fraqueza. Os homens com os quais havia crescido continuavam estóicos e *bindaas*, imperturbáveis, apesar dos reveses sofridos.

Sheroo Mistry estava dizendo alguma coisa a Coomi, mas ela não ouvia. Continuava observando o marido. Bomi sussurrara algo para Rusi, e Coomi viu quando Rusi jogou a cabeça para trás e deu aquela gargalhada espalhafatosa que lhe era peculiar, um som que hoje em dia raramente ela ouvia. Por um instante contemplou o perfil do marido — a testa ampla, reluzente, o longo nariz romano, o pomo-de-adão proeminente — delineado contra o fundo negro do céu. Rápido como um raio, Coomi piscou. *Clique*. Guardaria essa foto para si, não a partilharia nem com Binny nem com Dosamai. Alguma coisa na aparência de Rusi lembrou-lhe um rosto mais jovem, mais vibrante, e a lembrança a fez sorrir.

No momento seguinte, porém, o sorriso se apagou. Rusi flagrou-a olhando para ele, e a gargalhada que jorrara de sua boca como uma fonte congelou tão abruptamente quanto um riacho no inverno. Seu rosto se fechou como uma porta, e Coomi viu a expressão desconfiada, cautelosa, que tanto odiava, voltar a toldá-lo.

Rusi olhou para ela com uma estudada expressão de indiferença no rosto. Coomi apontou para si mesma a máquina fotográfica. *Clique*. E se viu dissolver no vazio.

CINCO

A noite toda, Soli Contractor esperou impacientemente a chegada de Rusi Bilimoria. "Por favor, meu Deus", murmurava ele, "só hoje faça com que aquela lerda da Coomi se apronte a tempo". Mas de nada adiantou. Quando Rusi e Coomi finalmente apareceram, para Soli foi como se a carta tivesse feito um buraco em seu bolso e estivesse prestes a cair no chão.

Soli era um sujeito moreno cor de noz com reluzentes olhos cinza-claros, mais condizentes com o rosto de um moleque ginasiano do que com seu semblante experiente. Alguém certa vez disse a Soli que o seu sorriso era maior que a distância entre Bombaim e Calcutá, e, às vezes, quando se pegava sorrindo, ele pensava: "Estou unindo um subcontinente inteiro com um único sorriso."

Mas Soli não estava sorrindo hoje. Durante toda a recepção de casamento, os velhos amigos não pararam de gozá-lo por não respeitar sua prática habitual de jantar logo no início e depois voltar para casa para dormir seu "sono da beleza". Seus hábitos rígidos divertiam um bocado os amigos. "Você é um solteirão *pucca*, Soli", disse-lhe certa vez um gaiato da vizinhança. "Autêntico mesmo, conseguiu resistir bravamente às exigências de uma esposa. E quer saber? Em vez disso, cedeu à tirania de um despertador."

Bomi Mistry engrossou o grupo dos surpresos diante da quietude de Soli na festa.

— O que houve, Soli? — bradou. — Uma dor de barriga daquelas? Nunca vi você recusar *lagan-nu-bhonu*. Ou será que já jantou em casa?

— Quem falou em recusar? Todo mundo hoje virou piadista. Se quer saber, sr. Charles Chaplin, resolvi esperar pelo meu velho amigo Rusi, que sempre chega elegantemente atrasado. *Arre*, se eu tivesse jantado, estaria arrotando tão alto que o pessoal ouviria lá em Chembur.

Bomi piscou, matreiro.

— Não adianta esperar pelos Bilimoria. Mehernosh já terá netos quando eles aparecerem. Você conhece a Coomi.

— Tem toda razão, *bossie*.

Mas Soli não conseguia evitar virar a cabeça bruscamente toda vez que percebia um movimento próximo à entrada da casa de festas. Os outros convidados trocavam olhares indagadores.

— *Baap re*, Soli — exclamou Sheroo Mistry. — Quem você está esperando adentrar por aqueles portões? A rainha Vitória? Ou será alguma Julieta secreta?

Sheroo riu da própria piada, os braços flácidos sacolejando no vestido sem mangas. Soli fechou a cara.

Quando finalmente viu Rusi e Coomi passarem pelos pesados portões de ferro, Soli soltou um suspiro de alívio. Pretendia abordar Rusi assim que ele se sentasse, mas Jimmy o levou para pegar uma bebida e a oportunidade passou. Ao longo de toda a noite, Soli esperou uma chance para falar sozinho com Rusi, mas o momento parecia não chegar nunca. Soli já começava a pensar que teria de voltar para casa sem mostrar a carta a Rusi.

Afinal, a chance apareceu. Quando os convidados remanescentes se levantaram para jantar no terceiro e último *paath*, Soli conseguiu a atenção de Rusi.

— *Bossie*, só um minutinho — disse ele casualmente, chamando o amigo à parte e deixando que os outros convidados passassem por eles.

— Antes de nos sentarmos para jantar, tem uma coisa que quero lhe mostrar. Isso vem me incomodando há dias. Leia e me diga que conclusão devo tirar daí.

Rusi pôs os óculos de leitura. Era uma carta curta, habilmente datilografada.

Querido Soli,

É com certa excitação que escrevo para você. Sei que continua morando no mesmo endereço porque verifiquei com um amigo comum. É interessante: você passou a vida toda no mesmo endereço, e eu me mudei tantas vezes. É estranho como a vida tem nos tratado de forma tão diferente. Ainda assim, todo ciclo precisa se fechar. Por isso, estou escrevendo a minha primeira carta para você em quase quarenta anos.

Meu filho Moshe e eu planejamos ir a Bombaim nos próximos meses. É difícil de acreditar, mas meu filho é mais velho hoje do que você e eu éramos quando a minha família morava em Bombaim. Moshe é um jovem sério, e de uns tempos para cá cismou de visitar a terra natal da mãe e quer que eu vá com ele. Meu marido, Nizzim, morreu no ano passado de infarto, e estou pronta para umas férias. Além disso, faz muitos anos que não visito a cidade sobre a qual ainda penso com muito carinho.

Mas estou divagando. O fato é que, de todos os nossos velhos amigos em Bombaim, Soli, você é quem eu mais gostaria de rever. Na verdade, ir a Bombaim e não encontrar você me parece absurdo. Mas a decisão deve ser sua, também, e se preferir não perturbar o sono do passado, vou entender.

Se quiser me encontrar, escreva para mim. Podemos acertar os detalhes.

Tudo de bom,
Mariam

Rusi ergueu os olhos. Há décadas Soli e ele não falavam de Mariam. Fez-se um momento de silêncio enquanto Rusi tentava imaginar que resposta o amigo esperava dele.

— Bela carta — comentou, tolamente.

Soli olhou-o incrédulo.

— Bela carta? Bela? — gritou. — Esta carta me custou quatro noites de sono. Eu deveria tê-la rasgado assim que vi de quem era. Como um *bhoot*, ela entra na minha vida depois de todos esses anos. Vou lhe dizer uma coisa, Rusi, uma carta é como um fantasma. Entra de mansinho na sua casa, enfiada pelo buraco do correio numa porta fechada. Depois, fica assombrando você. Quatro noites, *bossie*, quatro noites sem pregar o olho!

— Mas por quê, Soli? Você pode ignorá-la se não quiser ver Mariam outra vez. Embora talvez fosse bom vê-la de novo.

— Por quê? Vou lhe dizer por quê. Porque esta carta é como andar por um cemitério e abrir os túmulos. Sabe o que tem dentro desses túmulos? Caixões cheios de lembranças. Lembranças enterradas, adormecidas há anos e anos. Aí, o que acontece? Uma mulher em Israel resolve abrir alguns túmulos em Bombaim. Logo, todas as lembranças que eram tão boas e inofensivas começam a chacoalhar que nem ossos. E o barulho desse chocalho está me impedindo de dormir à noite.

Rusi nunca vira Soli tão nervoso, exceto uma vez. Também então a causa havia sido Mariam.

— Mas, Soli, é claro que você não continua apaixonado por ela depois desse tempo todo, certo?

— Apaixonado? Quem falou em amor? Estou falando de ódio. O leão no Jardim Victoria é apaixonado pelo zelador do zoológico? Os peixes no Aquário Tata são apaixonados por seus aquários? Por que, então, eu estaria apaixonado pela mulher que armou para mim anos atrás? Não, agora sou mais velho e mais esperto, Rusi. Naquela época, eu ainda era um *baccha*, em comparação ao que sei agora que não sou mais criança.

Rusi piscou. De repente, viu um outro rosto, mais jovem, sobreposto ao rosto vincado de rugas do amigo. Viu a cara de um jovem com cabelo desalinhado e olhos injetados. O rosto daquela noite, tantos anos antes. Eram todos tão jovens então, ele ainda mais moço que Soli. Ainda assim, havia conseguido ajudá-lo naquela noite. Involuntariamente, Rusi soltou um suspiro. "Quanta dor há neste mundo", pensou. "Quanta dor, caramba!"

Soli deve ter percebido a expressão no olhar de Rusi, pois perguntou:

— Rusi, você se lembra daquela vez em que procurei você depois que a Mariam me largou?

Rusi assentiu. Soli, por sua vez, se lembrava daquele dia como se fosse ontem.

DEPOIS QUE MARIAM FOI EMBORA, Soli voltou as costas para a janela e olhou para o quarto repentinamente decadente de Jamshed e Mehroo Katpitia. As sombras do cair da tarde na parede lembravam o jeito como o cabelo de Mariam caíra sobre seu rosto molhado de lágrimas. Um relógio tiquetaqueava, torturante; moscas zumbiam em volta da galinha *tandoori* intocada; a espuma do milk-shake de framboesa murchou, impotente. Devagar, pesadamente, Soli cruzou o quarto e sentou-se na beira da cama de Jamshed. O colchão ainda estava quente no lugar em que Mariam se sentara minutos antes. Ainda dava para sentir seu perfume no ar e, se Soli fechasse os olhos, seria fácil fingir que Mariam continuava ali, que a Terra continuava girando tranqüila e fielmente em torno do próprio eixo como até uma hora antes. Que nada havia mudado. Mas a sensação de frio e vazio em seu estômago lhe dizia o contrário. Medo e dor lhe subiram à garganta como vômito enquanto uma solidão sombria se apossava dele. Sentiu-se total e horrivelmente sozinho naquele quarto, como se fosse o único ser vivo do planeta. Como se, caso jamais saísse daquele quarto, ninguém no mundo lá fora fosse perceber a sua falta. Durante um bom tempo, Soli pensou naquele mundo lá fora — um mundo ensolarado de piadas, de amor e de esperança — com uma sensação que beirava a nostalgia, assim como um amputado sente falta de uma perna que já não faz parte do seu corpo.

Era como se, num capricho, algum deus cruel tivesse revogado a sua cidadania daquele mundo dourado. Como se o tivesse deportado para uma terra de temperaturas gélidas e noites escuras, longas, para sempre solitárias. Só isso seria capaz de explicar por que tremia tanto, farfalhando como um pedaço de papel ao sabor do vento. Então, porém, um grande soluço lhe subiu das entranhas como uma bolha negra, partindo do fundo do estômago, flutuando até o peito e aflorando à garganta, tornando impossível o ato de engolir: a dor se alojou em sua garganta como uma pedra. Agora, a bolha negra lhe enchia a boca, um soluço tão imenso que parecia uma segunda língua, tão grande que obrigou a boca a se abrir e, depois, deixá-lo escapar, uma aparição negra saindo de dentro dele, como as bolhas de saliva nos lábios de um afogado. Foi então que Soli entendeu que o tremor do seu corpo fora um prelúdio da dor borbulhante que agora jorrava dele como leite talhado.

Com espanto, ouviu os sons selvagens e guturais que a própria boca emitia — jamais suspeitou de que ele, Soli Contractor, o palhaço do bairro, fosse capaz de tamanha emoção. E jamais soube que o sofrimento humano se parecia tanto com a dor de um bicho, que uivar para a lua não era exclusividade do reino animal.

No entanto, quando o espanto inicial passou, Soli começou a se perguntar se esses estranhos sons animais cessariam algum dia e como ele conseguiria voltar a fazer parte do mundo dos seres humanos. Teve um momento de pânico ante a idéia daquele mundo. Ele o deixara fazia poucas horas, mas já o sentia distante e estranho, como um país que não visitasse desde pequeno. Que cidadão do mundo lá fora poderia chamar? Que amigo entraria naquele quarto gelado e o arrancaria da escuridão? Jamshed e Mehroo Katpitia estavam em Udwada, residentes do mundo lá fora.

"Rusi!", pensou de repente. Soli experimentou uma hesitação momentânea diante da idéia de confiar em alguém tão mais jovem que ele, mas o desespero superou a hesitação. Rusi era sensível e maduro para a idade. Além disso, perdera o pai muito cedo. Sabia o que era ver o amor desaparecer da própria vida. Sim, Rusi seria muito mais solidário do que alguém como Bomi, por exemplo. Não dava para correr o risco de ouvir uma das piadas *koila* do bobo-alegre do Bomi numa hora daquelas.

Enquanto se aproximava do edifício Wadia, Soli torcia para não esbarrar com a mãe. Passando pé ante pé pela porta da própria casa, chegou ao apartamento dos Bilimoria às nove da noite. Seu rosto redondo e lustroso estava manchado de lágrimas, o cabelo despenteado e os olhos vermelhos e anormalmente grandes, como se as lágrimas os obrigassem a arregalar-se, os fizessem ver coisas que preferiam não ver. Quando atendeu ao toque insistente da campainha, Rusi viu uma pequena figura corcunda apoiada contra a parede, como se esperasse ser sustentado por ela.

Rusi, que estava gripado, havia adormecido ouvindo rádio. A campainha persistente interrompera seu sono, e ele precisou sentar-se na cama, com uma estranha sensação gelada no estômago, para identificar a fonte daquele ruído. Com os joelhos bambos, levantou-se e calçou os chinelos. "Quem será a esta hora?", perguntou-se no percurso até a porta, tentando chegar lá antes da mãe.

Demorou um instante para reconhecer Soli, e quando viu aquele rosto molhado de lágrimas, sentiu o estômago revirar, o que o levou a achar que estava enjoado por causa da gripe.

— Soli? — disse, espantado. — *Su che?* Qual é o problema, cara? Sua mãe está doente? — Então, num lampejo de pânico cego, lembrou-se de que Jamshed e Mehroo haviam viajado. — Foi Jamshed? Um acidente? — gritou.

— Não, nada disso, Rusi. Desculpe, por favor, eu não quis assustar você. Nem sabia que era tão tarde. Tia Khorshed, me desculpe. Eu só queria falar com o Rusi.

Khorshed Bilimoria tinha vindo até a porta descobrir o motivo da comoção. Olhou em silêncio para o rapaz desnorteado.

— Tudo bem. Eu estava lendo na cama. Quer entrar, Soli? Ainda hoje eu disse à sua mãe que há tempos não via você.

Soli sorriu, agradecido.

— Não, obrigado, tia. Ah, tia Khorshed, não conte a mamãe sobre isso, por favor. Mas será que posso incomodar o Rusi mais um pouquinho para a gente ir tomar um chá em algum lugar? Não vamos demorar. É urgente, tia. Preciso conversar com um amigo — acrescentou, com os olhos se enchendo novamente de lágrimas.

— *Ja* — disse Khorshed ao filho. — Vá se vestir, beta. Mas tratem de não andar pela rua à noite. Vou lhe dar dinheiro. Peguem um táxi e descubram um restaurante aberto. Comam alguma coisa. *Dosas*, samosas ou um sanduíche. Os dois estão de nariz vermelho, os dois entupidos. Comam direito. É por minha conta.

Mas, no restaurante, os sanduíches nem foram tocados, enquanto Soli contava os detalhes de seu caso de amor de cinco meses com Mariam. Encerrou a história com o rompimento daquele dia. A preocupação com a reputação de Mariam levou Soli a deixar de fora a parte do sexo.

— Israel? Por que os Rubin têm de se mudar para lá? — perguntou um Rusi confuso, enquanto cutucava uma espinha. — *Arre*, aqueles árabes vão fazer picadinho deles todos.

— Ela disse que todos os judeus são compatriotas dela — esclareceu Soli, numa voz embargada. — Que Israel era onde ficava a casa dela.

— Como a casa dela pode ser um lugar onde ela nunca esteve? — gritou Rusi, dessa vez realmente confuso. — Mariam é como a gente, nascida e criada em Bombaim. Esqueça Israel. Se tivesse a chance de ir para os Estados Unidos ou mesmo para a Inglaterra, eu não iria. E Israel é como um *bachcha* recém-nascido, quem sabe se vai andar ou se esborrachar? Vou lhe dizer uma coisa, o tio Abe deve estar de miolo mole.

— Rusi, você está dizendo exatamente o que eu disse a Mariam, mas ela está agindo de um jeito muito esquisito. Não posso falar nada, só "sim, senhora, sim, senhora". Não escutou uma palavra do que eu falei. Acho que se eu dissesse "vou me matar, Mariam", ela continuaria a lengalenga de Israel e da Alemanha e do safado do Hitler e de sei lá mais o quê.

Soli sentiu que ia começar a ter aqueles horríveis tremores de novo, razão pela qual descansou no pires a colher de chá que segurava.

Rusi se inclinou e apertou com força a mão fria e trêmula de Soli. Inconscientemente, recordou-se da professora de ciências da quarta série, a srta. Desai, dizendo com sua voz esganiçada e presunçosa: "O calor passa dos corpos com temperatura alta para os corpos com temperatura baixa." Rusi esperava que suas mãos quentes pudessem aquecer a mão que tremia como um chocalho dentro das do outro.

Sabia, porém, que havia mais para aquecer do que apenas as mãos de Soli, que algum fogo essencial se apagara no amigo, que o tremor era a manifestação externa de algo agudo e gélido que gemia como vento dentro de Soli. Lembrou-se de como se sentira diante da morte do pai, e a lembrança fez seu coração doer.

Soli viu compaixão nos olhos de Rusi.

— Acho que estou pegando um resfriado — disse, sem graça, tentando justificar aquele tremor horrível. Ia começar a falar, mas parou, uma expressão mortificada no rosto. Olhou fixo para o objeto da sua vergonha, a gorda lágrima prateada que reluzia nas mãos de Rusi, que cobriam a dele.

— É o teto... Uma goteira no teto... — gaguejou Soli.

— Soli. *Bossie*. Olhe aqui. Não há nada de errado em você se sentir assim. No seu lugar, eu faria o mesmo. Essa Mariam judiou de você. Você está chateado, só isso. É melhor chorar do que guardar tudo isso aí dentro. Amanhã, você vai estar cinqüenta por cento melhor, garanto. Minha mãe diz que as lágrimas são as jóias de Deus. *Arre*, até um machão como Humphrey Bogart choraria se a namorada o largasse.

Sua recompensa foi a sombra de um sorriso.

— Rusi. Amigo é mesmo para essas horas. Obrigado, *bossie*.

E, sem aviso, os soluços começaram a sacudir o corpo de Soli. Um garçom se aproximou correndo da mesa, mas Rusi lançou-lhe um olhar fulminante e pediu com um aceno de cabeça que o rapaz os deixasse em paz.

— Chore, Soli — murmurou. — É bom para a alma. E também desentope o nariz. Mas não se preocupe, *bossie*. Amanhã você vai se sentir um novo homem, vai ver. Entre amigos não há vergonha, Soli, e não tem mais ninguém aqui para ouvir. Chore bastante.

RUSI OLHOU PARA O HOMEM CARECA ao seu lado, em seu *dagli* branco engomado, e se perguntou que fim teria levado o rapaz esbelto, de coração partido, que décadas antes ele havia consolado naquele restaurante. O tempo seqüestrara aquela juventude, e os anos mascararam o amigo, roubando-lhe os cabelos, encurvando-lhe as costas e amarelando seus dentes.

Mas, como se não bastasse tanta trapaça, o tempo deixara intacto o interior desse velho, fazendo com que os maliciosos olhinhos cinzentos contradissessem os dentes encardidos; fazendo com que as piadas constantes que borbulhavam como uma fonte de água quente dentro de Soli fossem incompatíveis com o jeito lento e precavido com que ele andava. Na maior parte do tempo, Rusi só reparava na irreverência incontrolável do amigo, encantando-se com o fato de o tempo não lhe ter entorpecido o humor e a rapidez de raciocínio. Hoje, porém, via quanto Soli envelhecera e se dava conta, espantado, de que o mesmo ladrão que roubara a juventude do amigo estava começando a roubar a sua. Apesar de mais moço, Rusi repentina e vivamente sentiu o peso dos anos.

Sabia que Soli esperava que ele dissesse alguma coisa.

— Afinal, Soli, o que você vai fazer?

— Não sei. Você não faz idéia, Rusi, de quantos anos levei para esquecer essa garota. Só Deus sabe durante quanto tempo continuei a sonhar com ela, noite após noite. Toda vez que estourava uma daquelas guerras de árabes e judeus, eu acendia uma *diva* especial e rezava pela segurança dela. Não só a dela, mas a de tio Abe e de toda a família.

"Então, pouco a pouco, comecei a esquecê-la. Às vezes tentava me lembrar de como era o seu nariz, sua boca, e não conseguia. Não vinha nada à minha cabeça. E eu sou feliz. *Dadaji*, por favor, escute as minhas preces. Me ajude a esquecer essa mulher que se apossou de mim como se fosse o diabo."

De repente, Rusi soube exatamente o que Soli devia fazer. Ele próprio deixara muita coisa por dizer na vida, havia fugido de muitos fantasmas. Odiaria ver o amigo cometer o mesmo erro.

— Escute, Soli — disse, num tom urgente. — Escreva para ela. Ou, se preferir, vá à minha fábrica amanhã e telefone de lá. Mas, *bossie*, enfrente essa situação. Mariam fugiu de você uma vez; não fuja dela agora.

Quis falar mais sobre a própria vida, da qual se arrependia, dos silêncios que povoavam seus dias, mas aquele não era o momento certo. Por isso, disse simplesmente:

— *Bossie*, poucos de nós têm a chance de encontrar o passado. Tudo bem, ninguém pode mudar o passado, concordo, mas ao menos você tem uma chance de entendê-lo. Aproveite.

"*Arre*, Soli, como ela iria magoá-lo mais do que da primeira vez? E você sobreviveu até virar um *boodha*, não foi? Um velho. Os homens são capazes de viver com um coração partido, a experiência comprova. Quem sabe por que Mariam resolveu escrever para você agora? Que diferença faz? A questão é que você precisa enterrar o fantasma dela de uma vez por todas. E só vai conseguir se vocês se encontrarem."

Soli ouviu tudo calado.

— Talvez você tenha razão. Vou pensar.

Subitamente, seu humor mudou.

— Ela deve estar parecendo uma velha a essa altura. Talvez ajude vê-la assim, usando dentadura e cheia de rugas, enquanto eu continuo a ser o príncipe encantado. Foi o que a sua mulher me disse ontem mesmo, quando estávamos na cama.

Os dois homens sorriram divertidos um para o outro, agora que Soli recuperara o senso de humor habitual. Rusi sentiu alívio. Esse senso de humor seria a salvação do amigo.

Pelo canto do olho, Rusi viu Jimmy Kanga vindo em direção a eles.

— Aí vem o Jimmy — disse, apressado, a Soli. — A gente continua esse assunto depois, certo? Passe na fábrica amanhã.

Antes que Soli pudesse responder, Jimmy Kanga os alcançou.

— Muito bem, pombinhos. Chega de *guss-puss*. Estamos todos esperando vocês dois para começarmos a jantar. Rusi, você sumiu durante tanto tempo que a pobre da Coomi achou que estava viúva. Ela acabou de aceitar o pedido de casamento de Dolly Dingdong.

Os três homens estalaram a língua. Dolly, que morava num prédio próximo, era um sujeito alto, magro como um caniço, que, a certa altura, começou a dar em cima de todas as mulheres da vizinhança. As reações a essas investidas eram sempre as mesmas: gargalhadas.

Rusi desconfiou de que Jimmy estava meio alto. E por que não? Não é todo dia que um homem tem a sorte de casar um filho.

— Ei, Soli. Para marcar a ocasião histórica em que você deixou para jantar no terceiro turno, organizei uma homenagem especial — disse Jimmy, com um largo sorriso.

Soli imediatamente achou que aquilo cheirava mal, mas Jimmy recusou-se a dar qualquer outra dica, salvo um enigmático "Vocês vão ver". Quando os três passaram pela banda, Jimmy piscou para os músicos. Rusi e Soli mal haviam se sentado para jantar quando o líder da banda pegou o microfone.

— Temos um pedido especial do pai do noivo. Esta será em homenagem ao seu grande amigo Soli.

A banda, então, atacou os acordes da "Marcha nupcial", para gargalhada geral dos convidados.

— Seu idiota safado, Jimmy... — principiou Soli, mas Jimmy deu-lhe uma palmada nas costas, rubro de satisfação.

— Ora, Soli, tenha espírito esportivo. É que todos do terceiro turno estavam aguardando ansiosamente a sua chegada como se você fosse a droga da noiva. Nenhum de nós se lembra de algum dia você ter esperado tanto para jantar.

— Viu isso? — disse Soli a Rusi, fingindo raiva. — Esse cara é um dos advogados mais famosos de Bombaim, formado em Oxford e tudo mais, mas o seu cérebro é igual ao de um *ghaati* qualquer. Deus meu, proteja-nos de todos esses palhaços de meia-idade e de suas piadas sem graça, e Deus salve a rainha. E você, Rusi, seu *bevakoof*, por que está mostrando esses três dentes que tem na boca? Só está pondo lenha na fogueira idiota de Jimmy.

Bomi Mistry se pôs de pé, titubeante.

— Ao Soli! — exclamou. — Que ainda consiga dormir seu sono da beleza esta noite e acorde amanhã parecendo um cisne em vez do patinho feio que é.

"*Amin*", pensou Rusi. "*Amin*, *Amin*, *Amin*. Que o coitado do meu amigo acorde amanhã com o coração curado." Observou em silêncio Soli voltar a incorporar seu papel habitual de bobo da corte. Perguntou-se se algum outro amigo estaria vendo através das brincadeiras e piadas o coração partido e magoado de Soli. Sem dúvida, Jimmy ficou curioso sobre o assunto que ele e Soli discutiam com tamanha seriedade. Ou talvez não. Jimmy tinha coisas mais alegres em que pensar naquela noite. Rusi sussurrou uma prece pelo amigo, desejando-lhe uma boa noite de sono depois de lutar quatro noites seguidas contra as lembranças de Mariam.

Após o jantar, os garçons trouxeram tigelas de alumínio e um jarro de água morna. Momentos antes, homens de rosto macilento haviam, com mãos experientes, enrolado as grandes folhas de bananeira sobre as quais o jantar fora servido e removido da mesa. Agora, os garçons despejavam água morna e sabonete líquido sobre as mãos dos convidados. Depois de secá-las com seus guardanapos de linho branco, todos estavam prontos para o sorvete.

— Espero que seja sorvete de *pista*, o meu favorito. De pistache, ou tutti frutti — disse Soli.

Imediatamente após a sobremesa, os convidados se puseram de pé ao mesmo tempo, como se atendessem a algum gesto invisível de comando. No percurso entre o salão de jantar e o salão principal, a conversa girou em torno da comida, como se todos os críticos de gastronomia houvessem convergido para um único restaurante.

— A galinha podia estar mais macia.

— O peixe estava bem gostoso. Postas bem generosas. O *chutney*, uma delícia.

— O *pallao-daar* também estava excelente, grandes nacos de carneiro no arroz. Muito saboroso.

— E o *achaar*, também. Nada como picles de cenoura para acompanhar *lagan-nu-bhonu*.

— Vou lhe dizer uma coisa, o Jimmy sabe comemorar uma ocasião especial. É raro ver um casamento suntuoso assim nesses tempos de aperto.

— É, mas deveria ter freado aquele Adi quando ele chegou ao limite. O garoto perdeu um ótimo jantar. Bem feito. Quem mandou tomar um porre? Sempre acaba sendo inconveniente esse Adi, uma vergonha para todo o edifício Wadia.

— Ouvi dizer que o Soli foi dar uma espiada nele. Espero que o idiota não vomite no *dagli* do pobre do Soli.

— É, com certeza ele acabaria se arrependendo de ter esperado para jantar por último.

— Está na hora de vocês homens deixarem o coitado do Soli em paz. Já chega de *maasti* à custa dele por hoje. Chega dessa sacanagem.

Do lado de fora do salão de festas, hordas de olhos escuros e famintos acompanhavam cada movimento. As crianças na rua involuntariamente lambiam os beiços antecipando as sobras que logo estariam devorando. Ao menos por hoje não teriam necessidade de mergulhar nas grandes lixeiras da cidade à cata de pedaços de pão ou nacos de banana deixados dentro das cascas. Naquela noite comeriam bem.

Deixando o salão de jantar, os convidados não se davam conta do clima de euforia que pairava no ar. A combinação de comida, bebida, música e companheirismo deixara, momentaneamente, a maioria deles num estado de bem-estar e satisfação. A realidade das crianças famintas a poucos passos de distância era a última coisa que desejavam enfrentar.

Jimmy Kanga já havia pedido a vários de seus convidados que ficassem um pouco mais após o jantar.

— Zarin e eu planejamos uma surpresa para um punhado de amigos especiais — sussurrava, cheio de mistério.

Com a curiosidade embotada dos empanturrados, quem ouvia se perguntava qual seria a surpresa.

SEIS

Soli conheceu Mariam quando tinha vinte anos e ela, dezessete. Junto com os outros rapazes da vizinhança, ele freqüentava o Café Cream, onde matavam o tempo comendo costeletas de carneiro, samosas e filés de galinha empanados. Uma noite, enquanto comandava o show, entretendo os demais com suas piadas, os olhos de Soli pousaram numa jovem sentada a algumas mesas de distância. Seu cabelo era castanho e comprido, amarrado em duas grossas tranças que desciam até logo abaixo dos seios. Soli achou que nunca vira lábios mais cor-de-rosa nem pele cor de manteiga assim. Mas o que fez seu coração bater tão forte que, por um instante, mais pareceu um soluço foram os olhos dela, os olhos mais meigos que Soli já vira. Ele já tinha visto olhos assim em cachorros velhos e bonachões; nunca num ser humano. Nesse momento, aqueles olhos fitavam o sujeito grisalho sentado do outro lado da mesa. O que quer que ele estivesse dizendo à moça, num sussurro urgente, enfático, estava deixando aqueles olhos marejados.

— Desculpe, papai — Soli ouviu a garota responder. — Vou tentar melhorar, prometo.

Uma onda de fúria contra aquele homem de meia-idade tomou conta de Soli. Fazer chorar uma moça tão bonita! Contemplando a garota, ele sentiu como se o tivessem transportado do restaurante para um museu, onde se achava diante do quadro mais deslumbrante do mundo.

Com relutância, seu olhar abandonou aquela mesa e se concentrou em descobrir do que os amigos estavam rindo. Observando seus rostos jovens cobertos de espinhas, notou, pela primeira vez, com um estremecimento, as sobrancelhas cerradas, os bigodes eriçados, os cortes de cabelo malfeitos e os dentes irregulares dos companheiros. Mesmo os mais bem-apessoados lhe pareceram repentinamente feios em comparação aos traços finos e perfeitos da moça sentada não muito distante. Naquele momento, o Soli Contractor arranca-toco, o palhaço do bairro, o garoto capaz de cuspir mais longe e peidar mais alto do que todos os outros, sentiu um desejo arrebatador de algo mais requintado e sereno do que a vida rude que sempre conhecera.

Recostando-se na cadeira, virou-se para o rapaz ao seu lado e perguntou, num sussurro discreto:

— Sabe quem é aquela *chokri* ali, a de blusa verde?

— Aquela ali? É a judia nova do bairro. Acho que se chama Mariam, Maryann, ou algo do gênero. A família acabou de se mudar de Bandra para o edifício Norman. Os irmãos estudam na escola do meu irmão Baman. São uns caras legais. Os dois eram campeões de boxe na escola que freqüentavam em Bandra. Baman disse que eles moravam numa casa bacana por lá, mas o sócio do tio Abe, o pai, aquele que está sentado ali, deu uma baita rasteira nele. Por isso tiveram que vender a casa e se mudar para cá. Viu como é maravilhoso o bairro em que moramos? Gente falida vem para cá respirar ar puro.

— Aqui é tão bom quanto em Bandra — respondeu, automaticamente, Soli.

Durante os quinze minutos seguintes, Soli não tirou os olhos da outra mesa. A garota, porém, não ergueu os seus. Estavam secos agora, e ela conversava com o pai num tom baixo, semelhante ao dele. Soli se esforçou para ouvir o que diziam, mas não conseguiu identificar mais que umas poucas palavras. Teve vergonha, de repente, dos acessos espalhafatosos de riso, dos puns artificialmente exagerados, do concurso de arrotos, de todos os sons que vinham da sua mesa. Enquanto a observava, Soli reparou que a moça freqüentemente fazia com as mãos gestos expansivos e graciosos quando falava. Achou que nunca havia visto nada tão bonito e ficou imaginando se pareceria estranho um homem gesticular assim. Decidiu experimentar quando chegasse em casa.

Finalmente, o homem da outra mesa afastou a cadeira, tirou do bolso a carteira e se levantou. Pôs um braço carinhoso em torno dos ombros da moça, e os dois deixaram o restaurante.

Naquele momento, Soli soube que aquela era a mulher com quem se casaria. Num lampejo, viu os dois passeando pela praia de Chowpatty ao alvorecer, ambos descalços na areia, uma de suas mãos segurando os próprios sapatos e as sandálias dela, e a outra envolvendo-a num abraço suave. Se não houvesse muita gente por perto na hora, ele a beijaria de vez em quando, um beijinho rápido no rosto, apenas para ver surgir lentamente o seu sorriso, belo como o espreguiçar do sol a cada manhã.

Soli afastou a cadeira e se pôs de pé. Quando os amigos lhe lançaram um olhar surpreso, jogou na mesa uma nota amassada.

— Minha parte, mais a gorjeta. Eu... acabei de me lembrar que tenho um compromisso.

Ignorando as vaias de protesto, saiu correndo do restaurante.

Já na rua, experimentou um breve desespero ao achar que perdera os dois de vista. Mas lá estavam eles, alguns metros à frente, andando a passo apressado, o braço do homem ainda pousado nos ombros da filha. Soli seguiu-os à distância. Era como se os dois estranhos tivessem lhe jogado um feitiço e o puxassem por uma coleira invisível, como se faz com um cachorro de estimação. Não tinha a menor idéia do que faria se eles parassem de repente e lhe perguntassem por que estavam sendo seguidos.

Quando pai e filha chegaram ao edifício Norman e subiram as escadas, Soli ficou de pé do lado de fora, sentindo-se fraco, encostado num poste de luz. O que fazer agora? Nem desconfiava. Finalmente, entrou no prédio e olhou para o painel de madeira que ostentava os nomes dos moradores. Examinou-o atentamente, buscando um nome estranho, diferente dos sobrenomes cristãos e parses que residiam no prédio. Encontrou-o, afinal, espremido entre Patel e Verghese: Rubin. Com certeza aquele era um nome judeu. Terceiro andar. Sentiu arder um repentino desejo de ver o interior do apartamento deles, de saber como viviam, de descobrir se o ambiente que os cercava era tão refinado e elegante quanto os próprios ocupantes.

Havia uma pequena leiteria do outro lado da rua. Soli entrou e pediu um *lassi*. Com o copo da bebida de iogurte na mão, olhou para o edifício Norman, meio que esperando ver a garota misteriosa aparecer numa janela que desse para a rua. Mas nada aconteceu. Várias vezes o *lassiwalla* perguntou se estava tudo bem com ele, e várias vezes Soli respondeu que sim com um aceno impaciente, impedindo que o *lassiwalla*, com sua pança enorme e seus dentes manchados de *paan* vermelho, se intrometesse na doce fantasia em que o rapaz embarcara.

— Vamos lá, apareça — murmurou, tentando trazê-la à janela com a força do pensamento.

Esperou uma hora, sorvendo lentamente o *lassi*, lambendo o lábio superior a fim de remover o bigode leitoso deixado pela bebida. Levantou-se, afinal, e foi para casa, desapontado, mas curiosamente eufórico.

Uma semana mais tarde, a imagem da garota surgiu-lhe novamente diante dos olhos. Soli estava em casa lendo na cama depois de jantar com a mãe viúva. As letras, porém, começaram a se embaralhar na página e tomaram a forma do delicado rosto da moça. Soli fechou o livro com um ruído seco.

— Mãe — disse ele —, está quente demais aqui. Vou dar uma saída para pegar ar fresco.

Quando chegou ao edifício Norman, a rua estava movimentada como sempre. Encostou-se no mesmo poste de luz em que havia se encostado no dia em que seguira os Rubin até em casa. Por um segundo, viu a si mesmo como uma estátua de bronze, com uma das mãos enfiada no bolso da calça e o ombro direito apoiado contra o poste, um calo dolorido no lugar onde o ombro diariamente roçava. Um Romeu de bronze, ansioso para que sua Julieta surgisse na janela. A visão o fez sentir-se muito velho e triste, e, querendo se livrar dessa sensação, Soli balançou vigorosamente a cabeça, como um cão saindo do mar.

Foi quando ele ouviu. Escapando pela janela do terceiro andar e flutuando como uma pena solitária até a rua, as notas melancólicas de um violino lhe soaram doces e nostálgicas como a cantiga de ninar que ouvia em criança o pai cantar. Teve a certeza absoluta de que a música vinha do apartamento dos Rubin. Teve, também, a certeza aterradora de que estava prestes a fazer papel de bobo, de que não voltaria naquela noite ao próprio apartamento, deprimente e silencioso, sem um vislumbre que fosse das pessoas que ouviam uma música tão divina, tão pungente. Como um sonâmbulo, entrou no prédio e subiu as escadas. Parado diante da porta, viu o dedo indicador tremer um instante no ar, mas apertou a campainha.

— Já vai.

Um barulho de passos, e o rosto redondo de cabelos grisalhos de Abe Rubin encarou-o, inexpressivo.

— Pois não? Posso ajudá-lo?

Soli se viu de repente incapaz de falar. Abe olhava para ele com uma expressão confusa, claramente esperando que o garoto dissesse alguma coisa, e *ele não conseguia falar*. A boca estava tão seca que nenhuma palavra saía. Abriu-a e fechou-a algumas vezes, e tentou combater o impulso de descer correndo as escadas, dois degraus de cada vez.

Ficou mortificado quando viu Abe Rubin explodir numa gargalhada.

— O que foi, filho? Posso ajudar? — perguntou novamente, com uma expressão gentil no rosto.

Soli prendeu a respiração. E decidiu arriscar.

— Aquela música? — gaguejou. — Eu estava passando... Disse à minha mãe que ia dar uma voltinha, sabe? E aí escuto essa música, eu ia passando pelo seu prédio, sei lá por quê, sabe? Eu... eu... Que disco é esse, por favor? É tão... tão bonito — completou, finalmente.

Abe olhou para o rapaz, tentando identificar onde o vira antes e descobrir o motivo de tanto nervosismo.

— Você mora aqui no prédio?

— Eu? Não, senhor. Quer dizer, moro logo ali na esquina. No edifício Wadia. Somos os Contractor, sabe? Meu pai tinha um cargo alto nos Correios, que Deus o tenha. Uma boa família a nossa.

— Tudo bem, tudo bem — disse Abe, rindo. — Minha intenção não foi fazer um inquérito.

— Inquérito? — indagou Soli, piscando confuso. Queria não ter batido à porta daquele homem estranho. Embora tivesse lido a respeito dos judeus e soubesse que Hitler matara milhões deles, jamais conhecera uma família judia e agora queimava os miolos tentando se lembrar do que ouvira sobre judeus em Bombaim. Tinha lido *O mercador de Veneza* na escola, mas o homem à sua frente em nada se parecia com Shylock. Imaginou se o sujeito, que usava expressões que ele nunca ouvira, seria o típico judeu de Bombaim.

— Abe, quem é?

Uma mulher de expressão inteligente, com o cabelo amarrado por um lenço, veio até a porta.

— Só um garoto aqui do bairro. É fã de música. Disse que ouviu a música lá na rua e ficou curioso para saber qual era.

— Que gracinha! — disse a mulher, com o rosto iluminando-se. — Entre, senhor...

— Contractor. Meu nome é Soli Contractor.

Embora fossem bem diferentes, algo naquela mulher educada de grandes olhos castanhos fez Soli se lembrar da mãe e o deixou à vontade. Comparado ao próprio pai, robusto e impetuoso, Abe Rubin parecia um ser de outro planeta. A mulher, porém, lhe era familiar, e Soli abriu um sorriso sincero e agradecido.

— Muito bem, Soli. Posso chamá-lo assim? Afinal, você tem a idade dos meus filhos. Abe ficará feliz em conhecer mais um fã de música clássica. Você é parse, não? Em Bandra tínhamos muitos amigos parses. Lá, conhecíamos muitas famílias que gostavam das mesmas coisas que nós, mas aqui...

Ela fez uma pausa abrupta. Soli notou que uma sombra anuviou a expressão de Abe.

— Ora, Emma. Precisamos parar de pensar assim — interveio o marido, com delicadeza.

Ela assentiu, com um sorriso angelical nos lábios. Ficou na ponta dos pés e plantou um beijo rápido no rosto do marido. Soli levou um susto. Em toda a sua vida, jamais vira uma mulher beijar um homem em público. Seus pais, por exemplo, se afastavam rapidamente, como crianças culpadas, toda vez que Soli adentrava o quarto e flagrava o pai descansando a cabeça no colo da esposa. O gesto de Emma só reforçou a sua certeza de estar entrando num mundo novo, mais fascinante e sofisticado que aquele onde vivia, a poucas ruas de distância.

Soli acompanhou Abe até a sala. Teve um momento de decepção, pois sua mente imaginara um apartamento de conto de fadas, diretamente saído de *As mil e uma noites*, exótico e sensual, com almofadas de veludo, cortinas de seda e tapetes persas. Ouvira falar que os judeus eram ricos e havia se preparado para ser arrebatado por uma casa que supôs que fosse achar tão estrangeira quanto seus moradores. A música comovente que vazara para a rua, o jeito como a filha de Abe falava com as mãos, tudo isso enfatizava o exotismo, a singularidade deles. Imaginara a si próprio como algodão e a moça como cetim, visualizando um apartamento que evidenciasse essa diferença. Mas a casa dos Rubin lhe pareceu um bocado semelhante aos apartamentos do Wadia, afora o fato de as paredes ostentarem mais obras de arte e de haver duas estantes embutidas que abrigavam a coleção de discos de Abe.

Uma outra característica, vital e bem-vinda, distinguia o apartamento daqueles do edifício Wadia. A mulher que seria a sua esposa morava ali. Ela estava na sala, lendo, com os pés pousados na mesinha em frente ao sofá. Usava um vestido azul de algodão, e o cabelo abundante não estava trançado como da primeira vez em que a viu. Ergueu os olhos quando ele entrou, o rosto ecoando a expressão levemente curiosa da mãe um instante antes.

— Mariam, este é Soli Engineer — disse Abe, confundindo os sobrenomes, trocando Contractor, que significa empreiteiro, por Engineer, ou seja, engenheiro. — Soli, essa é Mariam, minha filha.

— Contractor. Meu sobrenome é Contractor, senhor. Soli Contractor.

— Desculpe. Falha minha — reconheceu Abe, com um leve sorriso irônico nos lábios, o que deixou Soli enrubescido e confuso.

"Será que eu não deveria ter corrigido o sujeito?", pensou. "Teria, sem querer, infringido alguma norma de etiqueta?" Sentiu-se pequeno e perdido no meio daquela gente. Depois, porém, argumentou consigo mesmo: se vou me casar com essa moça, é melhor que ela saiba logo o meu sobrenome. Afinal, será o dela também um dia. Sra. Mariam Contractor. Permitiu-se rolar o nome na boca como se fosse uma bala.

Mariam havia se levantado do sofá e estava diante dele com a mão estendida e uma expressão indagadora no rosto. Cumprimentaram-se com um aperto de mãos. A de Mariam era macia e pequenina, e Soli de repente sentiu vergonha das suas, grandes e ásperas. Adoraria saber o que ela estaria pensando, que impressão causara na moça. Adoraria que o tio Abe sumisse de cena e os deixasse a sós para conversarem. Adoraria ter conhecido Mariam anos antes. Sentiu uma momentânea pontada de arrependimento pelos anos passados com os colegas de escola cheios de espinhas, pelo tempo inutilmente gasto em jogos de cartas e em concursos de cuspe à distância. Durante todo aquele tempo, essa garota existia, morava na mesma cidade que ele. E ele não a conheceu. Buscava agora no rosto dela algum sinal de interesse ou afabilidade, mas nada viu além de uma cortesia formal. Ela o tratava como a um amigo do pai, e Soli se desapontou ao perceber isso. Ficou ali, olhando para ela, pensando que daria tudo no mundo para fazê-la rir como era capaz de fazer com os amigos, mas, passado um segundo, a atenção de Mariam se desviou dele, voltando ao livro. Soli de repente se viu com tanto ciúme do livro quanto de um rival com o qual disputasse a atenção de Mariam.

Voltou a si quando pôs os olhos na eclética coleção de discos de Abe. Centenas deles. Como o sujeito encontrava tempo para ouvir tanta música? Soli nem sequer tinha uma vitrola. Na sua casa havia apenas um rádio velho. A idéia de escolher a música que se queria ouvir num momento específico era nova e maravilhosa.

As duas horas seguintes passaram como um borrão. Quando finalmente desceu, meio zonzo, as escadas do edifício Norman, Soli estava sem fôlego e exausto. Ao tocar aquela campainha, penetrara num reino mágico. Já tinha ouvido falar de Beethoven, Mozart, Chopin. Agora era capaz de colher os frutos da genialidade desses compositores. Tio Abe lhe cochichara a senha mágica e o admitira em seu clube secreto, exclusivo. Um clube em que para ser sócio bastava ter um coração aberto e sensível. Conforme explicou Abe, a música era um bem de todos. Beethoven não passava de um homem, um homem que aparentemente sentia a mesma alegria rodopiante e a mesma dor pungente e ímpar que subia e descia pelo corpo de Soli como mercúrio.

Na rua, o rapaz teve vontade de pular, gritar, de cantar a plenos pulmões. Se naquele momento recebesse de algum amigo a notícia de que a mãe morrera durante a sua ausência, Soli ainda resistiria a voltar para casa, que, de repente, lhe pareceu sem graça, sombria e entediante. Era como se alguém tivesse entreaberto uma cortina, revelando um mundo brilhante que sempre existira, mas que estivera correndo dele. Em seus ouvidos reverberavam as notas sagradas da música que acabara de ouvir, bem como a explicação erudita de Abe, e Soli vagou pelas ruas durante uma hora até seu coração recuperar o ritmo normal para que ele pudesse voltar para casa e encarar a mãe aflita.

A partir daquela noite, Soli se tornou freqüentador assíduo da casa dos Rubin. Por ironia, reunira coragem para subir ao apartamento em busca de Mariam, mas era com Abe que passava a maior parte do tempo. Em lugar de se declarar a Mariam, teve que se contentar em descobrir um outro tipo de amor — o amor pela beleza, pela arte, pela literatura e pela música. Também foi Abe quem o levou ao seu primeiro concerto de música clássica. Desde o momento em que os músicos em roupas de gala afinaram os instrumentos perfeitamente azeitados até o estrondoso final, Soli assistiu paralisado, enquanto a música alternadamente partia seu coração e o fazia dar cambalhotas no peito. Quando o recital acabou e os outros espectadores se levantaram para ir embora, Soli permaneceu sentado, imóvel, contemplando o palco de madeira já deserto, enxugando discretamente as lágrimas que lhe marejavam os olhos.

— *Ahem* — comentou Abe. — Que noite, hein? Parece que a música mexeu com você.

Os lábios de Soli se mexeram, mas nenhum som saiu de sua boca. Abe riu suavemente, mostrando entender o que acontecia.

— Vou esperar por você no lobby, filho. Fique alguns minutos sozinho.

A caminho de casa naquela noite, Soli contou a Abe que decidira comprar uma vitrola. Precisaria da ajuda de Abe para começar sua própria coleção de discos. E quem sabe, de lambuja, Abe pudesse lhe recomendar também alguns livros.

O corpo de Soli, porém, jamais lhe permitiu esquecer a verdadeira razão que o levou à casa dos Rubin. Quando Mariam estava em casa durante suas visitas, ele tinha uma consciência dolorosa da presença da moça, da mesma forma como acontecera na primeira vez. Com Abe, Soli descobriu a segunda grande paixão da sua vida — a música. Com seu próprio corpo pós-adolescente e nada confiável, descobriu a maior paixão de todas: Mariam. Vê-la nunca deixou de balançar seu coração, de fazê-lo almejar uma vida pura e refinada.

No entanto...

Ela era tão jovem... praticamente uma criança. Ele mesmo mal entrara na idade adulta, ainda fazia faculdade. Abe e Emma Rubin foram maravilhosos. Neles, Soli encontrou o tipo de pais substitutos pelos quais teria sido capaz de matar ou morrer quando criança, caso soubesse que gente assim existia. Soli vivia com medo de tomar qualquer iniciativa com relação a Mariam, temendo ofender tanto ela quanto Abe e correr o risco de ser expulso do éden que descobrira por acaso. E Mariam jamais demonstrou gostar dele. Pelo menos não de uma forma convincente. Um dia, ao chegar ao apartamento dos Rubin, Soli encontrou Mariam sozinha.

— Papai acabou de ligar — disse ela. — Ele e mamãe estão um pouquinho atrasados e pediram para você aguardar.

Ele interpretou essas palavras como uma dica para que esperasse do lado de fora, e seu coração saltou como uma panqueca na frigideira quando a moça escancarou a porta para ele entrar. Na mesma hora torceu para que Abe se atrasasse horas, para que, finalmente, pudesse passar algum tempo a sós com Mariam. Estava decidido a aproveitar ao máximo esse repentino golpe de sorte.

— Tem um bom concerto na sexta-feira — começou, verificando com satisfação que a voz lhe saiu serena e firme. — Só músicas de Cole Porter. Estou pretendendo ir e pensei que talvez... — Então o nervosismo aflorou: — Mas você deve estar ocupada — acrescentou vagamente. — Me desculpe por interromper o seu trabalho.

Mariam parecia tão pouco à vontade quanto ele. Olhou-o calmamente, com uma expressão que Soli não soube interpretar.

— Na verdade, tenho uma prova amanhã. Estou estudando — disse ela. — Mas não faça cerimônia. Sente-se e espere o papai. Estou no meu quarto, se precisar de alguma coisa.

Já ia saindo da sala quando se virou e comentou por cima do ombro:

— E obrigada pelo... pelo quase-convite — acrescentou, emitindo um som que era um misto de muxoxo e gargalhada.

— Mariam, espere — chamou Soli, convencido agora de que ela se zangara com ele, mas sem entender direito por quê.

Mas ela não olhou para trás. "Seu idiota", resmungou Soli, dando um forte beliscão no braço esquerdo. "Uma única oportunidade e você se porta como um completo idiota."

Depois daquela noite, Soli às vezes flagrava Mariam observando-o com um brilho estranho nos olhos, mas quando retribuía a atenção, ela simplesmente sorria e desviava o olhar. A maior parte do tempo, Mariam mal o notava, absorta no processo de se tornar mulher. Mariam. A palavra logo se tornou um gemido, um suspiro que continha todos os desejos não expressos e irrealizados do rapaz.

Assim, Soli passou os sete anos seguintes no mesmo compasso. Durante esse tempo saiu com um punhado de outras moças, boas garotas parses de boas famílias, do tipo que a mãe aprovava. Por insistência dela permitiu, relutante, que uma casamenteira o apresentasse a algumas pretendentes. Uma coisa, porém, Soli sempre deixou bem claro — não aceitaria casar-se sem antes conviver um pouco com a candidata a esposa. De maneira geral, os pais da moça se recusavam a permitir esses encontros por medo de arruinar a reputação da filha deixando-a namorar um jovem que não havia proposto casamento. Uns poucos consentiam, contudo, e Soli saía com essas, e também com algumas colegas de trabalho. Nada havia de errado com as moças, exceto uma coisa: elas não eram Mariam. Não tinham o olhar mais doce do mundo. Seus sorrisos não brilhavam como o sol. Não falavam com as mãos — mãos que ele se imaginava cobrindo de pulseiras de prata —, como Mariam.

E sem que Soli dissesse uma palavra, as moças que ele namorava percebiam que faltava algo, um certo ardor de que precisavam. Soli era gentil, afetuoso até, mas não as olhava como um homem apaixonado. Algumas se conformavam, outras tentavam despertar sua paixão com todos os truques de sedução que conheciam. Mas eram jovens e inexperientes, e, é claro, nem desconfiavam da obsessão dele por Mariam.

— *Baap re*, Soli — disse, certa vez, uma delas. — Eu achava que você era um perfeito cavalheiro, mas agora acho que está mais para um balde de água fria. Tem mais paixão pela sua preciosa coleção de discos do que por mim.

Com o passar dos anos, Soli parou de visitar os Rubin com a freqüência de antes. O silêncio que ele erguera em torno de Mariam ameaçava sufocá-lo. Ao mesmo tempo, o emprego na empresa de contabilidade o mantinha ocupado, e sua coleção de discos já era quase tão grande quanto a de Abe. Ingressou numa associação de música e descobriu amigos da mesma idade para acompanhá-lo aos concertos. Ainda assim, em agradecimento por tudo que Abe lhe ensinara, Soli aparecia todo Natal com um disco novinho para presentear o amigo mais velho. Durante semanas garimpava uma gravação pouco conhecida que achava improvável que Abe já tivesse e, na manhã do Natal, apertava a campainha e entregava o presente. Abe e Emma, gentis como sempre, insistiam para que entrasse e tomasse uma xícara de chá com eles. O casal parecia aceitar o fato de que a nova vida de Soli não lhe permitia visitá-los com a mesma freqüência de antes. Se alguma vez, ao inspecionar a sala em busca de Mariam, Soli notou a ausência de uma árvore de Natal, jamais lhe ocorreu fazer perguntas. Conhecia muito bem árvores de Natal, Papai Noel e guirlandas de cedro graças aos livros que lera na infância, mas nada sabia sobre o judaísmo e achava que os judeus não passavam de um outro tipo de cristãos. E Abe e Emma, emocionados com o presente anual de Soli, jamais tiveram coragem de lhe dizer que em algumas partes do mundo seu gesto bastaria para pôr uma comunidade em pé de guerra.

Mariam acabou passando de uma pontada aguda a uma dor crônica no coração de Soli. Quando a mãe lhe pedia uma nora, "para que eu possa descansar esses velhos ossos e morrer em paz sabendo que alguém vai cuidar do meu filho", ele sorria e lhe dava um rápido abraço.

— Arrume uma *gori-gori* linda como você e eu me caso com ela na hora — dizia, virando as costas apressado antes que viesse uma resposta.

Ou então brincava:

— Por que *khaali-pili* você quer arrumar encrenca nesta casa, *mamma*? Você sabe o tipo de crise que uma nora é capaz de criar. Como é mesmo o ditado? Quem não quer briga em casa, não casa.

Passados alguns anos, Soli acabou acreditando nas próprias palavras.

NUMA MANHÃ DE DOMINGO, Soli ouviu uma buzina sob a sua janela às seis da manhã. Pegando o saco de costeletas de carneiro preparadas pela mãe, desceu as escadas rapidamente depois de despedir-se dela com um beijo. Dois carros repletos de amigos o aguardavam para partir rumo à praia de Juhu. Soli abriu a porta do segundo e sentou-se no banco do carona, espremendo o amigo Dinu contra o motorista. Quando o carro arrancou, Soli virou-se para trás, tomando cuidado para não derrubar os óculos de Dinu com um movimento mais abrupto. Ao reconhecer a mulher sentada entre as duas outras, exclamou, surpreso:

— Mariam! Você vai conosco a Juhu?

— Não, Soli — respondeu Dinu com uma gargalhada sarcástica. — Ela vai nos deixar lá e seguir para Paris.

Mas a surpresa se justificava. Mariam não costumava sair com aquele grupo. O que Soli não sabia é que Mehroo Katpitia, que havia pouco se casara com seu amigo Jamshed, havia se tornado amiga de Mariam dois anos antes. Mehroo é quem tinha convidado Mariam para o piquenique; e não viu nada de mais quando a amiga perguntou, como quem não quer nada, se Soli também iria.

Naquele dia, Soli passou com Mariam o máximo de tempo possível, mas tomando cuidado para não despertar suspeitas nos demais. Sabia que se alguém pegasse no ar qualquer pista do seu interesse por Mariam, os amigos seriam impiedosos em suas brincadeiras. Aproveitou todas as oportunidades para observá-la e reparou que ela estava ainda mais bonita do que quando a conhecera. O tempo se encarregara de afinar seu rosto, acrescentando um quê de tristeza e autenticidade, e as olheiras escuras lhe davam uma beleza etérea que antes não havia. Soli notou que as mãos estavam mais lindas do que nunca, a veia azul forte cruzando-as como um rio. Tudo o que queria era falar com ela a sós, mas não sabia como. A impaciência deixou-o inquieto, e tanto ele se remexeu na areia que um dos amigos perguntou:

— *Su che*, Soli? Por acaso quer fazer *soo-soo*?

A oportunidade surgiu à tarde, quando os outros cochilavam à sombra dos coqueiros que margeavam a praia. Mariam levantou-se e declarou que ia caminhar na areia. Soli pôs-se de pé casualmente.

— Não posso deixar você ir sozinha — disse, meio brincalhão. — O mar pode vir seqüestrá-la. Tio Abe vai querer beber o meu sangue.

Mal haviam se afastado dos outros quando Mariam se virou para ele e perguntou:

— Quer dizer que esqueceu os Rubin, hein? Praticamente sumiu. Mamãe e papai sentem saudades, *men*. Mas você deve andar muito ocupado com o trabalho e tudo o mais.

Soli desviou o olhar para o revolto mar da Arábia, que parecia imitar a turbulência que ele próprio sentia. Não sabia ao certo como reagir à observação, misto de pergunta e acusação, de Mariam. De repente lembrou-se da primeira vez que a vira. Imaginara uma cena semelhante, os dois caminhando lado a lado numa praia, os pés descalços levantando uma nuvem de poeira em seu rastro, as ondas entoando uma suave cantiga de ninar. Mas espere aí; em sua imaginação, Mariam estava mais perto dele do que agora, e o braço que deveria envolvê-la com carinho lhe pendia, em vez disso, inerte e infeliz ao longo do corpo. Soli recordou também o próprio otimismo tolo de sete anos antes, quando acreditou que um dia se casaria com ela. Ora, a vida decerto tinha bancado o juiz naquela fantasia, mandando-o de volta para o seu canto, de mãos vazias.

Foi então que Soli se perguntou: "O que significa isso, a presença repentina dela aqui na praia, na minha vida? Será que todos esses anos não foram senão um desvio e este é, na verdade, o meu destino?" Confuso, Soli apressou o passo.

— Soli, espere — ele a ouviu pedir. — Está zangado comigo? Não tive a intenção de aborrecê-lo. Só queria que soubesse que você... que eu... sinto a sua falta.

A gargalhada dele soou mais amarga do que deveria.

— Sente falta de mim? — gritou. — Durante todos esses anos você mal reparou na minha existência.

Ela o encarou durante algum tempo com um olhar avaliador, tentando formular uma resposta honesta para a acusação.

— Reparei, sim — afirmou, finalmente. Depois, num tom tão baixinho que Soli precisou se esforçar para ouvir, acrescentou: — Reparei em você no primeiro dia em que apareceu lá em casa.

— Ha-ha-há! Só rindo. Muito engraçado, Mariam.

— Acontece que não é piada.

Soli ficou confuso.

— Então quer dizer que... Não, não pode ser... Nossa, você nem levantava o rosto dos livros quando eu ia à sua casa. Já eu... eu sonhava com você toda noite.

Calou-se, então, mortificado, esperando que Mariam se mostrasse chocada ou zangada, mas a expressão da moça era terna e ansiosa, o que deu a ele coragem para prosseguir.

— Agora, já sabe a verdade. Por todos esses anos sempre fui apaixonado por você.

Mais uma vez Mariam se calou. Em seguida, despejou uma torrente de palavras:

— Eu sei. Só que eu ficava esperando você dizer alguma coisa. Que situação estranha! Você era amigo do meu pai. E depois, eu não tinha certeza. Quer dizer, você nunca disse nada. Como eu ia saber? E eu era tímida. Não pense que não lamentei tudo isso esses anos todos. De qualquer maneira, eu não tinha certeza. Certeza de que você sentia algo por mim. Quer dizer, eu *desconfiava* de que sim, mas certeza mesmo não tinha, sabe? Hoje foi a primeira vez que me convenci cem por cento. Por causa do jeito como você ficou tentando arrumar uma maneira de se sentar ao meu lado. Mas, mesmo agora, pode ser que eu esteja errada. Vai ver essa paixão acabou. Sete anos é um bocado de tempo. Se for o caso, vou me sentir muito, muito idiota antes do final do dia.

As palavras dela pareciam lhe chegar de muito longe, um feixe solitário de luz azul que abriu um buraco em seu coração penumbroso. A luz se espalhou pelo corpo, fazendo seu rosto brilhar como o sol, e Soli Contractor abriu aquele sorriso Bombaim–Calcutá que era sua marca registrada.

— Mariam — disse ele. — Nunca vou poder lhe dizer quanta falta você me fez. Imagine... imagine os Estados Unidos sem a Estátua da Liberdade, a Índia sem o Taj Mahal.

O riso dela o estimulou a continuar:

— Louis Armstrong sem o trompete. Tarzan sem a Jane... Foi assim que me senti.

O sorriso dela fez jus ao dele.

— Ah, Soli, como é bom ouvir isso. Por que, então, você parou de nos visitar?

— Sei lá como explicar! — exclamou ele. — Na sua casa, eu nunca conseguia ficar a sós com você. Jamais ficávamos sozinhos. E você só tinha dezessete anos, era uma menina. O que eu diria ao tio Abe? Além disso, sou parse, como você sabe. Minha mãe quer que eu me case com uma boa garota parse. A religião de vocês é diferente da nossa. Seus pais provavelmente também querem um marido judeu para você, não é? Por todos esses bons motivos, Mariam, resolvi parar de me torturar e deixei de ir à sua casa.

Subitamente, os olhos dela ficaram indescritivelmente tristes.

— Tem razão — concordou, com um riso seco. — Todos esses motivos são justos. Bom... acho melhor voltar para junto dos outros. Não quero aquelas línguas parses destilando veneno.

Soli pôde senti-la afastar-se dele como o mar se afasta da areia. Um pânico repentino tomou conta do seu corpo. Se a perdesse agora, jamais a reencontraria outra vez.

— Mariam, espere. Lamento ter sido tão *ooloo*. Isso tudo é um baita choque, e eu sou um completo idiota. O que quero dizer é que... Ora, dane-se o que eu quero dizer. O que quero mesmo é beijar você. Posso?

Meses mais tarde, os dois ainda discordavam sobre qual deles havia tomado a iniciativa naquele beijo. Mas, nesse momento, tudo que Soli pensou foi que finalmente tinha em seus braços uma mulher que já começava a considerar um mito. Mas Mariam era deliciosamente, gloriosamente, real. E ele, agora, contra todas as expectativas, se via beijando os lábios com os quais fantasiara durante sete longos anos. Em meio àquela felicidade delirante, Soli teve uma revelação claríssima — daquele dia em diante, sua vida se dividiria em antes e depois de Mariam. Mariam seria a linha divisória a separar um mundo de apatia e solidão de um mundo de amor e felicidade.

— Ah, Mariam — sussurrou ele. — E se você não tivesse vindo ao piquenique hoje?

Enquanto dizia essas palavras, Soli sentiu pequenas fisgadas geladas nas costas, pouco acima da cintura. Virando a cabeça, viu um grupo de moleques que lhe atiravam seixos e imitavam seus sussurros apaixonados e a expressão de cãozinho carente.

— *Saala badmash* — repreendeu as crianças que gargalhavam, fingindo raiva. — *Chalo*, fora daqui!

A garotada, em algazarra, saiu correndo, eufórica com o prazer inesperado de ter um adulto a perseguindo.

Mas aquelas imitações desconcertaram o casal.

— Tudo bem? — perguntou Soli, constrangido. — Ótimo. Vamos voltar para o grupo. Não quero dar margem a uma boataria tola a nosso respeito.

Disse isso, mas continuou a abraçá-la, enquanto suas palavras e a expressão que estampava no rosto se contradiziam.

— Soli?

— Hein?

— Se quer mesmo evitar fofocas, é melhor lavar o rosto antes de voltarmos. Tem um enorme borrão de batom vermelho indo da sua boca até o queixo.

Estavam juntos havia cinco meses. Nesse período, haviam partilhado a novidade com apenas três amigos: Rusi Bilimoria, Jamshed e Mehroo Katpitia. Abe e Emma achavam que Mariam passava quase todas as noites na casa de Mehroo. Se lhes causava espanto uma recém-casada querer a companhia constante da amiga solteira, o alívio superava as eventuais suspeitas. Desde que David e Solomon, os irmãos de Mariam, tinham se mudado para Israel, a moça ficara sem companhia de jovens da mesma idade. Não havia famílias judias no bairro com as quais fazer amizade. E esse grupo de rapazes e moças parses parecia de boa índole — meio infantis, talvez, mas simpáticos e educados.

Soli não entendia a insistência de Mariam em manter em segredo o relacionamento dos dois. Sabia que ambas as famílias teriam dificuldade para aceitar que os filhos se casassem fora da comunidade, mas os Rubin praticamente o haviam adotado alguns anos antes. E Soli sabia que a própria mãe acabaria pondo a felicidade do filho acima das eventuais restrições que tivesse. Quanto mais cedo contassem aos respectivos pais, mais rápido essa transformação aconteceria. Resolveu, então, abordar o assunto com Mariam.

— Querida, por que todo esse *choop-chaap*? — perguntou, certa noite. — Desculpe, usei uma palavra em gujarati. Quero dizer, por que todo esse mistério? Tenho tanto orgulho de você que estou pronto para pôr um anúncio no *Times of India* declarando o meu amor. Você não sente o mesmo?

— Claro que sinto. Mas não quero que o papai descubra. Preciso de mais tempo. É que... Sei lá, não me parece a hora certa.

As palavras dela o desapontaram, mas ele entendeu. "Mariam só precisa de um pouco mais de tempo", disse consigo mesmo.

Mas ele ficou frustrado. Era difícil encontrar lugares públicos onde os dois pudessem ter alguma privacidade. A idéia de levar uma moça solteira a um hotel era impensável. De vez em quando, escalavam as pedras nos arredores da Marine Drive e achavam um lugarzinho escondido para se beijarem, mas Mariam se mostrava tão tensa e preocupada que acabava com todo e qualquer prazer. Certa vez, Soli pagou um táxi para ficar circulando enquanto os dois se beijavam no banco de trás, protegidos pela intimidade pouco iluminada do carro.

Mas até isso foi desconfortável. Para começar, precisavam se manter mudos como uma porta, com medo de atrair a atenção. Quando pôs a mão no joelho de Mariam, Soli flagrou os olhos ávidos do motorista observando-os pelo retrovisor. O táxi deu um tranco quando o olhar do chofer encontrou o do passageiro. Soli usou o fato como desculpa para descontar sua fúria.

— É assim que a maioria dos acidentes acontece. Por causa de *gadheras* que não olham para onde devem — resmungou, num tom suficientemente alto para o motorista ouvir. — Ficam olhando tudo, menos a rua, que é o que deveriam focar.

Ignorou a pressão de advertência em seu braço com que Mariam lhe pedia para calar a boca. Os dois acabaram descendo do táxi mais frustrados do que quando entraram nele.

No dia seguinte, tiveram a primeira briga de verdade.

— Afinal, somos ladrões ou espiões? — explodiu Soli. — Será que estamos planejando uma guerra contra o Paquistão ou o assalto a um banco? Caso contrário, por que temos que nos esconder? Pela primeira vez na vida estou mentindo para a minha mãe, que eu adoro. E por quê? Acho errado mentir sobre a coisa de que mais me orgulho, o meu amor por você, Mariam. O que posso fazer para que você entenda isso?

— Eu entendo, entendo, *sim*. Também odeio tudo isso, mas preciso de tempo, Soli. Papai sempre quis me ver casada com um judeu. Tenho que prepará-lo bem aos pouquinhos.

— Mas você não quer ir comigo à praia de Chowpatty nem se sentar numa área reservada no Café Paradise. Esperei sete anos para beijar você. E ainda tenho que me aborrecer com um motorista de táxi *soover* que fica nos espionando pelo retrovisor. Safado de uma figa. Sou um adulto, Mariam, não um garotinho de calças curtas.

Então surgiu uma oportunidade única. Jamshed e Mehroo, que alugavam um conjugado em Colaba, pediram a Soli para dar uma olhada no apartamento enquanto os dois passavam quinze dias em Udwada. Antes de viajar, deixaram a chave reserva com o amigo.

— Mariam — disse ele à namorada no dia seguinte —, é um presente dos deuses. Vamos passar um dia sozinhos no apartamento de Jamshed. Você tem de concordar, amor. Quero conversar com você, beijar você, sem me preocupar com o tio Abe ou com sabe Deus quem mais. Por favor, querida. Vou primeiro e levo alguma coisa para beliscarmos. Você vai depois. Ninguém vai saber. Espero na janela e abro a porta, você nem precisa tocar a campainha. Será um piquenique entre quatro paredes, certo? Por favor, Mariam. A gente quase não se vê.

No dia combinado, Soli comprou uma dúzia de sanduíches de frango, salgadinhos de batata e uma garrafa de vinho. Tirou uma das colchas de Mehroo do armário e estendeu-a no chão para um piquenique. Pôs um disco de Louis Armstrong na vitrola. Cumprindo a palavra, esperou na janela pela chegada de Mariam e abriu a porta sem que ela tivesse que tocar a campainha. Eram três da tarde de um sábado. Mariam entrou apressada. Um lenço lhe cobria os cabelos, e ela usava um vestido roxo e sapatos de couro preto. Acompanhou brevemente o ritmo da música com os quadris e depois se livrou do lenço com um safanão. O cabelo castanho caiu sobre seu rosto como uma sombra cobrindo uma montanha. Ele a beijou antes que ela atravessasse o cômodo.

Os dois se sentaram no chão, comendo os sanduíches e tomando o vinho até não sobrar mais que meia garrafa. Soli mergulhou uma bolacha de batata no vinho e a viu boiar no líquido incolor antes de pescá-la do copo com os dedos.

— Eca! Vocês parses são muito estranhos. Gostar de bolacha mole, que maluquice!

Soli se levantou com a solenidade estudada de um bêbado.

— Agora que você já insultou toda a comunidade parse, acho que sou responsável por defender a honra dos meus compatriotas, assim como a honra de todos aqueles que gostam de bolacha mole — anunciou, com um floreio. Tentou dizer algo mais espirituoso, mas o vinho pesava bastante em sua língua. Lentamente, caminhou até a cama e se sentou.

Mariam começou a rir.

— O que foi? O gato comeu sua língua?

— O gato, não. O vinho.

Ele refletiu um segundo e acrescentou:

— É engraçado sentir a língua dentro da boca, não é? Como se fosse uma baita esponja. Sabe como é?

— Acho que nunca aconteceu comigo, sr. Soli.

Os olhos de Mariam dançavam.

— Mariam?

— Sim.

— Sabe o que queria? Sentir a *sua* língua na minha boca.

Silêncio.

— Mariam?

— Sim.

— Vem se sentar aqui ao meu lado, vem. Viu, não é gostoso? Mariam. Meu amor.

Fez-se silêncio no quarto, exceto pelos sons dos longos beijos molhados. Então, Mariam afastou Soli.

— Chega, Soli. Não me faça ficar excitada e ansiosa. Não posso demorar. Já chega.

— Mariam, por favor. Só desta vez. Não agüento de tesão. Por favor, meu bem. Quando vamos ter outra chance?

— Não posso, Soli. Meu pai me mata se descobrir. Além disso, o que faremos se houver problemas?

— Mariam, seu pai não está aqui. Mas eu, sim, e sou loucamente apaixonado por você. Esperei sete anos, meu bem, sete anos. E não haverá problema algum. Eu... eu tiro antes, entende, antes de... Confie em mim, amor.

A boca de Mariam contra a dele tinha gosto de sal. Seus corpos se encaixaram como se um arquiteto os tivesse projetado um para o outro. As longas pernas dela se enroscaram no corpo do parceiro como uma trepadeira na árvore. Quando ela tirou o vestido, suas espáduas esbeltas o fizeram lembrar da haste de um violino.

— Mariam — sussurrou ele —, você é perfeita.

Do lado de fora, o mundo real prosseguia em sua marcha: uma velha solitária, por entre cortinas pesadas, bisbilhotava a vida alheia; um menino de rua amarrou um estalinho no rabo de um cão vira-lata e depois se esbaldou de rir quando o animal enlouqueceu de pavor; um jovem casal saiu em disparada a caminho do hospital depois que o filho único, misteriosamente, parou de respirar.

No mundo em escala ainda maior, a Europa dormia um sono cauteloso enquanto, no pesadelo da Segunda Guerra Mundial no continente asiático, a China, a Índia e Israel caminhavam ao encontro de seus próprios destinos. Batizada no sangue das rebeliões indo-muçulmanas, uma Índia jovem lutava para emergir do terror da carnificina. A uma pequena distância, Israel exercitava os músculos enquanto trocava um conjunto de inimigos por outro.

Dentro daquele quarto, porém, um tipo diferente de sangue foi derramado, sangue que teria que ser lavado do lençol azul antes da volta de Jamshed e Mehroo. Na verdade, o lençol com suas gotas de sangue era uma espécie de bandeira, o símbolo de um novo país, um país onde as divisões de raça e religião se derretiam sob o fogo do desejo, se fundiam para dar origem a uma nova carne, a um novo animal de oito membros, que se resumia a boca e língua, a curiosidade e maciez, a desejo e satisfação.

Porque Soli e Mariam eram mais que amantes. Eram cidadãos de uma nação que acabava de nascer.

Mais tarde, Soli permaneceu deitado na cama, apoiando a cabeça nas mãos entrelaçadas, ouvindo o som da água correndo enquanto Mariam tomava banho. "Uma vida de momentos tão felizes como este me aguarda", pensou, estremecendo de prazer. Mariam e eu fazendo amor. Depois, eu, acordado na cama, ouvindo o som da água correndo. Quando ela saiu do banheiro, tinha o rosto úmido e afogueado por causa da água quente. Sentou-se na beira da cama para que Soli lhe abotoasse o vestido.

— Mariam — disse ele, apoiando-se num cotovelo enquanto cobria de beijos aquelas costas nuas e perfumadas. — Mal posso esperar para nos casarmos. Vamos ter a vida toda para nos divertir como hoje.

Ela sorriu, e ele reparou que suas olheiras estavam mais claras.

— Quanta felicidade... Acho que é mais do que alguém tem o direito de pedir — sussurrou Mariam, tapando os próprios olhos com as mãos dele.

— Não, amor, que nada. Seremos o casal mais feliz, mais sortudo do mundo, você vai ver. Já somos.

Dois dias depois, Mariam viajou com os pais para as férias anuais em Goa. Soli, que jamais havia ido à colônia portuguesa litorânea, desejou poder acompanhá-los, mas teve o bom senso de não sugerir isso a Mariam. Mal suportava separar-se dela, mas Mariam o consolou:

— Tenha paciência, Soli. Nosso encontro na volta vai ser ainda melhor por causa da separação. Ligo para você no trabalho assim que chegar.

Mas o dia da volta chegou e se foi sem nenhum telefonema. Soli, preocupado, saiu um pouco antes do final do expediente e partiu direto para o prédio de Mariam. Ficou aliviado, mas surpreso, ao ver a luz acesa no apartamento dos Rubin. Então, estavam em casa. Tentou imaginar todos os motivos que pudessem ter levado Mariam a não ligar para ele, tentou decidir se batia ou não à porta de Abe, na esperança de ver Mariam abri-la. Mas faltou-lhe coragem. "Deve haver um bom motivo para ela não ter ligado", disse consigo mesmo. "Talvez esteja cansada ou doente. Ou, quem sabe, contou ao tio Abe sobre o nosso namoro. Nesse caso, o melhor é esperar."

Quase enlouqueceu de preocupação no dia seguinte, enquanto esperava a ligação que não veio. Cada vez que o telefone tocava no trabalho, ele atendia com o coração aos pulos, que quase parava de bater ao verificar que não era Mariam do outro lado da linha. Soli entendeu claramente a natureza frágil do relacionamento dos dois quando se deu conta de que não tinha autoridade para simplesmente pegar o telefone e falar com a mulher que amava. Então, às quatro da tarde, quando já dava como certo que Mariam tinha morrido, o telefone tocou de novo e, dessa vez, era ela.

— Soli, sou eu. Desculpe não ter ligado ontem. As coisas estão meio enroladas por aqui. Escute, Mehroo e Jamshed ainda não voltaram? Ótimo. Podemos nos encontrar no apartamento deles amanhã à noite? Tem certeza? Combinado, encontro você lá por volta das seis e meia.

Ignorando as reclamações do patrão, Soli saiu cedo de novo no dia seguinte. Comprou duas garrafas de vodca de framboesa e uma galinha *tandoori* inteira para o jantar. Se viesse direto do trabalho, Mariam chegaria com fome.

As olheiras estavam de volta. Na verdade, Mariam parecia dois anos mais velha do que uma semana antes, quando viajara para Goa. Soli não conseguiu conter o espanto involuntário.

— Amor, você ficou doente nas férias? O clima de Goa não lhe fez bem?

— Estou ótima — disse ela —, estou ótima.

No entanto, parecia agitada e seus olhos não se fixavam em nada, o que acabou deixando Soli nervoso. Num esforço para controlar a própria agitação, ele se levantou para providenciar um refrigerante para ela.

— Se tem andado doente, sorte a sua o médico estar de plantão. Este *dava* é caseiro, feito por mim — disse, sorrindo.

Beijou-a longa e apaixonadamente, e, passados alguns segundos, Mariam relaxou.

— Ah, já melhorou. Sente-se aqui comigo na cama e lhe dou mais uma dose do remédio. Ou quem sabe você prefere uma injeção? Só umas espetadelas? — sugeriu ele, com um sorriso malicioso.

Mariam deixou-se puxar até a cama, mas ele podia senti-la meio ausente. Abraçou-a durante alguns minutos, esperando acalmá-la, mas foi como abraçar uma estranha. Finalmente, afastou-a um instante e examinou seu rosto.

— Mariam, o que houve? — perguntou baixinho.

— Aconteceu uma coisa lá em Goa — respondeu Mariam, num tom baixo como o dele. — Uma decisão foi tomada, digamos assim.

Mordeu o lábio e desviou o olhar do rosto preocupado e ansioso de Soli. Quando o encarou novamente, tinha os olhos vermelhos.

— Soli, toda a minha família resolveu se mudar para Israel.

Ouviu-o engolir em seco, mas não se deteve.

— Papai disse que agora não nos resta mais nada na Índia, que um judeu não deve morar em outro lugar que não a própria pátria. O que houve durante os tumultos da Divisão da Índia realmente o amedrontou. O jeito como hindus e muçulmanos esfolaram uns aos outros o faz lembrar o que aconteceu na Alemanha com os judeus. Sei que a Divisão da Índia é coisa do passado para você e para mim, mas papai se lembra muito bem.

Soli começou a protestar, mas ela o impediu de continuar.

— Lá em Goa encontramos outras duas famílias judias — prosseguiu. — Foi Nizzim, o amigo do meu pai que mora lá, que o convenceu que está na hora de partir. Goa é um lugar bastante seguro para os judeus, mas ainda assim Nizzim acha que seus filhos ficarão melhor em Israel. As três famílias resolveram ir ao mesmo tempo, acho que daqui a dois meses. Papai já está procurando comprador para o apartamento.

Soli sentiu todo o seu mundo desabar. Era como se alguém tivesse virado o planeta de cabeça para baixo, fazendo a grama nascer no céu e as nuvens flutuarem na terra.

— Mariam, meu bem, por favor. Se isso é uma brincadeira, já chega — implorou. — Veja como o meu coração disparou, parece até os cavalos no hipódromo de Bombaim.

Mas bastou olhar para o rosto de Mariam para ver que não era uma piada, e o seu coração congelou.

— Papai diz que já está cansado de lutar aqui apenas para sobreviver, que se é para trabalhar desse jeito, melhor que seja num lugar que ao menos esteja se esforçando para construir algo ousado e novo. Os ingleses saíram da Índia faz mais de dez anos e nada mudou. Ontem à noite, quando faltou luz, papai disse: "Droga, se é para morar num país onde falta luz e comida, é preferível enfrentarmos essas dificuldades num lugar onde a gente trabalhe para o bem do nosso próprio povo." Aquilo só reforçou a decisão dele. Uma coisa é certa, Soli, o banho de sangue da época da Divisão o deixou realmente assustado. Ele diz que desde então não consegue mais olhar para a Índia do mesmo jeito. Tudo lembra demais o que aconteceu na Alemanha.

— *Alemanha*? Você está comparando a Índia com essa *Alemanha* selvagem? Como pode querer comparar aquele louco *madaarchot* do Hitler e seu bigodinho de escovão ao nosso digno *chacha* Nehru, educado em Oxford? Nehru põe um botão de rosa na lapela toda manhã, de tão civilizado que é. Um homem que ama a natureza, adora crianças. Nada a ver com o eunuco do Hitler, com aquele penteado idiota e aquela voz que dá a impressão de estar sempre com soluço. Além disso, Hitler morreu. Quanto à Divisão, já se passaram anos e, além disso, essa foi uma luta entre hindus e muçulmanos. Quero saber uma coisa, Mariam. A Índia já fez mal a vocês? Seu pai não tinha um negócio próspero e uma bela casa em Bandra? Alguém aqui alguma vez incomodou vocês?

Mariam olhou para Soli por sobre todo um golfo de história e memória.

— Soli, a Alemanha também era um país civilizado. Tão civilizado que planejou câmaras de gás para assar pessoas, tão civilizado que arrancava obturações de ouro da boca de cadáveres. Pense nisso. Papai diz que a única maneira de garantir que isso não aconteça de novo é viver no meio do nosso povo e trabalhar para fortalecer Israel. Além disso, Israel é a nossa pátria original.

O medo e algum resquício de patriotismo fizeram a voz dele soar mais áspera do que pretendia.

— Que pátria? A Índia é a sua pátria. Aqui você nasceu, estudou, arrumou emprego, fez amigos, foi a piqueniques e festas. Se for assim, então eu, como parse, também posso dizer que a nossa pátria original é a Pérsia toda, o que hoje é o Irã, o Iraque, Israel, tudo. O zoroastrismo era a religião de todo aquele território, sabia? Fomos os habitantes originais. Por acaso você nos vê pedir ao xá do Irã a nossa pátria de volta? Por acaso vê os parses exigirem daqueles árabes um país novo?

— E você por acaso viu os parses perderem seis milhões de irmãos no Holocausto? — indagou Mariam com veemência. — Seis milhões de cadáveres só porque um alemão imbecil era louco?

Soli encarou Mariam. Jamais a vira assim. Algo acontecera com ela em Goa, algo que a transformara de um jeito que a deixou além do seu alcance. De repente, Soli se viu lutando pela própria vida, pela sua felicidade futura.

— Mariam, não discordo de você. O que aconteceu na Alemanha foi o pior dos pecados. Deus jamais perdoará esses alemães, eu garanto. Mas, meu bem, como todos aqueles milhões de mortos podem ser o seu povo? Você nem os conhecia. Seu pai, sua mãe, seus irmãos e eu, sim, somos o seu povo. Todas as pessoas que a amam. E se você se casar comigo, minha mãe e meus amigos serão o seu povo. E ninguém vai lhe fazer mal aqui, prometo. Afinal, terão que passar por cima do meu cadáver antes. A Índia é o seu país, Mariam. Você é uma *pucca* de Bombaim, nascida e criada aqui.

— Soli — disse ela devagar. — E se eu lhe pedisse para largar tudo que você tem aqui e ir comigo para Israel? Você iria?

Ele parecia chocado.

— Ora, Mariam, sejamos razoáveis. A minha vida inteira está aqui. Quem vai cuidar da minha mãe na velhice, se eu for embora? E que diabos terei para fazer em Israel, no meio de todos aqueles judeus barbudos? Nunca sequer saí de Bombaim, muito menos para ir a Israel.

— Mas você espera que eu largue meus pais, David e Solomon e fique aqui. Amo muito você, Soli, mas não podemos nos casar. Alguma coisa aconteceu comigo semana passada que não consigo explicar. É quase como se o meu amor por você se expandisse para incluir milhões de outras pessoas. Sim, você tem razão, eu não os conheço, mas de certa forma também são a minha família. Sempre fomos criados para ver a nós mesmos como cidadãos de Bombaim em primeiro lugar, mas tio Nizzim diz que isso é um erro. Foi por isso que Hitler venceu, diz ele, porque os judeus se viam como alemães, mesmo quando ninguém mais os considerava assim. Existe um novo país sendo construído por judeus e para judeus. Quero fazer parte dele.

O rosto de Soli enrubesceu de raiva.

— E o que é a Índia, então? Um lenço sujo para vocês assoarem o nariz e depois jogarem fora? Todos esses anos, a Índia foi boa o bastante, mas agora que finalmente conquistamos a nossa liberdade, agora que os ingleses voltaram para os seus sanduíches de pepino e para seus peixes com batata, agora, no momento mais empolgante, vocês todos abandonam a Índia.

— Ora, os judeus sempre foram um povo errante — disse Mariam com um sorriso triste que Soli não entendeu. Por alguma razão, aquele sorriso, tão remoto e atemporal em sua dor, o perturbou mais ainda.

— Os hindus se queixam de que os parses não se comportam como indianos, que são arrogantes, mas vocês são os parses dos parses — disse ele amargamente.

Então, seu rosto se contorceu de dor.

— Se você ia partir, Mariam, por que tudo isso? — disse ele, indicando com a mão a cama. — Por que os beijos, os abraços, o namoro? Você me fez de *chootia*, não acha? Não me deu nem uma dica do que o tio Abe andava pensando.

— Soli, juro que tudo que contei a você aconteceu na semana passada. Papai disse que ele e mamãe há um ano discutem essa mudança, mas ninguém me disse nada. Acho que eles queriam primeiro ver como David e Solomon se adaptariam em Israel.

"Quanto ao que aconteceu neste quarto, eu gostaria de dizer que lamento, que me arrependo. Mas não é verdade. Soli, você é o homem mais carinhoso e divertido que já conheci. Transformou esses últimos cinco meses em algo mágico para mim. Sinto muito que eu tenha surgido na sua vida apenas para magoá-lo. Acredite, não existe ninguém neste mundo que eu menos quisesse magoar. E me prometa uma coisa: jamais se esqueça de que, não importa onde eu esteja, sempre levarei você no meu coração. Sempre. Precisa acreditar em mim."

Acabara. Ele a havia perdido pela segunda vez. Sentiu-se vazio, sem espaço para raiva e acusação. Quis dizer alguma coisa, quis tomá-la nos braços uma última vez, mas de repente uma enorme sensação de timidez e constrangimento o invadiu, sentado ao lado de Mariam, e desejou que ela fosse embora.

A moça deve ter percebido o desconforto dele, porque disse que estava com pressa. Quando a viu parada à porta, com a mão na maçaneta, Soli se aproximou e beijou-a de leve na testa. Mariam pegou-lhe a mão direita entre as suas e a levou aos lábios, beijando-a de forma tão intensa, tão ritualista, que ele pensou tratar-se de algum antigo costume judaico que ele ignorava. Deu-se conta de quão pouco a conhecia, quão pouco conhecia a sua religião e a sua história. Envergonhou-se de si mesmo. Deveria ter feito mais perguntas, aprendido mais sobre a religião dela. Que ingenuidade dele pensar que o amor conseguiria criar uma ponte sobre a História!

E então ela se foi. A mão dele ainda formigava no lugar onde a boca de Mariam tocara. Foi assaltado por uma necessidade louca, animal, de descer correndo as escadas e voltar a discutir com ela. Não podia perdê-la assim, tão facilmente, com tão pouca luta. Decerto existiam palavras que, uma vez ditas, a fariam perceber de quanta coisa ela estava desistindo. No entanto, ao tentar imaginar palavras específicas, nenhuma lhe ocorreu. Sentiu-se exausto e desgastado. Teve um breve lampejo de uma cena passada na escola quando tinha sete anos de idade. Um colega valentão mais velho torcia seu braço, e Soli mordia o lábio de tanta dor. Ambos se engajavam numa silenciosa competição de força de vontade. A dor consumia o corpo de Soli, mas o garoto mais velho não soltava seu braço. Finalmente, dobrando-se até ficar de joelhos, sentindo na boca um gosto de sal, Soli gritou: "Desisto." Imediatamente, o braço foi solto e ele se sentiu melhor.

Foi até a janela e abriu a cortina. Mariam caminhava apressada, sem olhar para trás. "Desisto", sussurrou ele para a silhueta que se afastava. "Desisto de você", repetiu.

Quando se virou para olhar o quarto, este lhe pareceu mais mal-ajambrado do que uma hora atrás. Percebeu a pintura descascada, os rombos no assoalho, o tecido esgarçado da cúpula do abajur. Uma mosca zumbia em volta da galinha *tandoori* descoberta e intocada. Ouviu seus próprios passos quando se dirigiu até a cama. Sentou-se na beirada. A cama ainda conservava a marca feita por Mariam ao se sentar, e, distraído, ele a alisou suavemente.

Então, Soli Contractor pôs a cabeça entre as mãos e chorou. Chorou como não chorava desde quando, aos treze anos, vira o corpo inerte do pai envolto num lençol branco e soubera que alguns momentos depois aquele homem grandalhão e alegre seria bicado pelos abutres. Chorou por ele mesmo e por Mariam, pelo casal que poderiam ter sido, pelos filhos que jamais teriam. Chorou pela coitada da mãe, que iria para o túmulo implorando por uma nora. Chorou pelos seis milhões de estranhos anônimos que Mariam chamara de seu povo. Chorou pela Índia, pela perda de uma família tão digna como a dos Rubin, chorou de raiva de Israel por roubá-la dele. Chorou pelos fantasmas da História que haviam entrado em sua vida e a destruído de uma forma tão ostensiva.

Relembrando a vez anterior em que estivera naquele quarto, quando Mariam e ele o transformaram de um cômodo mambembe num altar sagrado, Soli voltou a chorar. Chorou pelas gotas de sangue no lençol azul, que jamais seriam derramadas de novo. Chorou pela satisfação com o som da água caindo no banheiro, que jamais voltaria a sentir. Chorou pelo canto dos corpos que não mais ouviria — pelas mãos inertes e inúteis, pela língua passiva e insossa, pelo próprio coração descorado e dormente. Chorou pelo lento e constante fluxo de sangue em suas veias e pelas pernas pesadas e inúteis, que, desembaraçadas das de Mariam, não mais podiam sustentá-lo.

Ouviu, ao longe, alguma coisa se quebrar, como porcelana de encontro ao chão.

Era apenas o som do seu coração se partindo.

SETE

Ela não conseguiu se conter. Pela sétima vez naquela noite, Tehmi Engineer olhou apressada à sua volta, assegurando-se de que ninguém a observava. Coomi Bilimoria estivera conversando com ela até alguns minutos atrás, mas agora se distanciara alguns passos e fazia aquela coisa estranha com os olhos que, aparentemente, só quem notava era Tehmi. Segura de que ninguém prestava atenção nela, Tehmi deixou a mão se dirigir, discretamente, até a axila esquerda. Movendo levemente a blusa sem mangas, girou o dedo médio até encontrar o que procurava.

Um caroço. Provavelmente do tamanho de uma uva pequena, calculou Tehmi. Ao contrário de uma uva, porém, esse caroço não era mole e aquoso. Em vez disso, teve a sensação de que um seixo duro havia se instalado, sem cerimônia, sob a sua pele. Ela o descobrira por acaso ao tomar banho, cerca de uma semana antes. Só que, naquele dia, preocupada em comprar um sári novo para usar no casamento de Mehernosh Kanga, não deu muita bola para o assunto. De noite, contudo, tocou-o por acidente pouco antes de pegar no sono e, dessa vez, a rigidez do caroço de encontro a seus dedos a despertou com um susto. Curiosa, ela o pressionou, apalpando com cautela o seu contorno, pronta para a dor que a pressão pudesse provocar. Mas o caroço era estranhamente indolor. Tentou lembrar se por acaso havia se machucado, mas não conseguiu imaginar como teria se ferido num lugar tão inacessível.

Quando a palavra *câncer* ganhou forma em sua mente, ela gelou. "Impossível", disse a si mesma, "cem por cento impossível". Depois, veio o segundo e traiçoeiro pensamento: "Por que impossível?" Sentiu o estômago se revirar ante a idéia de estar doente, mas não foi a idéia da doença propriamente dita que a abalou, mas os protocolos dela decorrentes: a visita ao médico de expressão solene, a mamografia, a recomendação da consulta a um oncologista, talvez uma biópsia. Tehmi conhecia cinco mulheres parses que nos últimos três anos haviam tido câncer de mama. Tratava-se de uma epidemia na comunidade, como a epidemia de gripe que dizimara sua cidade natal quando Tehmi era menina, três anos antes que a família se mudasse para Bombaim. Sentiu-se arrasada e exausta só de pensar em passar as próximas semanas em salas de espera de médicos. "Além disso", indagou a si mesma, "a quem pedir para me acompanhar às consultas? Quem vai ficar ao meu lado enquanto espero o diagnóstico?". Automaticamente relembrou as duas tragédias sofridas por ela mais de quarenta anos antes. Esses incidentes baniram-na aos poucos da comunidade e lhe roubaram o sentimento de cumplicidade que, para os outros moradores do edifício Wadia, era mais que normal. Na verdade, Tehmi era a única moradora do Wadia que não se importava de ser o alvo das fofocas de Dosamai, pois isso provava que ela existia, que às vezes assomava à cabeça daqueles que moravam à sua volta.

Deitada sozinha na cama, esfregando compulsivamente com o dedo o caroço recém-descoberto, a solidão do exílio que lhe fora imposto ameaçava esmagá-la. Quem esperaria com ela horas a fio se precisasse de quimioterapia? Quem a visitaria no hospital se precisasse ser operada? Quem cuidaria dela quando voltasse para casa?

Mesmo enquanto corava e retribuía o cumprimento de Cyrus, Tehmi pôde notar a semelhança entre a amiga e o homem que estava ali, de pé, sorrindo para a irmã.

— Não recebo nem um convite para sentar e tomar uma xícara de *chai*, Naju? — indagou ele num tom irônico que não disfarçava o riso.

— Se convidar você para tomar *chai*, eu é que terei que pagar, seu folgado. Por isso, primeiro me diga quanto dinheiro quer emprestado e depois verei se me sobra algum para pagar o chá.

Cyrus puxou uma cadeira.

— Quanta desconfiança! — queixou-se o rapaz num tom magoado, embora seus olhos brilhassem, marotos. — É uma pena, realmente, numa pessoa tão jovem. O coitado do seu marido vai enfrentar uma parada dura...

— Não preciso me preocupar com meu marido inexistente, mas sim com o meu irmão existente demais, que com certeza não se deu o trabalho de vir até aqui para falar das minhas intenções matrimoniais.

Cyrus abriu lentamente um sorriso, fazendo o coração de Tehmi saltar no peito de um jeito que jamais acontecera antes. Chegando para trás na cadeira, ele se virou para encarar Tehmi.

— Srta. Tehmi, certo? — indagou. — Muito bem, srta. Tehmi, apelo para o seu senso de justiça. Suponhamos que um homem precise de um pequeno empréstimo. Repare que eu disse empréstimo, ou seja, algo que será pago de volta. Digamos que esse homem acaba de fazer uma prova difícil na faculdade de direito e, para distrair a mente cansada, resolve dar um passeio na Colaba Causeway, olhar as vitrines. Ali, ele vê um par de sapatos de ótimo couro italiano. Ora, esse homem podia ter andado até o Portão da Índia para contemplar a água durante algumas horas, a fim de acalmar o cérebro exausto. Mas o destino decretou-lhe outra coisa. Levou-o pela mão até um belo par de sapatos italianos. Podemos culpar o homem por acreditar que o seu destino seja ter o tal sapato? Só que o destino, como sabemos, é cruel. Por isso, quando o coitado, o desventurado, abre a carteira, descobre que lhe faltam umas poucas rupias para inteirar o preço. Então, ele tem uma inspiração. Lembra-se de que a irmã mais nova, a mesma a quem já fez inúmeros favores, devo acrescentar, está naquele momento na faculdade Elphinstone, que não fica longe dali. O apelo de linhagens imemoriais o impele nessa direção. Ele caminha como se estivesse na neblina. Só ela pode ajudá-lo a cumprir o próprio destino. Só ela pode...

Nesse momento, porém, Cyrus não pôde mais conter o riso, e os três caíram na gargalhada.

— *Bas, bas*, Cyrus, até para você isso é demais — explodiu Naju.

Ainda assim, Cyrus não se deu por terminado:

— Por isso, srta. Tehmi — recomeçou —, gostaria que nos servisse de juíza. Será um pecado um pobre estudante de direito pedir à irmã abastada um pequeno empréstimo, principalmente em se tratando de tão boa causa? Combinemos o seguinte, senhorita. Vou deixá-la decidir o meu destino.

A excitação cresceu, potente, em Tehmi. "Eu adoraria decidir o seu destino, meu fofo", pensou. "Pessoalmente, acho que deveria se casar comigo."

Ela se virou para Naju.

— Ora essa, *yaar*. Dê a ele algumas rupias.

— Bravo! — disse Cyrus, encantado. — Decisão perfeita, Tehmi. Uma moça que pensa como eu. Você ouviu, Naju. Está esperando o quê? Passe a grana.

Naju remexeu dentro da bolsa, mal-humorada.

— *Saala besharam* — disse ela. — Onde já se viu jogar a minha melhor amiga contra mim? Deus sabe como você consegue, mas se deu bem outra vez. Olhe, este dinheiro é só para calar a sua boca, seu patife.

— Obrigado novamente — disse Cyrus a Tehmi enquanto embolsava o dinheiro.

Virando-se para Naju com uma expressão sonsa, arrematou:

— Sabe, faço tudo isso por você. Compro roupas boas, sapatos caros. Tudo para você poder se orgulhar do irmão que tem. Quanto sacrifício...

Naju levantou-se com um rosnado.

— Seu mal-agradecido de uma figa. Devolva meu dinheiro já! Não basta você comprar esse sapato italiano ridículo e caro? Ainda vai querer que eu puxe seu saco? Essa não, é demais.

Cyrus continuou sentado, o corpo estremecendo com o riso silencioso, enquanto observava a irmã explodir de indignação. Então, com uma expressão satisfeita, pôs-se de pé.

— Foi um prazer conhecê-la, Tehmi. Você é uma magnífica cúmplice.

E, com uma piscadela conspiradora, deu meia-volta e partiu. Para Tehmi, foi como se levasse com ele toda a luz do sol da tarde.

A escuridão que Cyrus deixou em seu rastro permaneceu com ela pelos três dias seguintes. Dentro dessa escuridão, aquele rosto iluminado lhe surgia diante dos olhos nos momentos mais inesperados. Aquela paixonite repentina a irritava, mas a irritação em nada contribuía para mudar a situação. Finalmente, no quarto dia, Tehmi perguntou a Naju se podia dar uma passadinha em sua casa à noite para pegar o caderno de filosofia. Combinaram que ela chegaria às seis, mas Tehmi, propositadamente, apareceu uma hora antes, pois sabia que essa era a hora do jantar dos Engineer.

Foi Cyrus quem abriu a porta. Vestia uma calça de pijama azul e um fino *saadra* branco, em vez de camiseta. Fez uma mesura quando reconheceu a visita.

— Ora, ora, como vai? Vamos entrando, por favor. Acabamos de nos sentar para jantar. Naju, é aquela sua amiga, a moça bacana e generosa da lanchonete.

Piscou para Tehmi, um sorriso caloroso iluminando-lhe o rosto.

A mãe de Naju, Mani Engineer, insistiu para que Tehmi jantasse com eles.

— Naju, ponha outro prato na mesa — ordenou. Tehmi cerimoniosamente recusou, mas seu coração cantava, jubiloso. Até ali, o plano funcionava à perfeição. Jantar à mesma mesa que Cyrus seria puro prazer.

No entanto, horrorizada, descobriu-se muda e inesperadamente tímida ao longo da refeição. Toda vez que seu olhar encontrava o de Cyrus, ele sorria, mas ela desviava os olhos, séria, convencida de que o rapaz era capaz de ler seus pensamentos, de ver no seu rosto ruborizado o peso dos três dias de pensamentos pouco virginais. Para piorar a situação, Naju a observava com uma expressão curiosa, chegando mesmo a lhe dar um tapinha nas costas em certo momento, dizendo:

— Por que está tão calada, Tehmina? Será que um *bilari* comeu sua língua?

Durante todo o jantar Tehmi sofreu calada, furiosa consigo mesma por ter concebido esse plano desastroso, infeliz por gostar tanto de um rapaz que parecia se interessar mais pelo próprio prato de comida do que por ela. Tehmi sempre se orgulhara de ser alta, esbelta, de ter a pele clara, um nariz reto e altivo, mas naquele momento se sentia desajeitada e feia.

Por tudo isso, quando viu Cyrus se encaminhando para a mesa que ela e Naju ocupavam na lanchonete da faculdade dois dias depois, obrigou-se a desviar o olhar para em seguida tornar a focá-lo no rapaz, de modo a ter certeza de que seus próprios olhos não estavam lhe pregando uma peça. O gemido de Naju ao ver o irmão confirmou que o sujeito sorridente de pé ao lado delas não era uma mera obra da sua imaginação.

— Ora, ora, se não é o Sr. Me-dá-um-dinheiro-aí — exclamou Naju. — O que será que ele quer da irmã agora? Um sapato novo, uma camisa, uma viagem a Paris? Cai fora, Cyrus. Você vai acabar me levando à falência.

Cyrus fingiu ficar magoado.

— Quanta ingratidão — disse ele, dirigindo-se a Tehmi. — Quanta desconfiança! Cá estou, pronto para retribuir os muitos favores que a minha irmã me fez. Mas não tenho sorte, Tehmi. É um mau *kismet*. *Chalo*, simplesmente não faz parte do meu *naseeb*, do meu destino, pagar minhas dívidas com a minha irmã.

E com a mesma expressão de cãozinho carente à qual Tehmi já vinha se habituando, virou-lhes as costas, fingindo se sentir rejeitado.

— *Arre baap*, que cena! — disse Naju, revirando os olhos. — Calma aí, espertinho. Você, querendo retribuir a minha enorme generosidade? Vai chover hoje! Mas estou pronta, sou toda ouvidos. Qual é a sua proposta?

Um lento sorriso se espalhou como um sol pelo rosto dourado de Cyrus.

— Pensei em convidar minha querida irmã, e sua melhor amiga, é claro, para almoçar no Leopold. Mas se as duas moças tiverem coisa melhor para fazer, entendo perfeitamente.

Embora falasse com Naju, fixava o olhar em Tehmi, que não foi capaz de ler a expressão em seu rosto e olhou, confusa, para um e para outro.

— Eu juro, Cy, que se isso for mais um dos seus truques para *patao* de mim um almoço de graça, mato você — avisou Naju. — É o seguinte: mostre a carteira antes que eu diga sim ou não.

Sem uma palavra, Cyrus puxou do bolso a carteira.

— Pronto. A menos que as duas *devis* peçam todos os pratos do cardápio, acho que tenho condições de pagar o almoço.

Naju fez uma expressão de satisfação e surpresa diante da inesperada gentileza do irmão.

Durante a maior parte do almoço, Tehmi se manteve calada enquanto os dois irmãos prosseguiam com suas implicâncias. Lá pela metade da refeição, porém, ela ergueu os olhos do *biryani* de carneiro em seu prato e flagrou Cyrus encarando-a. A expressão no rosto dele fez seu estômago dar uma cambalhota, como se ela estivesse num navio. Entendeu, naquele exato momento, que o almoço fora uma desculpa de Cyrus para conhecê-la melhor. Uma sensação de ternura a engolfou e ela se deleitou com a certeza de que Cyrus armara toda aquela trama apenas para levá-la para almoçar. Um olhar para o rosto de Naju garantiu-lhe que a amiga nem desconfiava das intenções do irmão.

Mal pôde crer na própria sorte quando Naju se levantou e declarou que precisava ir ao toalete enquanto Cyrus pagava a conta.

— Tehmi — disse ela, olhando por cima do ombro —, não deixe que esse safado a convença a contribuir com uma única *aana*. Nem mesmo para a gorjeta, *saamji ne*?

Cyrus assumiu um ar de espanto.

— *Baap re*, essa minha irmã é que deveria estudar direito, não eu. Podia muito bem ter ajudado Gandhiji e Nehru na hora de negociar a independência da Índia. Os ingleses teriam se mandado daqui muito antes, eu juro, só para se verem livres dela.

Tehmi riu, mas parou abruptamente ao ver o brilho intenso nos olhos de Cyrus. Ele ficou em silêncio, e seu rosto adotou uma expressão incomumente séria. Em seguida, disse:

— Não quero que pareça uma frase feita ou algo no gênero, mas preciso lhe dizer uma coisa. Você tem uma risada que qualquer homem gostaria de ouvir no leito de morte.

Seu olhar era puro veludo e não havia sequer resquício do jovem zombeteiro de alguns minutos antes.

Tehmi sentiu-se incontrolavelmente tímida e infantil.

— É que você é tão engraçado que não posso deixar de rir — disse ela, finalmente. — Gosto quando conta piadas e faz brincadeiras.

— Obrigado. É um prazer saber que alguém acha graça das minhas piadas. Mas tenho uma confissão que é páreo para a sua. Tehmi, o almoço de hoje foi uma desculpa para estar de novo com você, entendeu? É que, bem, gostei de você ter ido jantar lá em casa outro dia. Ai, meu Deus, espero que não fique sem graça por eu dizer isso.

O almoço dos três acabou se transformando numa tradição semanal, toda quarta-feira. Cyrus jamais convidou Tehmi para sair sozinha, mas vê-lo uma vez por semana a deixava tão feliz que ela nem se importava muito com isso. Ambos se tornaram peritos em trocar olhares secretos por sobre a cabeça de Naju, que levou cerca de três meses para perceber algo estranho. Simplesmente não era o estilo de Cyrus gastar o próprio dinheiro com a irmã e suas amigas. E ele agia de um jeito diferente na presença de Tehmi, percebeu Naju, mais meigo, mais protetor. Sabia, porém, que não adiantava esperar uma resposta direta do irmão e, assim, nada lhe perguntou. Em vez disso, encostou Tehmi na parede no dia seguinte, a caminho da faculdade.

— Tehmi, não se ofenda, *yaar*, mas preciso perguntar: tem alguma coisa rolando entre você e o meu irmão?

Tehmi tentou parecer confusa, e, quando isso não deu certo, fingiu indignação, mas era péssima atriz. Sob o olhar fixo de Naju, gaguejou:

— Não sei o que Cyrus sente, mas eu tenho uma quedinha por ele.

Naju deixou escapar uma gargalhada.

— *Mara baap*. Uma moça ajuizada como você se apaixonar por um *badmash* como Cyrus? Que cantada ele andou jogando para cima de você? Não lhe emprestou dinheiro, emprestou?

— Que pergunta! O pobrezinho paga o nosso almoço toda semana e jamais nos pediu um *paisa*! Do jeito como você fala, ele parece um mendigo.

Naju estalou a língua.

— Pobre Tehmi — disse, num tom solene. — Meu irmão atacou de novo, dá para ver. Você está perdida. Ainda assim, prefiro ver Cyrus com você a vê-lo com uma dessas vadias que babam quando ele passa. Me conte, então. Ele já beijou você? Meu querido irmão beija bem?

— Pare com isso, Naju. Eu não devia ter falado nada. Nunca saímos sozinhos! Na verdade, nem sei se Cyloo gosta de mim.

— Cyloo, é? — zombou Naju. — Como assim, não sabe se Cyloo gosta de você? Claro que gosta. Não reparou nos olhares dele? Como se você fosse uma musse de chocolate?

Na quarta-feira seguinte, quando Cyrus passou para buscar as duas, Naju alegou dor de estômago.

— Deve ser o *bhelpuri* que comi ontem à noite. Vão sem mim, crianças, abro mão do almoço hoje.

— Essa é nova — retrucou, automaticamente, Cyrus, e Tehmi teve um instante de pânico de que Naju mudasse de idéia apenas para puni-lo pelo comentário. Mas Cyrus foi logo dizendo: — *Accha*, se não se incomoda mesmo, vamos almoçar nós dois, então.

— *Saala mawali* — murmurou Naju para Tehmi, que tentava refrear um sorriso. — Ele podia protestar uma vezinha que fosse, *naam ke vaste*, só para constar. Mas é o que acontece quando você é uma folhinha de alface competindo com uma musse de chocolate.

A caminho do restaurante, Tehmi esteve o tempo todo aflitivamente ciente dos movimentos de Cyrus. Morreu de medo de que, uma vez no restaurante, os dois descobrissem que nada tinham a dizer um ao outro. Mas subestimou o rapaz. Cyrus fez perguntas a seu respeito com um interesse maior do que qualquer outra pessoa já demonstrara antes. Instigada pela maneira delicada e experiente como ele perguntava, Tehmi se viu falando de coisas que nunca dissera a ninguém. Contou-lhe da morte do pai, quando ela tinha sete anos, como ainda se lembrava do tilintar das suas chaves quando ele chegava em casa depois de cumprir o último turno na fábrica. Recordou a época misteriosa que se seguiu ao seu falecimento, quando perdeu a voz durante umas sete semanas. Sete semanas em silêncio absoluto, os olhos se enchendo de lágrimas ante os apelos da mãe desesperada e as repreensões severas das professoras, mas incapaz de explicar a elas o pavor que lhe despertava esse silêncio que a envolvia como um lençol. A mãe a levara ao médico da família, que garantiu a Dinabai que Tehmi só estava querendo chamar a atenção. Passadas sete semanas, a voz voltou, tão misteriosamente quanto sumira, como um anel de ouro perdido e encontrado. Mas Tehmi jamais se esqueceu da brancura daquele silêncio. E embora ele a aterrorizasse, um lado dela passou a valorizá-lo, e ainda hoje ela era apegada a uma porção dele, como a um casaco da infância em que não cabemos mais, mas do qual não nos conformamos em abrir mão.

Tehmi não foi a única a ficar traumatizada com a morte do pai. A mãe, forte e jovial, envelheceu da noite para o dia. A primeira vez em que Tehmi teve certeza de que as coisas jamais seriam as mesmas em casa foi quando Dinabai se esqueceu de barganhar com seu peixeiro favorito, pagando automaticamente o preço cobrado. Tehmi jamais se esqueceria da expressão penalizada do peixeiro quando seus olhos se fixaram no corpo apático de Dinabai. E aquela apatia triste passou a definir a viúva.

Sob o olhar caloroso e observador de Cyrus, Tehmi descreveu o pequeno apartamento no edifício Wadia, para o qual ela e a mãe haviam se mudado após a morte do pai. Contou-lhe quanto se sentia solitária ali, sobretudo ao anoitecer, quando a mãe adiava o momento de acender as luzes para economizar energia. Às vezes as duas ficavam sentadas no apartamento que ia se enchendo de sombras, iluminadas apenas pelo feixe de luz de um poste próximo, e Dinabai de repente sussurrava:

— Ei, você sentiu isso? Seu pai estava aqui conosco. Ele continua tomando conta da gente.

Nessas ocasiões, Tehmi sentia uma tristeza indizível e um pavor inominável, uma sensação de que a maior parte da vida se desenrolava fora do palco principal e que, nas coxias, espreitavam mágoas e dores inimagináveis. Então, tudo isso a atingiu em seu âmago e ela se sentiu unida ao Universo pelo sofrimento em comum. Tornou-se agudamente consciente do impotente caminhar dos animais enjaulados no Jardim Victoria; do desejo frustrado nos olhos de uma criança cujo pai acabara de recusar uma volta na roda-gigante; da face triste da lua crescente três dias antes de virar lua cheia; dos tremores de cortar o coração dos sem-teto que dormiam nas ruas, cobertos apenas por um lençol de algodão surrado.

— Me sinto tão responsável pela felicidade da minha mãe! — ouviu-se dizendo a Cyrus. — Depois que papai morreu, ela não tocou num único objeto dele durante quase três anos. Era como se alguém tivesse soado um apito congelando para sempre uma parte da vida dela. Tentei como pude animá-la, e sei que ela também se esforçou, para o meu bem, mas quando precisamos de *esforço* para ser feliz não é a mesma coisa, *na*, que simplesmente se sentir feliz por dentro.

Tehmi olhou para Cyrus, disposta a parar de falar ao menor sinal de tédio ou de pena, mas tudo que viu no rosto dele foi ternura. Encorajada, ela prosseguiu:

— Sabe o que é pior nisso tudo? Eu me sinto culpada quando estou feliz, tipo: "Como ouso ser feliz quando a pessoa que eu mais amo, minha mãe, está sofrendo tanto?" Ela acha que eu não sei, mas às vezes a vejo sentada na cama do papai, alisando em silêncio os lençóis, como se buscasse o corpo dele, como se esperasse vê-lo aparecer. Depois de tantos anos, minha mãe ainda sente essa saudade toda. Então, penso: "Que direito tenho eu de ser feliz diante de tanto sofrimento?"

Foi quando ele a tocou, pela primeiríssima vez. Inclinando-se para a frente, segurou-lhe o braço, apertando até quase doer.

— Tehmi, me ouça. O que você acabou de dizer é um pecado. Um *paap*, entendeu? Só podemos dar aos outros o que temos. Se tiver felicidade no seu coração, você vai poder partilhá-la com outra pessoa e fazê-la feliz. Se tiver apenas sofrimento, é só isso que vai ser capaz de dividir. Sentir-se infeliz ou culpada não ajuda em nada a sua mãe. Em nada. Só aumenta o sofrimento dela. Por favor, trate de mudar esse jeito de pensar.

Tehmi ficou absurdamente emocionada com a expressão intensa que viu no rosto de Cyrus. Para aliviar o clima, disse:

— *Wah*, *wah*. Você dará um tremendo advogado um dia, Cyrus. Já posso até vê-lo defendendo um caso no Supremo Tribunal.

Mas Cyrus não acabara.

— Tehmi, por favor, por mim, pare de pensar desse jeito. Acredite, fico profundamente triste ouvindo você falar assim.

Depois desse primeiro encontro, os dois chegaram a um acordo tácito para não mais incluir Naju nos almoços das quartas-feiras. Sorriam quando ouviam a moça lamentar a rapidez com que havia perdido as chances de almoçar às custas do irmão, mas raramente se deixavam comover o bastante para convidá-la para almoçar com eles.

Já namoravam havia cerca de sete meses quando Cyrus pediu a Tehmi que faltasse à aula um dia a fim de acompanhá-lo até Marine Drive. Sentado na mureta de cimento, de frente para o oceano, ele se virou para encará-la:

— Tehmi, tenho uma pergunta: o que você vai fazer neste dia do mês que vem?

Tehmi sorriu:

— Como é que vou saber, seu bobo?

— *Wah*. Eu sei, mas você não? Muito bem, eu lhe digo. Vai se casar comigo, amor. Caso contrário, estará no meu funeral na Torre do Silêncio. De um jeito ou de outro, vai passar o dia comigo.

— *Ovariu*. Você diz cada besteira, às vezes! — exclamou ela, estalando os dedos três vezes para espantar os maus espíritos.

Cyrus sorriu.

— Então está fechado. Daqui a um mês nos casamos.

— Mas Cyloo, não temos dinheiro, não temos onde morar. Sua mesada não vai nos sustentar nem dois dias. E o mais importante é que você precisa estudar para a prova final no ano que vem, conseguir o seu diploma de advogado.

— O direito pode esperar. Eu, não. Além disso, já falei com um colega da turma. Ele pode me arrumar um emprego como contramestre na Bombay Chemicals na hora em que eu quiser. O tio dele trabalha lá, e vou procurá-lo esta semana. O salário é ótimo, diz o meu amigo. Quanto à moradia, acho que talvez a gente possa ficar com a sua mãe até eu ter o suficiente para pagar um apartamento só para nós. Assim, você não vai precisar se preocupar tanto com ela. Acha que ela concorda? Mas esses problemas são *chota*, têm solução. Eu só preciso da sua resposta antes de dizer ao meu pai que vou largar a faculdade.

— Largar a faculdade? Mas Cyloo, falta menos de um ano para você se formar — exclamou Tehmi, horrorizada.

— Um ano? Acho que enlouqueço se tiver que esperar mais dez minutos que sejam para me casar com você.

Tehmi ficou lisonjeada, confusa, apavorada. A idéia de contar à mãe era aterradora. Ela nem sabia da existência de Cyrus Engineer. Recorreu a Naju, pediu-lhe que estivesse presente quando desse a notícia a Dinabai. Esperava que a mãe lhe fizesse uma lista com uma centena de razões para provar que a idéia de casar-se com Cyrus não era nada boa, mas Dinabai refreou seus julgamentos, expressando, ao contrário, uma enorme vontade de conhecer o jovem que roubara o coração da filha.

Tehmi percebeu que a mãe gostou de Cyrus imediatamente. Ele estava no auge naquele dia — afável, divertido, respeitoso, sensível. Tehmi sentiu o coração doer de amor por aquele rapaz, que, aparentemente sem esforço, foi capaz de apagar a tristeza do rosto da mãe. Deixara por conta dele abordar a questão de o casal morar no apartamento do Wadia, e foi gratificante ver a expressão de felicidade da mãe quando Cyrus propôs a idéia. Numa coisa ela não cedeu: em hipótese alguma deixaria que os dois contribuíssem para o aluguel.

— Somos gente pobre, *deekra* — explicou a Cyrus. — Tirando algumas jóias que ganhei de casamento, não posso oferecer muita coisa em termos de dote. Em vez disso, quero que poupem todo o dinheiro que pretendiam gastar me pagando aluguel para comprar um apartamento para vocês.

— Tia Dina, discordo — respondeu Cyrus. — A senhora já me deu um dote imenso, o maior tesouro que possui: a mão de Tehmi. O que mais posso lhe pedir?

Os olhos de Dinabai se encheram de lágrimas.

— Que você viva cem anos, *beta*. Acabou de fazer a felicidade de uma velha com suas palavras generosas. Que Deus dê a vocês muitos anos de felicidade.

Em parte, a bênção de Dinabai se cumpriu. Os dois viveram anos de felicidade. Só que não foram muitos.

NOS ANOS SEGUINTES, o pai de Cyrus, Dali Engineer, diria a quem quisesse ouvir que jamais se opusera à escolha do filho quanto à noiva, mas, sim, à facilidade com que Cyrus se dispôs a sacrificar o futuro de advogado para aceitar um emprego medíocre na Bombay Chemicals.

— Eu só disse a ele: "Forme-se primeiro e depois se case" — repetia o pai, fora de si. — *Bas*, foi só isso que eu exigi. Todos adorávamos a Tehmi, não tínhamos nada contra ela. Com a graça de Deus, temos o bastante, nunca fizemos questão de dote nem nada. Só boicotei o casamento na esperança de que a minha ausência fosse chocar Cyrus a ponto de fazê-lo largar o emprego e voltar para a faculdade. Claro que, se nunca tivesse aceitado aquele emprego, meu filho um dia iria rezar pela alma do pai morto, e não o contrário. Que o meu amado Cyrus descanse em paz.

Três dias depois da visita a Dinabai, Cyrus levou Tehmi para conhecer seus pais. Os Engineer já haviam estado com Tehmi várias vezes, mas Cyrus tinha quase certeza de que, quando Dali realmente a conhecesse, suas objeções ao casamento cairiam por terra, que o velho imediatamente entenderia por que o filho não queria esperar mais nem um minuto para casar-se com Tehmi. Mas Dali não se convenceu. Continuou a se opor a que se casassem tão cedo. Afinal, Cyrus tinha apenas vinte e dois anos, e Tehmi era mais nova ainda, acabara de completar vinte. Além disso, também achava que Tehmi deveria se formar antes e lhe disse isso, fazendo-a gelar, deixando-a sem saber se concordava ou não. Naju e Mani tentaram intervir em favor de Cyrus, mas Dali as calou com um aceno de mão.

— Será que não sobrou juízo em ninguém desta família? O que esses dois jovens estão propondo é tolice, ouçam o que eu digo. Cyrus tem um belo futuro pela frente, e não é na Bombay Chemicals.

Poucos dias antes da matrícula para o semestre seguinte na faculdade de Cyrus, Dali fez uma proposta ao filho. Sustentaria o casal durante um ano se ele prometesse terminar o curso. O velho ficou pasmo quando o rapaz recusou imediatamente a oferta. Era sua a responsabilidade de manter a esposa, declarou Cyrus. Não deixaria que o pai o privasse desse prazer, ainda que reconhecesse a generosidade da oferta.

Assim foi que os dois se casaram numa cerimônia simples e discreta em Udwada, à qual compareceram apenas Dinabai, Naju e o melhor amigo de Cyrus, Percy. Partiu o coração de Mani deixar de assistir ao casamento do único filho, mas, como explicou ao jovem casal, estaria desrespeitando o marido se fosse. A escolha de Udwada foi sugestão de Dinabai, incapaz de suportar a idéia de fazer um casamento em Bombaim sem a participação dos pais do noivo. O próprio Cyrus não se preocupou com o rompimento.

— Dê a eles algumas semanas — disse à noiva. — Vamos levar umas sobremesas *mithai* para eles daqui a um tempinho. Meu pai não resiste a um folheado *suterfeni* da Parsi Dairy Farm, garanto.

Mas a relação entre pai e filho jamais voltou a ser o que era. Apesar da popularidade e do sucesso de Cyrus no trabalho, Dali não conseguia aceitar o fato de que o filho brilhante ocupava um emprego em que não usava plenamente todos os seus talentos. E embora gostasse de Tehmi, inconscientemente considerava a nora responsável pelo desvio de caminho de Cyrus. Por mais que se esforçasse para ignorar o fato, sempre teve consciência das diferenças entre o filho e a moça com quem ele se casara.

— Não é nada contra Tehmi — disse uma vez à esposa —, mas se ele tivesse se casado com uma moça de outra família, uma família que valorizasse instrução e cultura, ela jamais o encorajaria a largar a faculdade.

Mani retrucara, então:

— Ninguém o encorajou a largar os estudos. Ele é meu filho também, mas tenho que pôr a culpa no lugar certo, não nos ombros de uma pobre coitada de vinte anos.

Como a reconciliação esperada jamais se concretizou, Cyrus aguçou os sentidos a fim de notar qualquer mínima afronta, real ou imaginária, dirigida a Tehmi. Certa vez, quando jantavam na casa dos pais, Dali conversava com Tehmi quando teve um breve lapso de memória e se esqueceu do nome da nora. Tehmi estava prestes a fazer disso uma piada, mas Cyrus interveio.

— Tehmi. O nome dela é Tehmi, e você sabe muito bem disso — disse ele com os dentes cerrados. — Ela é sua nora há sete meses. Está na hora de registrar o seu nome na memória.

Fez-se um silêncio pasmo à mesa. Então, Naju falou:

— Ora, Cyrus, isso não é justo. A memória do papai falhou, só isso. Acontece a toda hora comigo.

— *Bas, beta*, poupe sua saliva — interrompeu, magoado, Dali. — Cyrus anda cheio de *gussa* e de raiva ultimamente. Não adianta dizer nada a alguém nesse estado.

Tehmi e Cyrus tiveram sua primeira briga naquela noite. No trem, a caminho de casa, Tehmi tentou explicar a Cyrus que o pai não fizera de propósito e que ela não se sentira ofendida. Cyrus ouviu em silêncio, mas, ao chegarem em casa, explodiu:

— Meu pai conseguiu pôr até você contra mim? Primeiro Naju, e agora você. Posso estar errado, e daí? Você é *minha* mulher, não dele. Por que fica toda nervosinha, toda *khaali-pili* para defendê-lo? Não posso contar nem com você para me apoiar?

Tehmi ficou chocada.

— Como assim, meu amor? Claro que estou do seu lado. Você sabe que o apóio cem por cento. Só detesto ver vocês dois zangados um com o outro, só isso. Sei quanto gosta dele.

Tehmi viu uma nova faceta do marido naquela noite, um lado infantil que desejava uma devoção cega e incondicional da parte dela. Curiosamente, essa vulnerabilidade só fez aumentar o amor que sentia por ele.

Houve outras brigas, a maioria envolvendo Dali. Tehmi sabia que Cyrus amava e respeitava o pai, mas os dois relutavam em admitir esse fato fundamental. Dinabai também se preocupava com o crescente distanciamento entre pai e filho. A única vez, porém, em que comentou sobre isso, Cyrus interrompeu-a abruptamente.

— Dinabai, por favor. Essa é a *mamala* da minha família, não da sua, o problema é só nosso — disse, em tom áspero.

A sogra se espantou com essa grosseria nada habitual e desviou o rosto antes que o genro visse a mágoa em seus olhos. Mais tarde na mesma noite, um Cyrus mortificado se desculpou. Ela o perdoou na hora, mas dali em diante não abordou mais o assunto.

Nos momentos de sanidade, Cyrus dizia a Tehmi quanto era grato pela boa vontade que ela tinha com o sogro e pelo esforço que fazia para agradá-lo, mas a divergência com Dali jamais se resolveu por completo. Houve vezes, logo no início, em que, ao sair da casa de Dali, Cyrus jurava nunca mais pôr os pés lá. Mas Tehmi o convencia do contrário.

— Nós nos amamos tanto, Cyloo. Com certeza temos amor de sobra para dar a eles. Logo o tio Dali vai ver quanto nos amamos e vai ficar feliz por nós. Lembre-se de que tudo o que o seu pai diz é porque ele adora você. Você nem imagina o que eu daria para ter o meu pai de volta. Releve as pequenas coisas, Cyloo.

Nisso Tehmi tinha a ajuda da sogra nos bastidores. Mani, decidida a não perder o único filho por causa do que considerava tolice do marido, logo no início instituiu o ritual de convidar o jovem casal para jantar todo sábado na sua casa, na Fonte Flora. Em ocasiões especiais, Dinabai também comparecia.

No edifício Wadia, todos andavam encantados com a transformação de Dinabai. A mulher sagaz e irreverente da época de casada ressurgiu depois de permanecer adormecida durante anos. Dinabai agora se juntava às vizinhas para barganhar com o peixeiro e participava com entusiasmo das broncas ritualísticas passadas no açougueiro e no leiteiro. Circularam boatos bem-humorados sobre o fato de Cyrus ter casado não com uma, mas com duas noivas. Tehmi estava ciente das fofocas, mas não lhes dava a mínima bola. Apenas se maravilhava por Cyrus ter sido capaz de despertar um lado da mãe que ela considerara perdido para sempre.

— Meu Deus, *mamma* — exclamou Cyrus certa vez, depois de Dinabai contar uma piada especialmente picante —, como é que o seu marido conseguia controlá-la? O sujeito devia ter que passar a noite em claro.

Tehmi estava pronta para repreender Cyrus quando viu a expressão marota no rosto da mãe.

— Meu marido nunca teve queixas de mim quanto a isso — respondeu Dinabai, fazendo a filha corar.

Quase toda noite, Cyrus chegava do trabalho carregado de doces e de histórias, que as duas mulheres consumiam avidamente durante o jantar. Apesar dos protestos de Cyrus, Dinabai manteve o emprego de meio expediente como cozinheira no Instituto Ratan Tata, e Tehmi adorava os dias em que tanto a mãe quanto o marido iam trabalhar e ela passava a manhã preparando um jantar elaborado para os dois. Às vezes, Cyrus pedia a um colega do trabalho que ligasse para Tehmi.

— Cyrus mandou dizer que surgiu uma emergência. Ele acha que não vai conseguir passar o dia todo sem ver você. Tehmi, será que pode vir até o portão na hora da mudança de turno para encontrá-lo?

Invariavelmente, Tehmi largava o que estava fazendo e ia se encontrar com o marido. Os dois jantavam fora e depois davam uma caminhada antes de voltar para casa. Dinabai, que, para alívio de Tehmi, se tornara uma sogra que não interferia em nada, sempre estimulou a filha a passar algumas horas sozinha com o marido.

— Minha sogra era uma verdadeira bruxa, uma *daakan*, possessiva e ciumenta em relação ao filho. Não nos dava dois minutos de paz nem privacidade — dizia Dinabai a Tehmi. — Sempre jurei que eu não seria assim.

Dinabai não foi a única a sucumbir ao charme de Cyrus. Os moradores mais velhos do edifício Wadia se iluminavam como lâmpadas de cem volts quando o rapaz parava para falar com eles com seu habitual jeito brincalhão. Várias das moças do bairro nutriam paixonites secretas por ele.

— Ele parece um inglês — diziam, rindo. — A Tehmi também tem a pele clara, mas perto dele parece carvão.

Adolescentes enfeitiçados, como Rusi Bilimoria, seguiam Cyrus como verdadeiros tietes. O tio de Jimmy Kanga certa vez pediu a Cyrus que conversasse com o sobrinho-problema sobre a importância de uma boa educação, e o jovem Jimmy saiu dessa conversa encantado. Anos mais tarde, Jimmy atribuiria a Cyrus o fato de ter se tornado advogado.

— Ele mudou a minha vida. Eu era muito mais moço que ele, mas Cyrus me pôs sob a sua asa. Eu era mau aluno e vivia arrumando confusão, era um garoto amargo naquela época. Não ligava a mínima para os estudos, não ligava para nada. Mas Cyrus foi tão bacana, tão compreensivo. Me mostrou o caminho. Claro que naquela época eu era jovem demais para saber que ele mesmo tinha abandonado a faculdade. Esse foi o milagre: um cara que desistiu do direito ser responsável por fazer de mim um advogado.

Poucos meses depois de se mudar para o Wadia, Cyrus formou um time de críquete no bairro. Todo domingo de manhã, Rusi e outros garotos da vizinhança pegavam o ônibus para um campinho próximo, onde Cyrus lhes servia de treinador, orientando-os sobre as manhas do jogo. Os meninos davam tudo de si, por medo de envergonhar o treinador com maus desempenhos. Voltavam para casa, por volta de uma da tarde, afogueados, suados e felizes. Uma vez ou outra, Cyrus, convidava um garoto fascinado para comer o *dhansak* de carneiro e os *kebabs* que Dinabai preparava para o almoço de domingo. Os convidados observavam, hipnotizados, Cyrus comer seu *dhansak* com batatas fritas — um hábito da infância que ele não dispensava.

— Faz falta uma coisa crocante com o *daal* — explicava.

"Como uma única pessoa é capaz de mexer com tantas vidas?", perguntava-se Tehmi, admirando o marido esfuziante. Reparava que Pestonji, o viúvo de oitenta anos morador do térreo, fazia questão de chegar à janela por volta da hora em que Cyrus voltava do trabalho, à noitinha. Assim que via o rapaz, abria a porta do apartamento e aguardava no hall.

— Boa noite, Cyrus — cumprimentava diariamente. — Foi tudo bem no trabalho hoje?

E, por mais cansado que estivesse, Cyrus parava para uma prosa de alguns minutos. Durante os quase três anos de casada, Tehmi percebia a mudança na própria mãe, que sempre penteava o cabelo e trocava de roupa uma hora antes que o genro chegasse. Até Cyrus ir morar com elas, Dinabai usava dias a fio o mesmo vestido de ficar em casa, trocando-o por um sári para ir trabalhar. Acima de tudo, Tehmi percebia a mudança em si mesma, que não chorava mais ao ver as sombras do anoitecer. Ao contrário de antes, quando tinha horror a esse período do dia, agora se enchia de expectativa, ansiosa, quando o sol começava a se pôr, pois isso significava que logo Cyrus estaria em casa. A melancolia contra a qual lutara a vida toda já não a escravizava. O amor começava a perfurar o véu de tristeza que encobrira sua vida desde a morte do pai. Não que Cyrus a tivesse endurecido, fazendo com que ela perdesse a sensibilidade. Ao contrário. Ele costumava dizer quanto adorava o jeito como ela reagia a tudo com intensidade, que não se casara com uma garota boba e vazia como as outras que conhecia. Simplesmente Cyrus mostrara à esposa que era sua responsabilidade ser feliz, lhe ensinara como tirar prazer das pequenas coisas e jamais desperdiçar uma oportunidade de rir. Ao mesmo tempo, o mundo parecia um tantinho mais ridículo e engraçado, bagunçado, quando Cyrus se achava presente, e não mais cheio de ameaças e sofrimento como ela o via antes.

"Quanto tempo pode durar tanta felicidade?", perguntava-se Tehmi enquanto esperava, debruçada na janela, que o marido dobrasse a esquina e lhe acenasse. "Será que a vida pode mesmo ser tão fácil, tão tranqüila?"

NA NOITE ANTERIOR À MORTE de Cyrus, Tehmi sonhou com um tigre branco. No sonho, o tigre estava na clareira de uma floresta. Lentamente, o animal ergueu a pata listrada de um branco-neve e a estendeu num gesto pedinte, pungente. Tehmi notou que nos olhos azuis do tigre brilhavam lágrimas. Acordou com uma sensação opressiva de tristeza, arrasada pelo peso das emoções difíceis de expressar. Tentou adormecer novamente, mas havia perdido o sono. Incapaz de enfrentar a noite longa e fria, acordou Cyrus, mas quando ele acendeu a luz e perguntou, preocupado, qual era o problema, Tehmi não encontrou resposta. Em vez disso, apertou-o num abraço e beijou cada milímetro do seu rosto, do jeito mais suave e meigo possível. Sentiu-se maternal em vez de excitada; segurou o rosto dele como se fosse sagrado, como se fosse o rosto entalhado de um deus. Fizeram amor de um jeito doce, mágico, naquela noite, um amor que transcendeu o sexo. Enrolada nele, era como se Cyrus já não fosse apenas seu marido, mas irmão e amigo também, como se os dois partilhassem a mesma pele, o mesmo sexo até, tornando-se uma entidade indivisível, semelhante às figuras andróginas indistinguíveis dos antigos templos hindus.

— Ninguém que conhecemos, nenhum dos nossos amigos, tem o que nós temos — sussurrou-lhe Cyrus mais tarde. — Não conheço ninguém que se sinta mais amado pela esposa do que eu. E se eu tentasse amá-la mais do que amo, eu estouraria, juro.

Mas nem o amor foi capaz de driblar o destino. Desde o início do dia, uma sombria sensação de mau presságio permaneceu. Duas vezes naquela manhã, ela quase chegou a pedir a Cyrus para não ir trabalhar; duas vezes disse a si mesma que estava sendo boba e que Cyloo não merecia uma esposa maluca. Finalmente, para livrar-se do clima sombrio em que o sonho a envolvera, impulsivamente disse ao marido que decidira passar o dia na casa dos sogros. Que ele a pegasse lá na volta do trabalho. Dinabai lhes deu adeus da janela do apartamento quando os dois saíram juntos para pegar o mesmo ônibus. Tehmi desceu no ponto do Forte e se virou para vê-lo acenar para ela, o rosto dividido em três pelas grades de ferro da janela do ônibus. Depois, o ônibus partiu.

Tivera a esperança de que a companhia animada e bem-humorada da sogra a ajudasse a sair daquele clima sombrio, mas o medo continuou a formigar em seu coração naquela manhã, como um beijo recebido no rosto. Era o dia 14 de abril de 1960.

A EXPLOSÃO QUE DESPEDAÇOU a vida de Tehmi ocorreu algumas horas mais tarde. Uma hora antes, os Engineer haviam se sentado para almoçar. Depois da refeição, Tehmi foi para a cozinha e se preparou para lavar os pratos. Fazia calor ali, e ela abriu a janela larga acima da pia para deixar entrar um pouco de ar. Naju, na sala de jantar, tirava a mesa e conversava com Tehmi a respeito de uma amiga comum.

— Para encurtar, Tehmi, foi o que eu disse. A Shirin não faz idéia de quanto é sortuda de ter um sujeito bacana como Behram interessado nela. Meus únicos pretendentes são do tipo de Pesi *Pipyoo*, ou seja, homens que precisam que as mães corram atrás deles com babadores e mamadeiras.

Tehmi abriu a boca para rir e então sentiu os dentes chocalharem. Quando a explosão ensurdecedora agrediu seus ouvidos e fez seu coração disparar, ela arregalou os olhos, descrente. Uma série de objetos — caixas de fósforos, chaves, a perna amputada de uma boneca, uma frigideira amassada — entrou voando pela cozinha, como pequenos meteoritos atravessando o espaço sideral. Os vidros da janela recém-aberta estilhaçaram como fogos de artifício. No extremo da cozinha, uma lâmpada quebrou. O pânico tomou conta de Tehmi. "Minha nossa, Dadaji, é um terremoto", pensou ela. "Estamos todos perdidos." Sentiu os joelhos fraquejarem, como se as partes do corpo um dia feitas de ossos e músculos tivessem sido substituídas por lã. Havia um gosto de sangue em sua boca, mas de tão aturdida ela não percebeu que mordia com força o lábio inferior. Ao longe, Tehmi ouviu Naju gritar.

— *Mari gai, mari gai, mari gai*. Meu Deus, o que está havendo? Será um ataque do Paquistão?

Foi então que Tehmi ouviu a voz de Dali Engineer se impor sobre a da filha.

— Naju, *deekra*, calma. Trate de se controlar. Deitem-se no chão, as duas. Se for um ataque aéreo, é melhor deitar no chão.

Apesar de confusa, Tehmi percebeu o esforço de Dali para aquietar o próprio medo com um tom de autoridade tranqüila.

— Tehmi, Mani! — chamou ele. — Fiquem juntas. E deitadas no chão.

Obedecer ao último comando foi fácil, pois as pernas bambas de Tehmi já não eram capazes de suportar-lhe o peso. Ela não fazia idéia de quanto tempo se passara desde que sentira pela primeira vez a terra tremer. No entanto, alguns minutos depois de sair da cozinha para a sala de jantar, Tehmi ouviu outra explosão, mais forte que a primeira. Mais vidros se quebraram. Dali estendeu a mão e baixou a cabeça da nora, enquanto a esposa tentava acalmar a filha histérica. Naju, porém, perdeu o controle.

— *Mara baap* — gritava ela. — Se os paquistaneses estão atacando, para onde vamos fugir? Pai, temos que sair da cidade, *fatta-faat*!

Tehmi se obrigou a raciocinar.

— Se é um ataque aéreo, por que não ouvimos nenhum alarme? É um terremoto, não um ataque aéreo.

Mani manifestou-se, então, numa voz tão carregada de medo que Tehmi levou um segundo para identificar.

— Se é um terremoto, cadê o meu Cyloo? Oh, Senhor, se um fio de *baal* sequer da cabeça do meu Cyrus for atingido, eu enlouqueço!

E então Tehmi viu novamente o tigre branco. Bem diante dela, tão real quanto as caixas de fósforos que haviam passado zunindo por seu rosto ainda há pouco. Num instante, soube a verdade: Cyrus estava morto. Depois, porém, a negação, o medo e uma sólida lealdade a Cyrus a dominaram. Invadiu-a uma profunda repulsa pela traição momentânea perpetrada pela própria mente, traição que ela encarou como sinal de falta de fé.

— Cyrus está bem — exclamou, com uma veemência maior do que pretendia. — O meu Cyrus é um rei, um sobrevivente. Ninguém pode atingi-lo, nem Deus.

Mais tarde essa afirmação viria assombrá-la. Ela questionaria incansavelmente a presunção dessa certeza, perguntaria a si mesma se com tanta arrogância não desafiara o destino. Quem sabe o tigre branco era um teste, um teste para a sua humildade, para a sua fé. Talvez Cyrus estivesse vivo até ela proferir aquelas palavras — ferido, é possível, mas vivo —, esperando que alguém ou alguma coisa pesasse a seu favor na balança do destino. Talvez ela tivesse selado sua sorte com aquelas palavras presunçosas, banindo o marido para um lugar onde nem Deus seria capaz de salvá-lo.

Mani Engineer, sentindo-se repreendida, encarou a nora com uma expressão envergonhada e cheia de admiração.

— Você tem toda razão, Tehmi — disse finalmente. — O meu Cyrus voltará são e salvo para casa esta noite. Vou acender uma *diva* no *agyari* durante sete dias para agradecer essa bênção.

Tehmi sabia que precisava descer e usar o telefone do restaurante iraniano para pedir a alguém que avisasse a mãe de que ela estava bem. Mas, curiosamente, relutava em mover-se, em alterar aquela configuração da qual fazia parte, no chão. Desde que não deixassem o mundo lá fora entrar pela porta, estariam seguros. Seguros em suas ilusões, talvez, seguros na bolha da negação, mas ainda assim seguros. Lá fora corria a vida real, com garras e dentes afiados como os do tigre do sonho. Lá fora corriam as notícias com potencial para destruir vidas, notícias sobre o destino de Cyrus.

A certa altura, porém, a realidade fez a campainha soar, e Dali Engineer levantou-se do chão para abrir a porta. Era o amigo de infância de Cyrus, Percy, que morava a meia quadra dos Engineer.

— Tio Dali, por favor, sinto muito. Ah, tio Dali, me dê uma notícia boa, por favor. Diga que Cyrus não foi trabalhar hoje.

Dali ficou confuso.

— Lamento, *deekra*. Se está precisando falar com Cyrus, vai ter que esperar ele voltar do trabalho. Claro que ele está trabalhando. Espero que o seu problema possa esperar até a noite.

Mortificado, Percy encarou Dali.

— Tio Dali... O que o senhor disse? Cyrus está no trabalho? Vocês ainda não sabem?

— Saber o quê, Percy? — indagou Dali, com uma certa rispidez.

Mas Percy viu Tehmi atrás de Dali e atirou-se sobre ela como se esperasse que a repetição da pergunta pudesse produzir uma outra resposta.

— Oi, Tehmi. Cyrus não foi trabalhar hoje, certo?

Foi quando o famoso pavio curto de Dali explodiu.

— Percy, quer parar com essa besteira e me dizer o que está havendo? Todos nós já levamos sustos suficientes por hoje, com o terremoto e tudo mais. Já dissemos que Cyrus está no trabalho. Agora, qual é o problema?

Percy elevou o tom para ajustá-lo ao de Dali, mas dava para sentir na sua voz uma leve dose de histeria.

— Aquilo não foi um terremoto. Foi uma explosão gigantesca na Bombay Chemicals. Destruiu a maior parte da fábrica. Se Cyrus estava lá, morreu.

Vagamente, Tehmi ouviu a gritaria e depois o som de uma bofetada. Mani ouvira as últimas palavras de Percy e, antes que pudesse se controlar, estapeou o mensageiro. Seguiram-se gritos, vozes alteradas, o som abafado dos soluços das mulheres. Mas Tehmi pouco se importou. Sentia-se distante do cenário de luto à sua volta, como se fosse uma visitante de algum planeta mágico, ensolarado, intocado pelas tiranias da carne mortal. Encostada a uma parede, viu-se afundar lentamente no chão.

Percy amparou-a bem a tempo de impedi-la de cair.

Foi preciso esperar quatro dias pelo corpo de Cyrus. E quando finalmente o receberam, não valeu muito a pena, pois aquela figura dilacerada e carbonizada não era Cyrus. A mãe de Tehmi lutou com unhas e dentes para convencê-la a não ver o corpo, mas Tehmi permaneceu irredutível.

— Eu olhava para ele quando estava vivo, não vou agora despachá-lo deste mundo sem ver seu rosto mais uma vez — disse ela.

Mas cometeu um erro de cálculo. Não lhe ocorreu que sentiria nada além de repulsa pelo assustador rosto negro diante dela, que não conseguiria encontrar um resquício sequer do homem que amava naquilo que via. O Cyrus que conhecera e amara tinha a pele dourada pelo sol, e não queimada pelo fogo. Seu cabelo era macio e cacheado, mas o do corpo à sua frente era queimado, ressecado. O Cyrus com quem se casara cheirava a rosas e lavanda, mas o estranho à sua frente exalava um odor que lhe causou náusea. Em lugar de pena ou dor, Tehmi sentiu raiva. Não estava preparada para o súbito ódio cego que Cyrus lhe despertou por se permitir estar naquela situação, por se permitir morrer uma morte tão feia, tão medonha, tão submissa.

— Você me decepcionou, Cyloo — sussurrou baixinho, afastando-se, enojada, daquele pedaço de carne enrugada. — Eu esperava que você fosse me ensinar a rir, a ser feliz, mas você cravou o punhal mais afiado no meu coração. Menos de três anos de casamento e você me deixa. Como vou rir agora? Agora que o professor se foi, o que fará a aluna?

A família deu início às cerimônias do funeral antes de receber o corpo. Tehmi queria aguardar, apegando-se a uma vã esperança de que Cyrus estivesse ferido, mas vivo. No entanto, a vontade dos mais velhos prevaleceu.

— É o costume parse, *beta* — declarou Dali Engineer. — Sem as cerimônias adequadas, a alma do meu Cyrus não se desligará, não alcançará o derradeiro descanso. Além disso, os jornais garantem que é impossível alguém ter sobrevivido à explosão.

Em toda a cidade, planejavam-se funerais. A primeira explosão fora seguida por uma segunda, mais letal. Os Engineer jamais descobriram se Cyrus morrera na primeira ou na segunda, mas pelo resto dos seus dias Dali Engineer rezou para que o filho tivesse morrido instantaneamente, como centenas de outros operários.

Tehmi viveu aquela semana como se estivesse num sonho. Os sogros insistiram para que tanto ela quanto a mãe permanecessem na casa deles até terem notícias de Cyrus, com o que ela concordou porque se sentia cansada demais para discutir. Além disso, a idéia de enfrentar o apartamento do edifício Wadia, que Cyrus enchera de riso e de sol ao chegar, era insuportável. Amigos que Cyrus colecionara como troféus fizeram visitas, acompanharam Tehmi em sua vigília, mas, ainda assim, ela nunca se sentiu tão só.

— Tehmi — sussurrou-lhe Rusi Bilimoria, então com quinze anos —, você sabe que todos zombam de mim porque sou um sonhador, menos Cyrus. Ele entende. Além disso, acredito piamente no poder da esperança, sabe? Sinto dentro de mim que Cyrus está bem. Prometa que vai continuar rezando e tendo esperança, sim?

De alguma forma, as palavras de Rusi entraram fundo, provavelmente por ele ter se referido a Cyrus no presente. Era assim que ela também pensava em Cyrus. Irritava-a profundamente o fato de os demais falarem do seu marido no passado.

— Tudo bem, Cyloo — sussurrava para si mesma nessas ocasiões. — Eles podem estar prontos para lhe virar as costas, mas eu ainda não estou pronta para desistir. Vou obrigar aqueles abutres a lutarem comigo por cada pedacinho de você, prometo.

Claro que isso foi nos primeiros dias, antes que ela visse quão pouca carne sobrara pela qual lutar.

Olhando para Rusi agora, ainda esbelto e ereto, mas com um olhar que partia o coração, de tão triste e envelhecido, Tehmi sentiu uma onda de afeto e gratidão pelo adolescente desajeitado e sonhador que tentara com tanto empenho consolá-la durante aquela semana horrível. Lembrou-se de ouvir o que Rusi dissera a um amigo no dia do funeral de Cyrus:

— Não devemos falar da morte de Cyrus, mas do seu martírio. O nosso prédio perdeu seu príncipe.

Ela jamais disse a Rusi, mas aquele fragmento de conversa ouvida por acaso naquele dia empertigou-lhe as costas, ajudou-a a enfrentar o funeral do marido, de vinte e cinco anos, com elegância e dignidade. Porque as palavras dele ecoavam perfeitamente o que ela sentia no próprio coração. Sentiu-se grata por outra pessoa entender a enormidade daquela perda, por outra pessoa perceber que a morte de Cyrus não era uma morte como as outras, pois Cyrus não era um homem como os outros.

Queria dizer isso a Rusi hoje, queria lhe agradecer pelo carinho de décadas atrás, mas então se lembrou dos dias que vieram depois e de tudo o que acontecera desde então. Obrigou-se a recordar que, no primeiro aniversário da morte de Cyrus, todos os vizinhos e amigos sumiram, e ela e a mãe foram as únicas pessoas que se dirigiram ao *agyari* às cinco e meia da manhã para encontrar os Engineer e ouvir um *dastoor* semi-acordado rezar pela alma de Cyrus. Mais ninguém apareceu; ninguém a visitou. Era como se os anos felizes em que Cyrus morou no edifício Wadia jamais tivessem existido. O cheiro do seu luto espantou todos eles.

Três dias após o funeral, Tehmi caiu num sono profundo. Mal dormira durante aqueles dias de vigília pelo marido amaldiçoado, com medo de perder o momento de alegria em que receberia a notícia de que Cyrus se salvara, de que, de um jeito qualquer, seduzira ou enganara a morte, conseguindo que ela o deixasse ficar. Depois, porém, dormiu onze horas seguidas. Quando acordou, eram sete da noite e, por um instante, achou que se tratava da manhã seguinte. Enquanto os olhos pesados de sono procuravam localizar o relógio na escuridão, deu-se conta de um gosto horrível na boca. Não o habitual gosto amargo que se sente ao acordar, mas um gosto de carne queimada, um gosto tão forte e acre que ela teve medo de engolir. Pulando da cama, Tehmi correu para a pia do banheiro. Escovou os dentes vigorosamente, usando mais pasta do que jamais havia usado. Passou a escova na língua, esfregando com tamanha força que um fiozinho de sangue misturou-se à saliva quando cuspiu. Depois gargarejou com água morna e sal. Mas de nada adiantou. O gosto de carne queimada permaneceu.

O gargarejo exagerado chamou a atenção da mãe.

— *Su che, deekra*? — perguntou ela. — Está com dor de garganta? Chupe uma pastilha. Não me admira que você não esteja bem, depois de tanta tensão.

Tehmi abriu a boca para corrigir a mãe, que recuou como se tivesse sido esbofeteada com um peixe morto.

— *Baap re*, Tehmi — exclamou, quase sem fôlego. — Que cheiro é esse na sua boca? O que você andou comendo, *beta*?

Tehmi encarou a mãe. Então o gosto na boca tinha cheiro, podia ser notado pelos outros. Imaginou se o odor sentido pela mãe seria tão ruim quanto o gosto para ela. Instintivamente tapou a boca antes de falar.

— Não comi nada depois do ovo mexido que você fez hoje de manhã — sussurrou. — Só por isso escovei os dentes agora há pouco. Estou com um gosto horrível na boca.

A mãe olhou-a, preocupada.

— Vai ver o ovo estava podre. Mas faz tanto tempo, foi cedinho de manhã. Nem acordei você para almoçar. Achei que estava precisando de um bom sono. Está com gases, Tehmi? Pode ser indigestão ou diarréia.

Mas, fora o mau hálito, estava totalmente saudável. A mãe insistiu para que procurasse um médico, mas a filha se recusou. Dinabai já havia gastado demais no funeral de Cyrus, e ela odiava desperdiçar dinheiro com médicos. Além disso, o dr. Poonawala iria querer examinar-lhe a garganta e Tehmi tinha vergonha de expô-lo a um odor que provocava asco em sua própria mãe. Nas semanas seguintes, Tehmi passou a falar cada vez menos em casa, e cobria a boca ao fazê-lo. Após algumas tentativas discretas, Dinabai não perturbou mais a filha quando a via sentada com o olhar perdido no espaço ou escrevendo durante horas. Ela própria já vivenciara o luto e respeitava a autoridade de tal sofrimento. E, verdade seja dita, temia magoar a filha com sua repulsa involuntária toda vez que ela abria a boca. O germe mortal que se alojara na boca da jovem, fosse qual fosse, provocava ânsias de vômito em Dinabai. A despeito das melhores intenções, a mãe de Tehmi ficava aliviada quando a filha passava horas sem abrir a boca.

Dali e Mani Engineer apareceram para uma visita duas semanas depois do funeral a fim de saber notícias da nora. Ficaram chocados diante da figura que os recebeu. Tehmi estava desgrenhada, com um olhar vazio. Uma fina crosta branca circundava sua boca. Tehmi notou o choque nos olhos dos sogros e ficou mortificada. Teve uma dolorosa consciência das manchas úmidas de suor em torno das cavas do vestido, do cabelo despenteado, das unhas sujas e por cortar. Temendo causar-lhes náuseas com o que pudesse escapar da sua boca, recusou-se a falar com os dois, o que serviu apenas para deixá-los ainda mais aturdidos.

— Tehmi, *deekra*, não se zangue conosco, por favor — pediu Mani, interpretando equivocadamente o silêncio da moça. — Só não viemos antes porque Dali não estava bem. Mas rezamos vinte e quatro horas por dia para que Deus dê forças a você, acredite.

Com os olhos, Tehmi tentou assegurar a Mani que entendia, mas a ocasião exigia palavras. Finalmente, os Engineer se levantaram para ir embora, magoados e confusos com comportamento tão estranho da nora. Tehmi recusou-se a acompanhá-los até a porta, e Dinabai colocou um casaco sobre o vestido de ficar em casa e levou-os até o portão principal. Dali, já consumido pela culpa, virou-se para a mãe de Tehmi antes de sair:

— Sempre gostei da sua Tehmi — disse ele. — Minha oposição ao casamento dos dois nada teve a ver com ela, acredite.

— Sei disso, Dalibhai — garantiu Dina. — Tehmi não está zangada com você. Muito pelo contrário. É só... O problema é outro. Não tem nada a ver com o que você está pensando.

— Problema? Qualquer problema, Dinabai, estou às ordens. Tehmi não é só sua filha, é nossa também. Ela é uma moça orgulhosa, não vai nos contar. Mas você, sim. Qual é o problema dela?

— Mau hálito.

A expressão de incredulidade no rosto de Dali obrigou Dina a prosseguir.

— Não é brincadeira. Aconteceu alguma coisa com Tehmi. Três dias depois da cerimônia, ela acordou assim. Quando fala, o cheiro é tão horrível que... Deus me perdoe, ela é sangue do meu sangue... até eu preciso me esforçar para não vomitar. Isso a faz ficar tão calada que me parte o coração. Ainda assim, Deus me perdoe, prefiro que não abra a boca.

Dinabai parecia prestes a chorar.

Os Engineer trocaram um olhar. Dali pigarreou.

— Dinabai, com certeza não se trata de um problema grave. Podemos levar Tehmi ao nosso clínico. Provavelmente um *dava* forte irá curá-la.

— Tentei convencê-la a procurar o dr. Poonawala — atalhou Dina, alvoroçada. — Mas fazer o quê, Dali? Ela se recusa a sair de casa.

Foi a vez de Mani intervir na conversa.

— Vou pedir a Naju que fale com ela. Uma pessoa da mesma idade talvez seja a mais indicada. Naju precisa vir visitá-la mesmo... Será bom para as duas.

De fato, foi necessária a franqueza de Naju para convencer Tehmi a ir ao consultório do dr. Poonawala.

— Você vai ficar sentada em casa que nem uma bruxa velha, esperando o problema desaparecer? — gritou Naju, exasperada. — E se levar semanas para passar, Tehmi? Por que torturar a si mesma e a coitada da sua mãe com esse cheiro horrível? Fede tanto que parece que você engoliu um rato morto.

O dr. Poonawala receitou alguns remédios e garantiu que o problema se resolveria em quatro dias. Ficou surpreso quando ela voltou, uma semana depois.

— Vamos tentar mais uma semana — decretou. — Alguns casos são mais difíceis que outros.

Mas não houve melhora na semana seguinte. Perplexo, o dr. Poonawala trocou de remédio.

— Este pó é dez vezes mais forte que o anterior. Deve resolver na hora. Lamento não tê-lo receitado logo da primeira vez.

Na vez seguinte em que Tehmi saiu para ir ao consultório do dr. Poonawala, Rusi Bilimoria a viu descer as escadas do edifício Wadia.

— Tehmi, espere — exclamou, alcançando-a. — Como você está? Toquei várias vezes no seu apartamento, mas sua mãe sempre diz que você está dormindo ou indisposta. Se eu puder ajudar em alguma coisa, basta me dizer.

Emocionada com as palavras de Rusi, cuja expressão calorosa e intensa a fazia lembrar do rosto bondoso e amado de Cyrus, Tehmi respondeu num impulso, antes que se desse conta.

— Oi, Rusi. Obrigada pela sua preocupação. Estou bem, só meio cansada. Sabe, ando tão...

Parou abruptamente ao notar que Rusi prendera a respiração e desviara o rosto. Instintivamente, cobriu a boca com a mão.

— Desculpe, desculpe — disse, gaguejando. — Estou com um probleminha.

Rusi, percebendo que Tehmi notara sua reação instintiva, ficou mortificado.

— Não, não, *eu* é que peço desculpas — murmurou. Olhou para ela, inseguro sobre o que dizer a seguir, forçando o corpo a não reagir se Tehmi abrisse a boca de novo.

De repente, desejou que sua mãe estivesse com ele. Mas Tehmi encerrara a conversa. Passados alguns segundos de pura agonia, cumprimentou-o com a cabeça e continuou a andar. Rusi voltou para casa furioso consigo mesmo. "Com certeza o cheiro não era tão horrível assim", repreendeu-se. "Você se comportou como um canalha." Mas só de se lembrar do cheiro, sentiu o estômago revirar novamente.

Tehmi chegou ao consultório naquele dia desesperada por uma cura para seu estranho problema — não acreditava que fosse uma doença, não havia outros sintomas. Observou atentamente o dr. Poonawala a fim de identificar qualquer sinal de que o médico a evitava, mas ele era um ótimo profissional. Tehmi, porém, se sentiu ofendida naquele dia pelo jeito calado e impassível com que ele a tratou. "Claro que é capaz de me tolerar", disse a si mesma ao sair de lá com mais uma receita. "Está habituado a trabalhar com cadáveres e Deus sabe com que outros horrores. Comparada a um morto, provavelmente cheiro a rosas."

Foi quando viu os restos de Cyrus novamente, sentiu o odor repulsivo de carne podre, queimada. E teve um lampejo. O gosto em sua boca era dele. Como se tivesse inalado Cyrus naquele dia no necrotério, como se o tivesse absorvido pelos poros e agora ele estivesse alojado no seu corpo, apodrecendo e queimando. Sentiu ao mesmo tempo repugnância e conforto ante a idéia. Teve medo e nojo ao entender o que acontecera, que de algum jeito o que vira e cheirara no necrotério naquele dia a acompanhara até em casa, se alojara em sua pele, se infiltrara em seus ossos, dançara em sua língua, encontrando repouso em sua boca. Em compensação, também a consolou saber que Cyrus continuava com ela, que podia invocá-lo, conversar com o marido sempre que quisesse. *Sentir o gosto dele na boca.* Como se, de alguma forma, tivesse passado a perna na morte, descoberto uma maneira de driblar o seu caráter definitivo para conservar Cyrus com ela. Não, aquele não era o Cyrus dos seus sonhos, mas já que não podia ter o Cyrus que cheirava a talco, ao menos teria o Cyrus que cheirava a borracha queimada. Também ele devia sentir muita falta dela, ansiar loucamente pela sua presença, para se esforçar dessa forma para estar com ela. Encheu-se de gratidão e humildade ao pensar que o marido morto provava assim, do além-túmulo, seu amor por ela.

Enquanto caminhava, viu desaparecer aquela sensação de fraqueza e fragilidade que a possuía desde o dia em que Cyrus não voltara para casa. O encontro com Rusi parecia agora insignificante, assim como a vontade que tivera de implorar ao dr. Poonawala para curá-la. Pouco importava perder um amigo toda vez que abrisse a boca. Pouco importava que todos os moradores do prédio parassem de falar com ela. Pouco importava que a própria mãe desviasse o rosto quando a filha lhe dirigisse a palavra. Cyrus não a abandonara. Havia cumprido a promessa de jamais deixá-la. Ela riu alto com o pensamento. Claro que ele cumprira sua palavra. Algum dia havia sido outra coisa senão honesto e leal com ela? Agora era sua vez. Só se recriminava por não ter visto antes a extensão do amor que o marido lhe devotava. Que tristeza ele deve ter sentido quando ela não o reconheceu logo, quanta mágoa, toda vez que a via engolir os pós do dr. Poonawala ou escovar a língua com uma de suas pastas. Como se quisesse matá-lo, cuspi-lo da sua vida como um feto indesejado.

"Já chega." Proferiu as palavras em voz alta. "Já chega." Repetiu-as enquanto abria a mão que segurava o saco de papel contendo os pós do dr. Poonawala. "Cyrus acima de qualquer outra pessoa." Repetiu esta frase enquanto deixava cair o saco na calçada sem parar de andar, sem olhar para trás. "Já chega." Na batalha entre os vivos e os mortos, não havia competição. Cyrus voltara para ela, não a abandonara, não lhe dera as costas. Optara por ela. Era hora de optar por ele.

AGORA, NA RECEPÇÃO DE CASAMENTO de Mehernosh Kanga, Tehmi se perguntava pela enésima vez se havia feito a escolha certa. Ainda se lembrava claramente do dia em que decidiu fechar-se em si mesma, afastar-se dos vivos em benefício dos mortos. A decisão lhe pareceu tão fácil e cristalina. Nas semanas e nos meses que se seguiram àquele dia fatídico, com que convicção ignorou os pedidos de Dali Engineer para que consultasse um médico melhor que o dr. Poonawala, para que procurasse um otorrinolaringologista. Como havia sido fácil recusar os convites de Naju para saírem as duas de vez em quando, em lugar de passar as noites em casa com Dinabai. Com quanta firmeza se negou a atender aos apelos da mãe para arranjar um emprego, no lugar de ficar sentada em casa tricotando o dia todo. Em vez disso, preparava o almoço de Dinabai diariamente e acenava para se despedir quando a mãe saía para o Instituto Ratan Tata. Depois, passava o dia sonhando acordada com Cyrus. Chegava, às vezes, até a se esquecer de tomar banho. Freqüentemente era interrompida por um ou outro vizinho atrás de notícias. A maior parte do tempo, Tehmi ignorava a campainha até que parassem de tocá-la. Ou agia de forma tão estranha que levava meses para quem quer que fosse reunir coragem para voltar.

Como da vez em que deixou Amy Gazdar entrar. Tehmi esperou até Amy se acomodar na cadeira da sala e depois entrou no quarto para dali conduzir a conversa.

— Mamãe saiu. Não vai demorar — explicou à visita.

Amy resolveu ignorar aquele arranjo bizarro.

— Eu sei. Vim visitar você, Tehmi. Algumas de nós estão pensando em dar uma chegadinha na Colaba Causeway amanhã à tarde para fazer compras. Pensei que talvez quisesse ir conosco, pegar um pouco de ar, distrair a cabeça, sabe?

— Obrigada pela comida que você nos mandou depois do funeral — respondeu a voz sem entonação do outro cômodo.

Amy sentiu um filete de suor lhe escorrer pelo rosto.

— Tehmi, você ouviu o que eu disse? Sobre as compras na Colaba Causeway?

Fez-se um longo silêncio. Então Tehmi respondeu:

— Obrigada pela visita, mas agora estou cansada. Obrigada pela comida.

— De nada, de nada.

Amy saiu a toda do apartamento e foi direto para a casa de uma vizinha contar o estranho encontro com Tehmi. Meses se passaram antes que voltasse a visitar a viúva, e escolheu dessa vez um domingo, quando sabia que Dinabai estaria em casa.

Tehmi se convenceu de que as visitas de Amy eram um ato de caridade, e a idéia a irritou. Constantemente buscava sinais de repulsa em quem aparecia para visitá-la, esperando encontrar fundamento para a sua crença de que o interesse deles se apoiava numa curiosidade mórbida e em compaixão. Certa vez, olhou pela janela a tempo de ver Dinabai, que voltava do trabalho, dar uma caixa de chocolates à mulher idosa que acabara de visitá-la. Espumando de raiva, Tehmi esperou que Dinabai entrasse em casa.

— Então agora precisa subornar nossas amigas para que visitem a sua filha fedorenta, hein? Acabei de ver você entregar a caixa de chocolates à mulher que veio aqui me fazer perder tempo. Ela passou para uma visitinha, não foi? Sou o quê? Motivo de caridade do edifício Wadia?

Espantada, Dinabai jurou inocência, mas Tehmi continuou desconfiada.

Naju era a única visita que Tehmi gostava de receber. Mas sua nova passividade dava nos nervos da amiga. Certa vez, na época em que visitava a cunhada uma vez por mês, Naju perdeu a paciência.

— *Bas*, agora já chega, Tehmi — disse Naju. — Também adoro o meu irmão, mas Cyrus não iria querer uma coisa dessas, você sentada em casa como uma *maharani* enquanto sua mãe se esfalfa o dia todo para lhe dar o que comer e o que vestir. Você é moça demais para viver da renda de uma viúva. Desse jeito, até o dinheiro que recebeu da Bombay Chemicals irá embora rapidinho.

Mas as palavras de Naju não produziram efeito em Tehmi.

— Cyloo não quer que eu trabalhe — disse ela naquele tom tedioso que adotara desde a morte do marido.

— Cyloo não quer que você trabalhe? — repetiu, incrédula, Naju. — Será que Cyloo quer que a sua mãe trabalhe, com a asma que ela tem? Como você sabe que Cyrus não quer que você trabalhe? Você por acaso teve uma *sapana* com ele lhe dizendo isso? Corta essa, Tehmi. Não culpe o meu irmão pela sua preguiça.

Depois disso, Tehmi passou três meses inteiros sem falar com a cunhada, até ouvir as desculpas de Naju. Durante esse período também parou de visitar os sogros, embora isso significasse ficar sem o dinheiro que Dali Engineer enfiava em sua mão após cada visita. Quando finalmente fez as pazes com Naju e retomou as visitas, o equilíbrio do poder se alterara. Os Engineer pararam de implorar a Tehmi que consultasse outro médico a fim de resolver seu problema, e Naju desistiu de tentar tirar a amiga da concha. Todos aceitaram que aquela mulher deprimida e calada diante deles era uma pálida sombra daquela com quem Cyrus se casara. Ao vê-la, os corações de Dali e Mani doíam ainda mais com a perda do filho. Ambos se deram conta de que ele deixara uma mulher semimorta atrás de si.

O isolamento de Tehmi só fazia aumentar a sua melancolia. Certa vez, ela soluçou horas a fio depois de ver um corvo bicar os restos de um rato do lado de fora da sua janela. Outro dia, saiu da farmácia Bomanji aos prantos porque um freguês se recusara a dar dinheiro à filha para comprar um picolé de laranja. Às vezes, ela temia estar perdendo a capacidade de diferenciar sofrimentos, pois toda dor e toda perda pareciam afetá-la do mesmo jeito. Mas não havia ninguém a quem contar o que sentia. Nos três anos depois da morte de Cyrus, ela e Naju haviam se distanciado bastante. Naju terminara o curso de administração e agora andava ocupada organizando seu casamento com um empresário de Surat. Além disso, Naju era muito pragmática e amante de diversões para entender aquele tipo de emoção. Esse era o encanto de Cyrus: ser capaz de entender, como poucos homens, duas mulheres tão diferentes quanto Naju e Tehmi.

Por amor a Cyrus, Tehmi se obrigou a participar dos preparativos do casamento da cunhada. Sentiu que devia aquilo aos Engineer. Desde a morte de Cyrus, eles haviam sido formidáveis com ela. Por isso acompanhou Mani e Naju quando as duas foram escolher os sáris e as jóias que dariam de presente às parentes do noivo. Os anos haviam ensinado a todos eles que, desde que Tehmi desviasse levemente a cabeça ao falar, Mani e Naju conseguiam suportar seu mau hálito. Com os vendedores das lojas, porém, a história era outra. Tehmi estava convencida de que somente o cheiro do dinheiro, ainda mais potente que o odor do seu hálito, os impedia de lhe mostrar a porta da rua.

— Tehmi, isso é coisa da sua cabeça, *yaar*. Ninguém está olhando esquisito para você — tentou Naju, mas um olhar da cunhada bastou para fazê-la calar-se.

Na véspera do casamento, Tehmi estava ajudando Naju com o sári de noiva, quando esta se virou e envolveu a amiga num abraço apertado, desmanchando-se em lágrimas.

— Como eu queria que Cyrus estivesse aqui — disse a noiva em meio a soluços. — Nossa, como sinto falta dele! Posso bem imaginar quanto você sofre. Fico pensando como ele estaria hoje... Mais velho, sim, porém bonito como sempre. Tehmi, eu só queria lhe dizer como lamento todas as coisas horríveis que falei desde que Cyrus morreu, sobre você não trabalhar e tudo o mais. Me sinto tão mal, quer dizer, quanto ao problema do mau hálito. Não, não desvie o rosto, não foi minha intenção envergonhá-la. É que vejo como tudo isso a deixou tão tímida, e me parece injusto, depois de tudo que você passou nos últimos anos. Uma tragédia dupla, não acha?

Tehmi a fitou. Jamais imaginara que Naju fosse gastar dois minutos sequer se preocupando com os problemas dela.

— Você era minha amiga antes que eu conhecesse o seu irmão — disse, finalmente. — Talvez a gente não vá se ver muito daqui para a frente, com você morando em Surat. Mas não se esqueça de que é mais que minha cunhada. Antes de tudo, é minha amiga. Todos os anos que não tive com Cyloo desejo para você com seu marido. Seja feliz, Naju. Tente esquecer as coisas tristes, se puder. Deixe a lembrança do seu irmão comigo; vou guardá-la muito bem. E não se preocupe com seus pais. Cuidarei deles, prometo.

Tehmi cumpriu a palavra dada. Até Dali e Mani Engineer morrerem, num acidente de carro a caminho de Pune, em 1977, ela os visitou regularmente. Duas vezes por semana, aparecia na casa deles com um almoço ou jantar já preparado. Os sogros, por sua vez, passaram a contar cada vez mais com a nora.

— Com Naju em Surat, você é a única filha que temos em Bombaim — dizia Mani toda vez.

No quinto aniversário da morte de Cyrus, Dali avisou a Tehmi que lhe reservara uma surpresa. Os Engineer haviam criado um fundo de pensão para ela. Mensalmente, pelo resto da vida, receberia um valor fixo em dinheiro. Não era muito, resmungou Dali, mas o suficiente para possibilitar que ela jamais precisasse trabalhar, caso assim desejasse. Tehmi protestou com veemência.

— Estou ganhando algum dinheiro com meu crochê agora — argumentou, mas Dali a interrompeu.

— Não faço isso por você, mas pelo meu Cyrus. Além disso, é seu direito. Afinal, se fosse vivo, o meu Cyrus herdaria este apartamento e o restante. Mas o destino planejou diferente. A minha Naju está em boa situação, e nós também, com a graça de Deus. Não faz sentido obrigar você a esperar até batermos as botas para aproveitar a herança. Desfrute do que é seu por direito e aproveite a juventude.

Os Engineer assistiram consternados à juventude da nora esvair-se. Quando ela completou vinte e nove anos, Mani convidou Tehmi e Dinabai para almoçar. O menu incluiu os tradicionais pratos para grandes ocasiões: *mori daar*, peixe frito e *sev*. Mani serviu, ainda, seu famoso *lagan-nu-custard* de sobremesa.

— Um almoço promissor para uma data promissora — disse a dona da casa. Em seguida, todos passaram à sala de estar e Mani chamou a empregada para servir o chá. Por fim, timidamente, abordou o assunto.

— Tehmi, querida, Dali e eu temos algo a lhe dizer. Pedimos apenas que mantenha a mente aberta sobre o assunto. Promete?... Tudo bem. Você se lembra do nosso amigo Perin? Bem, acho que sabe que ele tem um filho, Viraf, mais ou menos da sua idade. É um ótimo rapaz, sem vícios, não fuma nem bebe. Tem um bom emprego em Godrej. Andamos pensando se você não gostaria de conhecê-lo. Viraf está querendo arrumar a vida, e Dali e eu queremos tanto que você seja feliz! Somos gratos pela devoção que você sempre demonstrou pelo nosso Cyrus, mas tudo tem sua hora, inclusive o luto. Vimos Viraf crescer, por isso achamos que você estará em boas mãos, e para nós será sempre uma filha.

— Mas, Mani — interrompeu Dinabai —, Tehmi é viúva. Você sabe o que as pessoas pensam disso.

— Não essas pessoas, Dina. Eles são gente boa, moderna. Estão a par da situação de Tehmi e não vêem problema nisso.

Tehmi podia sentir três pares de olhos esperançosos pousados nela. Virou-se para encarar os sogros.

— Obrigada, vocês dois — disse simplesmente —, mas não posso sequer pensar nessa proposta. Ainda sou casada com Cyrus, e seria traição me casar com outro. Além disso, existe aquele outro problema, ou será que esqueceram? — acrescentou, com um sorriso sombrio. — Eu não desejaria uma coisa dessas nem para o meu pior inimigo.

Dali pigarreou.

— Ah, sim, esse problema. Tehmi, eu ainda acredito que exista uma solução provavelmente simples para ele. Afinal, nunca procuramos com afinco uma cura. Antes, em meio ao choque com a morte de Cyrus e tudo o mais, dava para entender. Mas já se passaram muitos anos. Por que sofrer sem necessidade? Deixe que a gente marque uma consulta com o dr. Udwadia.

Tehmi se pôs de pé abruptamente.

— Nada pode ser feito a esse respeito. Nem os melhores médicos da Inglaterra ou dos Estados Unidos podem me ajudar. *Bas*, está no meu *naseeb* conviver com isso, como estava no meu *naseeb* a morte de Cyrus — disse ela. Então encarou Dali e concluiu: — Não me peça para impor a um pobre coitado o meu azar. Vou destruí-lo também.

— Que bobagem, que bobagem — exclamou Dali, balançando, com vigor, a cabeça. — Você é uma moça instruída, inteligente. Como pode pensar igual a uma camponesa analfabeta?

Mas Tehmi reparou que o sogro já desistira da luta.

Na vizinhança, à medida que envelhecia, Tehmi adquiriu uma espécie de aura mística. Por volta dos quarenta anos, tornou-se alvo de escárnio e pena, de mistério e espanto. Os moradores que chegaram ao edifício Wadia após a morte de Cyrus, e que só a conheciam como uma figura sombria e fugaz, recomendavam aos filhos que mantivessem distância da estranha senhora do primeiro andar. Os adolescentes a apelidaram de "Bafo Assassino". Os residentes mais antigos mal se lembravam dos anos mágicos durante os quais Cyrus lhes iluminara a vida como um raio de sol, e repreendiam sem muita convicção os adolescentes em nome da solidariedade. A verdade, porém, é que culpavam Tehmi pela assustadora incapacidade que tinham de ajudá-la a lidar com as duas tragédias que em tão pouco tempo haviam se abatido sobre ela. Gente como Amy Gazdar, cujas tentativas de ajuda ela recusara de forma brutal, logo se esqueceu da seqüência dos fatos, achando agora que Tehmi parara de lhes dirigir a palavra no funeral de Cyrus e que o destino a punira por tamanha arrogância; que o mau hálito não passava de um sintoma do seu mau gênio.

— Orgulho — declarava Dosamai para o seu séqüito de donas de casa. — Deus não gosta de gente orgulhosa. Vejam com que rapidez Ele castigou Tehmi, cujo hálito fede mais do que o de um vira-lata. Já vi galinhas com a garganta cortada que cheiram melhor que ela.

Foi só depois da morte de Dinabai, quando Tehmi estava com cinqüenta e sete anos, que a enormidade do próprio isolamento a atingiu. Os três anos passados cuidando da mãe inválida proveram a desculpa perfeita para que ela se socializasse ainda menos que antes. Os cuidados com Dinabai absorviam todo o seu tempo, e se no passado Tehmi comparecia de vez em quando a um funeral e fazia uma ou outra rara visita a uma amiga hospitalizada, agora até mesmo essas interações haviam cessado. O funeral de Dinabai foi concorrido. Gente que Tehmi não via há anos compareceu à Torre do Silêncio. Ela ficou chocada ao ver como todos pareciam mais velhos. Crianças de quem se lembrava aos sete anos de idade agora lhe apresentavam, solenes, seus jovens cônjuges. Homens de quem se recordava como de meia-idade, haviam sido encurvados pela osteoporose. Tehmi se deu conta de que havia anos que não conversava com Soli ou com Rusi e que jamais conhecera bem a esposa de Bomi Mistry, Sheroo.

Poucos dias depois do funeral de Dinabai, Tehmi fez duas descobertas chocantes: a primeira foi que Cyrus a deixara mais ou menos na mesma época do ano em que a mãe morreu. A segunda, que sentia mais falta da mãe do que dele. Há tantas décadas não tocava a carne rija de Cyrus, não beijava aqueles lábios macios! Em compensação, podia ainda sentir a aspereza da pele de pergaminho de Dinabai, lembrar-se do aspecto da ferida em suas costas, que ela limpava várias vezes ao dia com óleo Johnson e polvilhava com talco Cuticura. Cuidara bem da mãe. Orgulhava-se disso. Tehmi tentou se lembrar se tinha sido uma boa esposa para Cyrus, se lhe dera tanto carinho quanto à mãe. E deu de cara com uma dura realidade: não se lembrava. Anos demais haviam se passado, e muito pouco desse tempo ela partilhara com o marido. Percebeu que aquilo a que havia se apegado durante todos aqueles anos não passava da lembrança de uma lembrança. Da sombra de uma sombra.

— Cyloo, me perdoe — pediu, chorando. — Não consigo nem me lembrar do seu rosto. Me perdoe, meu amor. Sabe, sobrou muito pouca gente com quem eu possa falar de você, agora que seus pais se foram. E é tão raro Naju vir a Bombaim hoje em dia, com a diabetes e tudo o mais! Não sobrou ninguém que me faça lembrar de você, Cyloo. Com a mamãe morta, a última pessoa que o conheceu também se foi.

Cyrus desaparecera. Perversamente, o mau hálito permaneceu. O minúsculo apartamento do Wadia parecia agora vazio e grande. Tehmi jamais se dera conta de quanto dependia da mãe para ter companhia. Mesmo quando o derrame impediu-a de falar, Dinabai se comunicava com a filha apertando-lhe a mão ou piscando para ela. E quando até isso se tornou impossível, restou sua presença, a presença física de um corpo que precisava ser lavado, limpo, alimentado. Tehmi fazia tudo isso sem reclamar. Uma empregada a ajudava com os banhos diários de esponja e com a comadre, mas Tehmi continuou planejando e preparando almoço e jantar, cuidando das feridas da mãe, rezando toda noite à beira da cama de Dinabai na esperança de que ela pudesse ouvi-la. Naqueles dias não lhe sobrava muito tempo para falar com Cyrus. Por isso, quando ele a ignorou no momento em que, finalmente, ela voltou a procurá-lo, Tehmi concluiu que o marido estivesse apenas zangado. No entanto, alguns dias após o funeral de Dinabai, ela disse a si mesma: "Cyrus me deixou para sempre."

No funeral de Dinabai, Jimmy Kanga se ofereceu para pedir a Zarin que dormisse na casa de Tehmi em sua primeira noite sozinha. Tehmi recusou a oferta, mas descobriu depois quanto o silêncio do apartamento a oprimia. Engolindo o orgulho, discou o número de Zarin e lhe pediu para passar uma ou duas noites com ela. Até podia ver a expressão de surpresa e espanto no rosto da vizinha, mas, justiça seja feita, esta concordou de imediato. Tehmi constatou, encantada, como era bom ter companhia em casa, mesmo a de alguém que era praticamente uma estranha. Foi quando a enormidade da perda sofrida a assaltou. "Que mudança abrupta na minha vida!", pensou, voltando ao dia da explosão na fábrica. Naquela noite, enquanto Zarin dormia no sofá, Tehmi se permitiu fazer algo que jamais fizera antes: perguntar-se "e se?". E se tivesse se recusado a casar com Cyrus até ele terminar a faculdade de direito? Ele estaria a salvo na universidade quando a fábrica de produtos químicos explodisse naquele dia infeliz. E se tivesse dado ouvidos ao sonho e implorado ao marido para não ir trabalhar? Podia garantir que ele concordaria, pois Cyrus nunca lhe negou coisa alguma. E se tivesse ouvido a mãe e não insistisse em identificar os restos mortais de Cyrus? Não sentiria aquele terrível odor de morte, um odor que passou a acompanhá-la desde então e a transformou numa pária entre os vizinhos.

Já de manhãzinha, Zarin foi acordada por um ruído estranho. Sentando-se no sofá, ouviu calada. Tehmi rolava de um lado para o outro na cama, dormindo, falando sozinha. Era um lamento sofrido que deixou Zarin arrepiada e convencida de que jamais ouvira um som mais triste na vida.

Zarin nunca mais voltou ao apartamento de Tehmi, mas daquele dia em diante jamais falou mal da viúva. E todo ano, no aniversário de Mehernosh, mandava entregar na casa dela uma caixa bem grande de *jelabis*.

EM PÉ SOZINHA NO CASAMENTO de Mehernosh, Tehmi ficou imaginando se Zarin continuaria a distribuir *jelabis* aos vizinhos agora, com Mehernosh casado e de mudança para o apartamento dos Kanga em Cuffe Parade. Apostou que a tradição prosseguiria. Os Kanga eram generosos. Não que Tehmi ligasse muito para *jelabis*. Em geral, provava um ou dois daqueles doces pegajosos de laranja e depois picava o resto para dar de comer aos corvos. Mas ganhar a caixa de *jelabis* uma vez por ano a fazia se sentir parte da vizinhança, permitia que se orgulhasse do fato de haver ao menos um ritual comunitário de que participava. Foi principalmente por isso que compareceu ao casamento de Mehernosh. Tehmi nunca se esqueceu da noite em que Zarin dormiu em sua casa no período que se seguiu à morte de Dinabai. Jimmy também morava em seu coração por causa da sua adoração por Cyrus. Ainda assim, ficou surpresa — e tocada — com o convite. Suspeitava de que os Kanga gostassem dela, embora não fizesse a mínima idéia do porquê. Decerto jamais dera a eles qualquer abertura desde a morte de Cyrus. Apesar de tudo, sentia-se lisonjeada pela afeição que imaginava ter motivado o convite. Também se surpreendeu com a excitação que a invadiu nos dias que antecederam a festa. Chegou mesmo a sair e comprar um sári novo. Desde a morte de Dinabai, seis anos antes, até mesmo os raros convites para casamentos e rituais zoroástricos *Navjote* haviam cessado. Era como se os vizinhos esperassem ver Tehmi apenas em ocasiões tristes — funerais, por exemplo.

Com o canto do olho, viu Jimmy Kanga se aproximar. Seu dedo congelou no lugar onde alisava o caroço, sob a axila. Casualmente deixou pender a mão direita ao longo do corpo. Com um olhar treinado, Tehmi reparou que Jimmy parou o mais distante possível para, ainda assim, ouvir e ser ouvido. Sentiu uma onda de gratidão por ele. "Coitado", pensou. "Naturalmente não quer receber em cheio o meu bafo de dragão. Não no dia do casamento do filho. Um sopro meu e esse perfume caro que ele está usando vira na hora um *attar* barato." Ela riu, e a percepção de que estava agradavelmente alta a fez rir mais ainda. Não devia ter aceitado o uísque que Bomi enfiara em sua mão. Tentou se concentrar no que Jimmy estava dizendo.

— Tehmi, Zarin e eu pedimos a alguns convidados, a maioria vizinhos do Wadia, para ficarem um pouco mais depois que os outros saírem. Temos uma surpresinha para os nossos amigos especiais. E não se preocupe com a volta para casa. Alugamos um ônibus para levar o pessoal do edifício Wadia.

Jimmy viu a surpresa de Tehmi com a inclusão do seu nome nesse grupo seleto e sentiu uma pontada de culpa. Claro que ela estava surpresa. Afinal, só havia sido convidada porque todos os outros moradores do edifício estariam lá. E agora ele lhe pedia para se demorar um pouco mais, pressupondo uma amizade inexistente. Achou que cabia uma explicação.

— Tehmi, quando vir a nossa surpresinha, você vai entender. Neste dia feliz, porém, deixe que eu lhe diga o que cansei de repetir a tantos outros e que já deveria ter dito a você há muitos anos. Devo o que sou hoje ao seu Cyrus. Foi ele quem me orientou num momento crucial da minha vida. Cyrus foi um grande homem. É difícil imaginar que o meu Mehernosh seja mais velho do que ele era quando... quando... bem, você sabe. Mais uma coisa: apesar de não ter conhecido Cyrus muito bem, sou grato por tê-lo conhecido um pouquinho que seja.

Jimmy viu os olhos dela se encherem de lágrimas e entrou em pânico.

— Não, Tehmi, eu não pretendia chatear você. Nada de chorar numa ocasião tão alegre, por favor. Vamos todos nos divertir, certo?

Ela se obrigou a engolir as lágrimas e sorriu.

— Certo, Jimmy. Muito bem. Não é hora de tristeza. Mas só mais uma coisinha. O seu Mehernosh me lembra um bocado o meu Cyrus. Você e Zarin são bons pais, boa gente. Posso não falar muito, mas reparo, sabia?

Ela notou a expressão de prazer e espanto no rosto de Jimmy e ficou contente por ter dito aquilo. Observou o anfitrião se aproximar de alguns outros convidados e se perguntou qual seria a surpresa. Por um segundo imaginou se poderia contar a Jimmy e Zarin sobre o caroço que crescia em seu corpo. Sabia que se pedisse a Zarin que a acompanhasse ao médico, a vizinha não se recusaria a ir.

Então se lembrou da decisão tomada mais cedo: aguardar e ver no que dava. Não faria nada — por enquanto. "Ninguém vai arrancar o fruto estranho que está crescendo em meu corpo", disse a si mesma.

As palavras soaram levemente obscenas, e ela riu. Ocorreu-lhe com súbita clareza uma imagem de si mesma: uma senhora em pé, de cabelo branco-neve e com um copo de uísque quase vazio na mão, rindo sozinha. A imagem fez com que risse mais ainda.

Várias pessoas a olhavam fixamente. Mas Tehmi estava mais que acostumada a isso.

OITO

INDEPENDENTEMENTE DA FREQÜÊNCIA com que aconteciam, as cenas teatrais de Adi Patel ainda irritavam os moradores do edifício Wadia. Uma mulher de pele bem morena, vestindo um sári verde-limão, servia *pallao-daar* numa enorme travessa aos convidados quando seu olhar cruzou com o de Adi. O efeito foi semelhante ao de um choque elétrico. Adi jogou a cabeça para trás e deixou escapar um grito abafado. Durante um bom tempo, envolvendo a própria cintura com as mãos, balançou-se para frente e para trás, enquanto os outros convidados assistiam hipnotizados. Então, de forma brusca, Adi empurrou a cadeira para trás, acidentalmente derrubando o copo de Katy, cheio de Gold Spot, e se afastou apressado da longa fileira de convidados sentados. A expressão selvagem e assombrada em seus olhos assustou de tal maneira Malcolm, de três anos, que o menino desatou a chorar.

— *Mooa*, Adi — reclamou a mãe do menino. — Branco assim que nem um *bhoot* só podia mesmo assustar o pobrezinho do Malcolm. Por que bebe tanto se não consegue se controlar?

Adi caminhou rapidamente até o salão. Sentou-se numa das enormes poltronas de couro, passando os dedos pelos cabelos grossos e eriçados. Não deveria ter ido ao casamento de Mehernosh. Qualquer reunião de gente alegre o deprimia, sobretudo um casamento. Para ele, os casamentos equivaliam a um instrumento de tortura destinado a fazê-lo lembrar-se de quanto a sua vida era diferente da dos homens normais, de quanto estava distante dos típicos sonhos de casar-se, ter filhos e um lar. Naquela noite, no mínimo três mulheres do prédio haviam lhe dito:

— Bom, Adi, o próximo tem que ser você. O tempo não remoça ninguém, sabia?

Mas a piedade em seus olhares denunciava que nem elas acreditavam nas próprias palavras, que já não esperavam vê-lo um dia arrumar uma noiva.

E estavam certas. Embora tivesse apenas vinte e nove anos, não restava dúvida alguma a Adi de que o seu destino era permanecer solteiro. Saraswati providenciara para que assim fosse. Philomena revivera uma esperança havia muito enterrada, fizera com que ele sonhasse brevemente com novas possibilidades, mas agora tudo isso era passado. O rompimento com Philomena já completava um ano, e ele ainda sentia uma enorme falta dela. Ainda assim, no fundo dessa saudade, não conseguia ver como o relacionamento pudesse ter continuado.

Saraswati.

Bastava pensar nela para que a sensação de náusea o engolfasse como uma onda. Depois de passar dez anos pensando em Saraswati, Adi sabia que jamais se livraria da mulher de pele morena que continuava a persegui-lo depois de tanto tempo. Quando era mais jovem, lutava contra a lembrança dela, dizendo consigo mesmo que cada pensamento desses era como uma facada na carne. Mas de nada adiantava. Saraswati não saía da sua vida. Parecia que uma parte dele se despedaçara, a parte que tornava os outros homens desavergonhados, indiferentes e que jamais pedem desculpas pelos seus atos.

Afinal, a maioria dos amigos de Adi agira exatamente como ele, sem se importar, chegando mesmo a zombar do fato.

Naquela noite, porém, Adi reconheceu que Saraswati estava bem viva onde importava — em sua lembrança. Ele ainda se lembrava do aroma de almíscar que ela exalava e da sensação do seu corpo escuro e macio como granito polido sob o dele. Mais que da própria voz da moça, lembrava-se daquele som, vindo do fundo da garganta, um som agudo, contido, depois do amor — não, não podia chamar aquilo de amor, parecia mais o debater-se louco e demente de um grande pássaro com a asa quebrada. Ela esperou imóvel que ele terminasse, que o último espasmo de deleite agitasse seu corpo cansado, que ele se libertasse da paixão cega que o consumira, embora brevemente, por completo. Mas quando ele sossegou sobre o corpo dela, a respiração ainda ofegante e irregular, a cabeça já tentando processar a experiência, metade dele experimentando uma sensação triste, amarga, de decepção, enquanto a outra se rejubilava de euforia, ela emitiu aquele som estranho, aquele meio soluço. E, ao erguer a cabeça para olhá-la, ele esperava ver — o quê? amor? ódio? — qualquer coisa, menos a apatia, a mudez passiva de um animal ferido que o rosto dela estampava. Os enormes olhos escuros tão vazios quanto uma parede branca.

Ele se afastou o mais rápido possível. Enxugou o corpo suado com a camisa e vestiu a calça. Antes de deixar a pequena choupana miserável com o único catre, lançou-lhe um último olhar. Para seu horror e repulsa, sentiu retornar o desejo. Um misto nauseante de pena e autodesprezo se apossou dele. Vasculhou o bolso e atirou uma moeda sobre a cama, próximo ao lugar onde ela tentava cobrir os joelhos puxando o sári.

— Tome — disse ele. — Compre algo doce para comer. E agora saia. Vamos lá, *jaao*.

Esperou junto à porta, e, quando ela passou por ele, Adi sentiu novamente aquele aroma almiscarado. Teve vontade de vomitar.

Tinha, então, dezenove anos, e ela provavelmente um pouco menos. Foi idéia de tio Nari o caso com Saraswati. Nari era um vizinho, proprietário da maior fazenda de *chikoo*, sapotis, da aldeia. O pai de Adi, cuja fazenda era vizinha à de Nari, se sentia lisonjeado com o fato de o homem mais poderoso do lugar considerar-se amigo da família. Nari era solteiro e toda sexta-feira à noite visitava o pai de Adi. Os dois se sentavam na varanda, tomavam *toddy*, a bebida alcoólica habitualmente consumida nas aldeias indianas, e discutiam o preço dos *chikoos*. A mãe, contudo, não gostava de Nari e na intimidade chamava-o de velho safado, o tipo de homem que despe uma mulher com o olhar. Sempre que Nari ia jantar, Pillamai fazia questão de dispensar as empregadas, na tentativa de protegê-las do olhar libidinoso de Nari. Apesar dos protestos do marido, ela mesma servia o jantar. Nari, por sua vez, se mostrava exageradamente educado e formal com a mulher do vizinho.

— Olá, Pillamai — cumprimentava. — *Tabeyet kem che*? Tudo bem com você? Melhorou da asma?

Nari era um sujeito alto, cinqüentão, com olhinhos de conta, cabelo ralo e levemente corcunda. Seu hálito recendia a *toddy* e aos *bidis* baratos que preferia fumar em vez de cigarros. Embora fosse o homem mais rico da cidade, vestia-se mal, usando sempre as mesmas camisas de mangas três-quartos e calças cáqui.

— *Saala kanjoos* — provocava o pai de Adi. — Você não tem *bairi*, nem filhos, nada. Para quem está guardando esse dinheiro, para uma amante? Será que se vestir e se calçar bem às vezes o levaria à falência?

Mas todos sabiam que Nari não precisava economizar dinheiro para pagar a uma amante. Como um animal predador, Nari percorria seu vasto império e observava as esposas dos homens pobres e encovados que trabalhavam para ele. Quando uma delas lhe chamava a atenção, Nari simplesmente abordava o coitado do marido e lhe ordenava que mandasse a mulher naquela noite à pequena choupana com um único catre que ficava no extremo da propriedade. Porque até Nari tinha seus princípios. Aquelas mulheres eram boas o bastante para dormir com ele, mas a idéia de tê-las em sua casa, deitadas em seus lençóis limpos, o deixava enojado. A choupana era perfeita para essas aventuras.

De vez em quando, um jovem operário de cabeça quente torcia o nariz e reclamava ante a idéia de aquele velho viscoso tocar em sua jovem esposa. Nesses casos, Nari simplesmente sorria e seguia em frente. Na mesma noite, porém, três ou quatro dos *goondas* locais faziam uma visita ao casebre do jovem. Explicavam-lhe os costumes do lugar. Instruíam-no sobre as condições do emprego e esclareciam que traçar qualquer mulher que quisesse era uma das prerrogativas de Nari por ser um *zamindar*, um proprietário de terras. Se ainda assim o jovem não entendesse, o grupo providenciava para que punhos e correntes lhe dessem o recado que suas bocas não haviam conseguido passar. Às vezes, sem grande interesse e incidentalmente, estupravam a mulher antes de sair, apenas para enfatizar o conteúdo da mensagem. Para garantir que o rapaz entendesse de uma vez por todas que havia sido demitido.

Certa vez, um tal de Rahul, depois de ser violentamente espancado, arrastou-se até a delegacia local para dar queixa de Nari. Um guarda boquiaberto de espanto correu para anunciar ao delegado a visita inesperada. O próprio delegado, imponente, deixou sua sala para receber o rapaz. Pessoalmente acompanhou Rahul até o interior da delegacia, onde mandou que os guardas pendurassem o rebelde pelos tornozelos, de cabeça para baixo, e lhe batessem com pedaços de borracha. O rapaz ficou pendurado ali durante quase vinte e quatro horas. A história foi contada com grande satisfação no dia seguinte, quando o delegado jantou e tomou drinques na casa de Nari *sahib*.

Foi Nari quem escolheu Saraswati para Adi. Esbarrara no jovem uma noite quando este trabalhava na plantação do pai.

— *Wah wah* — exclamou Nari. — *Deekra*, você está virando um verdadeiro Tarzan. Olhe esses bíceps. As garotas devem andar atrás de você como loucas, hein? Anda satisfazendo todas elas? — perguntou, com um gesto obsceno.

Adi corou. Uma coisa era falar dessas coisas com os outros rapazes, mas não estava habituado a ter aquele tipo de conversa com os amigos do pai.

— Não, tio Nari — disse, gaguejando. — Não é... Não é bem assim.

Nari se mostrou ofendido.

— *Arre*, o que quer dizer com "não é bem assim"? Você é um homem ou um *hijra*? Está virando um maldito eunuco. *Saala*, será que o seu pai não lhe ensina nada além de contar *chikoos*? Você não aprendeu nada com os animais da fazenda? Meu Deus, na sua idade eu tinha mais mulheres do que a quantidade de *chikoos* que crescem nestes campos. De que adianta ser filho do proprietário quando não se tira vantagem dos recursos naturais que brotam por aí? Faça o seguinte: vá até a minha casa amanhã às sete horas da noite. Terei um belo presente para você.

E, com uma piscadela, Nari se foi.

Adi decidiu, de imediato, manter distância da casa do tio Nari na noite marcada. No dia seguinte, praticamente havia se esquecido da conversa, mas por volta das cinco da tarde lembrou-se dela e uma sensação estranha lentamente cresceu em seu íntimo. Sentiu ansiedade e excitação, sim, mas também uma pontinha de culpa. Além disso, tio Nari se zangaria caso ele não aparecesse. Visitaria o velho durante cinco minutos e depois iria embora, resolveu. Mesmo dizendo consigo mesmo que não ficaria, não lhe escapou que mentia.

Nari o esperava como se jamais tivesse imaginado que Adi não fosse aparecer.

— Ah, aí está você. Quer um uísque ou um *toddy* antes de sairmos? Não? Você não bebe? Esse seu pai está criando uma menina, não um rapaz. Na sua idade, eu emborcava meia garrafa de conhaque, fácil, direto do gargalo. Mas vamos indo, o seu presente nos aguarda. O nome dela é Saraswati. Boazuda e suculenta — acrescentou, com uma piscadela.

Como um sonâmbulo, Adi seguiu o velho pelos campos que o crepúsculo ia escurecendo. Sentia-se possuído, como se parte da safadeza de Nari houvesse lhe penetrado a alma, apertando-o como um torniquete. Nari tinha razão, concluiu. Ele ia acabar virando um fresco. Além disso, odiava ser o único rapaz ainda virgem no grupo de amigos. Odiava a solidão de se masturbar sozinho nos campos à tardinha enquanto todos os amigos se gabavam de transar com prostitutas e descobrir mulheres com as quais fazer sexo, como se isso fosse fácil como tirar doce de criança. Afinal, estava esperando o quê? A mãe lhe dizia para jamais dormir com uma mulher que não amasse. "Mas que experiência ela tem?", perguntou-se Adi. Era apenas uma mulher de meia-idade que passara tempo demais numa fazenda de *chikoos*. Bastava olhar para Nari. Ele levava a vida como queria e não sofria nenhuma conseqüência. Nenhum raio lhe caíra na cabeça, nenhum

Deus vingador o amaldiçoara com uma doença venérea. "Mamãe está errada", concluiu Adi. "A vida não se resume apenas às regras tacanhas e rígidas segundo as quais ele havia sido criado." Quando, afinal, Nari parou a seu lado na entrada da choupana, Adi estava frenético. E quando, ao olhar para dentro, viu Saraswati deitada no catre, o sári verde erguido até os joelhos, a loucura se abateu sobre ele como uma chuva negra, levando embora a bondade e gentileza que lhe eram inatas. Não se lembrou de perguntar a si mesmo se gostava da mulher à sua frente, nem mesmo se a achava atraente. Tudo o que conhecia na vida eram as educadas, limpas e virginais moças parses. Apesar do papo machista dos amigos, sempre achou que quando fizesse amor pela primeira vez, de preferência depois de casado, seria com uma delas. Mas a mulher para a qual olhava agora tinha a pele escura como os campos em volta e o mesmo aroma intenso e amargoso. Tudo nela era desconhecido, como se uma sombra tivesse deixado o fundo do palco para ocupar o lugar central. Essa estranheza o excitou.

Nari lhe deu uma palmada nas costas.

— Vejamos agora se você é um rapaz ou uma moça — disse rindo, os dentes manchados brilhando no escuro. — Aproveite o seu presente.

Adi sentiu outra palmada nas costas e depois se viu a sós com aquela mulher estranha.

Um misto desagradável de dor e raiva subiu-lhe como bile até a garganta. Por um momento odiou a mulher à sua frente, como se ela fosse sua inimiga. Então a repulsa deu lugar a uma excitação trepidante, ou, melhor dizendo, a própria repulsa o excitou. Não estava habituado a pensar em mulheres como suas oponentes. Aproximando-se do catre, Adi caiu sobre Saraswati num frenesi, como um pássaro predador faminto abocanhando um camundongo no pasto.

E quando tudo terminou, ela emitiu aquele único som. E olhou-o com aquela expressão morta, vazia. Ele se afastou o mais rápido que pôde, como se a mulher fosse uma febre que ameaçasse contaminá-lo se permanecesse mais tempo perto dela. Voltou para casa, através dos campos que o luar clareava, a passos lentos e incertos, num claro contraste com o andar frenético de uma hora antes. Sentia o coração pesado e dormente, como se drenado de todo o sangue. Adi não sabia exatamente o que esperava do encontro com Saraswati, mas decerto não era aquela sensação deplorável de solidão que carregava agora. Enfureceu-se consigo mesmo, convencido de que sua criação superprotetora, puritana, interferia no que supunha tratar-se de um momento triunfante, mas a raiva em nada alterou a noção de ter cometido um erro.

— Que tal a moça? — perguntou Nari na noite seguinte. — Acha que devo experimentá-la também, ou prefere que eu a reserve só para você? Ou será que quer provar a irmã mais nova? — acrescentou, com uma piscadela.

Adi ficou dividido entre explodir em lágrimas ou estrangular o velho que salivava diante dele.

Nas semanas que se seguiram, topar com Nari se transformou numa tortura. Para Adi era como se ele e o velho que desprezava estivessem agora eternamente unidos; como se, de um jeito perverso, Nari o conhecesse melhor do que seus próprios pais. A mãe continuava a tratá-lo do mesmo modo, indagando se havia escovado os dentes antes de dormir, e, de repente Adi passou a desprezar e invejar a inocência e a bondade dela, bem como sua crença em Deus. "Será que ela não vê que eu mudei?", tinha vontade de gritar. "Não sente esse cheiro podre à minha volta, esse novo cheiro de suor, sangue e sêmen que vai comigo aonde vou?" Ao mesmo tempo, vivia apavorado que a mãe descobrisse. Nada a deixaria mais infeliz, ele sabia. Ao contrário do marido, Pillamai era uma mulher urbana, e, apesar de pouco instruída, tinha uma exata noção do bem e do mal. Tendo partido, recém-casada, de sua amada Bombaim para ir morar na fazenda de *chikoos* com o marido, Pillamai se horrorizara com a naturalidade com que os proprietários de terras dormiam com as camponesas e com a forma estudada como suas esposas faziam vista grossa.

— Não sei o que você fazia antes de se casar — disse ao marido logo após o casamento —, nem quero saber. Mas juro que se você olhar de forma maldosa, uma vez que seja, para alguma dessas pobres *ghaati*, volto para Bombaim num piscar de olhos.

Tendo se casado num estrato social em que a maioria dos seres humanos era predador ou presa, Pillamai decidiu que o filho não seria nem uma coisa nem outra. De modo geral, educava-o por meio do exemplo. Desde pequeno, Adi viu a mãe tratar os empregados da fazenda com respeito e, em troca, obter a sua confiança. As mulheres traziam suas magras poupanças para Pillamai guardar, pois, se mantivessem o dinheiro em casa, os maridos provavelmente o gastariam no bar clandestino local.

Agora, porém, Adi se sentia banido do mundo puro da mãe. Tentava evitar ao máximo o convívio com Nari, mas o velho pairava à sua volta como ar parado. Odiava o pai por permitir que Nari os visitasse, e pela primeira vez percebeu uma certa fraqueza no contorno daquela boca, uma excessiva presteza em rir das abomináveis piadas de Nari. Até então, o pai havia sido uma figura apagada na vida de Adi, um homem tão remoto e distante quanto as árvores da fazenda da família. O rapaz sempre se identificara muito mais com a mãe meiga e urbana do que com o pai rústico e patriarcal. Ainda assim, sentia orgulho do velho, apreciava seu humor grosseiro e sua capacidade de trabalhar pesado. Agora, contudo, o ressentimento obrigava-o a observar mais de perto. Reparou como a mãe precisava brigar com o marido para lhe arrancar dinheiro para as despesas domésticas e como Pillamai o tratava como uma criança petulante e habituada a conseguir o que quer. Lembrou-se vagamente de que, quando era pequeno, Pillamai era um bocado independente e expansiva, enquanto agora, percebia espantado, preferia guardar para si as próprias opiniões. Aparentemente, falava grosso apenas para defender as pobres mulheres nativas que trabalhavam na fazenda. Adi se envergonhava do tom ditatorial que o pai empregava com os homens que se esfalfavam na fazenda e quanto se mostrava servil e ansioso para agradar quando estava na presença de Nari. Via o ódio mudo nos rostos de ébano dos trabalhadores esquálidos quando baixavam os olhos toda vez que o velho passava por eles, assim como notava que o pai ignorava tal sentimento. Tanto abominava quanto admirava o pai por aquela suprema indiferença — abominava-o pela arrogância implícita nela; admirava-o porque lia naquele comportamento um tipo de virilidade da qual, infelizmente, carecia. Sabia com certeza que o pai jamais seria perseguido pelo rosto de uma mulher de quem tivesse abusado, que jamais lhe ocorreria ter feito outra coisa senão exercer seus direitos naturais. Uma parte de Adi ansiava por confiar no pai, confessar o que havia feito com Saraswati, mas sabia que ele lhe daria, rindo, uma palmadinha nas costas, piscaria para ele e lhe diria para não contar nada à mãe. Sabia que o pai o interpretaria mal, acharia que ele estava se gabando e não se confessando. Ou pior que isso: se descobrisse que Adi andava atormentado pelo que fizera, zombaria dele, diria algo desagradável sugerindo só então ter percebido que criara uma filha e não um filho.

Nari, que Adi passara a considerar uma espécie de sombra paterna maléfica, tratava o rapaz como um cúmplice, lançando-lhe sorrisos conspiradores, cutucando suas costelas, estalando os beiços toda vez que uma jovem camponesa passava por eles. E Adi não estava em condições de mandá-lo parar, pois, afinal, não havia se mostrado tão dissoluto quanto o velho feio e safado a seu lado?

Cerca de um mês após o primeiro encontro, Saraswati reapareceu. Era um belo dia ensolarado, e ele caminhava pelos campos do pai, supervisionando a colheita dos *chikoos*, quando um movimento à direita chamou sua atenção. Uma mulher num sári marrom-ferrugem se aproximava. Ele a encarou, e por um instante seus olhares se encontraram. Adi estudou seu rosto, buscando um sinal que confirmasse se aquela era a mesma mulher com quem havia dormido, mas a expressão da moça ao passar por ele não lhe revelou coisa alguma. Então, a verdade o assaltou: ele sequer se lembrava da fisionomia dela. Podiam cruzar um com o outro diariamente sem que ele soubesse, pois ela era uma daquelas trabalhadoras permutáveis, uma mulher como as que homens iguais a ele usavam e descartavam como um pedaço de pano. Era qualquer uma das mulheres que o circundavam; era todas elas. De repente, começou a reviver mentalmente a noite passada na choupana. Sentiu-se zonzo, meio tonto. O vômito quente lhe subiu à garganta como lava. No momento seguinte, viu-se apoiado numa árvore expelindo as entranhas. À distância, escutou a voz preocupada do capataz:

— Adi, *seth*, o que houve? Vá para casa, *seth*, o calor está muito forte hoje.

No dia seguinte, Adi procurou o capataz.

— Tem uma mulher que trabalha na fazenda de Nari *seth* — disse, tentando usar o tom mais casual possível. — Acho que se chama Saraswati. Deve ter uns dezessete, dezoito anos. Veja se descobre onde mora. Chegou uma carta para ela.

Achou meio estranho o jeito como o capataz o olhou, mas disse consigo mesmo que era imaginação. Conseguiu, ainda assim, o endereço de Saraswati na mesma noite.

Dois dias depois, lá estava ele diante da choupana, tomando coragem para entrar. Em todos aqueles anos, jamais visitara aquela parte da aldeia. Finalmente, inclinou-se e espiou lá dentro. Quando os olhos se adaptaram à escuridão, Adi viu uma velha cozinhando num fogareiro de querosene no chão de adobe.

— É aqui que mora Saraswati? — perguntou à mulher.

A autoridade daquela voz a pôs de pé num salto.

— Sim, *sahib*, mas ela foi até o *baniya* comprar arroz. Já deve estar voltando, *seth* — disse a velha com alguma hesitação.

Embora tivesse crescido ouvindo aquele tom, naquele momento tal servilismo obrigou-o a trincar os dentes.

— Tudo bem, vou esperar aqui fora.

Um grupo de crianças curiosas já havia se formado em torno dele. A velha o espreitava ansiosa de dentro do casebre. Adi se sentiu como um estadista estrangeiro em visita a um país estranho.

Saraswati o reconheceu antes que ele soubesse que era ela. Com a mão escondeu apressada o rosto, nem bonito nem feio. Adi se espantou e sentiu vergonha ao vê-la apavorada. Desejou que as crianças sumissem, mas não quis atrair mais atenção espantando-as para longe. Deu um passo na direção de Saraswati.

— Está tudo bem — disse ele. — Quero falar com você. É aqui que mora?

Uma vez dentro da casa, pediu educadamente à velha para deixálos a sós uns minutos. Quando ela hesitou, olhando alternadamente para ele e para a neta calada, Adi endureceu de propósito a voz e mais uma vez lhe pediu que saísse. Dessa vez a mulher obedeceu. Saraswati acocorou-se no canto, choramingando baixinho. Preparava-se para ser novamente atacada, percebeu Adi com desânimo. Sem o véu do desejo a lhe toldar a visão, ele viu claramente a mulher-criança aterrorizada, patética, que era Saraswati. Seu coração se encheu de uma pena insuportável, e ele quis se atirar a seus pés e lhe pedir perdão. Engoliu em seco para livrar a garganta do bolo que crescia ali.

— Ouça — principiou —, o que aconteceu naquela n-n-noite foi um erro. Sinto muito por aquilo. Jamais vou incomodar você de novo. Está me ouvindo?

Mas embora ela tivesse parado de choramingar, seus olhos o encaravam com a mesma expressão vazia daquela noite, como se não o visse. Adi sentiu de uma forma tão aguda o abismo a separá-los que foi como se estivesse prestes a ser engolido por ele. Quis segurar o rosto dela, obrigar aqueles olhos a encará-lo, fazê-la ver quanto ele lamentava, mas sabia que assim a estaria violentando de novo. Calado e infeliz, percebeu que não havia mais nada a dizer. Duvidou, de repente, dos motivos que o haviam levado a procurá-la. Meteu a mão no bolso e tirou duas notas de cem rupias.

— Isso não é uma ofensa a você — disse com cuidado. — Não passa de uma maneira de dizer quanto lamento, mais nada.

Saiu, então, convencido de não ter cumprido a missão que se impusera ao decidir procurá-la. "Mas o que você esperava?", perguntou a si mesmo. "Que ela o perdoasse? Que o recebesse de braços abertos? As coisas correram conforme o esperado", tranqüilizou-se. "Ao menos ela não fez uma cena, graças a Deus. E você vai poder lhe mandar dinheiro de vez em quando."

Chegou em casa de coração leve, como se alguém tivesse extraído dele um pedregulho.

Dois dias mais tarde, quando trabalhava no campo, Nari se aproximou. Os olhos do velho faiscavam, e seu rosto estava contorcido de raiva.

— Entre no jipe — ordenou. — Precisamos ter uma conversa.

Adi ensaiou um protesto, mas a expressão de Nari o impediu de expressá-lo. O velho dirigiu alguns minutos em silêncio. Então, numa voz cheia de raiva, disse:

— Eu soube que você foi visitar aquela moça no início da semana. Soube que andou metendo o bedelho onde não é chamado. O que foi fazer lá?

Adi congelou, imaginando como Nari teria descoberto tão rápido. Então, uma onda de fúria o invadiu e ele enfrentou Nari:

— Não é da conta de ninguém o que fui fazer lá, tio Nari. Sou livre para ir e vir como eu quiser.

Nari soltou um grito de fúria. Jogou o carro para a lateral da estrada de terra e pisou o freio. Virando-se para Adi, segurou-o pela camisa e puxou-o para si até quase encostar o rosto no do rapaz.

— Seu safado de merda, nunca fale comigo nesse tom. Só não torço a porra do seu pescoço de galinha porque seu pai é meu amigo. Quer dizer que não é da conta de ninguém o que você faz? Bom, acontece que é da minha conta, sim, quando isso me acarreta a perda de uma trabalhadora, ainda por cima na época da colheita dos *chikoos*. E Saraswati era uma boa empregada.

— Do que... do que está falando? Como foi que a minha visita a Saraswati fez o senhor perder alguma coisa? Santo Deus, por acaso ela fugiu?

— Fugiu? Podemos dizer que sim. Sim, seu canalha de uma figa, ela fugiu deste mundo direto para o outro. Ela se matou, seu covarde idiota. Derramou querosene no corpo e ateou fogo. Dá para imaginar como essa gente é bárbara? E sabe por quê? Porque o Sr. Consciência Pesada aqui resolveu ir até a casa dela e lhe dar dinheiro a fim de poder dormir em paz à noite. Você a expôs diante da aldeia inteira. Melhor seria pendurar uma placa no pescoço dela dizendo: "Sou uma puta de dois centavos." O pai não teve escolha senão expulsá-la. Na verdade, se ela não se matasse, ele teria que fazer isso. E aí eu perderia *dois* empregados. Então, sem dúvida alguma, eu mataria você.

Adi sentiu o corpo todo dormente, como se tivesse mergulhado num banho de gelo. Tentou sentir alguma coisa pela mulher morta, mas concluiu que não a conhecera o suficiente para que o fato lhe despertasse outro sentimento que não horror. Tinha apenas dezenove anos e era responsável pela morte de uma mulher. A própria vida parecia galopar para longe dele, como se alguém tivesse mudado o roteiro aproveitando-se de uma distração sua. Finalmente falou:

— Eu só queria ajudar. Fiquei com pena dela, só isso.

— Então o nosso Príncipe Encantado ia ajudar — disse Nari, dando mostras de irritação. — *Arre*, por que então simplesmente não se casou com ela? Será que a carola da sua mãe iria aceitar? Ajudar, uma ova. *Deekra*, esse sistema funciona há milhares de anos. É a nossa tradição: os fazendeiros têm o direito de dormir com as mulheres e as filhas de seus empregados. É uma das poucas recompensas pelo nosso trabalho duro. Esse é o arranjo, e todos o aceitam. Mas precisa ser feito em segredo. Ninguém sai por aí alardeando que dormiu com essa ou com aquela mulher. Assim, o marido ou o pai consegue manter sua virilidade, a honra da família. Todo mundo sabe e ninguém sabe. É perfeito. Mas aí vem você e estraga tudo. Agora, provavelmente, terei que enfrentar a porra de um líder sindical querendo explorar a situação.

Adi continuou sentado, mudo e infeliz. "Primeiro um estuprador, agora um assassino", disse consigo mesmo. Porque ele a matara, tão indubitavelmente como se tivesse acendido aquele fósforo. Não adiantava alegar boas intenções. Saraswati estava morta, de um jeito ou de outro. A idéia de a mãe descobrir seu pecado levou Adi a finalmente reencontrar a voz.

— Tio Nari, mamãe jamais pode descobrir o que aconteceu. O senhor pode me castigar como quiser, mas ela não pode saber nunca.

A expressão de Nari mudou.

— Que papo é esse de castigo? Você é um parse, descende de gerações e gerações de fazendeiros. Quem sou eu para puni-lo? Além disso — acrescentou de propósito —, essa notícia mataria a coitada da sua mãe, boa e piedosa como ela é. Longe de mim pensar em passar adiante uma notícia tão perigosa. Por outro lado, não há falta de mão-de-obra na Índia, graças a Deus. Há dez outras Saraswatis para ocupar esse emprego. Mas aprenda a lição, Adi. Nunca interfira na ordem natural das coisas. Ainda assim, se está se sentindo culpado pelo prejuízo que me causou, você pode me ajudar de vez em quando. Não tenho filhos, e você é um rapaz forte e saudável. Estou ficando velho, e uma ajuda seria bem-vinda.

Adi assentiu calado, sem saber que acabava de fazer um acordo com o diabo. Mas não demorou a descobrir. Durante os três anos seguintes, Nari foi uma sombra escura e sinistra da qual Adi não conseguiu se livrar. Como se pretendesse jogar sal em suas feridas, o velho usava Adi para lhe arrumar mulheres, emprestando o jipe ao rapaz para apanhá-las e deixá-las na choupana. Certa vez Nari chegou mesmo a sugerir que Adi assistisse, mas a expressão do rapaz provocou um riso nervoso no velho e o levou a dizer que estava apenas brincando. Nari também usava Adi para inviabilizar qualquer tentativa dos trabalhadores de se organizar em sindicato, bem como para expulsar os líderes sindicais da cidade. Adi se odiava por obedecer a Nari, mas a idéia de que algum dia o velho contasse a Pillamai sobre o suicídio de Saraswati — que ele chamava de homicídio — era ainda mais insuportável do que as humilhações que sofria. Ao mesmo tempo, para aliviar a pressão, Adi começou a beber, primeiro *toddy*, depois uísque, sentado nos campos quando a noite caía, sozinho com as estrelas e seus pensamentos nebulosos. Descobriu que possuía um talento natural para beber, que a bebida para ele era como leite materno. Não tardou a ser perseguido por um trio de demônios: a lembrança de Saraswati, Nari e o alcoolismo. O pai de Pillamai havia sido um alcoólatra pesado, mas a mãe jamais contou isso ao filho único porque a dolorosa lembrança daquelas bebedeiras havia transformado sua própria infância num assunto difícil de discutir até com Adi, seu confidente mais íntimo. De qualquer maneira, o relacionamento entre mãe e filho se alterara muito, e quando ela se permitia sentir essa mágoa, percebia com espanto o abismo que crescera como um vale entre os dois. No início, tentou conversar com ele.

— Você anda doente, meu querido? O danado do seu pai tem feito você trabalhar demais? Por que essas olheiras? Quer contar alguma coisa à sua mãe? Sempre conversamos sobre tudo, meu filho.

Adi manteve o silêncio. Não havia como contar a ela os sonhos terríveis em que uma morta o visitava, sonhos ainda mais horripilantes porque o assaltavam em plena luz do dia. Ao mesmo tempo, Adi começou a se ressentir da mãe porque sua mera presença já o fazia sentir-se impuro. Quanto mais ele servia de cafetão para Nari, mais se afastava de Pillamai. Os dois representavam os extremos em sua vida, o sol e a sombra. Aos poucos, Adi ia se transformando numa furtiva criatura das sombras, do beco escuro, da toca. Sua juventude parecia fazer parte de um passado muito, muito remoto.

Na primeira vez em que chegou em casa bêbado, o pai estava fora numa viagem de negócios. Pillamai sentiu o cheiro de álcool no hálito do filho assim que Adi abriu a porta. Ficou muito chocada para dizer alguma coisa. Em vez disso, bateu nele, investiu contra aquele rosto impassível, socou seu corpo jovem com mãos fortalecidas pelo medo e pela dor. Adi não fez um movimento sequer para detê-la. Os soluços torturantes da mãe perfuravam-lhe o coração como agulhas, mas ele lutou para não se comover. Preocupou-se porque a mãe descobrira que ele bebia, mas também ficou aliviado. Era como se fizesse um favor a ela. Ele mudara. Já não era mais o seu pequeno Adi, inocente e puro. Quanto antes a mãe soubesse disso, quanto antes reconhecesse o monstro em que ele se transformara, melhor para ela.

Pillamai contemplou o rosto marcado do filho como se acordasse de um sonho.

— *Maaf kaar*, Adi, *maaf kaar* — implorou ao filho impassível. — Me perdoe, meu querido. Que Deus castigue estas mãos que bateram em você, mas nem nos meus piores pesadelos imaginei que um dia meu filho fosse chegar em casa bêbado como um camponês qualquer.

Ele a olhou do alto da sua glória trôpega, ébria, imperial durante um longo momento. Depois, como se ela não passasse de uma passageira no mesmo ônibus que ele, passou calado pela mãe e retirou-se para o quarto.

Naquela noite, porém, permaneceu acordado na cama e soube que era hora de sair da aldeia, soube que precisava deixar a fazenda. Relembrou a reação de Pillamai ao vê-lo bêbado e concluiu que precisava se afastar da sombra daquele sofrimento aturdido que anuviara o rosto da mãe, precisava se afastar da certeza de ser ele o responsável por essa sombra, da certeza de que a sua luxúria, a tirania do seu corpo insaciável, manchara o sol. Acima de tudo, precisava se afastar de Nari e de suas sugestões obscenas e pornográficas, daquela convicção de que Adi partilhava um coração igualmente mau. O rapaz sempre achou que passaria a vida em sua aldeia natal, como haviam feito os seus antepassados. Mas o verde exuberante da fazenda, o marrom avermelhado da terra, o azul esfuziante do céu, todas as coisas que o uniam àquele lugar desde o dia em que abrira os olhos agora simplesmente o torturavam, dando-lhe uma consciência aguda do seu desvio. Nari sugara o verde da terra e o azul do céu, deixando em seu lugar um vazio negro.

Bombaim. A palavra lhe ocorreu como um feixe de luz, como uma jóia a cintilar na imensidão do vazio. Bombaim. Uma cidade nova, um novo começo, um lugar onde descansar a cabeça sem o tormento dos sonhos. Ele poderia morar com o tio e a tia, os quais visitava anualmente e que o amavam como a um filho. "Por que não?", pensou, animado. Se qualquer *begaaris* e pé-rapado pode ir para Bombaim e enriquecer, o que me impede de ter sucesso e ser feliz por lá?

Tamanha foi a excitação de Adi com o novo projeto que o rapaz levou um choque quando o pai se recusou a deixá-lo partir, dizendo que precisava do filho único para cuidar dos negócios da família.

— Mas eu quero fazer faculdade lá — disse Adi, tão surpreso consigo mesmo quanto o pai. Jamais pensara seriamente em entrar numa faculdade. Mas o velho permaneceu intransigente.

— Ninguém precisa de professor para aprender quanto custam os *chikoos* — atalhou, curto e grosso. — Um rapaz como você não precisa de faculdade. Você tem a fazenda.

Naquela noite, Adi sentou-se num dos bares clandestinos da aldeia, virando copo após copo de *daru* barato, xingando o pai para quem quisesse ouvir. Uma semana depois, voltando para casa cambaleante após mais uma bebedeira, desmaiou à beira da estrada. Quando voltou a si, o sol da manhã cravava adagas em seus olhos. Chegou em casa e encontrou o pai de pé na porta, o corpo grandalhão praticamente bloqueando a entrada.

— *Saala* bêbado — gritou o velho, enfurecido. — Está pensando que esta casa é um bordel? Transformou todos nós em motivo de chacota para a escória da escória. Há semanas sua mãe não faz outra coisa senão chorar a noite toda, e eu não entendia por quê. Agora sei. Chegou a vez de você chorar, seu *besharam*.

Adi viu tarde demais o chicote na mão do pai.

Foi a primeira de muitas surras. Mas o álcool aparentemente endurecera sua carne, assim como seu coração, e era a mão do pai que doía depois das chicotadas, a voz do pai que tremia de emoção e o olhar do pai que fraquejava. Logo o velho se deu conta da inutilidade das surras. Cada vez ficava mais claro que, se não houvesse mudanças, Adi não viveria para completar vinte e três anos. Mais de uma vez os

Patel escutaram que o filho bêbado se postara de propósito na frente de uma lambreta ou de um riquixá motorizado, além de meter-se em brigas com homens que normalmente evitaria até mesmo encarar. Finalmente, incapaz de suportar por mais tempo o choro silencioso da esposa, o pai de Adi ligou para o cunhado em Bombaim e falou da possibilidade de o filho ir morar com o casal. Duas tardes depois, encontrou o filho bebendo num bar e o tirou dali, puxando-o pelas costas da camisa como se fosse um rato molhado. Mandou que fizesse as malas, pois o trem para Bombaim partia dali a duas horas. Pillamai ficou inconsolável, mas confortou-a a esperança de que, após alguns meses em Bombaim, o filho voltasse para casa, recuperado e curado do que quer que o estivesse atormentando.

No primeiro mês em Bombaim, gratidão, alívio e excitação mantiveram Adi longe da bebida. Uma noite, porém, a caminho de casa depois de pegar um formulário de matrícula na faculdade, ele viu Saraswati de novo. Ela passou por ele, o braço suado roçando na manga da camisa de Adi. O rapaz olhou rapidamente para trás, mas a mulher sumira na multidão. Suas entranhas se reviraram; ele sentiu fraqueza. Apenas o movimento da multidão o impeliu a continuar caminhando. Os transeuntes lançavam olhares estranhos para o jovem que falava sozinho, mas ele não notou. Quer dizer que Saraswati o seguira até Bombaim? Mesmo a morte não podia afastá-la dele. O que significava que não era possível afastar-se dela. O que significava a inexistência de um esconderijo seguro. O que significava que ela era um germe, um vírus que penetrara em seu sangue e que viajaria com ele aonde quer que fosse. E a única forma de evitar esse vírus, de impedir que ele entrasse em seu cérebro, dominando seus pensamentos e destruindo-lhe o coração, era medicar-se contra ele. Antes que percebesse, já estava num restaurante pedindo uma cerveja.

Para sustentar o vício da bebida, Adi precisava arranjar um emprego. Ou seja, ele teria que desistir da faculdade. O tio, após tentar sem sucesso convencê-lo a não jogar a vida fora, arrumou-lhe um emprego de auxiliar administrativo na Companhia Life Insurance. Para um rapaz que passara a vida toda trabalhando nos aromáticos campos de uma fazenda de *chikoos*, ficar trancado num escritório decadente era uma espécie de morte. Mas Adi logo descobriu que as tardes passavam mais rápido quando ele secretamente bebericava uma garrafa de conhaque durante o almoço. Dizia consigo mesmo que os colegas não desconfiavam de nada, mas a verdade é que Adi exalava um ar de mágoa e vulnerabilidade que levava os estranhos a quererem protegê-lo. Assim, ele desconhecia o fato de que os chefes em geral lhe davam tarefas mais difíceis pela manhã, e que Sushma, a bondosa senhora que sentava a seu lado, costumava revisar seus relatórios antes que fossem entregues no final do dia.

Os tios idosos ficavam felizes com a companhia do sobrinho despretensioso, ainda que meio esquisito. Mas sempre que estavam com ele lhes batia uma tristeza inexplicável, como se falassem com um homem que se esforçava ao máximo para parecer vivo. As tentativas bem-intencionadas de tirá-lo da concha normalmente eram recebidas com um sorriso lento e triste que lhes demonstrava a inutilidade de seus esforços. Em pouco tempo, os três embarcaram numa rotina. Adi chegava em casa tarde da noite com um passo levemente trôpego e engolia um jantar rápido, ouvindo em silêncio enquanto o casal conversava animadamente. Depois, lavava os pratos e se recolhia ao seu quarto. Já quase de madrugada, era comum os tios ouvirem o tilintar de uma garrafa de vidro.

Todo verão, Pillamai, que afinal aceitara o fato de que Adi jamais voltaria para a fazenda, visitava o filho durante duas semanas. O marido se recusava a acompanhá-la nessas viagens.

— A lei da natureza manda que os jovens visitem os mais velhos, Pilla — dizia ele. — Se quiser ver a cara enrugada do seu *baap*, ele que venha até aqui.

Pillamai, que anos antes aprendera a não contradizer o marido cabeça-dura, agora argumentava, tentando desesperadamente reduzir o abismo que se abrira entre os dois homens que mais amava.

— Por que insistir nesse costume? Que diferença faz quem vai até quem? Adi é o nosso único filho. É jovem e anda ocupado no trabalho, tem férias limitadas. Não é o próprio patrão como você. Venha comigo. Ele está ansioso para ver o pai.

No final, porém, o marido vencia a batalha silenciosa. Quatro anos após ter deixado a aldeia, Adi voltou para vê-lo em seu leito de morte. O telefonema de Pillamai avisou-o de que o pai estava seriamente doente, com pneumonia. No início, Adi achou que fosse um complô, um artifício para obrigá-lo a voltar para casa, mas imediatamente descartou a idéia. A mãe era digna demais para descer tao baixo. Além disso, o medo em sua voz parecia demasiado real. Durante a viagem de trem para casa, Adi rezou para não ser tarde demais para encontrar o pai vivo. O arrependimento pairava sobre ele como moscas de verão. Decidiu abrir-se com o pai, fazê-lo entender quando e por que se desviara do caminho. "Permita que meu pai esteja vivo", barganhou com Deus, "e eu largo a bebida. Vou convencer papai e mamãe a vender a fazenda de *chikoos* e comprar um apartamento em Bombaim. Vou mudar de vida, por favor, meu Deus, prometo". Durante todo o caminho ensaiou o que diria ao pai, quanto revelaria sobre o papel de Nari na sua decadência, quanta culpa delegaria a outras pessoas e quanta responsabilidade iria assumir.

Mas o homem que ele encontrou no leito de morte não era aquele, vigoroso e robusto, que deixara ao partir. Esse homem era tímido e fraco, e seus olhos se enchiam de lágrimas toda vez que via o filho pródigo a seu lado. Adi soube na mesma hora que chegara tarde demais, que ao invés de salvar o pai, lhe daria adeus para sempre. Não haveria nenhuma reconciliação cinematográfica, nenhuma ressurreição dos mortos. Em vez disso, Adi ficou horas sentado ao lado do pai, silenciosamente segurando-lhe a mão, tentando aquecê-la entre as suas. Uma ou duas vezes, o velho tentou falar, mas um acesso de tosse interrompia suas palavras.

— Tudo bem, pai — sussurrou Adi. — Descanse. Não precisa dizer nada. Durma.

Devem ter cochilado algumas horas, os dois, pois Adi foi subitamente acordado pelo som do seu nome sussurrado pelo pai.

— Adi — disse o velho, baixinho, com urgência. — Adi, *maaf kaar*, me perdoe, me perdoe.

Imediatamente, o filho percebeu que o velho se referia às surras.

— Não há nada a perdoar — insistiu. — Eu mereci tudo aquilo e mais ainda. Não há coisa alguma a perdoar.

Mas os olhos do velho continuaram tristes, a testa franzida e a respiração ofegante. Finalmente, Adi percebeu que o pai precisava de absolvição antes de morrer.

— Pai — disse ele, chorando —, eu perdôo você. Perdôo você para que você possa me perdoar. Eu... eu nunca deixei de amar você, nunca.

Sua recompensa foi um débil sorriso. O velho virou o rosto para a parede. Poucos minutos depois, parou de respirar.

De repente, Adi se tornou o chefe da casa, o responsável pela fazenda e pela segurança financeira da mãe. Pillamai implorou-lhe que assumisse a fazenda, que há gerações pertencia à família, disse que o ajudaria na administração. Adi se espantou com a confiança depositada nele e se aborreceu ao ver quanto a mãe desconhecia o homem em quem ele havia se transformado. Durante vários dias após o funeral, apresentou motivos para provar que era uma má idéia ele assumir a fazenda, mas a mãe não parou de insistir.

— Mãe — disse ele finalmente, na tentativa de calá-la —, se eu ficar com a fazenda, vou beber todo o lucro em seis meses.

Sabia que a magoara, mas ela ficou quieta depois disso, como se fosse incapaz de discutir a veracidade da afirmação do filho. Alguns dias mais tarde, Adi foi dar um passeio pela fazenda. Era um fim de tarde quente, silencioso, e o sol poente deixara um borrão vermelho no céu. À sua volta, o mundo se banhava de dourado, e as copas das árvores ardiam como velas. Os últimos pássaros chamavam uns aos outros, num tom triste e pungente. Adi se deu conta, com pesar, de quanto sentia falta da terra dos seus antepassados, dos seus silêncios profundos e da sua beleza simples. Bombaim, em contraste, parecia uma prostituta com maquiagem escandalosa — espalhafatosa, imprudente, exagerada. De repente, a enormidade da sua perda, o preço total da deserdação, o atingiu. Perdera não só aquela terra sagrada, mas também o respeito do pai, o vínculo com a mãe. Olhou em volta, e tudo parecia enraizado — as árvores altas que afundavam seus pés solidamente na terra, os pássaros errantes de volta a seus ninhos, o céu de sempre, à noitinha, cobrindo-o como um cobertor. Só ele não tinha raízes, não tinha lar. Instintivamente, enfiou a mão no bolso em busca do frasco de prata que continha o líquido dourado. Mas naquela noite a solidão era demasiado profunda para que o álcool a perfurasse. Naquela noite, a solidão o engolfava, apertava seus tentáculos em torno dele. Adi sentiu como se estivesse num filme passado de trás para frente. Ouviu o pungente pedido de perdão do pai, sentiu a pressão da mão dele em seu pescoço quando lhe ordenou que fizesse as malas a fim de partir para Bombaim, viu o olhar da mãe na primeira vez em que chegou bêbado em casa, relembrou a ocasião em que experimentou uísque e vomitou logo em seguida. Lembranças e mais lembranças tristes, empilhando-se como um baralho de cartas. Soluçava alto agora, aguardando o final do filme, mas, como sempre, a mente voltou a trilhar caminhos bem conhecidos — a cara devassa do fazendeiro apareceu-lhe diante dos olhos. Lembrou-se da malfadada caminhada entre a casa do fazendeiro e o casebre onde Saraswati o esperava. Voltou a sentir o bolo gelado que se instalara em seu estômago ao saber da morte dela. E então, como uma resposta a seus soluços, ouviu aquele som que Saraswati deixara escapar da garganta depois que ele a estuprou.

A idéia de se vingar de Nari o assaltou com tanta violência que ele parou de chorar. Entregaria a fazenda aos que trabalhavam nela. Alguns, afinal, haviam se esfalfado como escravos naquelas terras durante gerações, e a fazenda, por isso, também pertencia às suas famílias. A fazenda lhes pertencia tanto quanto a ele. Além disso, seria uma boa lição para Nari ter como vizinhos proprietários homens que ele considerava mais idiotas que gado. Adi recordou-se de quanto os proprietários temiam a agitação camponesa, como haviam esmagado, sem dó nem piedade, quaisquer tentativas dos trabalhadores camponeses de se unir. Ele mesmo tinha sido usado por Nari para acalmar essas agitações. Podia transformar em realidade, de uma hora para outra, os piores temores de Nari. E se juntasse todos os homens cujas esposas e filhas tivessem sofrido humilhações nas mãos de Nari e lhes vendesse a terra? A Sociedade dos Sacaneados por Nari. Adi riu alto ao pensar na cara do velho quando recebesse a notícia. O maldito safado jamais dormiria de novo, por medo de que um dos novos vizinhos lhe cortasse a garganta no meio da noite. Seria uma boa lição para aquele velho podre que destruíra tantas vidas para saciar seu apetite pervertido.

Durante dois dias Adi contemplou a idéia, alisando-a como a um pedaço de veludo, sempre que precisava de consolo. No terceiro dia, tomou um porre dos grandes e voltou ao habitual estado de fatalismo.

A dura verdade é que, para executar seu plano, precisaria do tipo de disciplina racional da qual já não era mais capaz. Durante dois dias, o alcoolismo disputou com a vingança; no final, a bebida venceu. Ele era um homem muito fraco para enfrentar a força da fúria de Nari, a perplexidade da mãe ao se sentir traída ou mesmo a gratidão dos empregados. Para executar seu plano, precisaria de força para suportar a inimizade eterna dos fazendeiros e a gratidão eterna dos pobres. E Adi era fraco e bêbado demais para enfrentar qualquer uma das duas.

Foi igualmente um choque descobrir que, quebrando a tradição familiar, o pai havia deixado a fazenda à esposa e não ao filho. Pelo que Adi sabia, o ato era inédito nos anais da família Patel. Durante gerações, a fazenda sempre passara para o filho mais velho, com um reconhecimento implícito de que este sustentaria as mulheres e os demais irmãos com os lucros do comércio de *chikoo*. Adi tentou encontrar em si alguma dose de indignação, acordar algum resquício de orgulho ferido, ao ver o testamento. Sabia que a declaração definitiva do pouco valor que o pai lhe atribuía era um tapa na cara. Mas o fato é que Adi entendeu os motivos do pai para entregar à esposa, e não ao filho bêbado, seu legado. Coube a Pillamai sentir raiva diante dos termos do testamento, jurando ao filho que não fazia idéia de quando o marido alterara o documento. Mas ela tinha coisas mais urgentes em que pensar. Poucas horas depois da morte do marido, Nari fez uma proposta de compra da fazenda. Ela escondeu o fato de Adi enquanto nutriu a esperança de que o filho concordasse em administrar as suas terras. Adi agora entendia por que a mãe se mostrara tão desesperada para que ele assumisse o negócio familiar — Pillamai odiava Nari quase tanto quanto ele próprio. Mas era uma mulher realista. Quando o filho avisou-a de que beberia todo o lucro em seis meses, Pillamai acreditou. Sabia que a oferta de Nari estava bem abaixo do mercado, mas também tinha consciência de que nenhum dos outros fazendeiros daria um outro lance depois de Nari ter mostrado interesse na compra. Por outro lado, Nari prometera que ela podia continuar morando na casa enquanto vivesse. Com o alcoolismo de Adi, seria bom contar com algum dinheiro para investir e legar ao filho pródigo. Ele bem que precisaria, caso perdesse totalmente o controle sobre a bebida.

No final, a fazenda Patel foi vendida para o velho carrasco de Adi. Mãe e filho choraram depois de assinar a escritura.

— Desculpe, mãe, desculpe — pediu Adi. — Como eu queria que houvesse algum jeito de mantermos a fazenda.

Pillamai abriu a boca para dizer o óbvio, mas pensou melhor e desistiu. Além disso, via muito bem como o filho esgotado estava pronto para lavar as mãos de todo aquele assunto e voltar para Bombaim. Era um alívio para Adi saber que o dinheiro da venda asseguraria uma vida confortável para a mãe. Sem muita convicção, sugeriu a ela que se mudasse para Bombaim, mas ouviu uma recusa.

— Esta é a casa da sua família, *deekra*. Por mais que a fazenda já não seja nossa, ao menos um Patel tem que continuar com os pés nesta terra. Depois que eu morrer e for enterrada, a história será outra. E o espírito do meu amado marido ainda vive aqui.

Uma parte dele entendeu as palavras da mãe. Ao mesmo tempo, perversamente, reconheceu a lógica pavorosa daquela derradeira rendição a Nari. Adi fugira da fazenda por causa de Nari, fora expulso dela devido a acontecimentos desencadeados pelo velho. A venda somente legitimava o fato, trazia à luz o que havia ocorrido tempos atrás. Nari era senhor da sua alma há anos, agora seria também senhor da terra que alimentou essa alma. As árvores que seus ancestrais plantaram com orgulho deram frutos amargos para Adi. Talvez precisassem da seiva podre de Nari para voltar a ser doces.

Adi retornou a Bombaim ainda mais calado e introvertido que antes. O passado o engolira como um incêndio. Tinha conversas diárias com Saraswati, pedia-lhe furioso que o deixasse em paz, ou, então, implorava com ela para perdoá-lo. Imaginava Nari atravessando com passo duro a fazenda, arrancando pela raiz as árvores plantadas com tanto amor por ele e pelo pai. Esforçava-se para não pensar na mãe morando sozinha naquele casarão, cercada de fantasmas e dos fragmentos da vida que havia tido no passado.

COUBE A PHILOMENA PINTO trazer Adi de volta ao presente.

Philomena, a funcionária nova, ocupava a mesa localizada perpendicularmente à dele. Ela era tudo que Adi não era — gregária, animada, sensual, confiante. A primeira vez que a viu, Adi foi fulminado por um desejo que lhe atravessou o corpo da cabeça aos pés. Surpreso e grato, descobriu-se capaz de experimentar uma sensação tão forte. A trindade diabólica Nari-Saraswati-álcool não destruíra, afinal, todas as terminações nervosas, todo e qualquer indício de emoção. Durante dias, ele a observou pelo canto do olho, seguiu a linha de suas pernas até onde elas desapareciam sob a bainha do vestido, eufórico com o som dos seus súbitos acessos de riso, atento à maneira como ela falava no mesmo tom jovial com todo mundo, dos chefes ao rapazinho que servia chá no escritório. Sabia que precisava falar com ela, conhecê-la, mas toda vez que a moça lhe lançava um olhar, Adi desviava rapidamente o seu. Pela primeira vez desejou ter um amigo íntimo em Bombaim, alguém para aconselhá-lo quanto ao melhor meio de agradar àquela moça que começava a enlouquecê-lo.

Ela lhe poupou o trabalho. Uma tarde, quando a maioria dos colegas havia saído para almoçar e Adi comia uma *batatawada* seca em sua mesa, Philomena se aproximou e postou-se diante dele com a mão na cintura.

— Olhe aqui, *men*, por que você não desgruda os olhos de mim o dia todo? Se quer falar comigo, por que não chega logo e fala, na cara, como um sujeito normal?

Adi abriu a boca para protestar, mas lhe faltaram palavras. Ela continuou a encará-lo, e ele foi o primeiro a desviar o olhar.

Dois dias depois, enquanto esperava na fila pelo ônibus BEST para levá-lo ao seu bar favorito de *happy hour*, ele a viu em pé, umas doze pessoas atrás. Nada à vontade, acenou para cumprimentá-la e depois tornou a se virar depressa. Segundos mais tarde, sentiu um puxão na manga da camisa.

— Chega para lá, *men*. Por que ficar lá no final, se tenho um amigo aqui na frente da fila?

Quando o sujeito atrás deles resmungou alguma coisa sobre gente que fura fila, ela o calou com um olhar.

— Sinto muito se fico com os olhos grudados em você — desculpou-se Adi depois que ambos embarcaram no ônibus e pagaram a passagem. — Não quis ofender, juro.

Ela lhe sapecou um beliscão no braço.

— Sei disso, seu bobão. Tudo bem, eu queria mesmo me desculpar pelo sermão do outro dia. Não me incomoda você me encarar. Fico até lisonjeada. Sabe, eu só queria dizer um oi, só isso. Não pensei em outro jeito de falar com você.

Ele riu. Então, surpreso com o som pouco familiar do próprio riso, tornou a rir. Sentia-se enfeitiçado e fora do seu natural, como alguém que respira debaixo d'água. Simplesmente não estava habituado com mulheres tão expansivas, tão candidamente honestas. Quando começaram a sair juntos, Adi desenvolveu tamanha paranóia quanto a alguém do escritório descobrir sobre os encontros que bolava esquemas mirabolantes para despistar os colegas. Depois de anos de secretismo, vivendo nas sombras, não estava preparado para sair da toca e encarar o brilho ofuscante do sol. Num piquenique da empresa, ao qual apenas compareceu porque Philomena também foi, recusou-se a sentar a seu lado, por medo de que alguém lesse em seu rosto quanto gostava dela. Não confiava em si mesmo o bastante para se sentar perto dela sem uma expressão de encantamento no olhar. Philomena respeitou aquele desejo de esconder durante uns dois meses. Então, um dia, negou-se a falar com ele. Quando Adi ergueu os olhos da papelada em sua mesa para encará-la, Philomena, decidida, desviou o olhar. Quase louco de preocupação, temeu que ela não aparecesse no restaurante chinês onde haviam planejado se encontrar depois do expediente. Mas, ao chegar, ela já o esperava. O garçom mal anotara os pedidos quando Philomena desabafou:

— Vou dizer uma coisa, *men*. Não sei quanto tempo vou agüentar isso. Parece que você tem vergonha de mim, como se eu fosse uma doença que precisasse esconder. Prefiro morrer a continuar assim. Você faz com que eu me sinta uma prostituta.

Ele se encolheu.

— Que bobagem, Philomena. Eu só estava pensando em você, na sua reputação, sabe?

— Por acaso você é um político ou um mafioso para pôr a minha reputação em risco se souberem que saímos juntos? Qual é, *yaar*? Não somos mais crianças. Acontece, Adi, que sou uma pessoa franca, aberta. Não posso viver como uma ladra. Se não dá para você, eu me mando agorinha mesmo. Ou você tem orgulho de estar comigo, ou não tem. Além disso, meu bem, é a *sua* reputação que o preocupa, não a minha. Por namorar uma não-parse e tudo o mais.

— De jeito nenhum, de jeito nenhum — respondeu Adi, balançando vigorosamente a cabeça. — O fato de você não ser parse não tem nada a ver com isso.

E era verdade. Adi já decidira que, se a mãe se ressentisse com o fato de Philomena ser católica, ele usaria seu trunfo.

"Escute, mãe", diria. "Philomena não é parse, não nego. Mas é uma *chokri* tão boa para mim que nunca mais tomei um gole de bebida depois que a conheci."

O que não era mentira. Adi se livrara da necessidade de beber como faria com um casaco velho que já não coubesse mais. E Philomena, aparentemente, também exorcizara Saraswati da sua vida.

Ela fez renascer uma parte dele que o encontro com Saraswati sufocara antes mesmo que acabasse de florescer. Adi se maravilhava com a facilidade com que ela despertava partes dele até então mortas. No restaurante chinês, naquele dia, ele lhe disse:

— Querida, você não faz idéia do orgulho que tenho de você. Eu só a escondia por medo de que alguém roubasse o tesouro que encontrei. Mas se você quer que todos saibam, se não se incomoda com as fofocas idiotas, por mim tudo bem.

Atônito, descobriu que acreditava no que dizia.

Começou a jogar cartas com os colegas nas noites de sexta-feira. Espantou-se ao constatar como se sentia à vontade naquele grupo impetuoso e jovem, e como os outros o aceitaram com facilidade. Os tios se queixavam bem-humorados do pouco tempo que passavam com o sobrinho ultimamente, e este os recompensava com seu sorriso feliz e tímido. Adi sabia que em breve teria que levar Philomena para conhecê-los, mas pretendia a todo custo não apressar as coisas, por medo de que algo ou alguém interrompesse esse período de felicidade conquistado a tão duras penas. Havia noites em que Adi e Philomena iam ao Apollo Bunder depois do expediente e ficavam sentados horas a fio admirando o mar. Ou ele a levava até a praia de Chowpatty e os dois descobriam um lugar discreto onde namorar ardentemente nas areias marrons. Apesar do intenso desejo que sentia por aquela mulher que se entregava tão completamente a ele, Adi sempre conseguia se impedir de ir longe demais. Quando fizesse amor com Philomena pela primeira vez, seria numa cama de verdade coberta com lençóis brancos, decidiu.

Por isso ficou pasmo quando, após uma série frustrante de amassos, Philomena se virou para ele e disse:

— Adi, essa espera está se tornando difícil demais, *men*. Será que não podemos ir a um hotel ou algo assim?

Ele a fitou intensamente. No lugar de onde vinha, mulheres que pediam para transar eram consideradas prostitutas, vadias sem princípios. Cabia ao homem a tarefa de insistir, de implorar, de argumentar e adular até conseguir vencer a resistência delas. Por um segundo sentiu-se ofendido, como se Philomena de alguma maneira houvesse roubado seu papel e seu script. Depois, porém, deu-se conta de quanto era sortudo e ficou feliz. Uma mulher o amava o bastante para querer dormir com ele. Em vez de choramingar, de se encolher, uma mulher havia, aberta e francamente, expressado desejo por ele. Uma mulher que se via como uma igual, não como uma vítima.

No sábado seguinte, os dois se registraram num hotel na praia de Juhu. Do quarto podiam ouvir o vaivém das ondas do mar. Aquele som acalmou Adi, dando-lhe a sensação de que aquilo que iam fazer estava em sintonia com a ordem natural das coisas.

Era apenas a sua segunda experiência com uma mulher. A primeira havia sido o infeliz episódio com Saraswati. De alguma forma, Philomena pareceu entender quão frágil e inseguro era o homem que apertava em seus braços. Em comparação, ela dava a impressão de ser experiente e confiante, guiando-o, mostrando-lhe o caminho. Adi fechou os olhos e disse consigo mesmo para se concentrar nas coisas maravilhosas que Philomena dizia e fazia. Perversamente, porém, o rosto vazio de Saraswati não lhe saía da cabeça. O corpo de Adi ardia, mas seu coração era uma pedra de gelo. Philomena foi ardente, apaixonada, confiante — tudo o que Saraswati não havia sido. Despiu-se rapidamente, ansiosa, e depois o despiu — algo que Saraswati não fez. Philomena falou durante o ato, disse a Adi quanto o amava, quanto o desejava — ao contrário de Saraswati. O quarto de hotel era fresco, limpo — o oposto da fétida e calorenta choupana num dos extremos dos campos de Nari. A cama era macia, larga, sólida — o oposto do catre estreito e duro em que ele destruiu Saraswati. Mas quando tudo acabou, no momento imediatamente após o clímax, Philomena emitiu o mesmo som, aquela espécie de soluço contido, que Saraswati emitira. Ao menos foi o que pareceu aos ouvidos febris de Adi.

Nada a fazer agora senão cumprir o protocolo. Nada a fazer senão sorrir e dizer: "Amor, como foi bom! Espero que para você também." Nada a fazer senão fingir exaustão, rolar para o lado e tirar um cochilo. Nada a fazer senão permanecer acordado, sentir um único filete de suor escorrer pelo rosto e saber que se está condenado. Admitir para si mesmo que nem o amor era capaz de salvá-lo. Saber que o pecado era grande demais, que a mancha era profunda demais, que mesmo aquela moça meiga, generosa e sensível que respirava a seu lado não era capaz de salvá-lo do seu justo castigo. Saber que Saraswati estava lá, naquele quarto, azedando-o com sua presença, os olhos escuros vazios a encará-lo acusadoramente, arruinando sua única chance de felicidade. Saber que uma camponesa analfabeta havia conseguido finalmente acabar com a vida do filho de um fazendeiro.

Tamanha foi a secura em sua boca que Adi só conseguia pensar que precisava de um drinque. De repente, irritou-o a presença pesada de Philomena a seu lado, como se quisesse que ela lesse seus pensamentos e sumisse. Sumisse daquele quarto, daquele hotel, da vida dele.

Levou-a para casa assim que os bons modos permitiram. Se ela notou seu desconforto durante a viagem de táxi, nada comentou. Depois de deixá-la em casa, Adi seguiu no mesmo táxi para o bar que há meses não visitava.

Por mais alguns dias manteve as aparências com Philomena, respondendo às perguntas ansiosas da moça quanto ao seu distanciamento com uma falsa animação.

— Querido, o que houve? Você não se arrependeu, não é? — perguntou ela, durante uma pausa no trabalho.

— Não, claro que não — respondeu Adi, desviando o olhar. — É só que, sei lá, talvez eu esteja pegando uma gripe. Acho melhor voltar direto para casa hoje depois do trabalho.

Desviou o olhar da expressão subitamente arguta de Philomena. E não foi capaz de olhá-la nos olhos uma semana mais tarde, quando rompeu o relacionamento. Estavam sentados num reservado do restaurante iraniano preferido dos dois — o mesmo reservado ao qual ele costumava levá-la na hora do almoço para namorar.

— Surgiu um imprevisto — murmurou ele. — Preciso terminar o nosso caso, imediatamente.

— "Nosso caso?" É isso que temos, um *caso*?

Ele encarou calado a xícara de chá que havia pedido, incapaz de erguer os olhos.

Philomena soltou uma gargalhada insolente.

— Vamos lá, *men*. Não seja tão covarde. Não houve imprevisto algum, tirando o fato de que você anda aparecendo bêbado para trabalhar. Ora, não pense que não reparo no seu bafo, fedido como um esgoto. Ou no jeito como anda fugindo de mim como um garotinho. A questão é que você é igualzinho aos outros homens. Eu estava certa, afinal. Você conseguiu o que queria de mim naquele quarto de hotel, e agora que já provou a cereja quer escovar os dentes. Guardar-se para alguma parse boazinha e virginal que a mamãe escolher para você, não é?

Ele a encarou, os olhos faiscando.

— Não sou como os outros homens — atalhou. — Não é nada disso, nada do que está pensando. Eu ainda respeito você, ainda a amo até...

Assustado com a expressão no rosto dela, Adi interrompeu a fala.

— Minha mãe sempre dizia: "Quando um homem afirmar que respeita você, cuidado." Porque, covardão, quando se respeita alguém, não é preciso dizer, *men*. Respeita-se e pronto. Vocês, homens parses, são mais hipócritas do que todos os outros. Tentam agir como se fossem sofisticados e livres, mas no fundo são mais antiquados do que o muçulmano do Bhendi Bazaar com suas quatro esposas.

Adi abriu a boca para protestar, mas ela se levantara da mesa e se postara diante dele como uma montanha — orgulhosa, imperial, esbanjando fúria.

— Realmente achei que você fosse diferente dos outros — repetiu Philomena, com um tom amargo. — Mas você mostrou ser um garoto, exatamente como eles.

Por um momento ele achou que ela fosse chorar e sentiu um aperto no estômago. Imaginou que faria algo violento, que quebraria alguns pratos se ela chorasse. A dor de ferir mais uma mulher seria forte demais para suportar. Em vez disso, porém, ela se recompôs e cuspiu silenciosamente no chão ladrilhado, ao lado do próprio pé. Ele se encolheu, mas de algum jeito fazia sentido, para variar, uma mulher cuspir nele, em vez do contrário. Então, ela foi embora. Um mês depois, Adi aceitou um outro emprego. Jamais voltou a ver Philomena.

Já fazia um ano. Durante todo aquele tempo desde o rompimento com Philomena, ele vinha cultivando seu único hobby: o álcool. Mais uma vez, seus vizinhos no Wadia se habituaram a seus passos tristes, trôpegos, subindo as escadas, altas horas da noite. As crianças percebiam um certo desequilíbrio nele e quase sempre começavam a chorar quando o viam; as mulheres juravam que havia algo de podre a seu respeito; os adolescentes riam dele pelas costas; os pais sentiam um misto de pena e de nojo.

— Alguma *jadoogar* enfeitiçou esse Adi, eu juro — afirmava Dosamai para quem quisesse ouvir. — Quanto *naatak-tamaasha* ele faz. Deveria trabalhar no cinema, com tanto talento para o drama. Imagine! Um parse agindo como um bêbado de rua.

Ainda assim, a seu jeito, os moradores do edifício Wadia cuidavam do bêbado que morava entre eles. Quando os tios foram passar uma semana em Kerala, Adi encontrava toda noite ao chegar um prato de costeletas de carneiro ou de *biryani* do lado de fora da porta de casa. Rusi Bilimoria e Soli Contractor convidaram-no certa vez para jantar num restaurante e passaram a noite aconselhando-o a largar a bebida. E se algum dos meliantes não-parses que vagavam pela vizinhança zombassem de Adi quando ele voltava cambaleando para casa, os vizinhos rapidamente encaravam o fato como uma ofensa a toda a *comunidade* parse. Alternavam, então, a própria fúria: ora contra Adi, por se comportar de forma a permitir que aqueles *ghaatis* analfabetos fizessem pouco dele, ora contra os *ghaatis* que ousavam assediar um parse.

COMO SE O TIVESSE INVOCADO, Adi viu Soli Contractor se aproximar.

— Como vai indo, *bossie*? Pronto para pensar em ir para casa? — perguntou Soli.

— Estou bem — mentiu Adi. — Está tudo bem. Eu só precisava tomar um pouco de ar. Está pretendendo ir embora, tio Soli? Posso pegar uma carona?

— Jimmy providenciou para que o pessoal do Wadia voltasse junto para casa. Alugou um microônibus ou algo do gênero — disse Soli. — Mas pediu que alguns membros da velha guarda esperassem um pouco mais depois que todos se fossem. Disse que tem uma surpresa para nós. Então, se não se incomoda de esperar...

Apesar do desejo anterior de privacidade, Adi percebeu de repente que não tinha condições de encarar a solitária viagem de volta num táxi.

— Eu espero — disse ele. — Quer dizer, desde que tio Jimmy não se importe que eu fique por aqui.

Soli Contractor examinou de perto o rosto inchado, que um dia fora bonito, do jovem diante dele. Sentiu uma onda de pena invadi-lo. "Que desperdício", pensou consigo mesmo. "Que droga de desperdício para um sujeito tão jovem."

— Tenho certeza de que Jimmy não vai se importar, *deekra* — respondeu com carinho. — Afinal, você é parte da família Wadia.

Adi desviou o olhar.

— Obrigado — sussurrou, torcendo para que Soli parasse de olhá-lo.

Uma súbita algazarra de vaias e aplausos se fez ouvir.

— Vamos, Soli — chamou uma voz. — Estamos esperando você para abrir a nossa surpresa.

— Eu juro, *yaar*, que ele é pior do que uma noiva envergonhada — disse outra voz.

Adi levantou-se cambaleante e começou a se encaminhar para onde estava o grupo. Soli segurou o braço do jovem para tentar lhe firmar o passo instável.

— Adi, se algum dia você precisar de um amigo com quem conversar... — principiou.

Os dois já haviam trilhado aquele caminho antes.

— Tio Soli — disse Adi, num tom que soou áspero até mesmo aos seus ouvidos —, eu já disse que está tudo bem. Por favor.

Soli se retesou.

— *Accha*, tudo bem, então.

Quando alcançaram o grupo, Soli percebeu um lampejo de irritação no rosto de Jimmy Kanga ao ver Adi; sabia que Jimmy não tinha nem tempo nem paciência para o rapaz. Mas, um momento depois, o sorriso que se apoderara do rosto de Jimmy durante toda a noite já estava de volta.

Jimmy deu um abraço rápido em Soli e o presenteou com uma caixa forrada de cetim cor-de-rosa. Soli percebeu que todos os casais tinham no colo uma caixa igual à sua.

— Soli, para comemorar o casamento do meu filho, Zarin e eu queremos lhe dar isto. Não é nada de mais, apenas um símbolo do nosso amor por todos vocês e da nossa gratidão pelo papel que tiveram na vida de nós três.

Arrastando Adi com ele, Soli encontrou uma cadeira vazia e começou a abrir o presente.

NOVE

Era um álbum de fotos.

O grupo de homens e mulheres de meia-idade sentado em semicírculo se debruçava sobre os álbuns equilibrados no colo. Sheroo e Bomi Mistry contemplaram a capa, em que se lia *Lembranças do edifício Wadia*. Tehmi estava a algumas cadeiras de distância, segurando, empertigada, seu exemplar no colo. Mehernosh e Sharon, de mãos dadas, pareciam um farol com seus cabelos negros se destacando naquele mar grisalho. Também eles tinham um álbum nas mãos. No meio do grupo sentavam-se Jimmy e Zarin Kanga, satisfeitos e animados como crianças.

— Tem fotos aqui que não olhamos há mais de trinta anos — comentou Jimmy. — Zarin merece boa parte do crédito por reuni-las. Na verdade, a idéia foi dela. Fico feliz que as cópias tenham saído tão boas.

Por força do hábito, Rusi Bilimoria enxugou as mãos na calça antes de tocar o livro e virar a primeira página. Deixou escapar uma gargalhada, imediatamente ecoada pelos demais. A primeira foto era de um Jimmy muito jovem e muito sujo dormindo ao lado de um porco muito jovem e muito sujo.

— Deixe-me ver — murmurou Coomi, puxando mais para perto o álbum e posicionando-o no colo de ambos. Contrariando o hábito, Rusi não se incomodou com a proximidade forçada da esposa. Na verdade, era bom sentir o calor do braço de Coomi ao roçar no dele.

— Ai, que tempo bom — disse Soli com um risinho, olhando, alternadamente, da foto para Jimmy. — Devíamos ter vendido esta foto para os advogados da promotoria quando o nosso *bara sahib* defendeu aquele caso no Supremo Tribunal.

— Quer dizer que foi esse o porco que quase me impediu de nascer? Sujeito interessante. O porco, é claro — disse Mehernosh, abrindo um largo sorriso para o pai.

Coomi virou mais uma página. Duas fotos. Ambas do grupo, daquele fim de semana passado em Pune. Como pareciam absurda e assustadoramente jovens, pensou Rusi. Com quanta confiança encaravam a lente da câmera, convencidos de serem capazes e fortes o bastante para olhar a vida do alto dessa superioridade. Olhando rapidamente o grupo à sua volta, Rusi teve dificuldade para identificar naqueles homens e mulheres grisalhos e encurvados os jovens eretos e bonitos da fotografia. Seu coração se rebelou, por um segundo, contra a injustiça daquilo tudo, a injustiça de envelhecer. Que desperdício imaginar que todo o esforço profissional, o sucesso financeiro, as conquistas amorosas, os sonhos, as noites inflamadas pelo desejo ou pela ambição terminem assim, nessa vala comum de queixos duplos, ossos fracos e carne flácida. E, como se as mudanças externas, superficiais — o enrugamento da pele, o arquear das costas, a fraqueza das pernas —, não bastassem, ainda era preciso computar as mudanças internas — a abominável redução da coragem, a perda do brilho nos olhos, o peso do pessimismo no coração, a impossibilidade de sonhar e o terrível medo do futuro. "Esse é o genuíno envelhecimento", pensou Rusi, "e as mudanças externas não passam de um mero espelho dos corações amarelados e enrugados pelo tempo".

Ele podia sentir a impaciência de Coomi sentada a seu lado.

— Posso? — perguntou ela, virando outra página sem esperar a resposta.

E mais lembranças pularam do álbum. Havia uma foto de Soli plantando bananeira no exclusivíssimo clube Gymkhana de Bombaim, com um sorriso largo para a câmera. Rusi contemplou o jovem atarracado, musculoso, de cabelo escuro, e procurou nele, em vão, um vislumbre do senhor careca sentado à sua frente. As únicas coisas que os dois tinham em comum eram aquele sorriso enorme e um humor que permanecia incontrolável. Rusi foi tomado de afeição pelo amigo. "Aquela Mariam tratou-o muito mal", pensou. "Soli conheceu a traição tão jovem!" Os outros raros relacionamentos que teve depois de Mariam também acabaram em fracasso, sabia Rusi. Ainda assim, milagrosamente, uma parte de Soli continuou receptiva às promessas do mundo. Certa vez, Rusi acompanhou o amigo a um concerto de Beethoven no auditório Homi Bhaba e viu um lado de Soli que lhe era desconhecido. Soli, que Rusi considerava um bufão de coração generoso, sentou-se imóvel e arrebatado, com uma expressão no rosto que sugeria que ele tinha acabado de ver a face de Deus. Olhando o amigo agora, o topo da sua careca reluzindo sob as luzes, Rusi decidiu se assegurar de que Soli respondesse à carta de Mariam. Como um monstro debaixo da cama de uma criança, o passado precisava ser enfrentado, concluiu Rusi. Ele próprio representava um bom exemplo das conseqüências de um passado malresolvido. Sentiu, naquele momento, o silêncio fino e retesado entre ele e Coomi estalar como um elástico de encontro ao seu coração.

Mais fotos. De Jimmy suando sob o sol escaldante de Bombaim, vestindo uma inadequada jaqueta de couro e imitando a cara de mau de Marlon Brando ("Que diabo foi isso, Jimmy? Uma fantasia para uma peça?"). De Bomi e Sheroo — os primeiros do grupo a se casarem — na recepção de casamento, Bomi piscando para a câmera e apontando dois dedos para a cabeça na imitação de uma arma ("Você é um *gadhera,* Bomi. Como é que eu nunca vi essa foto? Como se eu é que tivesse perseguido você e não o contrário. Até no próprio casamento tinha de bancar o palhaço?"). De Coomi, esbelta e linda na beca negra da formatura ("Vou lhe dizer uma coisa, *yaar*, a Coomi sempre foi o geniozinho do grupo. *Ae,* Coomi, lembra que o professor Sinha era totalmente *lattoo-fattoo* por você na faculdade? Chegava até a esquecer as aulas quando você entrava na sala"). De um Rusi sorridente de camiseta branca e short cáqui, pendurado numa árvore no Jardim Victoria, com Sheroo a seu lado, segurando a cabeça numa pose de terror fingido ("Olhem o Rusi e suas pernas de caniço. Os galhos da árvore são mais grossos que as pernas dele").

Então, como se alguém apertasse um interruptor, a brincadeira cessou. A virada de uma página revelou duas outras fotos, fotos que muitos dos presentes passaram anos tentando esquecer. Cyrus Engineer aparecia no meio do grupo de garotos embasbacados, os olhos semicerrados por causa do sol fixos na câmera, apoiado no bastão de críquete — para todos os efeitos, aos olhos do mundo, um jovem príncipe. O sol do meio-dia iluminava a franja castanha que lhe caía na testa, e o sorriso estampado em seu rosto era largo como um continente. Mesmo avaliado através do prisma do tempo, não restava dúvida de que Cyrus era bonito. A outra foto, abaixo dessa, mostrava Cyrus e Tehmi sentados sob uma árvore no *maidan* de críquete onde ele treinava o time do edifício Wadia. Com o uniforme branco manchado de marrom da terra do campo, Cyrus descansava a cabeça no ombro de Tehmi, o olhar intenso e brilhante encarando a câmera. Até para um observador qualquer, era evidente que Cyrus estava profundamente apaixonado pela mulher da foto.

— Uau! Quem é o galã com essa moça? — perguntou Sharon Kanga, sem reconhecer a mulher de rosto jovem da foto.

Vários pares de olhos se voltaram lentamente na direção de Tehmi, que contemplava a fotografia com um sorriso triste e misterioso. Justo quando todos acharam que ela deixaria Jimmy responder à pergunta, Tehmi falou:

— É o meu Cyrus. Ele foi... Ele é meu marido. Morreu. Há muito, muito tempo.

Fez-se um breve silêncio constrangido. Cutucado por Zarin, Jimmy finalmente interveio.

— Tehmi, me desculpe se cometi um erro. Minha intenção foi fazer uma homenagem. Cyrus teve uma influência tão grande na minha...

— Não, não foi um erro — disse Tehmi. E, após uma pausa, prosseguiu: — Na verdade, me enche de orgulho o fato de Cyrus fazer parte de um grupo de pessoas tão bacanas — concluiu, com um sorriso rápido e tímido que causou em todos um surpreso suspiro de prazer.

Rusi viu o sorriso e sentiu uma pontada de culpa. Tehmi sempre havia sido do tipo calada, mas ele e os outros realmente gostavam dela quando Cyrus era vivo. Como podiam tê-la abandonado depois que ele morreu? O edifício Wadia abrigava muitas almas perdidas, e essa era mais uma. Relembrou a própria responsabilidade no fato de Tehmi ter virado uma reclusa. Será que ele e os outros poderiam ter mudado isso? Será que haviam desistido com demasiada facilidade, desencorajados pelo mau hálito e o mau gênio de Tehmi? Depois daquele encontro na rua, quando farejou pela primeira vez o problema dela, Rusi fez várias outras tentativas de entrar em contato com a viúva. No entanto, toda vez que tocava a campainha, Dinabai abria a porta e recitava desculpas para a filha não poder recebê-lo. A velha aparentava gratidão pelo esforço de Rusi, mas algo em seus olhos também dizia que era inútil tentar alcançar Tehmi. "E, seja honesto", disse Rusi consigo mesmo agora, "não era um alívio a recusa de Tehmi em falar com você? Não é verdade que você tinha medo de que o mau hálito dela o fizesse virar o rosto, magoando-a novamente?". Voltando no tempo, Rusi também recordou outra coisa. Passadas algumas semanas, Khorshed Bilimoria chamara o filho para um canto e o aconselhara a parar de ir com tanta freqüência à casa de Dinabai.

— Sei que a sua intenção é boa, Rusi, e que você não passa de um garoto. Mas sabe como são os vizinhos. Não quero essas línguas ferinas fofocando sobre você e a jovem viúva.

Rusi ergueu os olhos para o céu sem estrelas e bebeu outro gole do uísque. "Fui incapaz de ajudar tanta gente na minha vida", pensou. Ao contrário de Jimmy, cujo toque de Midas contagiava qualquer um com quem tivesse contato, das famílias parses pobres de que cuidava em Udwada até Zarin, a esposa. Jimmy fazia todo mundo feliz, exatamente do jeito como Rusi sonhara levar a vida. As ambições da juventude — o desejo de um negócio bem-sucedido, a esperança de uma família grande — derivavam todas do desejo central de gerar felicidade a partir do seu cantinho no mundo. O que outros viam como ambição pessoal nada tinha de pessoal. Mas coisa nenhuma funcionou conforme o planejado. Ele não foi capaz de ajudar Tehmi. Estava convencido de que Coomi acreditava que ele lhe destruíra a vida. E ao casar-se com Coomi, enchera a vida da mãe de desarmonia e sofrimento. Na verdade, a única pessoa que conseguiu ajudar foi Binny. Ela era sua única história de sucesso. Para ajudá-la, precisou matar a si mesmo, mas tudo bem. Enfiou uma faca no próprio coração, mas essa mesma faca também cortou as amarras de Binny com as mazelas de Bombaim. Ele a libertara. Deixara-a livre para voar, para ascender. Livre para levar a vida que o destino não previu para ele.

Como se tivesse sido invocada pelo pai, Binny olhou para ele das páginas do álbum. Rusi deixou escapar uma exclamação de prazer.

— Olhe, é a minha Binny! — exclamou, contornando com o dedo o rostinho doce no papel. A seu lado sentiu Coomi sorrir ante a imagem da filha aos sete anos.

Na foto, Binny aparecia vestida de caubói para uma festa a fantasia na casa de Jimmy. Ela olhava carrancuda para a câmera, as mãos nos quadris, pronta para sacar uma arma. A expressão em seu rosto fez Rusi sorrir, e, erguendo os olhos, ele encontrou uma expressão similar no rosto de todos os amigos.

— Essa Binny... Sempre foi uma canastrona — disse Sheroo. Depois, como para se assegurar de que suas palavras não fossem mal interpretadas, acrescentou: — Nossa, que saudades sinto dela. *Chal ne*, Rusi. Ligue para essa sua filha e fale para ela se apressar e nos dar um bebezinho. Já está na hora de encher o Wadia de sangue novo. Se não fossem os Lakdawala e os Vajifdar, não teríamos crianças no prédio.

Após confirmar com uma olhadela que ambas as famílias haviam se retirado, Sheroo prosseguiu:

— E eles são recém-chegados, afinal. Meio metidos, também. Nada é mais como nos velhos tempos, quando Binny e Mehernosh entravam e saíam dos nossos apartamentos. Falo sério, não acho graça nenhuma em viver cercada por todos esses *boodhas* que são vocês.

Apesar da idade, Sheroo sempre se orgulhou de ter bom relacionamento com a geração mais nova.

Bomi mordeu a isca.

— Desculpem a ignorância da minha mulher — disse, bem-humorado. — Ela não sabe que a Inglaterra, onde a Binny mora, não fica no edifício Wadia. Mesmo que Binny tenha um bebê, e rezo para ela ter logo, como é que ele vai trazer sangue novo para o Wadia, meu bem?

Bomi voltou o olhar meio embriagado para Mehernosh.

— Não, precisamos contar com a ajuda do nosso jovem garanhão aqui — disse Sheroo. — Cabe a ele e a Sharon vir em nosso socorro. Ainda que morem em Cuffe Parade, o filho deles será o nosso mais novo morador. Vai poder ficar com os avós nos fins de semana. Mas anotem o que eu digo: Mehernosh e Sharon estarão de volta ao Wadia num piscar de olhos. Afinal, quem é capaz de resistir às belas atrações do nosso prédio, como Dosamai nos espionando por trás das cortinas, e os aromas deliciosos que há nele, como os que nos presenteiam os sem-teto, que usam o muro do Wadia como mictório? Garanto que Cuffe Parade não tem metade do mijo que a nossa amada vizinhança colecionou ao longo dos anos.

— *Chup re, besharam.* Cale a boca — repreendeu-a Bomi. — Por que você bebe tanto, se o álcool lhe provoca diarréia verbal?

Os outros receberam com um risinho a habitual implicância bem-humorada entre Bomi e Sheroo.

Coomi tomou a palavra.

— Seja como for, o argumento central de Sheroo é válido. Seria ótimo ouvir o barulho de pezinhos correndo pelo prédio. Já faz tanto tempo que eu saía pelos corredores atrás de Binny! Olhe, Mehernosh, só espero que você e Sharon não nos façam esperar tanto quanto a Binny.

Mehernosh sorriu.

— Tentaremos não desapontar vocês todos, tia Coomi — disse brincando enquanto acariciava a mão de Sharon. — Afinal, nosso desejo é agradar.

— *Sukhi re, sukhi re* — murmurou Sheroo. — Que vocês sejam felizes para sempre.

Rusi engoliu o que restava do uísque, e, como anfitrião atento que era, Jimmy imediatamente fez um sinal para o motorista.

— *Ae*, Hari, traga outra garrafa de uísque e mais soda, sim? Vamos lá, *fatta-faat*. E refrigerantes gelados para as senhoras.

Hari circulou pelo grupo enchendo os copos vazios de todos. Rusi ergueu o seu para tomar outro gole, mas Coomi virara mais uma página do álbum, e sua mão com o copo congelou a meio caminho dos lábios. Seus olhos contemplaram uma foto dos dois.

Lembrou-se daquele dia ventoso na praia. Ele e Coomi haviam caminhado toda a extensão da areia, planejando o casamento, rindo e se abraçando, na expectativa da felicidade que os aguardava. "Acreditávamos no que dizíamos, nas nossas profecias", dava-se conta agora, impressionado. Bastava olhar a foto para ter certeza disso. Observou-se de forma isenta, como se visse a foto de um estranho. Reparou no ângulo altivo da cabeça, na arrogância do olhar, na testa desanuviada e tranqüila, na postura ereta. Como podia parecer tão alto? Dava a impressão de possuir duas vértebras extras naquela época. Mais que tudo, reparou nos olhos, que ardiam como carvão em brasa em seu rosto. Olhos de um homem que não temia o que o futuro lhe reservava. Olhos que não demonstravam ansiedade, que não desejavam vislumbrar além da esquina nem dispor de uma bola de cristal. Olhos fixados no presente e que encaravam a vida de frente. "Esses olhos", pensou agora, "não faziam idéia do que veriam vida afora, quantos desapontos e tormentos testemunhariam. Olhos de uma criança". De repente, o menino que ele fora um dia lhe despertou, ao mesmo tempo, inveja e irritação.

Mas havia outra pessoa na foto: Coomi. Meio a contragosto, notou como ela era bonita, admirou as sobrancelhas arqueadas, as feições bem-delineadas, os dentes brancos e fortes, o cabelo longo, escuro, que emoldurava aquele rosto. Mas o que lhe tirou o fôlego foi o misto de amor e ternura na expressão de Coomi. Ela olhava para ele, o rosto erguido cintilando de amor e paixão. O braço direito lhe envolvia a cintura, puxando-o para perto de si, os corpos dos dois fundidos da cintura para cima. Rusi sentiu as lágrimas arderem em seus olhos. Há quanto tempo não via aquela expressão em Coomi! Sentiu uma necessidade urgente de vê-la mais uma vez que fosse, de sentir-se amado e protegido só mais uma vez. Sabia que era perigoso pensar assim, mas cedeu àquele impulso, permitiu-se considerar o que precisariam fazer, os dois, para voltar um dia a ter carinho um pelo outro. Mas nada lhe ocorreu. Em vez disso, pensou na mulher com quem conversara mais cedo naquela noite. Como se chamava mesmo? Sharmila. Rusi tinha relutado em conversar com uma mulher atraente no casamento de Mehernosh, pois sabia que isso equivalia a entregar a cabeça numa bandeja de prata à fábrica de fofocas de Dosamai, mas não deu bola. Gostou do jeito como Sharmila prestava atenção ao que ele dizia, gostou do olhar avaliador e curioso da mulher. Teve a sensação de que, se propusesse um encontro, ela aceitaria. Mesmo tendo lhe dito que era casado. Sabia, porém, que jamais a veria novamente. Estava velho demais, cansado demais, para embarcar num caso de amor; nada tinha a oferecer a uma mulher exceto um rol de fracassos.

— Não é justo — ouviu Coomi dizer e, sentindo-se de repente culpado, achou que ela lera seus pensamentos. Mas Coomi havia se dirigido ao grupo. — Não é justo que tenhamos sido tão jovens um dia e agora só nos reste lidar com problemas cardíacos, cirurgias de hérnia e artrite. Visitei três pessoas no Hospital Parse só no mês passado. Não, não é justo que tenhamos sido tão jovens. Olhem para nós, um dia fomos realmente bonitos. Hoje até isso é difícil de imaginar.

— Mas ainda somos bonitos — atalhou Soli, tão baixinho que os outros se perguntaram se ele havia mesmo falado. — É só um outro tipo de beleza. É como... Beethoven continuou a compor mesmo depois de ficar surdo, sabiam? E parte da sua obra desse período é fantástica... Tio Abe dizia sempre que o sofrimento e a velhice tornaram a música dele ainda mais rica... É o que acontece conosco.

— Quem é tio Abe? — perguntou Jimmy, pronto para investir contra a profundidade filosófica incomum do amigo. Era difícil para Jimmy levar Soli a sério. — Que baboseira é essa, velho?

Mas Soli continuou sério, os olhos cinzentos embaçados.

E Rusi achou que entendia tanto Coomi quanto Soli — entendia a coragem de uma, a sua revolta, veemente como a fúria dos frustrados, contra o tempo, e também a sabedoria do outro, a aceitação da limitação, a transcendência do tempo. Coomi e Soli haviam dito uma verdade do fundo do coração. Rusi agradeceu por isso. A noite toda, depois de ouvir a triste história de Kashmira, sentira-se inquieto, dividido por emoções conflitantes, contraditórias. O uísque cumpriu sua função, deixando-o expansivo, mas também lhe despertou um certo desespero, como se o planeta fosse um despertador gigante e só a ele coubesse ouvir seu tique-taque incessante. Queria salvar todos eles, toda essa coleção de corações partidos, dedos com artrite e pele flácida que o cercava, esses homens e essas mulheres que ele amava e temia ao mesmo tempo. E como alguns já contavam idade avançada, toda reunião como esta era carregada de comoção, de ameaça. Ninguém sabia quantos ainda estariam vivos da próxima vez que se encontrassem para comemorar uma ocasião festiva. Ninguém sabia se a próxima vez que se encontrassem seria uma ocasião festiva.

Rusi se deteve. "Que raciocínio mórbido", reprovou a si mesmo. "Todos neste grupo são saudáveis e fortes. Isso é o que Binny não cansa de censurar em você, os pensamentos negativos. Pare. Pare agora." No entanto, dessa confusão emocional emergiu uma meta clara: ele queria destilar parte dessas idéias até que se tornassem puras como o uísque em seu copo e depois ofertar essa verdade cristalina a Mehernosh como um buquê de rosas. Todas as lições aprendidas, todas as coisas impossíveis de comunicar a Binny por telefone, Rusi queria dizer a Mehernosh agora. O rapaz, afinal, era apenas alguns meses mais jovem que a sua Binny. Embora mais moço que Rusi, Jimmy Kanga não havia perdido tempo para se casar com Zarin nem para ter seu filho único. "É claro", pensou Rusi, com um sorriso triste. Homens como Jimmy jamais esperam. Não precisam esperar. E agora ali estavam, no casamento de Mehernosh. Binny se casara com Jack na Inglaterra, uma cerimônia civil íntima, à qual Coomi e ele compareceram. Rusi quis dar uma grande festa para a filha quando ela e o marido visitaram Bombaim um ano depois, mas a moça não aceitou sequer pensar na idéia.

— Você me conhece, pai. Eu morreria se tivesse que bancar a rainha por um dia. Tudo bem, é só jeito de falar. De qualquer forma, a mãe de Jack nos torceria o pescoço se soubesse que deixamos você dar uma festa para nós depois de recusarmos todas as tentativas dela. Não, se vocês quiserem, podemos ir nós quatro a algum lugar tranqüilo para comemorar.

Rusi sabia, porém, que parte da recusa de Binny tinha a ver com a situação financeira dele. A filha simplesmente não queria que o pai gastasse dinheiro com ela. Diante da oposição conjunta de Binny e Jack, Rusi desistiu. Não haveria recepção em Bombaim para sua filha única. Mais um sonho arquivado.

Ainda assim, aquela vaga sensação de vergonha e decepção permaneceu, como uma espinha de peixe entalada na garganta. Toda vez que ia a um casamento, acabava tendo um flash de Binny e Jack no lugar dos noivos. Rusi sabia que a tradição parse não permitia à filha casar-se numa cerimônia religiosa com um rapaz não-parse, mas ele teria gostado de uma recepção. Binny e Jack poderiam sentar-se num palco decorado com flores enquanto Rusi circulasse pelo salão, orgulhoso como um pavão, afagando ombros e apertando mãos.

Mas nada disso aconteceu. Assim, Rusi tinha agora uma sensação meio oca no casamento de Mehernosh, uma vergonha de invejar um homem decente como Jimmy e de se ressentir da sorte do amigo. Mas também se orgulhava de Mehernosh como um tio de verdade, via com euforia o futuro promissor do rapaz. Mehernosh era um garoto meigo, inteligente, e, como muitos moradores do Wadia, Rusi ficara encantado com o seu retorno dos Estados Unidos. Foi uma espécie de vitória arrancar aquele corpo das mandíbulas do monstro que engolia tantos jovens parses. Mehernosh havia estado no ventre da besta, mas não se deixou seduzir pelo seu brilho e suas promessas. Só isso já era motivo suficiente para comemoração e deslumbramento. De repente, Rusi sentiu vontade de comemorar.

Ele não tinha o hábito de falar em público e por isso ficou surpreso ao ouvir a própria voz dizer o nome de Mehernosh.

— Mehernosh, eu gostaria de dizer uma coisa a você e à sua noiva. Alguns conselhos de um velho, digamos.

Ignorou os murmúrios bem-humorados e as exclamações exageradas, do tipo "Ai, não!" ou "Já chega de bebida para ele. Lei seca já!".

Sentiu Coomi retesar-se a seu lado como se temesse que o marido fosse dizer algo que tivesse, de alguma forma, relação com ela. Também Jimmy adotou uma expressão cautelosa, parecendo pronto a intervir caso Rusi falasse algo capaz de lançar uma sombra que fosse sobre a noite que ele tão cuidadosamente arquitetara. Mas Rusi ignorou todo mundo e encarou, decidido, Mehernosh.

— Não sou um sujeito letrado, Mehernosh — começou. — Você é mais instruído e já viajou para mais longe e subiu mais alto do que eu jamais hei de conseguir. No entanto, levo uma vantagem sobre você. Sou mais velho. Claro que olhando a minha pele flácida e a minha cara feia talvez seja difícil acreditar que considero a velhice uma vantagem. Porém, embora o tempo nos tire um bocado de coisas, ele também nos dá algo. Eu não ousaria chamar de sabedoria esse algo, mas a verdade é que não se pode viver o tanto que vivi sem aprender um pouquinho.

A seu lado, Rusi sentiu Coomi relaxar. Quando bebeu um golinho do uísque, sua mão roçou na dela e ele sentiu uma explosão de calor percorrer seu corpo.

— Mehernosh, o que aprendi é simples: a vida anda mais depressa que nós. Durante todo o tempo que desperdiçamos contando piadas, parados nas esquinas, indo a festas, dormindo oito horas por dia, a vida seguia em frente, como um rio que não conseguimos acompanhar. Esse rio não espera enquanto construímos uma ponte para cruzá-lo; ele continua fazendo o que tem que fazer. É assim que são os rios: eles correm. Por isso é importante não perder tempo, não desperdiçar um único dia nem um minuto que seja de um dia. É importante fazer bom uso de todo o tempo que nos é dado. Eu acreditava nisso na juventude e continuo acreditando hoje.

Rusi fez uma pausa de um minuto, obrigando seu cérebro bêbado a prosseguir pelo labirinto que construíra para si próprio.

— Mas aí temos um paradoxo — prosseguiu. — Se deixarmos de fazer tudo que pareça perda de tempo, que pareça desperdício, a própria vida perde o sentido. Contar piadas, caminhar na praia, se apaixonar... De tudo isso um homem se lembra no fim da vida. Se teve um número suficiente dessas experiências, ele morre rico. Do contrário, morre sem nada, ainda que sua conta bancária esteja recheada. E isso, Mehernosh, isso foi uma coisa que demorei um bocado para aprender. De certo modo, é uma lição que ainda estou aprendendo.

Fez-se um silêncio constrangido, fruto de um consenso implícito de que Rusi se desnudara demais, que havia injetado numa ocasião festiva uma solenidade inadequada. Sheroo acudiu em seu socorro.

— *Wah, wah*. Passei todos esses anos achando que Rusi era empresário e hoje descubro que ele é o nosso rei filósofo. De agora em diante, vou chamar você de Aristóteles, Rusi.

Os outros caíram na gargalhada.

— Gente, vamos acabar de ver o álbum. Só faltam duas páginas — interveio Jimmy, apressado.

Rusi viu que estava prestes a perder sua platéia. Teve uma sensação de enorme decepção, sabendo que suas palavras não haviam revelado nem a amplitude de seus pensamentos, nem o latejar do seu sangue. Queria dizer tão mais, queria descrever para todos esse maravilhoso sentimento de conexão que o invadira. Sentado ali, sentia-se fisgado pelo universo, como se o sangue pudesse fluir diretamente para o mar da Arábia e seu coração fosse um continente à espera de ser descoberto. Queria descrever para todos a harmonia absoluta da sua mente com o mundo exterior — o jeito como às vezes tinha a impressão de não existirem fronteiras entre o que acontecia do lado de fora e o que ocorria dentro dele. Queria falar dos dias em que a sua cabeça era como um globo. Todas as guerras jamais travadas e toda a paz jamais firmada, todo coração partido e toda carne restaurada, toda criança nascida, todo homem falecido, toda a história destilada em sua própria vida. Mas como dizer essas coisas sem que soassem absurdas? Mehernosh já o olhava com uma expressão de profunda preocupação. Soli abrira e fechara a boca várias vezes, como se quisesse resgatar o amigo de um prédio em chamas mas não soubesse como. Zarin estampava um sorriso artificial, constrangido, enquanto Bomi procurava atrair a atenção de alguém para poder provocar uma gargalhada. Rusi buscou Coomi com o canto do olho, mas o rosto dela não demonstrava emoção alguma.

De repente lhe ocorreu o que ele queria dizer a Mehernosh, de forma tão clara como se as palavras estivessem datilografadas numa folha de papel.

— Mehernosh — disse Rusi. — Já me fiz de bobo o bastante por uma noite, mas, já que você é como um filho para mim, vou tentar novamente. O que quero dizer é muito simples: seja feliz. Em vários lugares, isso é fácil. Nos Estados Unidos, me disseram, essa frase está escrita até na Constituição. Mas na Índia, não. Não na nossa *comunidade* parse. Aqui sempre nos dizem para não rirmos alto demais, não sonharmos grande demais, não voarmos para longe demais. Desde criança ouvimos que o orgulho vem antes do tombo. Mas, Mehernosh, um homem que mergulha para pegar peixe pega peixes. Quem tem por meta as estrelas alcança uma estrela. Por isso, quem tem peixes só pode partilhar peixes, não estrelas. Ninguém pode partilhar o que não tem, entende? A vida toda nos disseram que Deus não deseja que sejamos orgulhosos, que Deus corta as asas de quem voa alto demais. Mas acontece que ninguém conhece a fita métrica de Deus. Muita gente da nossa comunidade vai tentar puxar vocês para baixo, vai dizer que vocês não têm direito à própria satisfação, vai lhes mostrar toda a miséria do mundo para provar o próprio argumento. Mas ouçam com atenção: vocês não só têm o direito, mas também a *obrigação* de serem felizes. O que estou dizendo é o mesmo que eu diria à minha Binny. Todos aqui somos praticamente seus parentes. A maioria viu você nascer. Nós precisamos que vocês sejam felizes, *beta*. Por nós. Por todos nós. É a única forma de dar sentido a tudo isso — a esta cidade que é o inferno na Terra, a esta vida em que sacrificamos coisas demais, às perdas e decepções que todos sofremos. Nossa oportunidade chegou e se foi. Alguns de nós se saíram melhor que outros, mas os jovens, como você e Sharon e a minha Binny, representam a nossa esperança, a nossa expectativa. Desejamos que vocês tenham todo o sucesso e a felicidade do mundo. Acima de tudo, precisamos que isso aconteça. E precisamos que venha de *vocês*. Entendem o que quero dizer?

Rusi parou de súbito, exausto e repentinamente mortificado. Uma timidez pesada se abateu sobre ele, obrigando-o a baixar os olhos. Rezou para que alguém quebrasse o silêncio insuportável que se fechou à sua volta como fumaça espessa. Sentiu o olhar de Coomi pousado nele, mas faltou-lhe coragem para erguer os olhos, por temer o que veria no rosto dela.

— Entendo.

As palavras soaram como um tiro no silêncio constrangido.

— Entendo perfeitamente o que você quer dizer. *Perfeitamente.*

Era Coomi. Rusi se voltou, lentamente, para encará-la, como um sonâmbulo que desperta do sono. O rosto de Coomi reluzia e estampava uma expressão feroz, protetora, que parecia ameaçar quem pretendesse destruir seu marido frágil, sentimental, com palavras ou gargalhadas. Rusi tinha uma vaga lembrança dessa expressão, lembrança de anos antes. Aquele olhar o fazia se sentir onipotente, protegia-o contra a própria fraqueza e o convencia de que ele era capaz de depositar toda a riqueza do mundo aos pés de Coomi. Rusi não sabia o que havia dito ou feito para ressuscitar aquela expressão, mas estava grato. Subitamente lembrou-se de como a esposa havia tentado se reconciliar com ele no período seguinte à morte da sogra e como ele rejeitara tais tentativas. Perguntou-se agora se cometera um erro. Sentiu uma dor aguda ao pensar nos anos desperdiçados, estéreis, que ficaram para trás e que viriam pela frente.

Foi quando ouviu o barulho. Todos estavam aplaudindo. Curiosa e inexplicavelmente, ele estava sendo aplaudido. As palmas, lentas no início e depois vigorosas, davam a impressão de que se tratava de um concerto sinfônico. "Bravo, bravo", exclamou uma voz. "Isso mesmo, rapaz, isso mesmo", ecoou outra.

Mehernosh havia se levantado e tentava agora levar Rusi a fazer o mesmo. O jovem deu-lhe um abraço caloroso.

— Uau, tio Rusi. Se soubéssemos que você era tão bom de discurso, papai e eu o teríamos convidado para ser nosso sócio há muito tempo.

Todos riram. As palavras de Rusi haviam feito o grupo inteiro, de repente, encarar Mehernosh sob um novo ângulo. Embora Mehernosh fosse parte do passado deles, agora viam no garoto o futuro, e isso animou a todos.

— Rusi tem razão. Você precisa manter vivo o nosso orgulho, Mehernosh. Garanto que um dia vai acabar ministro da Justiça da Índia — disse Sheroo.

Jimmy riu.

— Não é tão fácil assim, minha cara Sheroo — observou com um sorriso.

Como abelhas em fúria, os demais se voltaram contra ele por estar interferindo no novo sonho que tinham para Mehernosh. As palavras de Rusi haviam eleito Mehernosh como o guardião do futuro de todo o grupo, e essa visão era estimulante.

— Se há alguém capaz disso, esse alguém é Mehernosh.

— Nossos rapazes parses precisam ficar por cima novamente. Não é mais como nos velhos tempos, quando mandávamos nesta cidade. Agora até aqueles maratas mascadores de *paan* são mais instruídos que nós.

— *Arre*, em poucos anos, nem no Banco Central vai haver parses chefiando departamentos.

— É bem provável que haja mais parses hoje no Bank of America do que no nosso Banco Central.

— Não me fale dos Estados Unidos. Lembra daquela história da velha do saco cheio de baratas, que os nossos pais contavam para nos assustar? Ultimamente ando pensando que os Estados Unidos são aquela mulher, seqüestrando todos os nossos filhos.

— *Arre*, *baba*, é difícil resistir à tentação da riqueza americana. Não é à toa que chamam os Estados Unidos de "terra das oportunidades".

— Com exceção do nosso Mehernosh. Ele voltou para nós.

— Os americanos devem ter ficado boquiabertos. Imagine um indiano abrindo mão dos Estados Unidos!

— E por que não, ora essa? Afinal, o pai construiu um império para ele bem aqui.

— Três vivas para Mehernosh e Sharon — disse Bomi. — Hip, hip...

— Hurra!

— Hip, hip...

— Hurra!

ELES ESTAVAM SENDO OBSERVADOS. Trinta pares de olhos seguiam todo e qualquer movimento que faziam — cada faiscar de anel ou de pulseira, cada farfalhar de um caro sári bordado, cada virada de um pescoço envolto em ouro. Trinta pares de ouvidos estavam alerta às gargalhadas escandalosas, às vozes de barítono dos homens, ao som cristalino das risadas femininas. Trinta pares de narinas inspiravam o aroma suave dos perfumes importados combinado ao odor glorioso das sobras do jantar acondicionadas em quentinhas para distribuição.

Eles estavam sendo observados. O ronco de trinta estômagos foi ficando cada vez mais alto, até que a escória dos sem-teto que aguardava do lado de fora dos portões de ferro se fundiu num único estômago gigantesco, tornando-se a própria fome, um vazio doloroso, um gemido pesado. Com crescente inquietação, viram um sujeito alto de terno marrom distribuir caixas, uma a uma, ao pequeno grupo de homens e mulheres sentados em círculo. Viu os membros do grupo retirarem livros dessas caixas. Com os dentes cerrados, assistiram enquanto aquela gente idosa se recostava em suas cadeiras para começar a folhear os livros, como se tivesse todo o tempo do mundo. Com um aperto no coração, viram o homem alto fazer sinal para alguém trazer mais uma garrafa de bebida, observaram o sujeito verter o líquido dessa garrafa nos copos. Apesar de velhos, aqueles farristas aparentemente não tinham a menor pressa de voltar para casa. Em silêncio, contemplaram a expressão vidrada que vários dos convidados estampavam no olhar, amaldiçoaram o homem de pele clara que, de uma hora para outra, começou a falar, dando a impressão de que não pararia nunca.

Ainda assim, foram pacientes. Não haviam chegado tão longe sem aprender a ter paciência. Como um cão que precisa esperar pelas migalhas da mesa do dono, eles dominavam a arte da paciência. Mais cedo ou mais tarde, aqueles velhos bem-vestidos haveriam de se levantar para ir embora. Mais cedo ou mais tarde, haveriam de sucumbir sob o peso de tanta jóia, teriam sono por causa das panças cheias, haveriam de se curvar sob o peso da culpa. Mais cedo ou mais tarde, algo haveria de acontecer que os mandaria para casa. Não é mesmo? Não é? Ou seria possível que se demorassem tanto que o chefe do bufê, já cansado e ranzinza, resolvesse encerrar o expediente sem cumprir o ritual noturno de distribuir as sobras para eles, que esperaram com tamanha paciência, em tamanho silêncio? Caminharam vários quilômetros, alguns, para ganhar o pão de cada dia. Estavam ali, com bebês no colo e segurando pela mão os outros filhos. Estavam ali, tendo deixado as avós em casa com a promessa de uma refeição completa na volta. Na volta para o pedaço de calçada que chamavam de lar.

— Ainda vai demorar muito, *baba*? — perguntou Bhima, com um puxão na manga da camisa do pai, que apenas um minuto antes havia assoado o nariz nessa mesma manga. Acordara de manhã com dor de garganta e uma febre que o deixava tão cansado que chegou mesmo a pensar em pular o jantar daquele dia. Somente a expressão oprimida no rosto da filha de sete anos foi capaz de fazê-lo mudar de idéia.

— Acho que não — respondeu. — Está vendo ali? Aquele é o ônibus em que eles vão para casa. Não pode demorar muito.

Mas ele estava errado. Um minuto depois, o homem alto de terno marrom ficou de pé e acenou para o motorista. Mais copos. E um tipo diferente de garrafa. O motorista serviu uma pequena dose de um líquido marrom-claro cremoso a cada um.

— Obrigado por estarem aqui no dia mais feliz da minha vida — disse o homem alto. — Saúde!

— Saúde, saúde — entoaram os demais.

Foi então que ele os odiou. Odiou aquela estupidez e aqueles prazeres tolos. Odiou aquela frieza, aquela indiferença em relação a ele. Seu corpo ardia de febre e de ódio. Queria quebrar aqueles copos em cada uma daquelas cabeças, queria arrancar os sorrisos felizes daqueles rostos gordos de pele clara. Sem pensar, alisou com os dedos o próprio rosto, a pele esticada como lona sobre um cavalete de ossos. Pensou no rosto fino e cansado de Bhima, empastado de sujeira e tristeza, e pensar nela acendeu o fogo sob o ódio em banho-maria. Desde a morte da mãe de Bhima, de pneumonia, dois anos antes, a menina era tudo que ele tinha no mundo. A aldeia de onde partira adolescente parecia agora tão remota quanto um sonho. Incitado pelas fantasias dos filmes indianos em que os pobres se tornavam ricos, havia se mudado para Bombaim cheio de esperanças. "Cidade dos Sonhos" era como chamavam Bombaim na sua aldeia, e, com efeito, alguns que partiram tinham voltado com o suficiente para comprar a própria terra e construir o próprio lar. Só que, não sabia por quê, as coisas não funcionaram daquela forma para ele. No início, visitava a aldeia ao menos uma vez por ano, tivesse ou não dinheiro para a passagem de trem. Mas acabou sendo pego. Sem condições de pagar a multa, ficou preso três meses. A experiência acabou com a sua confiança, e as visitas à aldeia se tornaram menos freqüentes. Ao mesmo tempo, não dava para enfrentar a decepção atônita que via no rosto da mãe idosa. Era impossível convencer a velha de que o dinheiro não crescia em árvores em Bombaim. Após o nascimento de Bhima, ele parou de vez de visitar a aldeia. Era agora um dos milhões de fantasmas que vagavam por Bombaim, um homem sem passado nem futuro. Vivia em todo lugar e em lugar nenhum, como o ar.

Mas, mesmo assim, era pai. Estendeu a mão para afagar a cabeça da filha e puxá-la para si, mas a mão encontrou apenas um espaço vazio onde a menina havia estado um segundo antes. Virou-se para procurá-la, mas ela sumira.

Quando voltou a vê-la, reconheceu-a pela mãozinha. Incapaz de esperar mais, tendo perdido a fé nas promessas vazias de distribuição, Bhima atravessou a rua para chegar até um grande latão de lixo. No dia anterior, seu *baba* havia dito ao chegar em casa que naquele dia comeriam bem, tinha feito sua boca encher-se de água com a descrição do peixe assado com *chutney* e do arroz de açafrão com enormes pedaços de galinha. Mas a dor da fome apagara aquela visão da cabeça de Bhima. Não dava para esperar mais. Escalou o latão com a perícia da prática e remexeu o lixo. Não parecia muito revirado. Quem sabe encontraria uma banana meio comida ou uma coxa de galinha com alguma carne ainda presa ao osso.

Era seu dia de sorte. Emergiu triunfante do latão de lixo, com metade de uma laranja já meio passada na mão. O pai viu a mãozinha da filha agarrando a borda do latão e ergueu a menina no colo para pô-la no chão.

— Olhe, *baba* — disse ela, eufórica.

Mas ele não conseguiu olhar, cego de culpa, de vergonha, de ódio. Sabia que ela comeria lentamente a laranja, saboreando o gosto ácido do sumo enquanto ele lhe desceria garganta abaixo. Sabia que depois ela mastigaria a casca, incapaz de jogar fora pedaço algum do seu precioso tesouro. Na maior parte do tempo, ele compartilhava a euforia da filha ante a descoberta de algo para comer, mas esta noite aquilo o deixou enjoado. Esta noite devia ter sido diferente. Havia sabido de véspera sobre o grande casamento parse. Prometera a Bhima que jantariam bem, que comeriam os mesmos pratos servidos aos *bara sahibs*. Ignorara os gemidos do próprio corpo doído, febril, a fim de cumprir a promessa feita à menina. E agora um bando de safados que ignorava a hora de ir embora tinha estragado seus planos. E o pior é que faziam isso de forma muito descuidada, indiferentes à existência dele e de Bhima. Como se todos que ali se amontoavam atrás dos altos portões de ferro fossem simplesmente uma extensão da noite escura. Invisíveis. Como se a filha, sua filha linda, séria e faminta não existisse.

Muito bem, iria mostrar-lhes que ela existia. Que ele existia. Caso se recusassem a reconhecer sua presença, ele reconheceria a deles. Mandaria lá para dentro um presente, uma lembrancinha enviada das sombras. Afinal, era um casamento. Ele tinha certeza de que o microônibus que aguardava para levá-los embora já estava abarrotado de presentes chiques. Ele lhes daria mais um, diferente de qualquer outro que já tivessem recebido. Um lento sorriso formou-se em seus lábios. Sentiu-se estremecer de febre e excitação.

— Vá para o ponto do ônibus número cinco e espere por mim — disse a Bhima.

Ela o olhou sem entender.

— Mas, *baba*, e a comida? Ainda estou com fome.

— Esqueça a comida — ordenou, cerrando os dentes. — Faça o que mandei. Agora.

— Mas você prometeu — insistiu ela.

Logo, porém, obedeceu ao pai, choramingando enquanto se afastava do grupo. Ele esperou até que a filha virasse a esquina e depois atravessou a rua de mão única. Próximo ao latão de lixo erguia-se uma pilha de tijolos e pedras. Apalpou a montanha de entulho até que os dedos encontraram uma pedra que pareceu pesada e sólida em sua mão. Olhou rapidamente para a esquerda e para a direita. Um homem passou de bicicleta, e ele esperou até perdê-lo de vista. Olhou de novo. Ninguém estava prestando a mínima atenção. Enfraquecidas pela fome e pela ansiedade, as pessoas apinhadas na entrada pareciam hipnotizadas pelo teatro que se desenrolava do lado de dentro do portão. Não queriam desviar o olhar nem por um segundo, temendo perder algum sinal crucial. Por um momento, ele as desprezou, por desnudarem assim a própria fome e por se disporem a qualquer coisa para aplacá-la. Sentiu-se livre, como se tivesse cortado os laços que o ligavam àquele servilismo covarde.

Ficou na ponta dos pés, e sua mão direita formou um arco perfeito de encontro ao céu negro de Bombaim. Quando a pedra foi arremessada pelo seu braço e alçou vôo por sobre os portões de ferro, ele sentiu um minuto de orgulho, como se houvesse criado uma obra de arte. Ouviu a pedra aterrissar com um baque gratificante, seguido pelo grito de uma mulher. A satisfação de ouvir esses dois sons, próximos o bastante um do outro para soarem em uníssono, levou-o a esquecer a própria fome e a decepção nos olhos da filha. Rindo bem alto, correu para os braços expectantes da noite cálida de Bombaim. Sentiu-se, brevemente, forte e bonito.

DEZ

Jimmy Kanga foi quem viu primeiro o perigo negro voando na direção de onde estavam, vindo do outro lado do portão. Abriu a boca para alertar os amigos, mas nenhuma palavra saiu. Sharon, porém, percebeu o olhar de terror no rosto de Jimmy, seguiu a linha traçada pelo seu dedo e habilmente se esquivou do objeto prestes a aterrissar. Tentou levar Sheroo com ela, mas Sheroo era uma mulher grandalhona e se movia lentamente. Ouviu-se um baque quando a pedra atingiu o braço dela, acima do cotovelo, e caiu no chão.

Sheroo gritou, de susto e de dor. Um feio hematoma se formou, quase imediatamente, na pele café-com-leite. Bomi, alguns passos distante da esposa, correu até ela.

— Meu Deus, Sheroo! O que houve? Nossa, olhe o braço dela. Gelo! Alguém traga gelo depressa.

Todos falaram ao mesmo tempo:

— Vamos, Sheroo, sente-se. Alguém tem água-de-colônia para borrifar na testa dela? Acho que ela vai desmaiar...

— Graças a Deus não foi no ombro. Foi por pouco. Teria quebrado o osso como se fosse vidro...

— Tome isto, Sheroo. São comprimidos de arnica da homeopatia. Ando sempre com eles. É excelente para traumatismos...

— Tente mexer o braço...

— Não, é melhor não mexer por enquanto...

— Estou bem, de verdade. O susto foi pior que qualquer coisa...

— *Baap re*, olhe o tamanho dessa pedra. É um milagre Sheroo estar viva...

— Lá fora, veio lá de fora...

— Inacreditável. Alguém jogou uma pedra aqui dentro...

— Bárbaros. Bárbaros incivilizados. O que foi que fizemos a eles?

— Estamos aqui, cuidando da nossa vida...

— Não dá mais para morar em Bombaim. Estamos sendo enxotados pelas favelas e pela violência. Onde é que isso vai parar?...

— Provavelmente foi alguém daquele grupo que fica no portão. Passaram a noite toda nos vigiando como abutres...

— Mais uns minutinhos e iríamos embora. Mas eles não podiam esperar...

— Olhe só para eles, mesmo agora. Encarando a gente como se fôssemos animais num zoológico...

— Onde diabos se meteu o *chowkidar*? — indagou Jimmy, furioso. — Para que pagar uma grana a um segurança se ele não pode nos dar uma mínima proteção?

Encaminhou-se, então, decidido, na direção do segurança postado no portão. Um homem magro, de pele escura e estatura mediana, o *chowkidar* parecia paralisado pelos acontecimentos dos últimos minutos. Morador de uma favela próxima, conseguira aquele emprego havia cinco meses. Na época, achou que era um presente dos deuses. Desconfiava, agora, de que os deuses estavam prestes a lhe tomar de volta o presente. Jimmy acenava para ele, indicando que deixasse seu posto no portão e se aproximasse, mas o medo aparentemente congelara o *chowkidar*.

— Venha cá, seu *madaarchot* — xingou Jimmy, e, finalmente, o segurança conseguiu dar alguns passos com as pernas bambas.

— Lamento, senhor, lamento muito. Espero que a senhora não esteja muito ferida. O que fazer? É difícil adivinhar o que alguém está tramando lá fora...

— Seu idiota, você vai lamentar ainda mais amanhã. É melhor não mostrar mais essa sua cara por aqui. Assim que eu acordar amanhã, vou ligar para o pessoal da casa de festas e obrigá-los a despedir você. Sua incompetência fez com que um dos meus convidados se ferisse gravemente e estragou a nossa noite. Conheço gente da sua laia... Provavelmente andou bebendo em serviço. Agora trate de ser útil e providencie para que tudo corra bem enquanto embarcamos no microônibus.

— Ah, *seth*, *maaf karo*! Por favor, me perdoe, *sahib*. Me dê uma chance, senhor. Sou pobre, tenho mulher e filhos para sustentar. Eu não tinha como evitar uma coisa dessas, senhor.

Jimmy falou como se estivesse num tribunal.

— Aí é que está o problema deste país. Ninguém assume a responsabilidade pelos próprios atos.

E, ignorando os apelos do *chowkidar*, se afastou.

O *chowkidar* puxou o bigode, aflito, enquanto voltava ao portão. Mal podia acreditar no que acabara de acontecer. Durante os últimos cinco meses havia sido capaz de alimentar a família regularmente. O salário era medíocre, mas quase sempre ele chegava em casa com sobras dos jantares para os filhos, que aguardavam ansiosos. Esforçara-se um bocado para conseguir aquele emprego, bajulando os parses que administravam a casa de festas, dando conta dos preparativos de última hora, ajudando na decoração do salão antes da chegada dos convidados, dando uma mãozinha aos músicos com seus instrumentos. E tudo aquilo para nada! Uma pedra atirada por uma mão anônima aterrissou no meio da recepção e destruiu a sua vida. De uma hora para outra. Pensou nos dois anos de desemprego antes de arrumar aquele trabalho, e o coração congelou só de pensar em voltar ao ócio vergonhoso daquele período. Passava os dias procurando empregos temporários ou sentado em casa jogando cartas com outros moradores desempregados da favela. Dia após dia, sentia enfraquecerem as pernas e os braços, que a falta de exercício ia deixando preguiçosos. Começou a bater na mulher para se distrair, para quebrar a monotonia dos seus dias, e os filhos passaram a evitá-lo. Mas tudo aquilo mudou nos últimos meses. Toda noite, vestido em seu uniforme cáqui de guarda de segurança, enfiava o cassetete no coldre de couro e deixava a favela com um andar decidido. Havia noites em que voltava para casa com sobras que não só davam para alimentar a própria família, como também algumas crianças da vizinhança. Que sensação boa! Mas agora aquilo era passado. O *seth* parse não parecia disposto a mudar de idéia. Perguntou-se se iriam lhe pedir que devolvesse o uniforme quando lhe dessem a notícia da demissão.

Estava de volta a seu posto fazia um instante quando a ouviu. Uma risada. Alguém ria do que escutara da conversa entre o *chowkidar* e o *seth* parse. Alguém ria da sua infelicidade. Olhou para o grupo mulambento que se aglomerava atrás dos portões de ferro, mas aqueles rostos se mostravam impassíveis e sérios. Ainda assim, ele ouvira nitidamente. Um daqueles safados o provocara com sua gargalhada cruel. Talvez o mesmo safado que atirou a pedra. O culpado estava ali, no meio daquele grupo. Se ao menos pudesse agarrá-lo e lhe dar uma lição, quem sabe conseguiria se redimir aos olhos do *sahib* parse. Talvez até o deixassem continuar no emprego se ele pegasse quem atirara a pedra.

Mas quem seria? Vistoriou o grupo, e as pessoas devolveram o seu olhar. Semicerrou os olhos ao encontrar o rosto de um jovem de uns dezenove anos. O jovem, agarrado às grades de ferro do portão, o encarava. Ele imaginou ter visto uma expressão insolente naquele rosto, uma sugestão de sorriso irônico naqueles lábios. "Enxergue-se", parecia dizer a expressão do rapaz. "Você não é nem um pouco melhor do que nenhum dos vagabundos esperando aqui fora. Nem o seu uniforme foi capaz de evitar que a língua ferina do *bawa* parse deixasse você nu. Todos ouvimos as ameaças dele e vimos, as mulheres e as crianças inclusive, você ficar nu aí na nossa frente, com seu pirulito balançando impotente no meio das pernas."

O guarda soltou um som grave, gutural, e correu. Abrindo o portão de ferro, estendeu o braço e, para surpresa do grupo, pescou o jovem risonho do meio dele. Puxou o rapaz para dentro, fechou o portão e estapeou o rosto espantado, tudo isso no mesmo movimento rápido.

— *Chalo jao*, fora, cambada — gritou para o grupo, brandindo o cassetete de forma ameaçadora. — O *sahib* já chamou a polícia. Tratem de se dispersar já ou vão ver o que é bom para tosse. Cada um de vocês vai pagar por atirar aquela pedra, e vai pagar caro. Agora, dêem o fora!

Fez um movimento indicando que ia novamente abrir os portões, e só isso bastou. A autoridade em sua voz e o brilho enlouquecido em seus olhos significavam que ele não estava brincando. A multidão se dissolveu na noite da qual havia surgido mais cedo.

O jovem ainda segurava o rosto entre as mãos, com uma expressão atônita no olhar, o que só contribuiu para enfurecer mais ainda o *chowkidar*.

— Vamos lá, *madaarchot*, quero ver você rir agora — disse ele, baixinho.

O rapaz abriu a boca para protestar, mas antes que alguma palavra lhe escapasse dos lábios, o *chowkidar* chutou-lhe o estômago. O rapaz caiu no chão, e o segurança desceu-lhe o cassetete repetidas vezes.

— Vamos lá, vamos ver se tem colhões agora. Anda, covarde. Perdeu a voz, foi?

O jovem estava no chão, tentando proteger a cabeça com as mãos. O coração do *chowkidar* se alegrava a cada baque do cassetete. Encontrara o próprio ritmo. O primeiro vislumbre de sangue o deixou ainda mais excitado. Quando o rapaz começou a se contorcer no chão de terra, o *chowkidar* teve a impressão de pisotear uma cobra, como fazia na aldeia de sua juventude.

— Eu mato você — disse, num tom baixo, como se falasse consigo mesmo. — Rindo daquele jeito. Acha engraçado os meus filhos passarem fome, é? Bem, isto aqui é para fazer você rir! E isto. E isto.

As mãos e os pés se agitavam, quase num vôo, cheios de satisfação toda vez que acertavam o alvo.

— Largue esse cassetete! Pare com isso agora mesmo! Meu Deus, cara, você enlouqueceu?

Rusi aproximou-se do *chowkidar*, chegando o mais próximo possível mas ao mesmo tempo evitando ser sugado pela força centrípeta do cassetete. Jimmy estava alguns passos atrás. Um pouco mais distante, Soli sentou-se pesadamente, com o rosto coberto de suor, numa cadeira ao lado de Sheroo.

O *chowkidar* fugiu de seu ninho de fúria tão repentinamente como entrara. O cassetete pendia inerte da sua mão enquanto aos poucos a loucura se esvaía do seu corpo. Olhou para o corpo lacerado e impotente a seus pés como se o visse pela primeira vez. A expressão servil estava de volta em seu rosto.

— Este é o culpado, *sahibs* — afirmou, tentando recuperar o fôlego. — Eu mesmo o encontrei e lhe dei uma surra para que ele nunca mais pegue outra pedra. Sinto muito por tudo isso, *sahibs*.

Rusi se virou para buscar em Jimmy alguma orientação e pensou estar olhando para um fantasma, pois naquele instante Jimmy parecia tão perdido quanto o órfão de nove anos que comparecera à sua festa de aniversário, décadas atrás. Jimmy, paralisado, não conseguia tirar os olhos do corpo ensangüentado do jovem.

— O imbecil acertou a cabeça dele — murmurou Jimmy para ninguém em especial. — Derramamento de sangue, e numa ocasião tão alegre. Um mau agouro. Pobre Mehernosh. Que diabos aconteceu aqui? E o que vamos fazer agora?

O jovem se debatia debilmente no chão, como um peixe moribundo que a maré largou na areia. Rusi viu o rosto ensangüentado, os dedos roxos de hematomas, os pés horrivelmente inchados, e sentiu enjôo. A selvageria do ataque lhe tirou o fôlego. O que o *chowkidar* havia feito era dez vezes pior do que o ataque à pobre Sheroo. O jovem estava murmurando alguma coisa, e Rusi se agachou para escutá-lo. Espantou-se com o fato de o rapaz ainda conseguir falar.

— *Janne do, sahib, janne do*. Me deixe ir embora, doutor, me deixe ir. *Maaf karo* — gemeu o garoto.

Rusi pôs-se de pé, aturdido. O rapaz realmente achava que Rusi e Jimmy iriam espancá-lo ainda mais. Rusi encheu-se de pena.

— Ninguém vai mais machucar você — disse ele. — Entendeu?

Virou-se para discutir com Jimmy se deveriam ou não chamar a polícia, mas um olhar para o rosto aterrorizado do amigo lhe bastou para saber que era inútil. Jimmy parecia acabado, com uma expressão que partiu o coração de Rusi. Olhando para trás, viu Mehernosh de pé a uma certa distância, afagando o rosto de Sharon, que soluçava, apoiando-a no seu peito. Os demais pareciam sonâmbulos, zonzos e confusos. Procurou por Coomi e a encontrou sentada ao lado de Sheroo, segurando um saco de gelo contra o braço da amiga. Ao olhar interrogador da esposa, Rusi respondeu com um dar de ombros. Ficou feliz por Coomi não ter saído do salão, não ter visto o rosto espancado e inchado do rapaz nem ter ouvido seus gemidos.

Um leve movimento do lado de fora chamou sua atenção. "Algo se mexeu ali", pensou Rusi. Sentiu um arrepio na nuca. De repente, ocorreu-lhe uma visão dos invisíveis intrusos derrubando os portões de ferro e invadindo a casa de festas, querendo vingar o homem espancado ali no chão. "Viraríamos picadinho em segundos", imaginou. "Eles podem nos destruir num piscar de olhos." A fragilidade da situação o atingiu em cheio e o ajudou a se concentrar no problema imediato. Precisavam deixar a casa de festas imediatamente. Não havia tempo para chamar a polícia. Nem utilidade, afinal. O que o *chowkidar* havia feito, por mais abominável que fosse, era justiça ao estilo Bombaim. Envolver a polícia só iria piorar a situação. O que passou passou.

Rusi deu as costas para o *chowkidar* e torceu para que o guarda não o visse tirar uma nota de cem rupias da carteira. Agachando-se, enfiou a nota no bolso da camisa rasgada do jovem. Sabia que a nota se mancharia de vermelho em poucos segundos, mas nada podia fazer a respeito.

— Vamos deixar você ir embora — sussurrou para o rapaz. — Não queremos transformar isso num *ka mamala*, num caso de polícia. Assim que eu disser, tente se levantar e sair, entendeu?

Pondo-se de pé, gritou para o *chowkidar*:

— Abra esses portões. Agora. Vamos lá, mexa-se.

E para o rapaz:

— *Chalo*, trate de se mandar daqui. Andando, rastejando, voando... do jeito que for preciso, mas saia. Não dá para saber o que vai acontecer se você não for embora.

O medo fez brotar asas no rapaz. Meio rastejando, meio patinhando, arrastando um pé inerte atrás de si, ele atravessou os portões de ferro e penetrou no anonimato da noite. Rusi podia ouvi-lo mover o corpo doído pela rua. Esperou até que o jovem se fundisse com a escuridão, até não escutar mais os gemidos e choramingos daquele corpo ferido. Então, com um peso no coração, voltou para o salão.

O chão poeirento da entrada da casa de festas ainda guardava as marcas do corpo do rapaz. Havia sangue misturado com terra no lugar onde ele caíra, e um rastro vermelho amarronzado indicava o caminho percorrido dali para a noite que o aguardava.

PRATICAMENTE TODOS SE MANTIVERAM calados na viagem de volta. Haviam embarcado no ônibus cansados e esgotados como uma turma de escola depois de uma excursão. Rusi os fizera entrar rapidamente no ônibus.

— Pode haver mais confusão esta noite — resmungou, enquanto os reunia no veículo. — O melhor é darmos o fora daqui, *jaldi-jaldi*; isso, agorinha mesmo.

Enquanto os outros embarcavam, Jimmy Kanga virou-se para Rusi. O rosto em geral composto e sagaz de Jimmy havia se modificado, dando a impressão de que seu dono estava agora confuso e perdido.

— Rusi — perguntou, os olhos revelando incerteza. — O que aconteceu aqui, afinal?

Rusi contemplou o rosto amedrontado diante de si e se indagou por que algum dia invejara Jimmy. "Por quê, se ele não passa de um garotinho?", pensou. "Apesar de toda a experiência, de todos os diplomas, Jimmy está apavorado. Anos de riqueza e conforto o amoleceram. Embora defenda casos no Supremo Tribunal, não sabe coisa alguma sobre a cidade onde mora. Só a vê pela janela do próprio carro."

Então a noção básica de justiça apoderou-se de Rusi. "E quem entende a bomba-relógio que é esta cidade? Não você, com certeza", censurou-se.

— Não sei — respondeu. — Não sei mesmo. Tudo aconteceu tão rápido... Mas é melhor irmos andando, *bossie*. Vamos ter tempo para falar disso depois.

Envergonhado, embarcou no ônibus.

Houve um momento terrível quando todos já estavam a bordo e Sheroo se lembrou de ter esquecido o álbum de fotos. Bomi hesitou um átimo de segundo antes de se oferecer para ir buscá-lo, mas sua hesitação bastou para que os outros percebessem o medo geral de demorar mais. Experimentaram uma vergonha extrema diante da retirada amedrontada e da partida apressada. Haviam estado tão à vontade e alegres apenas uma hora antes... E agora fugiam como criminosos comuns, fugiam dos demônios imaginários e não-imaginários da noite. Rusi se lembrou de repente das fotos dos helicópteros pairando ansiosamente sobre a embaixada americana em Saigon, em 1975, e dos semblantes fechados, envergonhados, dos funcionários resgatados. A queda de Saigon. Sentia agora como se tivesse trocado de lugar com eles. Ao menos os norte-americanos estavam em guerra com outro país, enquanto ele e os amigos fugiam do seu próprio povo. Não havia segurança nem mesmo na cidade onde todos tinham nascido. Aquela cidade, que seus antepassados ajudaram a construir com esforço e capital, vinha lhes sendo roubada, e enormes nacos dela eram cortados por facas que reluziam e faiscavam na calada da noite. Lembrou-se do caso de Kashmira contado por Bomi no início da festa, e foi como se aquela história horrível tivesse prenunciado o que ocorreu mais tarde. Uma sensação estranha o invadira naquele momento, e ele se perguntou se teria sido uma premonição. Passara a noite toda dolorosamente ciente da própria mortalidade, sentira-se fraternalmente unido aos seus vizinhos do Wadia, o que era incomum. Indagou-se por que se sentira compelido a partilhar suas lições de vida com Mehernosh, a legar à geração mais nova tudo o que sabia. Uma premonição da violência que viria a seguir? Seria ele o alvo da pedra e, por alguma razão, as mãos do destino o deixaram mais uma vez escapar? Nesse caso, o que isso queria dizer? Deveria sentir alívio ou culpa ante tal idéia?

Olhou para Mehernosh, sentado alguns bancos à frente, viu o contorno daquela cabeça altiva e, por um segundo, questionou a escolha do rapaz de voltar para Bombaim. "Binny escolheu melhor", disse consigo mesmo, "embora tenha sido pelos motivos errados". Binny, ele sabia, não fugira de Bombaim por causa da ameaça à espreita nas ruas, mas por causa do sofrimento que escorria como gosma das paredes do edifício Wadia. Os demônios de Binny habitavam o apartamento dos Bilimoria, e não as ruas em torno dele. Mas fosse qual fosse o motivo, Binny fugira daquela cidade-cemitério, onde mulheres eram apedrejadas e jovens se debatiam deitados no próprio sangue. E Rusi ficou feliz por ela ter escapado.

Virou-se para onde Sheroo estava sentada, atrás dele. Mesmo no escuro do ônibus dava para ver seu rosto, cansado e inimaginavelmente velho. Ela olhava pela janela, contemplando as ruas desertas que iam ficando para trás.

— Como vai o braço? — perguntou Rusi, mas Sheroo apenas assentiu com a cabeça num gesto mecânico.

Ao ver que Sheroo soluçava baixinho, Rusi sentiu uma pontada aguda de raiva. Sheroo era famosa por sua generosidade, por distribuir balas para as crianças de rua que brincavam nas cercanias do Wadia, por doar seus lençóis usados para os sem-teto todos os invernos. O canalha que atirou a pedra não tinha a menor idéia da pessoa que estava ferindo. Foi a selvageria aleatória do ataque que enfureceu Rusi. Naquela própria noite, mais cedo, ficara imaginando que todos eles estavam sentados em cima de uma bomba-relógio prestes a explodir a qualquer momento. E ela explodiu. Não com a violência de que era capaz, mas com força suficiente para comprovar que ele estava certo. O hematoma no braço gorducho de Sheroo constituía a prova, um alerta apocalíptico, o aviso na parede escrito por um grafiteiro anônimo.

Mas então Rusi reviu mentalmente o rosto inchado do jovem deitado debatendo-se no chão. Também ele havia sido vítima da violência aleatória. A despeito das alegações em contrário do *chowkidar*, Rusi estava convencido de que o homem não podia garantir se o jovem havia ou não atirado a pedra. E todos assistiram em silêncio ao *chowkidar* puxar o rapaz para dentro, tirar o cassetete do coldre e mandar aos gritos que a multidão se dispersasse. Na verdade, ninguém antecipara a selvageria daquilo. Na verdade, aquela brutalidade paralisou todo mundo, inclusive o próprio Rusi, que só interveio tarde demais. Mas também não era verdade que eles esperavam que o *chowkidar* desse um susto no jovem, que lhe sapecasse um punhado de tapas a fim de fazer dele um exemplo? O fato de o *chowkidar* agir como emissário do grupo, de acertar as contas em seu nome, não permitiu que todos se sentissem melhor? E, sendo assim, será que as mãos de todos eles também não se mancharam de sangue? Ao menos o homem que atirou a pedra cometeu o crime sozinho, correndo o risco de ser descoberto e castigado. E eles? Arriscaram o quê? Simplesmente contrataram um terceiro para fazer o trabalho sujo.

Uma vítima atrás da outra. O próprio *chowkidar* não foi vítima da fúria impensada de Jimmy? Como esperar que um pobre coitado os protegesse da inveja e do ódio que a mera presença deles despertava nos que aguardavam do outro lado do portão? Por que ele, Rusi, não interveio quando ouviu as ameaças de Jimmy de demitir o segurança? Por que não chamou Jimmy de lado e apelou para o seu senso de justiça? "Admita, Rusi", disse consigo mesmo. "Para nós, essa gente é permutável e substituível. Por isso, contratamos e demitimos essas pessoas ao nosso bel-prazer." Já nem se lembrava mais da cara do *chowkidar*. Da próxima vez que comparecesse com Coomi a algum outro evento naquela casa de festas, outro homem estaria no portão, talvez vestindo o mesmo uniforme cáqui puído. E mais uma vez Rusi olharia através do sujeito, mal virando a cabeça em sua direção ao entrar.

A seu lado, Coomi se mexeu.

— Fico pensando o que vai acontecer com aquele *chowkidar* — disse ela em voz baixa ao marido. — Pegamos o ônibus e saímos, mas ele ficou lá para encarar o que acontecesse.

Mais uma vez, Coomi repetiu o feito. Leu sua mente, penetrou em seus pensamentos e disse algo que o fez perceber quanto ela o entendia. Era como se o visse por um raio X. Teria ela desenvolvido algum talento novo? E, se desenvolvia, quando? Ele jamais notara aquela habilidade excepcional. Será que ela havia sido sempre assim? Ou aquela repentina compatibilidade teria a ver com a estranheza de toda a noite? Afinal, ele havia sentido a distância habitual entre os dois quando chegaram à casa de festas horas antes. Tentou invocar aquele distanciamento protetor, mas a lembrança de Coomi defendendo-o mais cedo dificultou as coisas. O que ela havia dito mesmo? "Entendo perfeitamente o que você quer dizer. *Perfeitamente.*" Como ele se sentira acolhido, como se sentira seguro no calor daquelas palavras. E agora ela fazia o mesmo. Rusi tinha plena certeza de que nenhum de seus companheiros de viagem se angustiava quanto a ter ou não culpa no ocorrido. Jimmy provavelmente levaria a cabo a ameaça de mandar demitir o segurança. Mehernosh e Sharon se ocupariam com os preparativos para a lua-de-mel. Sheroo e Bomi tomariam providências quanto ao braço ferido de Sheroo. Tehmi e Adi voltariam para o casulo de solidão que cada um deles habitava. E Soli, o pobre Soli, passaria os próximos dias atormentado com a carta de Mariam. Coomi, Rusi sabia, provavelmente ficaria acordada boa parte da noite, preocupada com o destino do *chowkidar*.

Ele tocou bem de leve o braço da esposa.

— Vou falar com Jimmy amanhã de manhã — disse a ela. — Vou tentar acalmá-lo. Não faz sentido você se preocupar com isso, procure esquecer.

Quando Coomi falou de novo, seu tom era tão baixo que, com o barulho do ônibus, ele mal a escutou.

— Hoje, pela primeira vez na vida, estou feliz por Binny morar fora. A cidade ficou imprevisível demais. Talvez, afinal, você tivesse razão ao mandá-la para longe daqui.

Coomi então se virou para a janela, e Rusi teve certeza de que ela lutava contra as lágrimas. Sabia quanto lhe custara dizer aquelas palavras e sentiu tanta pena dela que se assustou. Não queria ressuscitar seus sentimentos por Coomi. Era perigoso demais. Empatia, pena, qualquer desses sentimentos seriam capazes de perfurar o escudo de vidro que protegia seu coração. Ainda assim... ainda assim, quem melhor que ele para entender quanto Coomi sentia falta da filha? Rusi achara que o passar do tempo tornaria mais fácil encarar a distância. Na verdade, aconteceu precisamente o oposto. À medida que envelhecia, a idéia de vivenciar o fim da sua vida sem Binny, de um dia morrer sozinho, sem a filha a seu lado, o assombrava. Perguntou-se se Coomi lutava contra esses mesmos pensamentos.

Contrariando seu bom senso, Rusi se viu compelido a reagir à meia desculpa de Coomi.

— Obrigado por dizer isso — respondeu, percebendo um tremor na própria voz. — Sei quanto você sente falta dela. Também sinto muita saudade. Meu consolo é pensar que sacrificamos a nossa felicidade pelo bem da nossa filha.

Coomi se manteve calada. Então, Rusi ouviu-a dizer:

— Independentemente do que possa ter acontecido entre nós, sempre teremos Binny em comum. Nada pode mudar isso.

Os olhos de Rusi se encheram de lágrimas, e ele não se viu em condições de falar. Antes que pudesse responder, sentiu a mão de Coomi procurar a dele. Retesou-se por força do hábito, mas ela não a retirou. Ao contrário, timidamente puxou para o colo a mão do marido enquanto as palavras lhe brotavam incoerentemente, rápidas como a água jorrando de uma torneira.

— O que você disse a Mehernosh esta noite me fez lembrar muito de nós antigamente. Ninguém ali entendeu o que você falou, ao menos não no início, exceto eu. Exceto *eu*. E fiquei muito orgulhosa de entender você, como nos velhos tempos. E que presente carinhoso o de Jimmy! A chance de nos vermos naquele álbum de fotos. De libertar lembranças, como desamarrar um monstro atado a uma árvore. Éramos tão jovens, tão felizes. Estou cansada dessa solidão, Rusi. Tenho andado sozinha demais. E você também. É preciso fazer alguma coisa a esse respeito. *Temos* que fazer alguma coisa.

Ele buscou desesperadamente o invólucro de gesso que normalmente envolvia seu coração, mas não conseguiu encontrá-lo. Disse consigo mesmo que não se deixasse levar pelo teatro de Coomi, que ela o magoaria de novo assim que ele baixasse a guarda. Mas a esposa jamais lhe falara com tamanha angústia e sinceridade. Ou, quem sabe, ele simplesmente se esquecera. De qualquer maneira, permitiu que a própria mão descansasse no colo aconchegante de Coomi. Assim que o fez, percebeu quanto seus músculos estavam tensos e quanto se sentia cansado. Fechou os olhos, tentando manter afastados os pensamentos que ameaçavam inundar sua cabeça. Tempo não faltaria para lidar com eles mais tarde.

De repente, tudo o que quis foi chegar em casa. Rusi desejou que o ônibus atravessasse a toda velocidade aquelas ruas nada amistosas e o depositasse na relativa segurança do edifício Wadia. Seu coração se alegrou ao pensar na presença sólida do velho prédio de apartamentos. Há cento e vinte anos ele ocupava o mesmo lugar, indiferente aos caprichos da vida. Rusi gostaria de se sentir enraizado assim, em vez de lutar contra aquela sensação deprimente, melancólica, que vivenciava agora. Tentou invocar o estado de espírito modorrento e indolente produzido pelo uísque mais cedo, mas a pedra que acertou Sheroo estilhaçou também aquela delicada embriaguez. Estava cansado e rabugento. Queria, vestido em seu pijama, já estar dormindo na própria cama. Queria cobrir a cabeça com o lençol e fechar os olhos, bloqueando aquela cidade confusa, aquela vida desconcertante. Quanto mais pensava em cada uma delas, menos as entendia. Estava cansado de pensar.

Soli Contractor disse alguma coisa no fundo do ônibus, e sua voz acordou Rusi de suas divagações. Ele viu Soli se dirigir até a frente dos bancos. Na mão direita, segurava o álbum de fotos. Quando passou por Sheroo e Bomi, cutucou Bomi.

— Como ela está? — perguntou baixinho. Bomi respondeu fazendo, sem muita convicção, um sinal de positivo com o polegar.

Soli ficou parado a encará-los, balançando ao sabor dos solavancos do ônibus.

— Senhoras e senhores, tem uma coisa que quero dizer antes de chegarmos em casa. Em meio a toda essa comoção, esqueci as boas maneiras. Acho que todos esquecemos. Porque nenhum de nós se lembrou de agradecer a Jimmy e Zarin pelo presente carinhoso — disse ele, erguendo o álbum de fotos.

— Não tem de quê, não tem de quê — respondeu Jimmy do seu banco, na mesma fileira de Rusi, do outro lado do corredor. Rusi percebeu que Jimmy tentava recuperar a alegria despreocupada que exibira a noite toda.

— Não, tenho mais uma coisinha a dizer — prosseguiu Soli. — Jimmy, o que você nos deu foi mais que algumas fotos. Você nos recordou quem fomos e o que somos uns para os outros. Você nos devolveu o que éramos, a nossa juventude e as nossas expectativas. Nossos verdadeiros eus, descontados alguns queixos duplos e carecas, digamos.

Lá do fundo do ônibus, ouviu-se a risada de Adi. Soli sorriu, um repentino e franco sorriso que varreu uma parte da tristeza do ônibus.

— Sabe o que mais? As feridas cicatrizam, e eu espero que a da nossa Sheroo cicatrize *fatta-faat*. É verdade: as feridas cicatrizam, e as cicatrizes somem. Mas as lembranças vivem para sempre. E esta noite nossos corações estão cheios de lembranças felizes, apesar do que aconteceu. Afinal, não é todo dia que um dos nossos se casa. Zarin e Jimmy, com esse gesto magnânimo, nos aproximaram mais ainda. É disso que vamos nos lembrar, dessa sensação feliz, de intimidade, quando as outras lembranças, as ruins, sumirem.

"Deus abençoe Soli", pensou Rusi. "Sempre tentando fazer os outros se sentirem melhor. Talvez seja preciso um coração partido para evitar que outros se partam." Quando Soli passou por ele, ao sabor do balanço do ônibus, de volta ao seu lugar, Rusi pegou-lhe o braço.

— Belas palavras, *bossie* — murmurou. — Vamos falar sobre aquele outro *mamala* em breve, certo?

Bomi, que não agüentava ser eclipsado por Soli, pigarreou.

— Vocês sabiam que em algumas culturas africanas é sinal de fertilidade uma mulher ser apedrejada num casamento? Fertilidade dos recém-casados, é claro — acrescentou. — Ao que tudo indica, a cegonha visitará a casa dos Kanga daqui a nove meses.

Rusi ouviu divertido a voz familiar de Sheroo penetrar a escuridão.

— Nossa, meu marido é um mestre *dhaap*! Mehernosh, será que você não dá um jeito de arrumar para ele um diploma de Harvard em sandice? Esse meu Bomi seria o primeiro aluno da classe.

"Que gente curiosa", pensou Rusi com estupefação. "Nada nos deprime por muito tempo. Não admira que os nossos ancestrais tenham sobrevivido ao temerário êxodo da Pérsia; não admira termos florescido e prosperado numa terra aonde chegamos como refugiados." A onda de afeto pelos companheiros presentes baniu temporariamente a aflição que lhe pesava quando embarcou no ônibus. Ainda assim, sabia que algo importante acontecera naquele dia e que era vital apegar-se àquela lembrança. E caberia a ele a tarefa de ser seu guardião, porque, se dependesse dos outros, todos teriam o maior prazer em esquecê-la. "Mas eu não posso esquecer", pensou Rusi. De alguma forma, precisaria aprender a oscilar entre a satisfação e a complacência, entre a cautela e o medo, entre a conhecida segurança do edifício Wadia e o mundo imprevisível do lado de fora. Assim como seus ancestrais ocuparam o pequeno espaço seguro entre hindus e muçulmanos, entre indianos e ingleses, entre Oriente e Ocidente, ele seria obrigado a viver na terra de ninguém que separa o ódio do atirador da pedra do terror do apedrejado. Mas por onde começar? Rusi não fazia a mínima idéia.

Então, de repente, chegaram em casa. Um murmúrio percorreu o ônibus quando, finalmente, o edifício Wadia surgiu à frente. Uma onda de alívio percorreu Rusi, que se sentiu como o sobrevivente de um naufrágio para quem o edifício era um transatlântico chegando para resgatá-lo. Obviamente, os demais sentiram o mesmo.

— Ai, graças a Deus — sussurrou Bomi. — Lar, doce lar.

Isso mesmo, lar. Mais uma vez o odor familiar de urina nos muros externos quando o ônibus entrou no terreno do prédio; mais uma vez o perfil familiar dos seis garbosos coqueiros do condomínio. Depois, a rápida travessia do saguão a caminho dos apartamentos de cada um, o coro murmurado de "Boa noite" e "Até amanhã". O girar das chaves, o acender das luzes. Para os moradores dos andares superiores, a longa subida pela escada de madeira, cujos degraus extraíam resmungos de protesto dos joelhos com artrite. Mas naquela noite, ninguém se queixava. Todos se sentiam felizes por estar em casa. Já imaginavam como seria gostoso deitar em suas camas e que maravilha seria pegar, finalmente, no sono, *se* finalmente pegassem no sono. Estavam decididos a acordar no dia seguinte com a lembrança ruim exorcizada de suas mentes. A discussão com o açougueiro e as brigas com o leiteiro expulsariam de vez qualquer outro pensamento. Nos próximos dias, indagariam algumas vezes sobre o ferimento de Sheroo, mas, fora isso, todos se ocupariam em comentar como a recepção foi maravilhosa, como a comida estava boa e quanto se divertiram antes de... Mas já começavam a esquecer. Todos se apegariam a seus sonhos para Mehernosh, assim como se apegariam aos álbuns de fotos. Sim, eles se lembrariam do edifício Wadia e fariam o possível para esquecer a cidade em que o prédio está situado. Prefeririam lembrar a imaginar. É menos perigoso assim.

Da mesma autora, leia também:

A distância entre nós

Bombaim, Índia. Duas mulheres. Duas vidas. Dois destinos que poderiam ser um só. Sera e Bhima estão indiscutivelmente ligadas, seja pelo silêncio, seja pela cumplicidade. Mas ao mesmo tempo estão distantes, separadas por uma fronteira intransponível. Como se o fio que as une não fosse forte o suficiente para agüentar uma descarga elétrica, força que parece definir a sorte e a tragédia da patroa e da empregada. Duas vidas marcadas pela decepção, enganadas pela traição, sujeitas a uma sociedade cruel cuja voz berra e marca a fogo a existência dessas mulheres. *A distância entre nós* é um romance avassalador, envolvente, intenso. Você não conseguirá parar de lê-lo, e não será o mesmo quando alcançar a última página. Acredite.

Sucesso de público e crítica:

"Fortemente honesta. Umrigar é uma escritora sensível e muitas vezes incisiva." — *The New York Times*

"Um poderoso retrato social do glorioso e frustrante quebra-cabeça que é a Índia moderna." — *The Economist*

"Uma íntima e compassiva história que vai de encontro ao histórico de sensualidade da vida diária em Bombaim. Umrigar é uma escritora talentosa. Suas memoráveis personagens viverão por muito tempo." — *The Washington Post*

"Um vital panorama social da Índia contemporânea." — *Financial Times*

A doçura do mundo

Após perder o marido, Tehmina Sethna está emocionalmente fragilizada. Por isso, resolve ir a Ohio visitar o filho Sorab, de 38 anos, que abandonara a Índia para estudar nos Estados Unidos. O que parecia um recomeço, porém, deixa Tehmina numa situação delicada. Sem conseguir se adaptar à cultura ocidental, sofrendo com a rejeição da nora e se sentindo sozinha no mundo, ela é convidada a morar com o filho e tem de escolher entre essa nova vida e o retorno à cidade de Bombaim, que cada vez mais lhe desperta saudades.

Alternando as visões de Tehmina e de Sorab, que também sofre com a discriminação gratuita dos norte-americanos, *A doçura do mundo* é um romance envolvente, que celebra a família e a vida em comunidade. Thrity Umrigar prova mais uma vez que é uma das escritoras mais sensíveis da atualidade.

SUCESSO DE PÚBLICO E CRÍTICA:

"*A doçura do mundo* nos mostra a luta de Tehmina e apresenta uma nova definição da palavra 'família'. Um romance que transcende culturas e preconceitos, numa trama de amor, morte, família, dor e transformação." — *Library Journal*

"*A doçura do mundo* é uma história sublime sobre vidas ligadas pela tradição e transformadas pelo amor." — *Booklist*

"Thrity Umrigar é uma hábil contadora de histórias. Seus personagens inesquecíveis continuarão vivos por muito tempo." — *Washington Post Book World*

Editora responsável
Izabel Aleixo

Produção editorial
Daniele Cajueiro
Janaína Senna

Revisão de tradução
Sheila Louzada

Revisão
Eduardo Carneiro
Guilherme Bernardo
Isabela Fraga

Diagramação
Filigrana

Este livro foi impresso em São Paulo, em novembro de 2008,
pela Lis Gráfica e Editora, para a Editora Nova Fronteira.
A fonte usada no miolo é Sabon, corpo 11,5/15.
O papel do miolo é pólen soft 70g/m², e o da capa é cartão 250g/m².